rororo

Petra Oelker

Ein Garten mit Elbblick

Roman

Rowohlt Taschenbuch Verlag

3. Auflage Dezember 2012

Originalausgabe
Veröffentlicht im Rowohlt Taschenbuch Verlag,
Reinbek bei Hamburg, November 2012
Copyright © 2012 by Rowohlt Verlag GmbH,
Reinbek bei Hamburg
Umschlaggestaltung any.way, Cathrin Günther
(Abbildung: Friedrich Kallmorgen, Terrasse von Jacob in
Nienstedten [1903], bpk | Hamburger Kunsthalle)
Satz DTL Vanden Keere PostScript (InDesign) bei
Pinkuin Satz und Datentechnik, Berlin
Druck und Bindung CPI – Clausen & Bosse, Leck
Printed in Germany
ISBN 978 3 499 25745 2

Ein Garten mit Elbblick

Prolog

Frühsommer 1881

Bis zu jenem Tag, an dem sie das Loch in der Hecke entdeckte, war Henrietta ein braves Kind mit einer großen Taftschleife im Haar. Wenn man acht Jahre alt ist, bedeutet ein Loch in der Hecke ein Tor zur Welt, zum Abenteuer, um hindurchzukriechen, braucht besonders ein braves Kind Mut und Bereitschaft zu rebellischen Momenten. Und Neugier? Die spürt ohnedies jedes Kind. Selbst wenn eine Reihe von Gouvernanten unermüdlich daran arbeitet, ihrem Schützling diese Untugend auszutreiben. Henrietta war auch ein stilles Kind, denn ihr Herr Papa hatte sie am liebsten, wenn sie brav *und* still war. Da es ihre Mama nur noch in ihren Träumen, auf dem Gemälde in der Diele und den beiden silbergerahmten Fotografien in Papas und Henriettas Zimmer gab, bemühte sie sich, immer brav zu sein, was überwiegend gelang. Bis eben zu jenem Tag, an dem sie das Loch in der Hecke entdeckte.

Mit acht Jahren war sie kein Dummerchen mehr, sondern ein Fräulein mit Erfahrung. Sie hatte nicht verstanden, warum Papa und Onkel Friedrich sich so amüsierten und Mademoiselle scharf den Atem einzog, als sie diese Neuigkeit beim Nachmittagstee auf der Terrasse kundgetan hatte. Natürlich wusste sie, dass es hinter der Hecke am Elbhang eine bunte und sehr gefährliche Welt gab, sie kannte sie auf eine Weise, die sich für ein Mädchen aus gutem Hause schickt: von der Kutsche aus, wenn sie zu den Verwandten in die Villa mit den Türmchen, Erkern und dem noch größeren Garten fuhr. Papa sprach vom ‹dicken weißen Schloss›, was sie in Gegenwart der Schlossbewohner allerdings keinesfalls wiederholen durfte. Einige Male war sie mit Mademoiselle auch mit dem kleinen Fährdampfer nach Hamburg gefahren, was sich schon sehr nach Abenteuer anfühlte, und im Sommer ging es in die Ferien nach Travemünde oder Scharbeutz, sonntags immer in die Nienstedtener Kirche, wo man einige sehr interessante Leute traf. Die rochen seltsam und trugen nur an sehr kalten Wintertagen Handschuhe.

Aber bis auf die Besuche im ‹Schloss› an der Außenalster verließ das Kind die im Vergleich zu benachbarten Anwesen bescheidene Villa am Elbhang nur in Begleitung der jeweiligen Gouvernante. Sie waren alle nicht mehr ganz junge Damen aus Frankreich oder der Schweiz. Seltsamerweise blieben sie nie lange, was wirklich nicht an Henrietta lag, dem braven Kind, sondern einerseits an Papa, der sich leicht in seiner Ruhe gestört sah, andererseits an den Damen, wenn sie sich in der Hoffnung auf eine angenehmere Zukunft zu sehr bemühten, ihrem Dienstherrn die Einsamkeit zu vertreiben.

In Henriettas achtem Frühling wachte eine Schweizerin aus Bern über ihre Erziehung. Ihr Französisch lag erheblich unter den Erwartungen Papas, der nicht bedacht hatte, in welchem Teil der Schweiz Bern lag, aber das machte sie durch ihre gemütliche Art und Erscheinung und den völligen Mangel an Ambitionen hinsichtlich des Hausherrn wett. (Leider heiratete Mademoiselle Ackermann schon nach einem Jahr Papas Weinhändler und zog mit ihm zur Gründung einer neuen Filiale nach Magdeburg, wobei strittig blieb, ob der Verlust eines verlässlichen Weinhändlers oder einer nachsichtigen Gouvernante schwerer wog.)

Mademoiselle Ackermann fand, kleine Mädchen sollten täglich üben, sich zwei Stunden selbst zu beschäftigen. Diese unendlich lange Zeit musste Henrietta einfach dazu verführen, einem über den Rasen hoppelnden Kaninchen zu folgen (die durch die Krone der alten Rotbuche hüpfenden Eichhörnchen waren leider unerreichbar) und bisher gemiedene, düstere Ecken des Gartens zu erkunden. Da niemand auf die Idee gekommen war, ein braves Kind mit einer Taftschleife im Haar könne überhaupt Lust dazu verspüren, war es nicht verboten worden. Ein echtes Versäumnis, das ihr Leben nicht nachhaltig verändern, aber doch weit in die Zukunft hinein beeinflussen sollte.

Womöglich war das Loch in der Hecke schon immer da gewesen und nur dem Blick des Gärtners entgangen; Papa spazierte niemals dorthin, wo aus Eiben und anderem, zumeist stacheligem Gesträuch eine kleine, das Anwesen hier nach außen hermetisch abschließende Wildnis gepflegt wurde. Womöglich war es erst im gerade vergangenen strengen Winter entstanden. Erstaunlich war nur, dass dieses Loch und auch das im dahinterliegenden Zaun bis in den Sommer hinein nicht geschlossen wurden. Beide waren gerade weit genug, dass ein großer Hund oder ein kleines Mädchen hindurchschlüpfen konnten, ohne Fell oder Kleid erheblich zu beschädigen.

So trat das kleine Fräulein Mommsen an einem frischen Tag Anfang Mai zum ersten Mal ohne Bewachung, ohne Schutz hinaus in die fremde Welt. Sie zögerte nur kurz und lauschte zurück in den Garten, doch niemand rief nach ihr oder befahl sofortige Umkehr. Es war ganz still, nur ihr Herz klopfte laut, als sie durch den schmalen, von weit über ihren Kopf aufragenden dunklen Hecken begrenzten Gang zur Elbe hinunterrannte, zum Strand. Dorthin, wo *die anderen* lebten, wo Mädchen auch am Sonntag weder Taftschleifen noch Lackschuhe trugen, wo keine Gouvernanten und Klavierlehrer ihren verdienstvollen Tätigkeiten nachgingen und niemand Damastservietten benutzte, wo die Jungen unverschämt waren und die Messer locker saßen, alle Männer ständig fluchten und tranken, und die Frauen – was mit den Frauen war, hatte Henrietta nicht verstanden, jedenfalls waren sie offenbar keine Damen. All das hatte sie erfahren, als sie in ihrem Lieblingsversteck unter der Hintertreppe der Köchin und der vorletzten Gouvernante gelauscht hatte, die sich darin einig gewesen waren, das Leben unten am Ufersaum sei nur für Proleten, während Menschen von Feingefühl und Anstand nach oben, nämlich nach den vornehmen Villen und Parks auf dem Hochufer entlang der Elbchaussee strebten.

Der Gang hinter dem Loch im Zaun erschien zwischen den gepflegten dichten Hecken wie ein grüner Tunnel, er machte einen scharfen Knick, dann noch einen – und da war die Elbe, da war der Uferweg, und da waren auch – Proletenkinder?

Nach rechts verwehrte ein solider Zaun den Durchgang, dort gehörte auch der Strand zu den großen Anwesen am Geesthang. Nach links, nicht weit bis Teufelsbrück, wo im Sommer Spaziergänger flanierten und ganz Mutige im Fluss badeten, wo nun bald ein Hafen für die dahinterliegenden Dörfer gebaut werden sollte, saß ein Junge vorne auf einem in den Fluss ragenden Steg. Obwohl es erst Mai war, trug er weder Schuhe noch Strümpfe, dafür sah seine Jacke aus, als sei sie aus mehreren Schichten Stoff genäht. Sein Haar war sehr kurz, dick und blond, fast wie Stroh. Er saß ganz ruhig, in der Rechten eine Angelrute, aus der Linken stieg dünn feiner Rauch auf. Henrietta war beeindruckt, bis er die Hand an die Lippen hob und sie feststellte, dass es kein Zauberkunststück war, sondern nur ein Zigarettenstummel. Gerade schnippte er den Rest in den Fluss, als sie sich heftig in den Rücken gestoßen fühlte, vorwärts stolperte und mit beiden Füßen im Wasser landete.

Ein Mädchen lachte, es klang überhaupt nicht freundlich. Hetty sprang zurück aufs Trockene, aber das Wasser hatte ihre feinen schwarzen Stiefeletten schon durchnässt. Sie drehte sich um, ängstlich und wütend zugleich, und blickte in ein frisches sommersprossiges Gesicht, in dunkle Augen unter rotblondem Haar. Das Mädchen war einige Jahre älter als sie, fast einen Kopf größer, fast schon kein Kind mehr.

Sie grinste breit. «Hast dich wohl verlaufen, was?» Sie gab Hetty wieder einen unsanften Schubs. «Pass mal gut auf, sonst schmelzen deine Zuckerfüße, und aus'm Wasser kommt ein Riesenaal, der frisst dich mit Haut und Haar und deiner blöden Schleife.»

Eine blitzschnelle Bewegung, und Henriettas Schleife war mitsamt einem dünnen Büschel Haare in der Schürzentasche des Mädchens verschwunden.

Ihr erschreckter Schrei hatte den jungen Angler herumfahren lassen; bevor das Mädchen zum nächsten Schubs gegen den Eindringling aus der feinen Welt ausholen konnte, war er da und fasste es grob am Arm.

«Was soll das, Martha?», sagte er. «Sie hat uns nichts getan. Willste wieder Ärger haben? Was hast du in die Tasche gesteckt? Gib's ihr zurück.»

Martha starrte ihn nur wütend an. Er war ein paar Fingerbreit kleiner als sie, trotzdem hatten seine Worte Gewicht.

«'ne Haarschleife», piepste ein zweites Mädchen, das vorsichtig abwartend bei einem struppigen Weidenbusch gestanden hatte und nun näher hüpfte. «So 'ne schöne Schleife.» Sie mochte zwei oder drei Jahre jünger als Henrietta sein, zumindest sah sie so aus; sie war dünn, ihre Blässe wurde durch die ungesunden roten Flecken auf den Wangen nur betont, ihr Kleid aus drei Sorten aufgerauten Baumwollstoffes hing von ihren schmalen Schultern wie von einem Kleiderbügel, die dünnen Beine steckten in faltigen, an Knien und Knöcheln gestopften braunen Wollstrümpfen, die Füße in Holzgaloschen.

Da geschah etwas Seltsames. Henrietta, gerade in einer ihr fremden Welt angekommen, begriff eine wichtige Spielregel: Wer etwas will, muss etwas geben. Sie wusste noch nicht, *was* sie hier wollte, aber dass sie etwas wollte, irgendetwas, vielleicht einfach nur hier sein, mittun, das wusste sie, bevor ihr Verstand es begriff.

«Ja», stieß sie hervor, «so 'n großes schlappes Ding.» Sie bemühte sich, ihre Sprache nachlässig schleifenzulassen, was ihr tiefe Freude bereitete, denn es hätte Mademoiselle Ackermann und besonders Tante Lydia schockiert. «Hab sie ihr geschenkt, ich hab noch eine.»

«Stimmt das?» Der Junge blickte streng von einer zur anderen, und das Mädchen, das er Martha genannt hatte, starrte das fremde Kind wütend an. Überhaupt nicht dankbar. Aber ihre Hand blieb mitsamt der Beute tief in der Schürzentasche.

«Spiel dich bloß nicht so auf», fuhr sie den Jungen an. «Du bist ein Jahr jünger als ich, du ...»

«Halbes Jahr.»

Martha verdrehte die Augen, und das kleine Mädchen kicherte, trat noch einen Schritt vor und streichelte den weichen Stoff von Henriettas Kleid. «Ist das Seide?», fragte sie. «Oder Samt?»

«Nee.» Henrietta schüttelte den Kopf. Weder Samt noch Seide, das wusste sie, aber sonst? Wer machte sich schon Gedanken über einen Kleiderstoff? «Wenn du willst», sagte sie zu dem dünnen Kind, weil ihr nichts Besseres einfiel, «bringe ich dir auch so 'ne Schleife mit.»

«Wirklich? Was willst du dafür haben? Ich hab nicht viel. Nur 'ne schöne Muschel, aber die ...» Das Kind schob die Unterlippe vor, ihre Augen sahen gefährlich nach Tränen aus.

«Nichts», beeilte sich Henrietta zu versichern, sie kannte sich mit der Unersetzlichkeit heimlicher Schätze aus. «Ich will nichts dafür haben. Die Muschel ist bestimmt wunderschön, behalt sie ruhig. Du kriegst die Schleife, wenn ...» Sie machte ein Gesicht, als denke sie furchtbar angestrengt nach, Papa und Onkel Friedrich fanden das immer sehr putzig. «Ja», sagte sie, als keiner der drei auch nur ein kleines bisschen amüsiert aussah, «wenn ich mal mit euch angeln darf.»

Der Junge nickte ernsthaft. Wie sich bei Henriettas nächstem Besuch am Steg herausstellen würde, war er der Bruder des kleinen und ein Nachbarkind des großen Mädchens. «Das geht», sagte er, «wir nehm' nämlich nichts geschenkt von Leuten, die wir nicht kenn'n.»

So begann ein langer Sommer heimlicher Freiheit, gestohlener Stunden. Wer nun glaubt, er habe für Henrietta das reine Glück bedeutet, hat vergessen, wie es war, damals in solchen Sommern im Taftschleifenalter. Erstaunlich blieb, dass Mademoiselle Ackermann niemals fragte, wo und auf welche Weise ihr Schützling in der Sicherheit des Gartens Kleider und Schuhe derart ramponierte, Knie zerkratzte, einmal, als die Brombeerranken am Elbhang gar zu stark geworden waren, sogar das Gesicht. Sie fragte auch nie nach dem Verbleib mindestens sechs verschwundener Taftschleifen verschiedener Größen und Farben. Wäre es nicht ihren Pflichten zuwidergelaufen, hätte man vermuten können, sie zeige so etwas wie einen Anflug heimlicher Zufriedenheit, wenn Henrietta wieder einmal ihrer Aufsicht entkommen war, was für gewöhnlich ein- oder zweimal in der Woche geschah.

Nach Kalendertagen gerechnet waren Henriettas Ausflüge in verbotenes Land und fremdes Leben nicht von langer Dauer, die Flucht aus der Sicherheit und Geborgenheit des väterlichen Besitzes gelang ihr nur bis in die letzten Junitage. Dann folgten vier Wochen Sommerfrische in Travemünde mit Papa, Mademoiselle und einigen der Verwandten aus dem ‹Schloss›, bei der Rückkehr fand Henrietta die Lücke in der Hecke und das Loch im Zaun geschlossen. Als phantasievolles Kind hätte sie vielleicht nach einiger Zeit gezweifelt, ob es sie überhaupt gegeben hatte, ob sie die Stunden im Leben der anderen nur geträumt hatte. Aber wo sonst hätte sie lernen können, auf zwei Fingern zu pfeifen wie ein Fischerjunge und mit der Flitsche auf Eichhörnchen oder die Teetasse von Mademoiselle Ackermanns Nachfolgerin zu schießen?

Auch darüber hinaus hatte sie in diesen Wochen eine Menge gelernt. Nur mit dem Angeln hatte es nicht geklappt. Kein einziger Fisch war an ihrem Haken geblieben.

Kapitel 1

JULI 1895
IN DER NACHT VON MONTAG
AUF DIENSTAG

Er empfand die Verabredung mitten in der Nacht als angenehm. Vielleicht war angenehm nicht ganz das treffende Wort. Anregend? Aufregend? Von allem etwas. Es war eine Stunde, die schlichte Schatten zum großen Theater, vage Geräusche zur Bedrohung aus dem Hinterhalt machte. Doch die Stadt war trotz der engen, von hohen Fassaden gesäumten Straßen nicht ganz düster, der Mond hing über den Dächern, und die Straßenlaternen brannten noch, was er für Verschwendung hielt – wenn es auch nicht so still war wie nachts in seiner erheblich kleineren Heimatstadt, war doch kaum noch jemand unterwegs. Selbst die Straßenbahnen und Pferdeomnibusse, von denen einige Linien bis nach Mitternacht verkehrten, fuhren nun nicht mehr, die Theater, sogar die frivolsten der Varietés, hatten lange genug geschlossen, dass deren Besucher schon zu Hause oder in den Hotels angekommen waren. Hier in der Nähe des Hafens gab es zudem Kaschemmen für die letzten Nachtschwärmer, auch Bordelle und Hinterzimmer für Karten und Würfel, aber bisher war er niemandem begegnet, der der Beachtung wert gewesen wäre.

Trotzdem blieb er wachsam, patrouillierenden Schutzleuten wollte er ebenso wenig über den Weg laufen wie irgendwelchem dunklen Gelichter. Heiterkeit stieg in ihm auf, vom Bauch, diesem unvernünftigen, gleichwohl verlässlichen Freund, direkt hinauf in den Kopf, und ließ ihn lächeln. Noch vor zwei Wochen hatte er nur zwei Optionen für seine Zukunft gesehen: den ehrenvollen Tod mit der Pistole oder die heimliche Flucht Richtung Australien oder über den Atlantik nach Westen, von New York ging die Eisenbahn nun bis nach San Francisco am Pazifik. Natürlich war diese Ehrenschießerei absurd. Also hatte er sich nach annehmbaren Schiffspassagen erkundigt, diskret und ganz allgemein. Wenn man ein neues Leben in Angriff nahm, einen neuen Anfang wagte, tat man das klugerweise, ohne dass jemand darum wusste. Sollten doch alle denken, er sei in der Nacht über Bord gegangen. So war es am besten.

Nun hatte sich alles gewendet. Das Leben war immer für eine Überraschung gut – eine banale, aber wunderbar zutreffende Feststellung. Womöglich war es nun gar nicht mehr nötig, zu verschwinden? Es war trotzdem die beste Option, Glück war ein launisches Ding. Außerdem brauchte er frischen Wind, sein Leben war von zu vielen Erwartungen, Pflichten und Vorschriften eingeschnürt, es fühlte sich erstarrt und staubig an. Und wenn er nun noch ein wenig mehr riskierte, wurde der neue Anfang in einem der Länder hinter dem Horizont sogar halbwegs komfortabel. Was er in diesem übermütigen Gefühl von Aufbruch und Abenteuer beinahe bedauerte. Ganz unten anfangen – das war die echte Herausforderung. Natürlich fing einer wie er nie ganz unten an.

Schritte kamen näher, gleichmäßig und gemächlich, Stiefel in doppeltem Klang. Zwei Männer. Es hörte sich mehr nach Patrouille als nach Flaneuren an. Er duckte sich tief hinter einen vor einer Eisenwarenhandlung abgestellten Karren. Wenn sie ihn dort entdeckten, konnte er behaupten, etwas zu suchen, eine Münze oder einen Schlüssel, immerhin steckte ein perfektes Passpapier in seiner Tasche. Er sah unter dem Karren hindurch ein Paar Uniformstiefel aus grobem Leder, die verrieten den einfachen Schutzmann, und ein Paar gut gearbeitete Herrenstiefeletten. Die Männer blieben nur zwei Meter vor dem Karren stehen, er hörte ihre Stimmen, zu leise, als dass er verstand, worüber sie sprachen. Dann gingen sie weiter, nun mit entschlossenen Schritten. Als er vorsichtig über den Karrenrand blickte, sah er sie bei der nächsten abzweigenden Gasse stehen bleiben. Gleich darauf waren sie von der Dunkelheit verschluckt.

Noch einen Atemzug lang verharrte er bewegungslos im Schatten und lauschte, dann glitt er hinter dem Karren hervor und ging rasch weiter. Rasch und beinahe geräuschlos.

Nicht geräuschlos genug.

Am Rand des gepflasterten Platzes blieb er stehen, hier war es noch heller. Die Längsseite wurde vom Zollkanal begrenzt, an dessen anderem Ufer wuchsen die neuen Speicher mit ihren Simsen und Türmchen in den Nachthimmel. Hier verlief die nördliche Zollgrenze zum Freihafen, hier patrouillierten Zöllner, zu Fuß und zu Boot. Niemand war so misstrauisch wie Zöllner.

In wenigen Stunden wimmelte es auf dem Platz von Marktleuten mit ihren Körben und Karren voller Obst und Gemüse aus den Vierlanden und der großen Zahl ihrer Kundschaft. Jetzt war niemand zu sehen. Nicht einmal ein Gassenkehrer oder einer der Kehrichtwagen, die in den Nächten für die Sauberkeit der Straßen und Plätze sorgten. Der Brunnenaufsatz hob sich dunkel, in den Laternenhaltern filigran, vom Nachthimmel ab. Es waren nur wenige Schritte. Er ließ den Blick rasch über die Hauseingänge gleiten, dann auf die andere Seite zur Wandrahmbrücke, dort führte eine Treppe hinunter zu den Anlegern, auf der sich jemand verbergen konnte.

Immer noch war niemand zu sehen. Vielleicht war er ein paar Minuten zu früh. Bevor er seine Uhr aus der Tasche gezogen hatte, schlug die Glocke von einer der Kirchen. Er war pünktlich, auf die Minute.

Hinter keinem Fenster der den Platz säumenden Häuser brannte ein Licht, die Laternen auf der Brücke und am Rand des Platzes glommen nur noch mit müdem Schein, nur die am Brunnen leuchteten heller. Er hörte keine Schritte mehr, einige Straßen entfernt klapperten müde Hufe über das Pflaster, ratterten eisenbeschlagene Räder, es klang, als entfernten sie sich. Da mochte doch einer der Straßenkehrichtwagen in der Nähe sein.

Allmählich fühlte er Unruhe aufsteigen. Er konnte nicht ewig hier stehen, er musste sich zeigen, womöglich wurde er längst erwartet, von einer anderen dunklen Ecke aus. Er löste sich aus dem Schatten der Hauswand und ging, wie es verabredet war, zum Brunnen. Vielleicht fand sich dort eine Nachricht. Oder ein kleines diskretes Päckchen? Auch gut. Nein, es war nicht gut. Auf seinem Weg durch die dichtbebauten Straßen mit ihren labyrinthischen Durchgängen, mit Kellertüren, Schuppen und düsteren Löchern hatte er sich nicht gefürchtet, die wenigen Schritte über den freien Platz hingegen fand er bedrohlich. Was lächerlich war, Gefahr lauerte in dunklen Gassen oder Höfen, auch im Gedränge, aber nirgends war man sicherer als an einem übersichtlichen Ort, einem Platz, auf dem man von vielen gesehen werden konnte.

Tatsächlich wurde er nur von einem gesehen. Und der hatte

auf ihn gewartet. Als der Mann, der sich auf ein neues Leben freute, den Brunnen erreichte, hörte er ein Geräusch – nicht die erwarteten Schritte auf dem Pflaster, sondern einen leisen Pfiff. Er drehte sich um, erleichtert, alles lief nach Plan ...

Das Messer hörte er nicht, dabei heißt es, wenn ein Messer durch die Luft saust, höre man es wie einen scharfen Windzug. Er hörte nichts. Auch spürte er im ersten Augenblick nichts, und als er es im zweiten doch spürte, war es nur noch ein kurzer Moment des Staunens. Dann gaben seine Beine nach, sein Herz hörte auf zu schlagen, das tiefrote stoßweise Sprudeln aus seinem Hals gerann schnell zum Sickern.

* * *

Etwa zur gleichen Stunde passierte die *Lilly Prym* Brunsbüttel. Der Fährdampfer hatte Verspätung. Auf der Fahrt zwischen Themse und Elbe hatte er Stunde um Stunde am Rand einer Sandbank nahe den Ostfriesischen Inseln gedümpelt. Die Englandfähren waren bekannt für ihre Pünktlichkeit, ausgerechnet diese hatte fast einen ganzen Tag länger gebraucht als geplant, irgendetwas war mit der Maschine gewesen. Es hatte Stimmen gegeben, die zumindest ein freies Abendessen als Entschädigung forderten. Dem hatte der Kapitän nachgegeben, das freie Bier zur Beruhigung der Nerven jedoch strikt verweigert. Bier beruhigte die wenigsten – er kannte kaum Übleres als randalierende Passagiere, nur Springflut bei Vollmond und Sturm von Nordwest.

Die *Lilly Prym* hatte wieder Fahrt aufgenommen, die Passagiere schliefen in ihren Kabinen, in den Aufenthaltsräumen und wo immer sich eine ruhige Ecke fand. Henrietta Winfield aus Bristol hatte nur wenig Schlaf gefunden, sie quälte die

Gewissheit, zu spät zu kommen, zugleich fürchtete sie das Ende der Fahrt.

Sie war völlig überstürzt zu dieser Reise aufgebrochen, alle Kabinen waren vergeben gewesen. Sie hatte Glück, eine andere alleinreisende Dame überließ ihr das zweite Bett in ihrer Kabine. Dafür erachtete Mrs. Bell aus Chelsea es als selbstverständlich, dass ihr die zweiundzwanzigjährige Mrs. Winfield Gesellschaft leistete, was bei Mrs. Bells außerordentlichem Mitteilungsbedürfnis ein hoher Aufpreis war. Schon in Höhe der Inseln vor der holländischen Küste war Henrietta bestens über die prominenteren Bewohner des feinen Chelsea in Londons Westen informiert, vornehmlich über pikante Affären, einschließlich der einiger Butler, und Verbindungen zum Königshaus – ein in England unvermeidbares Thema.

Als junge Dame aus guter Familie beherrschte Henrietta Winfield alle Spielarten des Smalltalks. Also hatte sie ein interessiertes Gesicht gemacht, hin und wieder ein ‹Ist es die Möglichkeit?› oder ‹Wirklich? Kaum zu glauben!› gemurmelt oder leise Missbilligung mit der Zunge geschnalzt und war dabei nur ihren eigenen Gedanken gefolgt. Als Mrs. Bell endlich ihrer Schläfrigkeit nachgab, murmelte sie, es sei ihr immer eine Freude, sich mit einer gebildeten jungen Dame auszutauschen.

In Cuxhaven waren die Männer vom Zoll an Bord gekommen, sie kontrollierten nun im Bauch des Schiffes Ladung und Reisekoffer. Das Handgepäck der Passagiere folgte später, wenn alle wach und wieder an Deck waren. Mrs. Bell schlief tief und fest, als Henrietta die stickige Kabine verließ. Sie sehnte sich nach frischer Luft und dem weiten Blick, den sie immer als Erstes erinnerte, wenn sie an diesen Fluss dachte, an dem sie aufgewachsen war.

Die Morgendämmerung war erst zu ahnen, doch aus dem

Speisesaal kamen schon Stimmen, Geschirr und Besteck klapperten, es roch nach Tee, Spiegeleiern und angebranntem *porridge*.

Die *Lilly Prym* stampfte wieder in stoischem Gleichmut durch die Fluten, das auflaufende Wasser gab ihr Schwung. Die beiden Ladebäume und der Schornstein zeichneten sich gegen den Himmel ab, an dem die letzten Sterne verblassten.

«Take care, Missy», brummte ein vorbeistolpernder Matrose, als sie sich über die Reling lehnte, das Gesicht in die Brise hielt und die Augen schloss. Ihr Besuch an der Elbe war seit geraumer Zeit geplant gewesen, der erste nach einer Reihe von Jahren, sie hatte sich darauf gefreut wie ein Kind. Umso mehr, als es seit ihrer Hochzeitsreise vor zwei Jahren auch die erste gemeinsame Fahrt mit Thomas hätte sein sollen. So steckte sie tief in den Vorbereitungen, als das Kabel mit der Nachricht kam.

Sie hatte nicht wirklich erfasst, was das Telegramm in dürren abgehackten Worten mitteilte, es blieben nur Worte. Sie hatte den nächsten Zug nach London genommen, allein, ohne die Begleitung zumindest einer Bediensteten, von dort das Schiff nach Hamburg. Nun war das vertraute Ufer schon nah, und sie hatte immer noch das Gefühl, in einem Wartesaal zu verharren. Bis der Inhalt des Telegramms begreifbar sein würde, die Nachricht vom Tod ihres Vaters.

Plötzlich fühlte sie tiefe Verlassenheit und die Sehnsucht nach Thomas wie einen Schmerz in Körper und Seele. Sie hätte gerne geweint, hier, wo niemand sie sah oder hörte, aber ihre Augen brannten nur von der Schlaflosigkeit der Nacht und sie beschloss, tapfer zu sein, sich kühl zu zeigen, wie es sich für eine erwachsene Frau gehörte. Überhaupt war es ein guter Schmerz, er bewies, wie sehr ihr Mann ein Teil von ihr war und dass sie sich geirrt hatte, als sie an ihrer Ehe zweifelte.

In wenigen Tagen war Thomas da und stand ihr bei, sobald er seine Verpflichtungen in Antwerpen erfüllt hatte, das hatte er versprochen. Inzwischen musste er ihr Kabel bekommen haben und verstehen, warum sie so überstürzt ohne ihn abgereist war. Und natürlich bemühte er sich nun noch mehr, seine Geschäfte rasch abzuschließen, um direkt nach Hamburg zu reisen.

Geschäfte schnell abschließen – ging das überhaupt? Sie verstand so wenig davon. Tatsächlich wusste sie gar nichts. Besonders im zweiten Jahr ihrer Ehe war er häufig nach London gefahren, ab und zu auch auf den Kontinent. Und immer hieß es nur: in Geschäften. Es gehe um die Verwaltung des Familienbesitzes, hatte er auf ihre Frage erklärt, da müsse er sich oft beraten, die Gelder klug anlegen – mit solchen Angelegenheiten wolle er sein liebstes Mädchen aber gewiss nicht langweilen, alles diene ihrem behaglichen und sicheren Leben. Dann hatte er sie auf die Stirn geküsst und war davongeeilt.

Sie hätte es gerne genauer gewusst, er war ihr Mann, und sie liebte ihn, also wollte sie wissen, womit er seine Tage verbrachte, was er dachte, was ihn bewegte, aber sie hatte nie weitergefragt. Es war sein Familienbesitz und im Übrigen Männersache.

«Mrs. Winfield? Verzeihen Sie, wenn ich Sie einfach anspreche. Ich dachte, Sie mögen vielleicht eine Tasse Tee.»

Es war eine männliche Stimme, und sie klang auf unaufdringliche Weise besorgt. Eine seltene Kombination, fand Henrietta und drehte sich um. Neben ihr stand ein Mann im zerknitterten Sommeranzug, das sehr kurz geschnittene Haar war in der beginnenden Dämmerung hell wie sein Gesicht. Sie erinnerte sich an ihn, er hatte beim Abendimbiss am Nachbartisch gesessen. Nun reichte er ihr eine Tasse mit dampfendem Tee und lächelte auffordernd.

«Kresslin», fuhr er fort, «ich heiße Andreas Kresslin. Eisenbahningenieur auf der Durchreise nach Berlin und weiter nach Kleinasien.»

«Das ist eine lange Reise», antwortete sie so allgemein wie passend. «Woher kennen Sie meinen Namen?»

«Ich gestehe, ich habe gelauscht. Die so unermüdlich plaudernde Dame hat ihn einige Male genannt.» Er lächelte, ob verschmitzt oder beschämt, war im diffusen Licht schwer zu entscheiden. «Sie sollten an Ihrem Tee wenigstens nippen, er weckt die Lebensgeister. Machen Sie einen Heimatbesuch? Ich muss mich schon wieder entschuldigen, meine Neugier ist eine Familienkrankheit. Mein Bruder kann es Wissenschaft nennen, er ist Archäologe. Merken Sie es? Ich will Sie beeindrucken.»

«Troja?»

«Gut pariert!» Er lachte. «Nur Pergamon. Nicht ganz so mythenschwer, trotzdem gibt es für ihn nichts anderes. Schauen Sie», er lehnte sich leicht an die Brüstung der Reling, «im Osten wird es schon hell. Dieser Himmel verspricht einen sonnigen Tag, und die ersten Möwen sind auch schon unterwegs.»

Henrietta fühlte sich plötzlich leichter. Troja, Pergamon, Berlin, die Wissenschaft – das alles war wunderbar weit weg, wie auf einem anderen Planeten.

«Ich nehme an, Ihr Gatte erwartet Sie an den Landungsbrücken», sagte er, es klang ungemein beiläufig. «Sollte er nicht dort sein – wegen unserer immensen Verspätung liegt das nahe –, steht Ihnen meine Droschke zur Verfügung, natürlich auch meine Begleitung.»

«Mein Mann ist in Antwerpen, er kann erst in einigen Tagen hier sein.» Sie blickte auf die Uferlandschaft, das Reet, die Wiesen, alles gewann im zunehmenden Licht Farbe, wie wenn bei einem Aquarell eine der dünnen Wasserfarbschichten auf die andere folgt. An Bord eines Schiffes war alles anders, in dieser kleinen geschlossenen Welt mit der großen Aussicht war man einander näher. Der junge Mann mit der Familienkrankheit Neugier war ihr ein völlig fremder Mensch, und doch widerstand sie nur schwer dem Wunsch, ihm vom Anlass dieser Reise zu erzählen, von ihrer Angst vor der Bibliothek mit dem leeren Sessel, dem Fehlen der Stimme, dem ganzen leeren Haus. «Ich werde in Nienstedten erwartet», sagte sie nur. «Das ist eine ganze Strecke vor Hamburg, sogar vor Altona. Mit etwas Glück kann ich dort ganz in der Nähe schon von Bord gehen.»

«Aber das Schiff legt nicht vor Hamburg an. Wollen Sie schwimmen?»

Sie blickte elbaufwärts, wo gerade die Sonne über den Horizont stieg und das Schiff in wenigen Stunden den Hafen erreichen würde. «Das wird hoffentlich nicht nötig sein. Aber genau weiß man so etwas vorher nie.»

* * *

«Es gibt bequemere Orte zum Sterben», sagte Dr. Winkler, ohne den Blick von der Leiche abzuwenden, «aber kaum eine leichtere Art. Hoffen wir, er hat es verdient, unsere schöne Welt schnell und schmerzlos zu verlassen.»

«Schmerzlos? Wirklich?» Kriminalkommissar Ekhoff fuhr mit den Fingerspitzen unter seinen in der Eile zu eng geschlossenen Kragen. Der Tote lag wie zusammengesackt auf den Stufen des Meßbergbrunnens. Es war noch vor Sonnenaufgang, doch das Licht war schon weich und machte alles diffus. Die Lampe, die Dr. Winklers Gehilfe hielt, ließ die Blutlache erkennen, die sich unter Kopf und Oberkörper des Toten ausgebreitet hatte, und auch deren Ursache.

«Ziemlich schmerzlos. Nicht nur, wenn man an Vergiften oder Erschlagen denkt, auch Erdrosseln ist höchst unangenehm. Für beide Beteiligten. Das hier», der blutige Finger des Polizeiarztes zeigte auf eine klaffende Schnittwunde an der linken Halsseite seines Untersuchungsobjektes, «das hier ist schnell und sauber gegangen.»

Es klang gleichmütig, nur wer ihn kannte, hörte den bedauernden Unterton. Der Arzt war ein kleiner dicker Mann, die Kahlheit auf seinem Kopf wurde durch einen mächtigen eisgrauen Schnauzer ausgeglichen, der ihm eine gewisse Ähnlichkeit mit einem freundlichen Walross gab, obwohl er schon seit mehr als zwanzig Jahren im Polizeidienst stand.

Ekhoff nickte – selbst in diesem Licht erkannte er, wie sauber der Schnitt war, also mit einer äußerst gut geschärften Klinge ausgeführt – und unterdrückte ein Gähnen. Er wiederum war noch nicht lange genug im Polizeidienst, als dass ihm ein solches Gähnen bei der Ankunft am Fundort einer Leiche gleichgültig wäre. Ein Polizist hatte im Dienst hellwach zu sein. Immer.

Dr. Winkler löste auch jetzt nicht den Blick von dem Toten. Er erkannte die Kripo-Beamten an der Stimme, nur sehr selten irrte er sich dabei.

«Ekhoff», sagte er, «Sie sind schnell hier, Ihre Wohnung liegt in der Nähe, richtig? Und der verehrte Herr Staatsanwalt? Wo ist der?» Mit einem Ächzen stemmte er sich hoch und blinzelte in das Lampenlicht. «Kommt sicher aus Blankenese. Das kann dauern. Und wir vom Fußvolk müssen wieder warten.»

Wie etwa die Hälfte der Polizeiärzte betrieb Dr. Winkler nebenbei eine kleine Privatpraxis, seine lag am Hafenrand, wo überwiegend arme Leute wohnten. Das hatte ihn trotz seiner Herkunft aus gutbürgerlichen Kreisen zu einer gewissen Radikalität im Denken verleitet. Auch im Handeln, wie etliche seiner Berufskollegen kritisierten. Wenn sich einmal ein halbwegs wohlhabender Patient in seine Praxis verirrte – für gewöhnlich ein ahnungsloser Reisender –, musste der im selben Wartezimmer ausharren wie die Leute vom Hafenrand und den Gängen um St. Jacobi, aber den dreifachen Preis für die Behandlung bezahlen. Es hieß, man treffe dort auf Verrückte, die sich dem extra aussetzten, als eine Art Abenteuer im Dschungel der Großstadt. Es hieß auch, seit die Cholera in der Stadt gewütet hatte wie sonst nur im Mittelalter, sei diese Art von Abenteuerlust kaum noch zu beobachten.

Obwohl er sich vorgenommen hatte, nicht mehr so schnell zustimmend zu nicken, nickte Paul Ekhoff wieder. In diesem Fall bedeutete es allerdings keinen vorauseilenden Gehorsam, ihn störte es überhaupt nicht, wenn der Staatsanwalt lange auf sich warten ließ. In Gegenwart studierter, sich schon durch ihr Amt überlegen gebender Männer fühlte er sich wieder wie der Junge, der er einmal gewesen war, der alles, was er besaß, aus dritter Hand bekommen hatte.

«Wie lange liegt er hier?», fragte er.

«Etwa zwei Stunden, denke ich, höchstens drei. Und: Nein, ich habe ihn noch nicht bewegt, ich bin ja kein Anfänger. Was der Mann auf dem Kehrichtwagen gemacht hat, als er ihn entdeckte, weiß ich allerdings nicht. Ich habe nur vorsichtig den Hinterkopf abgetastet, ob da eine Überraschung auf uns wartet. Bei diesem Kandidaten hier hat es mich auch nicht zu mehr gedrängt. Die Schnittwunde an seinem Hals hat gereicht, ihm den Lebensfaden abzuschneiden. Das kann man hier mal wörtlich nehmen. Aber es soll vorkommen, dass ein Mörder besonders gründlich ist und sozusagen einen Doppelmord an einer Person begeht. Den Schädel hat er diesem hier nicht auch noch eingeschlagen, aber ob er ihm vorher eine Prise Gift ins Nachtmahl gerührt hat? Das habe ich erst einmal erlebt in all den Jahren, und da, ob Sie es glauben oder nicht, waren es zwei Mörder. Ein Mörder und eine Mörderin, um präzise zu sein, mit einem gemeinsamen Opfer, *ohne* dass sie voneinander wussten. Interessant, was? Diese doppelte Gleichzeitigkeit, ich meine des Opfers und der Tatzeit. Das Gift hat übrigens nicht die Dame verabreicht, obwohl es heißt, Frauen greifen lieber zu Gift als zu Keule, Schießprügel oder Messer. Andererseits – oje, ich verplaudere mich. Verzeihen Sie, Ekhoff, so halte ich mich munter und aufmerksam. Was wollen Sie noch wissen?»

Alles, dachte Paul Ekhoff und sagte: «Bleiben wir erst mal bei der Verletzung, die war ...»

«... gleich tödlich, ja. Trotzdem interessant. Es ist ja zum Glück nicht so, als hätten wir wie in Chicago oder Shanghai alle Tage ein Dutzend Mordopfer zu beklagen, mir reicht es auch, wenn die Leute am Dreck und an der Armut krepieren, wenn sie – na egal, das ist jetzt nicht unser Thema. Dieser arme Kerl wäre übrigens sicher nicht an Elend und Hunger geendet. Wenn man vom Blut absieht, ist er ein gepflegter und gutgekleideter junger Mensch. Ganz jung nicht mehr, das werden wir bei besserem Licht und auf dem Sektionstisch verlässlicher feststellen, jetzt schätze ich ihn auf etwa dreißig. Jedenfalls war das, was er am Leibe trägt, nicht billig. Das nebenbei gesagt. Mich geht ab jetzt nur noch an, was er *unter* der Haut zu bieten hat. Für alles andere werden Sie bezahlt.»

Diesmal nickte Ekhoff nicht, diesmal grinste er. Dr. Winkler war einer von denen, die sich trotz gegenteiliger Beteuerungen nie mit den Grenzen ihres Fachgebietes arrangieren konnten.

«Ich merke es mir trotzdem. Verraten Sie mir, was an dem Schnitt in den Hals besonders interessant ist.»

«Abgesehen davon, dass der Mann nun tot ist, an sich schon ein Ereignis, jedenfalls für seine Familie, falls er eine hat, wie fast jeder Hund auf Erden», er seufzte, vielleicht dachte er an seine fünf Töchter, und beugte sich wieder über die Wunde, sein Gehilfe senkte eilfertig die Laterne, «tja, abgesehen davon ist, was wir hier sehen, Ekhoff, ein tadelloser Schnitt. Geradezu kunstvoll. Die Gazetten werden schreiben, da habe ihm einer die Kehle durchgeschnitten, weil die sich was anderes nicht vorstellen können. Hier ist die Kehle, die bekanntlich vorne im Hals sitzt, aber nicht mal angekratzt. Wenn einer einem anderen ‹die Kehle durchschneidet›, meint das im Prinzip einen Schnitt von rechts nach links oder umgekehrt. Das klassische Verfahren: Der Mörder steht hinter dem Opfer, umfasst es und zieht die Klinge ruck, zuck von links nach rechts durch den Hals, oder umgekehrt, wenn er ein Linkshänder ist. Klar. Wenn er hübsch tief ansetzt, geht es auch durch die Kehle.»

«Wenn nicht Hemdkragen und Krawatte im Weg sind?»

«Stimmt. Das macht die Sache natürlich schwieriger. Erst recht, wenn der Kragen tüchtig gestärkt ist oder aus Pappe – schwierig, schwierig. Solche Kragen sind im Leben manchmal unbequem, dafür können sie sich bei Mordanschlägen dieser Art als lebensrettend erweisen. Unbedingt. Unser Opfer hier hat einen weichen und niedrigen Hemdkragen, ich dachte immer, so was tragen vor allem Künstler. Bohemiens, sozusagen. Hätte er einen höheren oder so einen Pappkragen getragen, hätte er den Anschlag wahrscheinlich überlebt. Jedenfalls wenn er dann schnell gerannt wäre. Einer, der es auf diese Weise mit dem Messer versucht, gibt nicht einfach auf und lässt sein Opfer davonkommen, oder? Messermörder sind besondere Leute. Andererseits – wenn der Überfallene um Hilfe schreit und eines der vielen Fenster hier aufgeht, wenn dann einer noch ‹Ruhe, verdammt noch mal!› oder gleich nach der Polizei schreit …»

Ekhoff hüstelte vernehmlich, und der Arzt schlug sich an die Stirn. «Ich kann die Maschine da oben einfach nicht abstellen. Das reinste Perpetuum mobile. Meine Frau sagt, ich soll lieber medizinische Detektivgeschichten aufschreiben, Fortsetzungsromane für Zeitungen, dann komme endlich genug Geld in die Haushaltskasse. Was ich übrigens bezweifele. Aber wenn Sie mal beim Grübeln über einen Fall feststecken, klopfen Sie bei mir. Auch nach Mitternacht, ich bin immer gern zu Diensten. Wo waren wir gerade, als mein Geist auf Abwege geriet?»

«Sie wollten erklären, warum dies kein Schnitt durch die Kehle ist, obwohl die Journalisten es so nennen werden. Was daran besonders ist.»

«Ach ja.»

«Herr Kriminalkommissar.» Ein Schupo stand in respektvollem Abstand von zwei Schritten hinter Ekhoff. «Wenn ich mir erlauben darf, daran zu erinnern: Heute ist Markttag. Die Leute stehen mit ihren Gemüsekörben hinter der Absperrung, noch mehr sitzen unten in ihren Booten und wollen auf den Platz. Sie fragen, ob es noch lange dauert und wer ihren Verdienstausfall bezahlt.»

Dr. Winkler lachte. «Verdienstausfall. Hat man so was schon von Bauern gehört? Die lernen schnell von den Arbeitern, was? Demnächst streiken auch noch die Bauern und lassen die Rüben in der Erde verfaulen.»

Ekhoff fehlte meistens der Sinn für solche Scherze, heute

Morgen ganz besonders. «Es dauert so lange, wie es dauert», erklärte er dem Schupo, «wie immer. Sagen Sie das den Leuten. Natürlich trödeln wir nicht rum.» Er sah sich auf dem Platz um, sah die Menschen, die sich stauenden Fuhrwerke, dahinter eine Straßenbahn – alle warteten. Erstaunlich, dass nicht längst die ersten Straßenhändler die gute Gelegenheit nutzten und ihre Bauchläden aufklappten. Sein Blick glitt über die Häuserreihe, da war kaum noch ein Fenster, aus dem das Geschehen auf dem Meßbergmarkt nicht verfolgt wurde.

«Also mich kurzfassen, ich werd's versuchen», erklärte Dr. Winkler. «Was ich sagen wollte: Die Kehle ist nicht mal angekratzt, nur die Halsschlagader an der linken Seite ist durchtrennt. Hier war ein Könner am Werk, Ekhoff. Der mit dem Messer, für einen solchen Schnitt muss es scharf wie ein Rasiermesser sein, ja, also, der mit dem Messer steht vor seinem Opfer», Dr. Winkler stellte sich dem Kommissar gegenüber in Positur, «machen Sie mal das Opfer, Ekhoff, dann zeige ich Ihnen, was ich meine. Also, er steht vor Ihnen, etwas seitlich wohl, vielleicht kommt er Ihnen auch entgegen, geht schnell vorbei – nun treten Sie doch mal zur Seite, Dolfhaus», herrschte er seinen Gehilfen an. «Sie stehen dem Mörder im Weg! Er geht an seinem Opfer vorbei, dabei hebt er blitzschnell den Arm, und – ratsch! – schlitzt er Ihnen seitlich den Hals auf, durchtrennt die Schlagader – und ein paar Sekunden, höchstens Minuten später – Exitus.»

Dr. Winkler ließ aufschnaufend den Arm sinken. Der Kommissar war erschreckt einen halben Schritt zurückgetreten, das Gesicht des sonst stets gelassenen Arztes hatte sich für einen Moment auf dramatische Weise verändert.

«So. Und bevor Sie fragen, verehrter Kommissar: Ja, er hätte noch um Hilfe schreien können, das ist aber Theorie. Mit durchschnittener Kehle kriegen Sie keinen Pieps mehr raus, mit dieser Verletzung schon. Aber bevor er begriffen hatte, was passiert war, schließlich wird einem nicht alle Tage die Halsschlagader aufgeschlitzt, war es schon aus mit dem Bewusstsein und gleich darauf mit dem ganzen schönen Leben. Es kann aber auch anders gewesen sein. Na, Sie werden an die Türen klopfen und fragen, ob einer was gesehen und gehört hat. Es gibt eine Menge Schlafgestörte. Nun die andere Möglichkeit. Wie sehen zurzeit die Programme der Zirkusse in der Stadt aus? Gucken Sie nicht so indigniert, ich mache mir keine Gedanken über mein nächstes Sonntagsvergnügen. Ich folge nur meinen Vorurteilen.»

«Obwohl Sie sich kurzfassen wollten.» Ekhoff bemerkte bei der von den Anlegern heraufführenden Treppe dichtes Gedränge. Es dämmerte, bald ging die Sonne auf, die Bauern und ihre Frauen und Mägde hatten die Boote festgemacht und wollten mit ihren schweren Körben hinauf auf den Platz. Aber immer noch lärmte, drängelte oder pöbelte niemand, alle reckten nur ihre Hälse, mit niederdeutschem Gemurmel wurden die, die von den unteren Stufen aus nichts sehen konnten, über das Geschehen auf dem Meßberg informiert.

«Das *war* die Kurzfassung. Suchen Sie im Zirkus oder im Varieté. Das ist doch klar», rief der Arzt ungeduldig, als Ekhoff ihn nur fragend ansah, senkte dann aber wieder die Stimme – ein Polizeiarzt weiß, was nicht ins auf Neuigkeiten begierige Publikum hinausposaunt werden sollte. «Suchen Sie einen Messerwerfer. Für diese Verletzung ist das die wahrscheinlichere Variante. Der Kerl hat Glück gehabt, das Opfer Pech. Seine Kunst erfordert Talent, ein präzises Auge und ausdauernde Übung. So gut gezielt und getroffen wie hier – alle Achtung. Vielleicht finden Ihre Leute das Messer, ich glaube es zwar nicht, aber man muss immer auf das Glück und den Zufall vertrauen.»

Paul Ekhoff sah dem Arzt, der erst im Davoneilen die große blaue Schürze abnahm, fröstelnd nach. Er fröstelte immer, wenn er zu wenig Schlaf und kein Frühstück bekommen hatte, er sehnte sich nach heißem Kaffee, keinem Muckefuck, sondern richtigem aus frisch gerösteten Bohnen. Leider war heute kein Sonntag. Tatsächlich fröstelte er aber, weil er noch nicht daran gewöhnt war, für das, was nun hier geschah oder nicht geschah, allein verantwortlich zu sein. Der alte Jowinsky, ein so erfahrener wie unerschütterlicher Kriminalist und bis vor wenigen Monaten sein Vorgesetzter, war in den Ruhestand gegangen und lebte bei seiner Tochter im Elsass. Er hatte sich entschieden dafür eingesetzt, dass sein Polizeiassistent den Posten bekam. Nun war Paul Ekhoff der jüngste (und am schnellsten aufgestiegene) Kriminalpolizeikommissar Hamburgs und hatte gelernt, dass das gut klang, aber einem Lauf über rissiges Eis glich. Er musste es trotzdem schaffen, eine andere Möglichkeit gab es für ihn nicht.

«Lass dich nicht schrecken, Ekhoff», hatte Jowinsky zum Abschied gesagt, «es gibt immer Neider, die werden dir ans Bein pinkeln, wo sie nur können. Du wirst Fehler machen, aber du bist gut, nur deshalb bist du befördert worden. Du hast viel gelernt, und du hast es im Bauch. Andere sagen, in der Nase, das ist wurscht, jedenfalls hast du es, und das braucht man in unserem Geschäft unbedingt. Lass dir nicht ausreden, was du hast und kannst. Man scheitert nur, wenn man nicht an sich selbst glaubt.» Ekhoff fand solche Gedanken erstaunlich.

«Immer nachts», brummelte der Fotograf, der sich schnaufend mit seiner Assistentin durch die Schaulustigen geschoben und endlich den Brunnen erreicht hatte. Er stellte die Deichsel des Handkarrens auf, mit dem er seine Utensilien transportierte, und schob einen Holzkeil vor eines der Räder. Er befestigte die Balgenkamera so an dem dreibeinigen Stativ, dass das Objektiv nach unten zeigte, zog die Stangen auf etwa zwei Meter Länge auseinander und platzierte sie über dem Toten, was ihn einige Mühe kostete, weil der Leichnam direkt am Brunnen lag. Endlich stieg er auf die Trittleiter, und Ekhoff ging einige Schritte beiseite. Der Magnesiumblitz leuchtete grell auf, ein Raunen ging durch die Menge, hier und da ein erschreckter Aufschrei. Nicht alle, die sich inzwischen versammelt hatten, verstanden, was da vor sich ging. Ekhoff hatte es oft erlebt. Er schloss immer rechtzeitig die Augen, der blendende Blitz wirkte nur für einen Moment nach, aber er mochte das nicht.

Der Staatsanwalt war immer noch nicht da, Sicherung und Untersuchung des Fundortes und der Leiche durften davon nicht aufgehalten werden – nicht nur wegen der wartenden Marktleute und ihrer Kundschaft. Der Meßberg genannte Platz lag wohl am Rand der City, wie die Innenstadt neuerdings genannt wurde, aber an einer der großen Brücken, die direkt auf die Wandrahminsel und in die neue sogenannte Speicherstadt führte. Auch sonst war er von jeher einer der wichtigen und verkehrsreichen Plätze der Stadt. Wie anderswo die Droschken auf Fahrgäste, warteten hier stets Fuhrleute mit ihren Wagen auf Transportaufträge. Die Fuhrwerke stauten sich schon hinter den Absperrungen der auf den Platz führenden Straßen, an denen Polizisten die Durchfahrt verwehrten, bis die Leiche abtransportiert und der Tatort gründlich abgesucht worden war.

Ekhoffs Polizeiassistent, ein blasser junger Mann mit umschatteten Augen in einem auffallend schmalen Gesicht, kam von der Anlegertreppe.

«Und?», fragte Ekhoff.

«Nichts», sagte Henningsen, «jedenfalls nichts, was der Rede wert ist.» Er ließ den Kommissar in eine offene Schachtel blicken.

«Das ist alles?», fragte der und schob die Reste eines schmutzigen nassen Taschentuches mit der Fingerspitze an den Rand der Schachtel.

Henningsen nickte. «Kein Monogramm oder sonst etwas Besonderes, gar nichts. Einfach ein billiger Fetzen. Er klebte in einer Ecke der dritten Stufe, deshalb ist er dem Kehrichtbesen entgangen.»

Zwei Schutzpolizisten – jeder in beiden Händen je eine Laterne – standen hinter Henningsen und in respektvollem Abstand von drei Schritten ein halbes Dutzend zivile Helfer, halbe Kinder, sicher Söhne und Nachbarn der Polizisten.

«Der Platz ist zu groß», erklärte der Assistent müde. «Wir konnten nicht jeden Quadratzoll absuchen, die meisten Schutzleute wurden für die Absperrung gebraucht, und bei diesem Licht versprach das ohnedies wenig Erfolg. Außerdem haben die Straßenkehrer und der Kehrichtwagen hier gründlich gearbeitet und aufgeladen, bevor sie beim Brunnen angelangt waren und den Toten entdeckten. Aber die Einmündungen der Straßen, der Brücke und die von dort jeweils direkte Linie zum Fundort haben wir mit den Laternen geradezu abgegrast. Zweimal, weil vier Augen mehr sehen. Und die Treppe zum Anleger, die zuerst, bevor die Bauern mit ihren Booten kamen. Kann ja sein, dass einer mit dem Boot gekommen oder wieder verschwunden ist. Die tote Katze, die dort lag, war schon halb von den Ratten aufgefressen, die Jungs haben sie in den Kanal geworfen. Aber so ein Kadaver hätte uns kaum weitergebracht. Im Resümee hat die Sucherei nichts ergeben.»

Ekhoff hatte das erwartet, aber wie immer auf eine Überraschung gehofft. Er fragte auch nicht nach dem Messer. Solche Fragen hatte er selbst oft gestellt bekommen und es gehasst. Als ob einer auf der Suche nach Indizien und Tatwerkzeugen ein Messer, womöglich ein blutiges, unerwähnt lassen würde.

Wieder ging ein Raunen durch die hinter der Absperrung drängende Menge, mit dem Hellerwerden hatte sie sich vervielfacht. Der Fotograf hatte seine Arbeit getan, Detailfotos würde er später in der Anatomie in der Brennerstraße machen, besonders Aufnahmen des Gesichts und der tödlichen Verletzung. Nun schob sich der Leichenwagen durch die Menge, die meisten wichen respektvoll oder in abergläubischer Furcht zurück. Immer, wenn Ekhoff das schlichte Fuhrwerk mit den beiden Aluminiumsärgen sah, fühlte er sich an das Grauen der Cholera vor drei Jahren erinnert. Damals hatte es allerdings bald keine Särge mehr gegeben, schon gar keine aus Aluminium. Tücher, ungelöschter Kalk und ein Loch in der Erde, ein Massengrab. So hatte für die allermeisten das Ende ausgesehen.

«Kommissar Ekhoff?» Henningsen sah ihn fragend an. «Alles in Ordnung?»

«Natürlich!» Ekhoff klang schärfer, als er beabsichtigt hatte. «Ich habe nachgedacht, das sollten Sie auch ab und zu tun.»

Henningsen neigte errötend den Kopf und trat einen halben Schritt zurück. Ekhoff verwünschte sich. Eigentlich mochte er seinen Assistenten, aber manchmal machte der ihn nervös. Henningsen war ‹aus gutem Hause›, ungewöhnlich für einen Polizisten. Solche jungen Männer studierten Jurisprudenz und wurden Richter, Staatsanwälte, Rechtsanwälte, Notare. Mit Glück und guten Verbindungen sogar Senatssyndici oder Senatoren. Aber Polizisten?

«Schon gut, Henningsen», sagte er, «schon gut. So früh am Tag bin ich unwirsch. Ist nicht so gemeint. Nun erzählen Sie. Sie waren als einer der Ersten hier?»

Henningsen nickte eifrig. «Der Straßenkehrer hat seine Entdeckung gleich hier bei der Dovenfleet-Wache gemeldet, dort wissen sie, dass ich nur vier Häuser weiter wohne. Ich war schnell hier und habe alles andere veranlasst.»

Er habe auch Namen, Abteilung und Anschrift des Kehrers notiert, man könne ihn zu weiterer Befragung leicht finden.

«Sehr gut. Dann wollen wir unseren neuen Kunden noch mal ansehen, bevor er in die Anatomie verschwindet.»

So hätte Jowinsky sich ausgedrückt, er selbst bis vor wenigen Wochen nie. Aber es schadete nicht, wenn er ein bisschen von Jowinsky annahm. Henningsen würde es gar nicht bemerken, er hatte nie mit dem Alten gearbeitet. Aber er würde Henningsen nie duzen. Jowinsky, der um fünfunddreißig Jahre ältere erfahrene Beamte hatte ihn, den Anfänger, immer beim Nachnamen, aber mit Du angeredet. Ekhoff hatte das gefallen, es hatte nie herablassend geklungen, sondern bei aller klug gewahrten Distanz ein bisschen väterlich. Mit Henningsen und ihm war es anders, der Assistent war nur drei Jahre jünger als er, und gesellschaftlich – wenn sie sich je auf privatem Feld treffen sollten, was sich gewiss nie ergeben würde – stand sein Polizei-Assistent über ihm.

«Sie haben nichts gefunden, was auf seine Identität hinweist, richtig?»

«Nichts Konkretes. Dass er tot war, habe ich gleich erkannt, er war schon», Henningsen schluckte, obwohl er schon fünf Jahre im Polizeidienst war, hatte er sich an blutige Leichen nicht gewöhnt, «na ja, er fühlte sich kalt an und schien nicht mehr zu atmen. Dann das viele Blut, der Schnitt am Hals – das konnte ich mit der Laterne erkennen. Dann habe ich ganz vorsichtig in seinen Rocktaschen gefühlt, ob er irgendein Dokument bei sich trägt. Sicher hat das Jackett eine innere Brusttasche, dort habe ich nicht nachgesehen, ich wollte die Leiche unverändert liegen lassen, bis alles genau dokumentiert ist.»

Plötzlich erhob sich von allen Seiten Stimmengewirr, Holzschuhe trappelten, Karrenräder knirschten über das Pflaster, ein alles durchdringendes wütendes Klingeln der Straßenbahn, vier Wagen rollten über den Platz. Ekhoff hatte Anweisung gegeben, die Absperrung bis auf einen schützenden Abstand um Leiche und Fundort aufzuheben. Es würde geraume Zeit dauern, bis auch die in den verstopften Zugangsstraßen wartenden Fuhrwerke und Kutschen ihren Weg gefunden hatten. Und es würde Beschwerden geben. Das kümmerte ihn nicht, umso weniger, als der Tote kein verkommener Säufer oder eine syphilitische Hure war. Der Mann, darin teilte er die Ansicht des Doktors, war keiner, der Hunger und Elend kannte. Zumindest nicht während der letzten Phase seines Lebens. Der sah nach einem Bürger aus, also würden die, die auf ihren gepolsterten Stühlen darüber zu befinden hatten, die radikale Sperrung des Platzes und Behinderung des Geschäftsverkehrs zur Sicherung von Indizien, Fundort und Leichnam angemessen finden.

Was ihn hingegen sehr wohl kümmerte, war die wie eine in Bewegung geratene Mauer vorrückende Menge. Je älter er wurde, umso besser und leichter verstand er sich auf den Umgang mit Menschen. Wenn sie aber in Massen auftraten und ein gemeinsames Anliegen oder Ziel hatten, fühlte er sich wie eine Ratte im Käfig. Selbst wenn ihn niemand beachtete, hatte er das Gefühl, bedrängt zu werden, und spürte den wachsenden Wunsch, zuzuschlagen. Und tief in seiner Seele fürchtete er sich. Er dachte dann an die Französische Revolution, wie damals die Massen von Menschen Blut verlangt hatten, nach immer mehr Blut schrien, wie sie der Guillotine zugejubelt hatten, geifernd im Vergnügen am Entsetzen und der Qual der Opfer. Wie sie lustvoll lynchten, Herzen und Lebern aus noch zuckenden Körpern rissen ...

«Halten Sie verdammt noch mal die Leute auf mehr Abstand!», brüllte er der Reihe von Schutzmännern zu, und als das wenig brachte, ließ er den Leichenwagen herankommen, um ihn als Barrikade einzusetzen. So hatten sie von zwei Seiten Schutz, vom Brunnenbecken und von Pferd und Wagen, den Rest schafften die Schutzleute.

Als er noch einmal aufsah, erkannte er in der fahlen Dämmerung nur noch graue Gesichter mit Augen, die nach Aufregung gierten. Die meisten Gestalten glichen einander, alle verschwammen ihm zu einer grauen Masse. Leute, die um diese Stunde unterwegs waren, gehörten zumeist ins Souterrain oder in Dienstbotenkammern, selbst die Kleider der jungen Frauen, denen das Leben die Hoffnung und die Eitelkeit noch nicht ausgetrieben hatte, waren braun, blau, grau. Dazwischen schimmerte mal eine weiße Bluse oder Schürze, mal ein farbiges Schultertuch, ein hellerer Strohhut. Vielleicht bemerkte er nur deshalb trotz seines flüchtigen und abwehrenden Blickes bei der Laterne die Frau im dunkelroten Kleid. Sie stand in der ersten Reihe gleich hinter den Polizisten und hielt eine große, fast quadratische graue Mappe mit beiden Armen umfangen und an ihre Brust gepresst. Später würde ihm einfallen, dass sie dunkles Haar gehabt und keinen Hut getragen hatte, obwohl ihr schmales, fein geschnittenes Gesicht vornehm wirkte. Hinter ihr, höchstens einen halben Schritt weiter, stand ein in gutes hellgraues Tuch gekleideter Mann, sein Gesicht wiederum war von einem Hut beschattet. Zwischen beiden stand ein Halbwüchsiger mit auffallend schadhaften Zähnen. Ekhoff nahm das mit seinem kurzen Blick in die Runde wahr, und wie so oft verschwand das Bild in einer Ecke seines Gedächtnisses, um einige Stunden später, wenn er in Ruhe über alles nachdachte, plötzlich deutlich wieder aufzutauchen.

Er beugte sich wieder über den Toten. Als ein Kind heulend aufschrie, zuckte er zusammen und sprang auf. Das fehlte noch an diesem Tag, dass hier ein Kind unter die Räder kam, womöglich ausgerechnet unter die des Leichenwagens – aber nichts war passiert, als dass ein Knirps, der kaum über die Tischkante gucken konnte, beim Stehlen erwischt worden war.

Hoffentlich gab der Mann, der den Jungen wegzerrte, ihm nur eins hinter die Ohren und schleppte ihn nicht gleich auf die Wache.

Dann nahm der Leichenwagen die Sicht, der Kutscher zog die Bremse an und schlang die Zügel um den Knauf. In drei Minuten würde er eingedöst sein.

Endlich konnte Ekhoff sich dem unbekannten Toten am Brunnen ganz widmen. Sein Herzschlag hatte sich beruhigt, und er fühlte sich stolz und kompetent.

Kapitel 2

Dienstag, mittags

Eine Stunde weiter flussabwärts war wenige Tage zuvor ein anderer Mann gestorben, allerdings friedlich in seinem Bett und in fortgeschrittenem Alter. Zu Grabe getragen wurde Sophus Mommsen, Henrietta Winfields Vater, an einem dieser schönen Julitage, die besser zu einer Taufe oder Hochzeit passen als zu einer Beerdigung. Über den tiefblauen Himmel zogen pompöse weiße Wolkenschiffe, leichter Wind milderte die Sommerwärme, und in den Gärten duftete es nach Rosen. Es war auch einer dieser Tage, die Mommsen, mit sich und seiner Welt zufrieden, am liebsten unter der Markise auf seiner Terrasse verbracht hatte, mit einer Zigarre und einem Glas weißen Bordeaux, auf dem Tisch Zeitungen und ein Stapel Bücher. Ab und zu hatte er dann die Lektüre sinken lassen und über den Garten und den breiten Fluss geblickt und gedacht, womöglich sogar gemurmelt, das Leben sei recht angenehm, wenn man verstehe, es zu genießen. Er hatte nach seiner Hausdame geklingelt, die er nie Alma, sondern stets korrekt Frau Lindner genannt hatte, ihr diesen Gedanken mitgeteilt und nach dem Plan für das Abendessen gefragt. Auch ob Gäste erwartet wurden, denn er hatte sich gern ein wenig vergesslich gegeben. Er hatte es genossen, wenn jemand anderes für ihn die Banalitäten des Alltags organisierte. Sogar seine Beerdigung. Obwohl die selbst Mommsen, dem es gerade in erheblichen

Dingen hin und wieder an Ernsthaftigkeit mangelte, kaum zu den Banalitäten gezählt hätte.

Als Privatier hatte er keine in der Welt bedeutende Position, somit keine Macht zu vererben gehabt. Niemand nahm an, seine irdischen Güter könnten über die kleine Villa, das weitläufige Gartengrundstück am Elbhang und einige recht manierliche, allen Krisen trotzende Wertpapierpakete hinausgehen. Von dem einen oder anderen kleinen Legat abgesehen, konnte ihn nur seine im Ausland lebende Tochter beerben, von anderen Verwandten in gerader Linie war nichts bekannt. Wenn er von der ‹lieben Familie› gesprochen hatte, hatte er die Grootmanns gemeint, mit denen seine Frau verwandt gewesen war.

Für einen solchen Mann hatte sich eine angemessene Trauergemeinde in Nienstedten an der Elbchaussee zusammengefunden. An der Auffahrt zur Kirche und zum nahen Friedhof standen nur drei teuer lackierte geschlossene Kutschen und ein leichter offener Zweisitzer. Dennoch waren viele Bänke des Gotteshauses besetzt gewesen, einige Trauergäste waren mit der Pferdebahn gekommen, die meisten zu Fuß. Man sah es am Zustand ihrer Schuhe, Rocksäume und Hosenbeine, wie Lydia Grootmann mit schweigender Missbilligung bemerkt hatte.

Als sich der Trauerzug nach dem Gottesdienst für den kurzen Weg hinüber zum Friedhof formierte, folgten alle still und ernst der hinter dem schwarz verhängten Wagen gehenden Familie. Und dann, als der Sarg in die Erde gesenkt wurde, war da nichts als ein innig gemurmeltes Gebet aus den hinteren Reihen.

Mommsen war in den Augen honoriger hanseatischer Kaufleute schon immer eigen gewesen. Bei aller Behäbigkeit ein Freigeist, sagten die einen, ein Ignorant, urteilten die anderen, die strengeren. Ein Genießer und Philosoph mit einem Hang zu liebenswürdiger Besserwisserei, fanden einige, die ihn gerngehabt hatten.

Zu Letzteren zählte auch Friedrich Grootmann. Der Senior des Handelshauses *Grootmann & Sohn* gehörte zur Spitze der hanseatischen Gesellschaft, sein Haus stand für Handel mit der halben Welt. Die beiden so unterschiedlichen Männer waren durch ihre Ehefrauen miteinander verbunden, Lydia Grootmann und Juliane Mommsen waren Schwestern gewesen. Juliane, die jüngere, war vor vielen Jahren gestorben.

Hin und wieder, wenn seine Geschäfte oder andere Besuche Grootmann in die Elbvororte führten, hatte er seinen Schwager in der behaglichen Villa am Geesthang besucht. Er hatte ihn auf seine stets ein wenig unverbindlich erscheinende Art gemocht.

Womöglich hatte er ihn um sein friedliches Leben beneidet, um die Freiheit eines Mannes ohne Verantwortung für andere, man konnte sagen: eines Mannes ohne Bedeutung, und um seine dafür symbolische friedliche Terrasse, auf die nie jemand nur wegen der Politik und der Geschäfte eingeladen worden war. So ein Leben ohne echte Herausforderungen würde Männer wie Grootmann und seine Söhne auf die Dauer langweilen und ermüden. Dennoch – diese Ruhe, dieser Blick vom Garten über den Fluss und die Schiffe bis zu den waldigen Hügeln hinter dem Marschland am jenseitigen Ufer, wenn dann der Sonnenuntergang Land, Wasser und Segel in flüssiges Rotgold tauchte …

Eine Amsel schmetterte ihre Fanfare in den Moment der Stille, nachdem der Pastor die letzten Worte gesprochen hatte, die Totengräber die Schaufeln schon fester griffen, aber alle Köpfe noch gesenkt, alle Hände noch gefaltet waren. So bemerkte niemand Friedrich Grootmanns breites Lächeln.

Diese freche Amsel – immerhin hatte sie gewartet, bis die Grabrede absolviert war –, diese Amsel mit ihrer unverschämt fröhlichen Fanfare hätte auch Sophus amüsiert.

Und endlich fühlte er Trauer. Eine unerwartet tiefe Trauer. Er würde Sophus sehr vermissen.

* * *

Als die Droschke kurz vor Teufelsbrück leicht bergab zu rollen begann, rief Felix Grootmann dem Kutscher zu, er möge am Hafen für ein paar Minuten halten. Der Mann auf dem Bock nickte gleichmütig. Am Altonaer Bahnhof hatte der Herr es noch enorm eilig gehabt, die reichen Leute änderten ständig ihre Meinung. Wie es ihnen grad in den Kopf kam.

Der Hafen bestand nur aus einem Becken für Jollen und kleine Kutter oder Ewer, so hielt der Kutscher auf dem Platz oberhalb der Mole.

«Nur fünf Minuten», sagte der Fahrgast im Aussteigen, beschirmte die Augen mit der Hand – seinen Hut hatte er bei Mantel und Gepäck in der Droschke gelassen – und schlenderte zur Mole hinunter. Da lagen, gut vertäut, gepflegte Jollen von Besitzern der umliegenden Anwesen; sonst hatten nur drei kleine und ein zweimastiger Ewer nahe der Einfahrt festgemacht. Oder war der mittlere, der behäbige Einmaster mit den Seitenschwertern, eine holländische Tjalk? Das konnte er nie erkennen. Das Schiff wurde noch entladen, der Schiffer und sein Knecht liefen trotz der prall gefüllten Säcke auf ihren Schultern so leicht und sicher wie auf festem Grund über das Brett zwischen Boot und Mole.

Bevor der Hafen gebaut worden war, hatten Schiffer mit Fracht für die allmählich zu Villenvierteln wachsenden Dörfer

Klein Flottbek oder Nienstedten in der Mündung des Flüsschens Flottbek geankert; manche Ewer wurden einfach auf die bei Ebbe trockenfallenden Uferstreifen gelenkt und dann entladen, um mit der Flut wieder abzulegen.

Einige Schritte oberhalb der Mole blieb Felix Grootmann stehen und beschirmte wieder die Augen, diesmal mit beiden Händen, die Sonne reizte seine müden Lider. Auf der Elbe herrschte Betrieb.

Er sah den Fluss und sein breites Tal nicht wie ein Kaufmann oder Reeder. Ihm fielen bei diesem Anblick keine Zahlen zu Tonnagen und Gewinn oder Verlust ein, keine Sorgen über den beständig zum Versanden neigenden Fluss, auch kein Gefühl von Triumph, weil der wenige Kilometer östlich liegende, mächtig prosperierende Hamburger Hafen nun nach New York und London der drittgrößte der Welt war.

Er spürte Wärme und sanften Wind und endlich auch, wie seine innere Ruhe zurückkehrte. Es war eine gute Idee gewesen, am Fluss halten zu lassen.

Felix Grootmann, gut dreißig Jahre alt, wie stets elegant, lehnte sich gegen einen Stapel Bauholz, schob die Hände in die Jacketttaschen, und seine starren Gesichtszüge wurden weicher. Für die Trauerfeier war es zu spät, das war ihm sehr recht. Beerdigungen gerieten leicht zu leeren Ritualen, oft war die Anwesenheit nur Pflicht und Konvention. Heute wäre es für ihn anders gewesen. Trotzdem gönnte er sich diesen Moment der Besinnung beim Blick über die Elbe ohne schlechtes Gewissen.

Er stand im Ruf einer gewissen Leichtfertigkeit, wenn es um Zwischenmenschliches ging. Er bestritt das nie, den Mitgliedern seiner Familie jedoch war er ein verlässlicher Sohn, Bruder oder Cousin. Familienpflichten empfand er nicht als Last, sondern als echte Anliegen und Selbstverständlichkeiten.

Mommsen hingegen hatte sich in seiner Abgeschiedenheit zum Exzentriker gemacht.

Felix hatte ihn heimlich als eine positive Ausnahme empfunden, wobei so ein Außenseitertum für ihn nur akzeptabel war, solange es mit Komfort und Behaglichkeit, also mit Wohlstand, verbunden war. Er hielt sich für einen tolerant denkenden Menschen, doch Vagabunden oder brotlose Künstler verachtete er. Darin war er ein lupenreiner Grootmann. Als Mitglied einer honorigen, zuletzt im Überseehandel noch reicher gewordenen Kaufmannsfamilie war er den hanseatischen Traditionen verpflichtet. Er hatte früh verstanden, dass es einerseits unverrückbare Regeln gab, andererseits etliche, die für den jeweiligen Zweck passend gemacht wurden. Die gute Hamburger Gesellschaft stand im Ruf, steif zu sein, tatsächlich war sie, wenn es darauf ankam, äußerst flexibel.

Anders als sein Vater und sein älterer Bruder hatte er den vorgegebenen Weg verlassen und sich für die Juristerei entschieden, aus Interesse, Überzeugung und mit Leidenschaft. Nicht zuletzt war es seine Suche nach Freiräumen gewesen, nach ein bisschen Distanz zu den ganz speziellen ungeschriebenen Gesetzen der Familie und der Tradition.

Im Gegensatz zu Amandus – von seinem jüngeren Bruder wurde nur gesprochen, wenn es absolut unvermeidlich war, also so gut wie nie – blieb er dennoch in der Welt, die für ihn vorgesehen war. Er erlaubte sich nur kleine Ausreißer, diskrete Extratouren, manchmal mit klopfendem Herzen, aber bei Licht besehen nicht mehr oder andere als die meisten Männer, die er kannte, mit denen auch sein Vater und Bruder verkehrten. Aber er redete nie darüber.

Sein Blick wanderte weit über das Wasser. Ein verhaltenes Tuten lenkte seine Aufmerksamkeit auf die Fahrrinne. Das war die Englandfähre. Aus ihrem Schornstein stieg dicker Rauch, er gab dem mittelgroßen Schiff ein ungehaltenes Aussehen. Felix Grootmann liebte es, wenn er einmal müßig am Ufer oder an einem Hafenkai stand, Schiffen einen Charakter zu geben. Es passierte einfach in seinem Kopf. Anderen mochte das mit Pferden und Hunden so ergehen, mit Bäumen oder Rosen, mit Häusern, für ihn waren es die Schiffe. Dieses Fährschiff – es gab viele, allein von Häfen der britischen Insel kam täglich eines die Elbe herauf nach Hamburg – dieses zählte nicht zu den komfortabelsten. Wer es eilig hatte, musste das nächstbeste Boot durch den Kanal und über die Nordsee in die Elbe nehmen, wer zu knausern hatte, entschied sich für die preiswerteste Überfahrt. Die ziemlich klobige *Lilly Prym* lag da gerade noch in der Mitte.

Trotzig, dachte Felix, sie sieht eindeutig trotzig aus, der Schornstein dabei unpassend schnittig. Er war selbst schon auf ihr gefahren, es war nicht lange her.

Vor allem war die *Lilly Prym* langsam. Langsam? Sie schien gerade so viel Geschwindigkeit vorzulegen, dass sie nicht mit der Strömung flussabwärts Richtung Cuxhaven getrieben wurde. Viele Passagiere waren an Deck, standen an der Reling und genossen den Blick auf die Ufer. Felix Grootmann fand von jeher, es sei die schönste Schiffspassage einen Fluss hinauf, die es gab, auch wenn die Londoner von der Themse und die Pariser von der Seine Gleiches behaupteten. Sogar Damen, die doch für gewöhnlich zur Schonung ihres Teints die Sonne mieden, schlenderten unter großen Hüten und aufgespannten Sonnenschirmen an Deck und genossen den Ausblick.

Ein bis dahin träge im Fluss dümpelndes Ruderboot hielt auf die Fähre zu, und Felix begriff amüsiert – Jason Highbury, anders als der alte Sophus ein echter Exzentriker, hatte es wieder geschafft. Er hatte den Kapitän von der absoluten Notwendigkeit überzeugt, die Maschinen zu drosseln und ihn mitten auf dem Fluss, nahe bei seinem Anwesen, von Bord gehen zu lassen. Der Teufel mochte wissen, wie ihm das immer wieder gelang. Es gab eine Menge Geschichten dazu, unter anderem kursierte, er habe für den Notfall ein Schreiben von Queen Victoria persönlich in der Tasche, was aber nur bei britischen Kapitänen die gewünschte Wirkung zeige, im Übrigen sei die Echtheit zu bezweifeln. Highbury selbst ignorierte Fragen danach, was alle ungemein bedauerten.

Auch die Geschichte, die diesmal dahintersteckte, würde Felix Grootmann nie erfahren, aber immerhin wurde er Zeuge, wie Highbury von der Fähre in das schwankende Ruderboot kletterte. Es hieß, hin und wieder habe er dabei einen seiner *Irish Wolfhounds* im Gefolge, riesige, dünne Tiere mit zottigem grauen Fell, von liebenswürdigem Charakter, doch ungemein empfindlich und nervös. Felix ging ein Stück die Mole hinunter, um besser sehen zu können.

Und da war Highbury. Elegant wie immer im stahlgrauen Gehrock, auf dem Kopf den Bowler, der Diamant seiner Krawattennadel blitzte in der Sonne bis ans Ufer sichtbar auf, die leicht aufwärts weisenden Schnurrbartspitzen waren akkurat pomadisiert. Felix war sicher, wenn der als überaus sportlich geltende Highbury sich über die Reling schwang, würden schneeweiße Gamaschen aufblitzen – altmodische Accessoires zu aktueller Eleganz.

Aber Highbury musste sich nicht über die Reling schwingen, zwei Matrosen rollten die Ausstiegsluke vier Handbreit zur Seite, und Highbury kletterte geschickt – es verriet Übung – die Strickleiter hinunter in sein Boot. Und nun trat eine Dame an die Öffnung, ihr Kostüm dunkelgrün und schwarz changierend und von einem für die Reise passend schlichten Schnitt, der Hut auf ihrem braunen Haar war von bescheidener Größe, aber pfiffiger Form. Einer der Matrosen warf eine große Gobelintasche hinunter ins Boot, eine lederne folgte, beide landeten gut. Die Dame, sie schien jung, zauderte. Felix glaubte, etwas Vertrautes an ihr wahrzunehmen, aber er konnte das Gesicht nur vage erkennen, die Elbe war schon breit vor Teufelsbrück, und die flachen Ufer zwangen die Fahrrinne weiter zur Flussmitte.

Die *Lilly Prym* tutete ungeduldig, da raffte die Passagierin mit der Linken ihre Röcke, umklammerte mit der Rechten das Tau der Leiter und ertastete mit dem Fuß eine der Sprossen. Plötzlich sprang ein Mann, von Gestalt und Bewegung ebenfalls jung und agil, das militärisch kurz geschnittene Haar mehr rot als blond, aus dem Hintergrund herzu, als habe er bereitgestanden, gespannt und auf dem Sprung, und umklammerte ihr Handgelenk. Er war offenbar um ihre Sicherheit besorgt. Wer zu düsteren Phantasien neigte, mochte allerdings das Gegenteil annehmen. Jedenfalls schwankte die Dame an der Leiter bedenklich. Einer der Matrosen wollte ihn zurückdrängen, doch er beugte sich zu ihr hinunter, leider wehte der Wind seine Worte nicht in Felix' Richtung. Als sie ihm das Gesicht zuwandte, segelte ihr Hut auf Nimmerwiedersehen davon; da gab sie ihre Röcke frei und griff beherzt mit beiden Händen die taumelnde Strickleiter, hing an der Bordwand wie herrenloses Stückgut, dann endlich tastete sie sich Schritt für Schritt hinab.

Ihr Helfer sah ihr unverwandt nach. Unten im Boot stand breitbeinig, das Gleichgewicht austarierend, einer der Ruderer und hielt die Leiter so von der Bordwand weg, dass sie Tritt fassen konnte. Aber ihre Röcke – gab es ungeeignetere Kleidungsstücke für eine solche Eskapade? – verhakten sich an einer

Sprosse. Ein Raunen ging durch das oben versammelte Publikum, als sie im Versuch, sich zu befreien, gefährlich schwankte. Sie zerrte mit heftigem Ruck, es ratschte, die Stoffe gaben nach, flatterten zerrissen im Wind, und die junge Dame – Felix fand sie wirklich verwegen – ließ sich die letzten drei Sprossen hinuntergleiten, fiel mehr ins Ruderboot, als dass sie hineinstieg. Es schaukelte heftig, Highbury lachte vergnügt, drückte seine Passagierin auf die Bank und salutierte hinauf zum Kapitän, zu den Matrosen, dem Helfer der jungen Reisenden und all den Zuschauern, die das aufregende Schauspiel nach den langen ereignislosen Stunden an Bord genossen hatten und es in Hamburg blitzschnell verbreiten würden.

Highbury rief *farewell, farewell* hinauf. Das rief er immer zum Abschied, selbst wenn er nur den Austernkeller oder eine Teegesellschaft verließ. Das Fährschiff übertönte alles, als es endlich mit voller Kraft tutete. Es klang erleichtert, fand Felix. Die *Lilly Prym* nahm rasch Fahrt auf, während die Ruderer mit ihren beiden Passagieren auf die Mole von Teufelsbrück zupullten, als gelte es ihr Leben.

An der Reling der Fähre, just dort, wo die Matrosen die Ausstiegsöffnung wieder geschlossen und verriegelt hatten, stand nun nur noch der Rotblonde und blickte dem kleiner werdenden Boot mit der hutlosen jungen Dame im zerrissenen Kleid nach.

Der junge Grootmann widerstand der indiskreten Neugier, es war an der Zeit, sich auf seine Familienpflichten zu besinnen und wenigstens zum letzten Gang des Traueressens zu erscheinen. Doch als er zurück zu seiner Droschke ging, hörte er seinen Namen rufen. Highbury stand im Boot, das gerade in das kleine Hafenbecken gerudert wurde, und winkte mit beiden Armen.

«Felix, tatsächlich. Habe ich doch richtig vermutet. Können Sie hellsehen, oder ist es ein kurioser Zufall? Ich habe hier jemanden für Sie. Die junge Lady hat es so eilig, dass sie gleich zu dieser Kletterpartie bereit war. Fabelhaft, wirklich fabelhaft.»

Die Frau im Boot wandte sich zu dem Mann auf der Mole um, ein erkennendes Lächeln erhellte ihr Gesicht. Es war ein bleiches Gesicht mit umschatteten Augen, nicht schön, aber gewiss auch nicht hässlich. Eines dieser Gesichter, die man erst auf den zweiten Blick richtig wahrnimmt und dann vielleicht doch bemerkenswert findet. Nun erkannte er sie, denn so war es immer gewesen. Die offensichtlich tieferschöpfte Passagierin in Highburys Boot war seine Cousine, Mommsens Tochter. Er wähnte sie bei der Trauergesellschaft, natürlich, ihre Ankunft war für gestern erwartet worden. Irgendetwas musste geschehen sein. Henrietta – Hetty Mommsen. Aber nein, er vergaß es immer wieder – Mrs. Thomas Winfield. Er hatte sich nie an den Gedanken gewöhnen können, dass dieses stille Kind mit den wachsamen Augen nun eine verheiratete Frau war. Das stille Kind – in seiner Erinnerung war sie tatsächlich furchtbar brav gewesen, hatte ihn und seine Brüder nur geärgert, weil sie ständig beim Krocket gewann, was einem Mädchen nach ihrer Vorstellung nicht anstand.

* * *

Die Trauergesellschaft hatte sich bis auf die Familie und einige enge Freunde aufgelöst. Friedrich Grootmann hatte in Vertretung von Mommsens immer noch abwesender Tochter Henrietta zu einem Trauerimbiss im nur wenige Schritte entfernten Speiserestaurant *Jacobs* geladen. Sie waren nur etwa ein Dutzend. Geschäftspartner oder gar Honoratioren, die bei Trauerfeiern wohlhabender Kaufleute unvermeidlich eingeladen werden mussten, hatte man sich hier ersparen können. Einige hatten Kränze geschickt, etliche mit Karten kondoliert. Felix, der zweite Sohn, war aufgehalten worden. Auch die Zwillinge von Ernst, Grootmanns Ältestem, und seiner Frau Mary fehlten, darin hatte sich Mary, die selten offen widersprach, durchgesetzt. Schon das dumpfe Geräusch, wenn die Erde auf den tief in der schwarzen Grube liegenden Sarg falle, könne die Kinderseelen verletzen.

Vier der Herren, die sich nun um den Tisch versammelten, waren Mommsens Freunde gewesen, zwei wurden von ihren Ehefrauen begleitet, eine der beiden eine tief bekümmert wirkende rundliche Dame, deren Hände verrieten, dass sie auch grobe Arbeiten in Haus und Garten selbst zu verrichten hatte. Die Tafel war an einem ruhigen Ende der Terrasse gedeckt. Die gestärkten Leintücher auf den Tischen im Halbschatten, die roten Polster der weiß lackierten Stühle, Porzellan, Silber und Gläser blitzblank. Das hätte ihm gefallen, er war immer ein Ästhet gewesen.

«Träumst du?» Lydia Grootmanns Stimme unterbrach die Erinnerung ihres Mannes. Sie klang wieder kühl und fest. Dieses Kühle, Beherrschte hatte Friedrich schon bei ihrer ersten Begegnung angezogen, viel mehr als ihre Schönheit.

Er war irritiert gewesen, als während des Trauergottesdienstes ihre Hand unter den Schleier glitt, um eine Träne abzutupfen. In den fünfunddreißig Jahren ihrer Ehe waren Tränen fast so selten gewesen wie Schnee im Mai. Ein passender Vergleich, denn wo Tränen angemessen gewesen wären, zitternde weibliche Schwäche, war Lydia zu Eis erstarrt, in ihrer Miene wie in ihrem Herzen, und hatte lange gebraucht, wieder aufzutauen.

Doch dann hatte er bedacht, dass auch Julianes Trauerfeier in dieser Kirche stattgefunden hatte, vor – wie vielen Jahren? Fünfzehn. Schon sechzehn? Wohl eher achtzehn. Lydia hatte ihre jüngere Schwester sehr geliebt, wenn sie ihr auch nie hatte nachsehen können, dass sie diesen völlig ehrgeizfreien und nur einigermaßen amüsanten, diesen überhaupt unpassenden Mann geheiratet hatte.

«Nein, meine Liebe, ich würdige nur die Aussicht. Hier an der Elbe gibt es kaum eine schönere.» Er reichte ihr den Arm, fühlte ihre Hand darauf, wünschte, sie möge fester sein, sich an ihm festhalten, *ihn* festhalten, und fuhr nur für sie bestimmt fort: «Ich habe mich erinnert, wie wir in unserem ersten Ehesommer mit der Jolle auf einer der Inseln gestrandet sind.»

«Ja. Das ist sehr lange her. Aber die Insel», fügte sie nach einem Atemzug hinzu, «liegt erheblich weiter flussabwärts.»

Sie blieb nur kurz an seiner Seite und ließ ihren Blick dem seinen folgen. Ihre Trauerkleidung war trotz der Wärme des Tages noch makellos, der Schleier von dem mit schwarzen Seidentüllwolken beladenen Hut noch unter dem Kinn gebunden, das Taftmantelkleid leicht, doch mit dem eng um den Hals liegenden, mit Jettperlen bestickten Stehkragen besonders hoch geschlossen. Nur ihr weiches blondes Haar und die helle, für ihre Jahre immer noch schöne Haut ließen bei aller Strenge der Erscheinung etwas Verletzliches ahnen.

Bei Juliane war es umgekehrt gewesen. Die hatte verletzlich gewirkt, oft ein bisschen unberechenbar, aber meistens heiter. Jeder hatte Juliane gemocht, vor Lydia hatten alle Respekt.

Es gab Momente, da schüchterte sie selbst ihn ein. Er war sicher, dass sie darum nicht wusste und auch nicht wissen wollte. Es widersprach dem Bild, das sie von dem Mann hatte, mit dem sie ihr Leben teilte.

«Ich werde nachsehen, ob Frau Lindner Unterstützung braucht», sagte sie, leise genug, dass nur er es hörte. Beide wussten, dass Alma Lindner als erfahrene Hausdame bei einer so kleinen Gesellschaft und in einem erstklassigen Restaurant ganz gewiss keine Hilfe oder gar Kontrolle brauchte.

Dem warmen Wetter geschuldet, wurde nur ein leichter Lunch serviert, kalte Gurkensuppe, dann Rebhuhnflügel und -brüstchen, dazu Maronenpüree und junges Wirsinggemüse, zum Dessert frische Erdbeeren und verschiedene Cremes, dazu ein leichter Weißwein, schließlich indischer Tee und Kaffee, Sherry und Port.

«Wir sollten nun zu Tisch bitten, Vater. Die Zeit …» Ernst Grootmann, ältester Sohn und Kompagnon, war an das Terrassengeländer getreten, in der Hand seine Taschenuhr, ein Erbstück des seligen Großpapas Ernst-Heinrich. Im Gegensatz zu dem alten Bonvivant machte der Enkel seinem Namen alle Ehre. Stets hanseatisch korrekt gekleidet, das akkurat gescheitelte dunkelblonde Haar nie zu lang, nie zu kurz, der Blick seiner grauen Augen im glattrasierten Gesicht wirkte selbst im Kreis der Familie zurückhaltend. «Da kommt auch Claire. Sie wollte noch mit dem Pastor sprechen. Ich glaube, er ist ein Freund seines Kollegen von St. Gertrud bei uns auf der Uhlenhorst.»

Claire Grootmann war eine schmale Frau von auf den ersten Blick schwer zu schätzendem Alter, ihr Teint war hell, aber frisch, die Augen grau, ihre Haltung aufrecht und auf unauffällige Weise beweglich. Sie wurde allgemein als die freundlichste der Geschwister betrachtet. Mit ihren dreißig Jahren nahm sie eine mittlere Position in der Geschwisterreihe ein, also wurden sie und ihre Anliegen häufiger übersehen als die der anderen.

Lange war sie für ein wenig begabtes Mädchen gehalten

worden, bis ihre Großmutter, von ihrem Naturell das ganze Gegenteil ihrer zarten Enkelin, auf die Idee kam, einen neuen Augenarzt zu konsultieren. Hinfort trug Claire eine Brille, die sie wissbegieriger, klüger und noch unscheinbarer gemacht hatte.

Ihr schlichtes schwarzes Kleid war nur im Oberteil mit Biesen und schmalen Spitzenstreifen geschmückt, immerhin waren die Ärmel nach der aktuellen Mode zu Puffärmeln gebauscht. Sie nickte Vater, Mutter und Bruder flüchtig lächelnd zu. Der Schleier ihres nur bescheiden ausladenden Hutes war zurückgeschlagen, die Handschuhe steckten in ihrer zierlichen Satintasche. Wie es ihre Art war, folgte sie gleich der Pflicht als Mitglied der gastgebenden Familie und begann mit den übrigen Gästen zu plaudern. Sicher im gedämpften Ton über die schönen und treffenden Worte, die der Pastor für den lieben Onkel Sophus gefunden hatte. Vielleicht auch über das Wetter.

«Ja, es ist Zeit.» Friedrich Grootmann wandte sich nach dem reservierten Tisch um. «Alle stehen bei ihren Plätzen, nur wir nicht. Und Mary? Wo ist Mary? Ich sehe schon», winkte er ab, als Ernst sich ratlos umblickte, «Emma fehlt auch. Ich bin sicher», er gab seinem Ton eine heitere Leichtigkeit, «du findest beide im Rauchsalon.»

«Rauchsalon? Doch nicht vor dem Essen.» Lydia Grootmann war wieder herangetreten und blickte von ihrem Sohn zu ihrem Ehemann und wieder zu ihrem Sohn. Sie hatte endlich den Schleier zurückgeschlagen, den Hut würde sie natürlich nicht ablegen, bevor sie mit der Diele ihres eigenen Hauses wieder privates Terrain betrat. «Wir sollten nun zu Tisch … habe ich etwas Amüsantes gesagt?»

Von der Tafel unter den Linden am westlichen Rand der Terrasse ging der Blick frei über den Fluss, eine Trauergesellschaft konnte sich ungestört fühlen.

Mit der Familie hatten die vier Herren mit den beiden Damen aus Sophus Mommsens Kreis Platz genommen. Einer erinnerte Friedrich Grootmann an die Lehrer, die ihn vor langer Zeit auf dem Gymnasium gezwiebelt hatten. Der Herr mit dem schmalen Gesicht und sehr dunklem, nur an den Schläfen und dem Backenbart ergrauendem Haar war Dr. Finke, Sophus' Hausarzt, zwei weitere kannte er nicht. Der vierte, ein Mann im abgewetzten altmodischen Gehrock, das schlohweiße Haar wirr, als sei er gerade durch einen Sturm gegangen, lehrte Mathematik und Philosophie am Christianeum, dem ehrwürdigen Altonaer Gymnasium. Ihm war er einmal auf Sophus' Terrasse begegnet. Die beiden hatten das Schachbrett zwischen sich und stritten über die philosophische Dimension in der Beziehung zwischen Mann und Pferd, wobei es auch bei Letzterem nicht um eine Schachfigur ging, sondern um die nützlichen Geschöpfe aus Fleisch und Blut.

Die kleine rundliche Dame mit den apfelroten Wangen und dem kummervollen Blick, auf dem straff frisierten, mausgrauen Haar ein schwarzes Strohhütchen mit einer Ripsschleife, konnte nur seine Gattin sein. Ihre Miene zeigte echte Trauer.

Ernst kehrte mit seiner Schwester zurück. Emma, die jüngste der Grootmann-Geschwister, war eine blonde, trotz ihrer dreiundzwanzig Jahre noch mädchenhafte Schönheit mit himmelblauen unschuldigen Augen – eine perfekte Camouflage. Ihr Bruder hatte sie tatsächlich im Rauchsalon gefunden, wo sie in einer Wolke belebenden Zigarettenqualms in ein Gespräch mit zwei jungen Gentlemen vertieft war. Als Ernst den Raum betrat, ging es gerade um das Damenturnier der letzten Tennis Championship in Wimbledon und die betrübliche Tatsache, dass Ausländern – erst recht Ausländerinnen! – die Teilnahme verwehrt war. Ernst kam seiner Schwester gerade zuvor, sich mit diesen völlig unbekannten Herren auf eine Partie Tennis zu verabreden, was ihrem guten Ruf kaum förderlich gewesen wäre. Leider kümmerte Emma sich wenig um solche Nebensächlichkeiten. Sie war gewohnt, dass ihre Fauxpas als charmante Capricen eingeordnet wurden. Ermahnungen, sie möge wenigstens ab und zu bedenken, dass ein verlobtes Fräulein aus gutem Hause mehr als nur den Schein zu wahren habe, hatten wenig bewirkt. Ihre Mutter vertraute darauf, dass die Hochzeit mit dem jungen Levering bald nach seiner Rückkehr aus Südamerika stattfinden und Emma ihre Pflichten endlich akzeptieren werde.

Just bevor auch Friedrich Grootmann als Gastgeber Platz nahm, tauchte Mary auf, hauchte einen allgemeinen Gruß in die Runde und ließ sich auf den Stuhl neben ihrem Ehemann gleiten. Sie blieb auf der vorderen Kante sitzen, eine Angewohnheit, die nicht nur ihrer steten Nervosität, sondern auch ihrem übermäßig geschnürten Korsett geschuldet war. Eine überflüssige Maßnahme, denn Mary Grootmann war nicht nur schlank, sondern dünn. Emma hatte neulich behauptet, das liege nur an Marys absurder Verehrung der österreichischen Kaiserin Sissi. Eine fanatische Hungerkünstlerin, wie man in den Salons von Wien bis Moskau und London flüstere. Nun zauberte Mary das verhaltene Lächeln auf ihr Gesicht, das auch bei diesem Anlass von der Gattin des künftigen Familienoberhauptes erwartet wurde. Leider wirkte es nie souverän genug.

Nun saß sie neben ihrem Gatten, lächelte unentwegt, hantierte zierlich mit Messer und Gabel, tupfte sich noch zierlicher mit der Serviette den Mund und sah auf unbestimmte Weise durchsichtig aus. Als flöge sie gleich davon. Ihr ungewöhnlich üppiges kastanienbraunes Haar war auch unter ihrem schlichten schwarzen Hut als wunderschön zu erkennen, nur schien es für Marys zarten Hals viel zu schwer.

Und Ernst? Er war anders als sein jüngerer Bruder. Nicht nur seine Mutter war der Ansicht, niemand sei von so natürlichem Charme und solcher Noblesse wie Felix. Doch Ernst bekam das Älterwerden gut. Da waren mehr Ruhe und gesunde Selbstgewissheit in seinen Augen und seiner Haltung, man sah ihm an, dass er im Hafen, Kontor und an der Börse ein bedeutender Mann war, weit gereist, mit soliden Verbindungen in die Welt. Womöglich war er kein glücklicher Mensch, aber sicher war er zufrieden mit dem, was er schon erreicht hatte und was die Zukunft ihm versprach. Das war mehr, als die meisten Menschen in seinem Alter schafften, ob im Souterrain oder der Beletage. Sein Vater hatte die Grootmann'sche Firma größer und bedeutender gemacht, als sie in seinen jungen Jahren gewesen war. Ernst begann mit der Eroberung der neuen Felder, die *seine* Zeit bot.

Und seine Ehe? Die war seine eigene Wahl gewesen, aber von beiden Familien mit Freude begrüßt worden. Von den Grootmanns umso mehr, als sie eine unpassende, immerhin diskret behandelte Liaison abgelöst hatte.

«Sie haben ihn auch gerngehabt, nicht wahr?» Die Stimme des Mannes auf dem Platz neben Lydia Grootmann klang ein wenig brüchig vom Alter, doch ruhig und bei aller Behutsamkeit und genauen Wahl der Worte bestimmt. «Ich sehe es, ja, ich sehe es. Grübeln Sie nicht zu viel, verehrte gnädige Frau, unser lieber Freund Mommsen, wenn ich mir erlauben darf, ihn so zu nennen, hielt viel vom Denken, aber rein gar nichts vom Grübeln.»

Der freundliche alte Mann mit dem bis über sein Brustbein reichenden weißen Bart beschämte sie. Er hätte ihr unhöfliches Schweigen als Ignoranz und Beleidigung empfinden müssen, doch er wertete es als Ausdruck ihrer Trauer.

«Danke», sagte sie leise und wandte ihm ihre ganze Aufmerksamkeit zu, «ich werde mich daran erinnern. Sie haben ihn gut gekannt.»

Als er den Grootmanns sein Beileid bekundet hatte, war er ihnen fremd erschienen. Seine Augen hatte echte Trauer und Anteilnahme gezeigt, der Zustand seiner Hände hatte vermuten lassen, er sei Sophus' Gärtner gewesen. Aber Helmer Birkheim war viele Jahre als Hafenlotse gefahren und nun als dilettierender Bildhauer recht erfolgreich. Ein Autodidakt, er schuf neben Putti und lieblichen Jungfrauen für Springbrunnen, Köpfen klassischer Dichter und Denker auch Statuen für Gräber.

«Er ist viel zu früh von uns gegangen, viel zu früh», fuhr der alte Mann behutsam fort, «und so überraschend. Wir alle werden ihn sehr vermissen. Dennoch – er hatte ein angenehmes Leben ohne ein Ende im Leiden, wie es den meisten von uns Erdenwürmern auferlegt wird. Als Frau Lindner ihm den Morgentee bringen wollte, fand sie ihn mit einem Lächeln auf den Lippen in seinem Bett, schon auf der langen Reise zu unserem Herrgott. So hat sie berichtet. Das ist doch schön, wirklich schön.» Plötzlich lachte er mit leisem Glucksen, nur hörbar für Lydias Ohren. «Er wird da oben schon weiter debattieren, er war nämlich gern ein bisschen streitsüchtig, unser lieber Herr Mommsen, finden Sie nicht?» Unversehens wurde aus der still amüsierten Miene wieder eine tieftraurige. «Aber dass seine Henrietta so weit entfernt lebt – das war ihm schwer. Tja», er hob mit seinen schwieligen Händen sein Glas, nahm behutsam ein Schlückchen Wein und stellte es anerkennend nickend zurück, «tja, es ist ein Jammer, dass die liebe Mrs. Winfield es nicht rechtzeitig ... na, sie hat wohl nur auf mein Stichwort gewartet.»

Tatsächlich trat in diesem Moment Sophus Mommsens Tochter auf die Terrasse hinaus. Sie hatte eine gute, ihrer für ein Mädchen recht frischen Intelligenz angemessene Erziehung erhalten. Nun war sie eine verheiratete Frau. Man konnte also Vernunft, Beherrschung und tadellose Manieren erwarten. Besonders am Tag der Beerdigung ihres eigenen Vaters. Leider sah es nicht danach aus.

«*Mon dieu*, Henrietta!», entfuhr es Lydia Grootmann. «Was ist passiert?»

«Und wo, um Himmels willen, ist ihr Hut?!», flüsterte Mary und ließ erschreckt die ebenfalls fehlenden Handschuhe unerwähnt.

Wenngleich das exakt die treffenden Fragen waren, klangen sie nicht sehr einfühlsam, wenn man bedachte, was für ein Tag dies war.

Henrietta sah in der Tat nicht aus, wie man es bei diesem Anlass von einer Tochter erwartete. Sie trug nicht einmal Schwarz. Ihr tannengrünes Reisekostüm war zerknittert, was nach der Überfahrt auf dem wenig komfortablen und in Sachen Bedienung gewiss drittklassigen Dampfboot vorkommen konnte, aber es war auch beschmutzt, und ein Riss vom Rocksaum bis zum linken Knie ließ das seidene Unterkleid sehen. Das war zum Glück von derselben Farbe, was es leichter machte, die Peinlichkeit zu ignorieren. Umso mehr, als es anstatt mit modischen Volants nur mit bescheidenen Streifen schwarzer Spitze besetzt war. Ihre geröteten Wangen mochten der Wärme des Tages geschuldet sein, die schmutzigen Hände und die Schramme auf der linken Wange erforderten allerdings mehr als die übliche Nachsicht.

Alle Herren hatten sich nach dem ersten Schreck erhoben, wie es sich gehörte, aber bevor Henrietta auch nur einen Gruß murmeln konnte, trat ein hochgewachsener, bis in die gepflegten Schnurrbartspitzen außerordentlich eleganter Mann neben sie. Felix Grootmann schob beschützend seinen Arm unter ihren und neigte grüßend den Kopf. An seiner Kleidung war so wenig auszusetzen wie am Zustand seines dichten, fast schwarzen Haars und seiner manikürten Hände, nur seine für gewöhnlich blitzblank polierten Schuhe waren staubig.

«Der Hut meiner verehrten Cousine ist davongeflogen und in der Elbe gelandet», erklärte er heiter. «Das müssen wir ihr nachsehen, *Maman*. Nicht nur, weil dieser Tag für Henrietta sehr viel trauriger ist als für uns alle.» Sein Lächeln, das viele Herzen weiblicher Wesen von der Milchfrau bis zur Reedersgattin schneller schlagen ließ, verschwand aus Augen und Mundwinkeln. «Ihr Bemühen, rechtzeitig hier zu sein, war mit einigem Ungemach verbunden. Sie hat die Fähre vor der Zeit über die Jakobsleiter verlassen, mit Einverständnis des Kapitäns natürlich, was wiederum nur möglich war, weil der gute Jason Highbury ein Boot längsseits geordert hatte, um schneller nach Hause zu kommen. Das macht er ja meistens, aber nun gebt Henrietta endlich einen bequemen Stuhl und einen starken Mokka, besser noch einen großen Schluck Cognac.»

Alma Lindner, bis vor wenigen Tagen Hausdame bei Sophus Mommsen, nun nur noch eine Frau fortgeschrittenen Alters mit ungewisser Zukunft, hatte sich nicht zu den Trauergästen gesetzt, obwohl Friedrich Grootmann sie dazu aufgefordert hatte. Sie hatte sich in der Küche des Restaurants unbeliebt gemacht – dieser Küche, die zu den besten im weiten Umkreis gehörte –, indem sie mit strengem Blick überwachte, was die Köche taten, wie sich die Kellner benahmen. Kurzum, sie hatte die Aufsicht über den reibungslosen Ablauf der auch von ihr geplanten und bestellten Bewirtung der Trauergäste übernommen. Sie hatte nichts auszusetzen gefunden, nichts zu korrigieren. Es war anzunehmen, dass ihr das nicht wirklich gefallen hatte, denn eine Frau wie Alma Lindner korrigierte gern, fand gern das Haar in der Suppe. Nur so fühlte sie sich sicher, nichts übersehen und ihre Pflicht erfüllt zu haben.

Im gedämpften Licht des Entrees beobachtete sie die seltsame Ankunft der Tochter und Erbin ihres Dienstherrn. Sie sah sie zum ersten Mal. Während der drei Jahre, die sie in Mommsens Dienst gestanden hatte, war Henrietta nicht zurück an die Elbe gekommen. Was auch daran liegen mochte, dass ihr sonst wenig reisefreudiger Vater sie in dieser kurzen Zeit zweimal in Bristol besucht hatte, zu ihrer Hochzeit vor zwei Jahren in Gesellschaft einiger Grootmanns und noch einmal vor einem halben Jahr. Beide Male war er höchst beschwingt zurückgekehrt. Sie hatte eine selbstbewusste junge Frau erwartet. Eine wie Emma Grootmann. Und nun dieses ungeschickte Wesen? Zum ersten Mal seit Sophus Mommsens Tod zeigte ihr Gesicht den Anflug eines Lächelns, als sie in die Küche eilte, um für ein weiteres Gedeck, Cognac und Mokka zu sorgen.

Henrietta wurde von allen begrüßt, mitfühlend, neugierig oder förmlich. Nun war doch Wirklichkeit, was in dem Telegramm gestanden hatte, sie war angekommen und wäre am liebsten einfach wieder gegangen. Endlich nahm auch Lydia Grootmann ihre Hand. Aber sie sagte nichts. Sie hielt Henriettas Hand in ihren beiden, und plötzlich, als gelinge es endlich, umarmte sie ihre Nichte und hielt sie fest, ohne Rücksicht auf ihr Kleid, auf ihren Hut. Tränen benetzten Hettys Wange. Es waren nicht ihre eigenen. Lydia Grootmann löste die Umarmung ebenso abrupt und verschwand ins Entree, ohne sich noch einmal umzusehen.

Henrietta blickte ihr irritiert nach. Diese Umarmung war nicht förmlich gewesen, nicht um der Konvention willen geschehen. Das passte nicht zu der Tante Lydia, an die sie sich erinnerte. Und nun diese Umarmung, diese Tränen? Sie war nicht sicher, ob es ihr gefiel.

Kapitel 3

In der Nacht von Dienstag auf Mittwoch

Als Henrietta mitten in der Nacht erwachte, wusste sie sofort, wo sie war. Noch bevor sie die Augen öffnete, löste der leichte Geruch des Zimmers eine Welle von Erinnerungen aus. Ihr Mädchenzimmer. Fünfzehn Jahre lang ein sicherer Hort, was immer auch geschehen war. Sogar als sie ihr damals sagten, die Mama sei nun bei den Engeln im Himmel.

Irgendetwas hatte sie aufgeweckt. Sie konnte sich an keinen beunruhigenden Traum erinnern, kein störendes Geräusch, an nichts Ungewöhnliches. Irgendetwas war da gewesen. Die Realität drängte sich mit Wucht in ihr Bewusstsein, der Schmerz des Verlustes.

Sie schlug hastig die Decke zurück und setzte sich auf. Der Sternenhimmel hinter dem geöffneten Fenster, die im leichten Nachtwind zitternden Musselingardinen – so vertraut und tröstlich. Und das Gefühl des Teppichs unter ihren Füßen. Sicherer Grund. Auch ohne hinunterzusehen, wusste sie genau, wie er aussah, die Farben, das Muster. Ganz unpassend für den in duftigem Weiß, Rosa und blassem Violett gehaltenen Raum war der orientalische Teppich in kräftigem Rot und Blau, Grün, Orange, auch Schwarz mit einigen Fäden in leuchtendem Gelb gewebt. Sie hatte viel mehr Figuren darin gesehen als die Erwachsenen und ganze Geschichten daraus gelesen, romantische und verwegene Abenteuer. Sie fühlte die feste Wolle unter ihren nackten Füßen und verstand nicht mehr, warum sie ihn damals zurückgelassen hatte. Auch vor dem Bett im Pensionat in Bristol wäre für einen so kleinen Teppich Platz gewesen.

Ein müßiger Gedanke. Wer nimmt schon einen Teppich mit ins Pensionat? Erst recht ins Ausland. Papa hätte es erlaubt, wenn sie nur gefragt hätte, und auch möglich gemacht. Rosemary, mit der sie ihr Zimmer geteilt hatte, hatte aus ihrer schottischen Heimatstadt sogar eine Kommode mitgebracht.

Ihre Augen hatten sich nun an die Dunkelheit gewöhnt. Das Mondlicht gab dem Raum etwas Geheimnisvolles. Als öffne es ein Fenster in die Vergangenheit. Irgendetwas hatten diese Worte noch zu bedeuten, aber ihr Geist war nun zu langsam für eine Antwort. Das Zimmer war unverändert. Der Baldachin über dem Bett, die beiden weißen Sesselchen, die pastellfarbenen Kissen. Der zierliche Sekretär zwischen den Fenstern hatte einmal ihrer Mutter gehört, alles, was Henrietta zu schreiben hatte, hatte sie daran erledigt. Diesmal würde sie beide mitnehmen, den Sekretär und den kleinen Teppich.

Aber das Haus. Das ganze Haus mit den vertrauten Möbeln und Bildern, dem Geschirr, den Büchern. Und mit den Blumen und Bäumen, den Büschen, Hecken, dem Pavillon, denn der Garten war nicht zu trennen von dem Haus, er war ein weiteres, riesengroßes Zimmer, mit Wänden aus hohen Hecken und einem Dach aus Baumkronen. Wie die Räume hinter den Mauern aus Stein war auch der Garten ein Raum voller Erinnerungen an ihre ersten fünfzehn Lebensjahre – mehr als ihr halbes Leben, an Menschen, die sie geliebt, vermisst oder gefürchtet hatte.

Konnte sie das zurücklassen? Oder – der Gedanke blitzte

wieder kurz und verschwörerisch auf –, oder könnte Thomas hier mit ihr leben? Vielleicht waren seine Geschäfte und die Verwaltung seines Besitzes auch von der Elbe aus zu erledigen, wenigstens den größeren Teil des Jahres. Auch von Hamburg gab es schnelle Verbindungen mit der Eisenbahn, regelmäßige Fährschiffe zu den europäischen Zielen und in die Levante, moderne Dampfer zu allen erdenklichen Häfen in Übersee. Post- und Telegraphenämter sowieso. Vielleicht musste sie ihn nur auf die Idee bringen. Ihn überzeugen. Sanft, wie er sie gern hatte. Aber beharrlich. Er musste dieses einladende Haus doch auch lieben, seinen schönen Garten und den weiten Blick über den Fluss.

Henrietta wusste nicht, wie sie die Stunde auf *Jacobs'* Terrasse ohne ihn an ihrer Seite überstanden hatte. Alle waren freundlich gewesen, niemand hatte sie mit unpassendem Geplauder bedrängt. Und niemand hatte weiter nach Thomas gefragt, als sie versicherte, er komme bald nach, vielleicht schon morgen.

Als die Gäste und auch die Mitglieder der Familie aufbrachen, war nach einigem Hin und Her entschieden worden, dass sie als verheiratete junge Dame allein im Haus ihres Vaters wohnen könne, Frau Lindner sei als erfahrene Hausdame geeignet als Chaperon.

Der alte Birkheim hatte ihr zum Abschied väterlich über die Wange gestrichen. Seine Hand war früher schon rau gewesen, daran erinnerte sie sich gut. Vor langer Zeit hatte er eine ganze Menagerie für sie geschnitzt, und sie hatte atemlos das Wunder beobachtet, wie aus Buchenholzklötzchen ein Pferd wurde, ein Elefant, ein wilder Tiger oder geschmeidiger Fuchs. In einer der vielen Schachteln und Kisten auf dem Dachboden mussten sie alle noch stecken. Sie wollte sie unbedingt finden.

Friedrich Grootmann – Onkel Friedrich – hatte ihr die

Hand auf die Schulter gelegt. Er hatte bedauert, dass sie nicht mit an die Alster kam, aber verstanden, dass sie im Haus ihrer Kindheit ihrem Vater nah sein wollte. Er sei aber jederzeit für sie da, wann immer sie ihn brauche, auch im Kontor.

«Sieh uns bitte nach, wenn wir es Felix überlassen, dich heimzubringen», hatte er gebeten, während seine Frau vor dem Spiegel im Entree Hut und Schleier richtete. «Lydia ist heute sehr angegriffen. Wer könnte das besser verstehen als du.»

Sie hatte genickt und sich doch wieder an die kühle Distanz erinnert, mit der die Schwester ihrer Mutter ihr und ihrem Vater früher begegnet war. Als sie nach dem Tod ihrer Mutter Trost und Geborgenheit brauchte, war nicht Lydia Grootmann zur Stelle gewesen, sondern Marline Siddons. Sie hatten einander getröstet, die trauernde Freundin die den Verlust nicht begreifende Tochter, das vierjährige Kind die weinende Frau. Und so war es gut gewesen. Und geblieben. Wegen Marlines Nähe hatte sie sich auf das Pensionat in Bristol gefreut, der Stadt im Südwesten Englands, in der die Siddons inzwischen lebten, und sich dort schnell daheim gefühlt.

Nun war sie in ein leeres Haus zurückgekehrt.

Sie trat ans Fenster und blickte über den Garten. Das Mondlicht malte scharfe Schatten, aber der leichte Wind bewegte zart die Kronen der Bäume und machte ihre Umrisse auf dem Rasen vage. Es duftete nach Geißblatt und Teerosen, ein Hauch von Reseda und Nelken stieg aus den Rabatten auf. Auch die letzten Blütentrauben der Robinie beim Pavillon verströmten noch ihren Duft, süß – und sehr giftig. Jede ihrer Gouvernanten hatte sie streng davor gewarnt. Sogar Pferde konnten sterben, wenn sie nur an der Rinde knabberten. Trotzdem duftete nichts schöner als ein blühender Garten am Fluss in einer Sommernacht.

Ein anderer Geruch mischte sich hinein, ein Hauch von dem ägyptischen Zigarettentabak, den auch Thomas am liebsten rauchte. Es musste lange nach ein Uhr sein. Konnte Frau Lindner nicht schlafen? Sie rauchte also Zigaretten. Die Hausdame war ihr so perfekt und unnahbar erschienen, ein kleines Laster machte sie nur menschlicher. Das vorkragende Dach versperrte den Blick nach unten, ohnedies wäre in der Dunkelheit niemand auf der Terrasse zu erkennen. Der ägyptische Duft war schon verflogen, womöglich war er nur eine Erinnerung, oder die späte Nachtstunde hatte ihn vorgegaukelt.

So wie jetzt dieses reibende Geräusch? Ein Frösteln kroch ihren Nacken hinauf. Sie verharrte bewegungslos und lauschte angestrengt – es war wieder so still, dass sie das Rascheln der Mäuse im trockenen Laub draußen im Garten zu hören meinte.

Wie töricht. Ihre Nerven waren überreizt, das war nur natürlich. Sie musste an etwas Schönes denken, etwas Tröstliches, dann kehrte die innere Ruhe zurück, wurde zu Müdigkeit, und sie konnte wieder schlafen. Bis der helle Morgen alle Gespenster vertrieb.

Wenn sie früher in der Nacht erwacht war, hatte sie aus der Bibliothek oder aus dem Salon oft noch Stimmen gehört, sogar aus der Küche. Niemals streitende, sondern immer leise Gespräche – eine summende Melodie der Geborgenheit. Wenn es später war, tiefe Nacht, hatte sie auf das Knarren im alten Gebälk gelauscht, auf den Wind in den Baumkronen. Manchmal, besonders in der Zeit der Herbststürme, pfiff und jaulte er. Dann hatte sie sich gewünscht, Papa möge die Treppe heraufkommen, sich zu ihr setzen und eine Geschichte mit glücklichem Ausgang erzählen. Das war nie geschehen, aber weil sie gewusst hatte, dass er da war, hatte sie sich trotzdem nicht gefürchtet. Jedenfalls nicht sehr.

Jetzt war er wirklich nicht mehr da und sie kein Kind mehr. Sie fühlte etwas Unbestimmtes, etwas wie Angst. Wovor auch immer.

Hetty ging mit behutsamen Schritten durch das Zimmer, nicht weil sie niemanden stören wollte, da war nur Frau Lindner, und die würde, zurück in ihrem Domizil, nichts hören, ohne dass die Klingelschnur gezogen wurde. Es war die Stille der Nacht, die nicht gestört werden wollte. Diese Stille und die Dunkelheit waren ihr in diesem Moment wie ein gnädiges Tuch, das allen Schmerz zudeckte und fernhielt, alle Sorge. Wenn Thomas doch hier wäre ... Aber Thomas war nicht hier. Und sie benahm sich wie ein Kind.

Sie würde jetzt das Fenster schließen und schlafen. Morgen war ein neuer Tag, morgen ... Sie schloss das Fenster nicht. Sie ließ den Riegel los, als sei er glühend heiß, und drückte sich mit angehaltenem Atem an die Wand. Unten im Garten schlich jemand zum Haus. Eine schwarze Gestalt ohne Gesicht. Wie in einem schlechten Traum. War das ein Traum? Aber nun knarrte es wirklich, ganz leise, ganz behutsam. Die Terrassentür? Ein Fensterflügel?

Ihr Herz raste, ihre Lunge schien zu platzen, endlich entfuhr ihr ein Schrei wie ein erlösender Atemzug, und sie rutschte an der Wand hinunter auf den Boden.

Sie presste die Fäuste gegen die Schläfen, zu angstvoll, um die Augen zu schließen. Aber alles war gut. Es war nur ein Schattenspiel. Der Wind in den Bäumen ...

Da kamen Schritte die Treppe herauf, leicht und leise, da wurde die Klinke heruntergedrückt und die Tür geöffnet. Einen Spalt weit ...

Mittwoch

Kriminalkommissar Ekhoff hatte für den gestrigen Tag einen freien Vormittag bewilligt bekommen, ‹um eine Familienangelegenheit zu regeln›. Es war nicht nötig gewesen zu sagen, worum es ging. Es wäre ihm höchst unangenehm gewesen zu erklären, warum er an der Beerdigung eines reichen alten Mannes in Nienstedten teilnehmen wollte. Nach den Ereignissen am Meßbergbrunnen war es unmöglich, wegen einer Familienangelegenheit die Arbeit zu unterbrechen. Er wusste nicht genau, ob er es bedauerlich oder erleichternd fand. Er war nicht eingeladen, sicher wussten sie nichts von ihm, aber er hätte nicht gestört, denn sie hätten ihn als einen Fremden auf diese ganz eigene Weise übersehen. Er gehörte nicht dazu. Es war sowieso viel besser, wenn er sich alleine verabschiedete. Am nächsten Sonntag vielleicht, wenn Martha mit den Kindern bei seiner Mutter am Fluss war.

Er starrte hinunter in den gepflasterten Innenhof des Stadthauses, des weitläufigen Gebäudes der Polizeiverwaltung und -zentrale. Sein Blick war konzentriert, als gebe es dort Neues zu entdecken. Ekhoff war hellwach und fühlte sich zugleich matt und ausgelaugt. Auch in der vergangenen Nacht hatte er kaum mehr als drei Stunden geschlafen. Lenis Husten war schlimm gewesen, und wenn der Doktor auch versichert hatte, es sei nur eine Bronchitis, die wieder vergehe, hatte ihn der Jammer seiner Jüngsten gequält und geängstigt.

Leni erinnerte ihn von Tag zu Tag mehr an seine kleine Schwester, doch sein Kind war nur äußerlich zart, sie musste nicht frieren und bekam genug zu essen, oft sogar gute fette Milch zum Frühstück. Leni war stark. Bei ihr hatte die Schwindsucht keine Chance. Daran glaubte er fest.

Kurze Nächte gehörten zu seinem Beruf und zu seiner Position. Das störte ihn nicht, es bewies nur die Bedeutung seiner Arbeit. Heute störte ihn etwas anderes. Er hatte ständig das Gefühl, seinen Kragen lockern, mit den Fingern darunterfahren zu müssen. Was er auch immer wieder verstohlen tat. Jeder seiner Kollegen hätte bei einem solchen Impuls einfach den Kragen abgeknöpft, zumindest den oberen Knopf geöffnet und nur wieder geschlossen, wenn ein vorgesetzter Beamter oder sonst eine höhergestellte Person auftauchte. Mit Damen war im Kommissariat ja nicht zu rechnen.

Für Ekhoff kam das nicht in Frage. Korrekte Kleidung war ihm genauso Pflicht wie Pünktlichkeit, Ehrlichkeit und zuverlässige Treue zu seinem Dienstherrn, der Regierung der Stadt, für deren Ruhe und Ordnung er mit verantwortlich war, die ihn bezahlte. Er war Kriminalpolizist, zu diesem Ressort zählte auch die Politische Polizei. Obwohl er mit deren Belangen nur selten zu tun hatte, erfüllte auch das ihn mit Stolz. Zu dieser Abteilung gehörten nur die Zuverlässigsten.

Manche der Leute, die er früher gut gekannt hatte, zollten ihm dafür allerdings keinen Respekt. Paul Ekhoff, hieß es dort, hat die Seiten gewechselt.

Martha spürte, wie tief ihn das verletzte, sie war eine kluge Frau. Lass sie doch, sagte sie dann, lass sie doch. Wir haben es geschafft, wir sind raus aus dem Schlick. Wir haben jetzt andere Freunde.

Dann nickte er. Nur wenn wieder irgendwo von Streik gesprochen wurde, im Kommissariat, im Gasthaus oder in der dunklen Wohnküche seiner Mutter, spürte er sauren Geschmack im Mund. Er hatte Verbrecher zur Strecke zu bringen, große wie kleine, und dabei ohne Parteilichkeit zu sein. Bisher war ihm das gelungen. Ein Streik war etwas anderes.

Oben und unten, Gehorsam, Pflichterfüllung – das waren ihm unverrückbare Tatsachen. Aber bei einem großen Streik? *Wir sind raus aus dem Schlick, wir haben es geschafft?* Er vergaß nie, dass sie das nicht nur ihrem Fleiß und Wagemut verdankten. Sie beide hatten Glück gehabt. Gott hatte sie nicht nur mit einem wachen Geist und gesunden Körper gesegnet, sondern auch im richtigen Moment die passenden Helfer geschickt. Martha wollte daran nicht erinnert werden. Er erinnerte sich bei vielen Gelegenheiten, aber darüber sprach er so wenig wie über sein Unbehagen wegen des Konfliktes, den der drohende Arbeitskampf für ihn bedeutete.

Vielleicht war alles nur Gerede. Streiks gab es immer wieder, dass aber der ganze Hafen lahmgelegt wurde, konnte er sich nicht vorstellen. Tausende von Arbeitern, Schauerleute und Kohlenträger, Rostklopfer und Kesselreiniger, Ewer- und Kranführer, die Stauer, die Getreidearbeiter und wie sie alle hießen. Dazu die Leute in den Werften – die sollten sich alle einig sein? Und wie lange? Wovon sollten sie leben ohne Arbeit? So gut gefüllt war keine Streikkasse. Erst recht nicht für die Tagelöhner. Die bekamen ihre Familien schon nicht satt, wenn sie Arbeit fanden.

Endlich löste er den Blick vom Hof, er hatte schon viel zu lange hinuntergestarrt. Wie ein Automat hatte er die Zahl der dort abgestellten Wagen und Karren registriert, die Leute, die in den Hof kamen oder ihn verließen, von einem Eingang zum anderen gingen, mit den Details von Haarfarbe oder Kleidung, Besonderheiten in Gang oder Haltung. Schlösse er jetzt die Augen, könnte er darüber Bericht geben. Das war eine Gabe, die er jahrelang ständig und überall zusätzlich geübt hatte, um ein guter Kriminaler zu werden. Nun war es schwer, das nur zu tun, wenn es gebraucht wurde.

Er setzte sich an seinen Arbeitstisch, rückte Tintenglas und Federhalterablage zurecht und beugte sich noch einmal über seine Notizen. Er überflog die Zeilen und korrigierte Unleserlichkeiten, bevor er sie ins Schreibzimmer gab, wo sie sauber und mit mehreren Kopien abgeschrieben wurden. Mit seiner akkuraten Handschrift hatte er selbst als junger Polizist zahllose Seiten für Höherrangige kopiert und dabei viel gelernt. Was für eine Verschwendung, wenn nun Frauen, die natürlich nie ermitteln würden, Notizen und Berichte kopierten.

Henningsen kam herein, erhitzt, als sei er durch die langen Flure gerannt (was er tatsächlich war, er bemühte sich stets, niemanden warten zu lassen), und setzte sich Ekhoff gegenüber an den kleineren Tisch. Der Polizeiassistent legte sein Notizbuch auf die Schreibunterlage und sah den Kommissar abwartend an.

Irgendwann ist es so weit, dachte Ekhoff, dann vergisst er diese perfekte Höflichkeit und redet einfach drauflos. Und irgendwann werden sein Kragen und seine Manschetten schmuddelig werden wie bei allen anderen Normalsterblichen. Immerhin sah Henningsens Notizbuch aus, als habe es einer der Jagdhunde seines Vaters apportiert und genüsslich darauf herumgekaut. Das ließ hoffen.

Dann sprach Henningsen doch unaufgefordert. «Mir ist gerade eingefallen, pardon, es geht mich natürlich nichts an, aber Sie hatten sich doch für heute Vormittag wegen einer Beerdigung beurlauben lassen. Ihr alter Lehrer, nicht wahr? Der Vormittag ist noch nicht vorbei, wenn Sie noch …» Ekhoffs starr und dunkel werdender Blick ließ Henningsen erröten. Wie konnte er so ungeschickt sein, einen Vorgesetzten im generösen Ton seines freien Tages zu versichern. «Pardon», stotterte er, «ich dachte nur, also – ja, es geht mich wirklich nichts an.»

«Dann lassen Sie uns zusammenfassen, was wir haben, Henningsen.» Ekhoffs Blick wurde wieder hell, und auch er legte sein Notizbuch vor sich auf den Tisch. «Männliche Leiche», begann er, «laut Dr. Winkler etwa dreißig Jahre alt, nach dem ersten Eindruck am Fundort in gutem körperlichem Zustand, bis auf den Hals natürlich. Innerlich – wird die Obduktion zeigen. Dunkelblond, gut rasiert, kein Lippen-, Kinn- oder sonstiger Bart. Etwa sechs Fuß groß, ich meine, gut einen Meter siebzig, genauer dann auch später. Ebenso der Punkt ‹Besondere Kennzeichen›. Weiter: allgemein gepflegte Erscheinung, Kleidung von sehr guter Qualität, ach ja, und die Hände verraten: kein Arbeiter. Klar, bei der Kleidung. Er saß wohl nicht oft im Sattel, und wenn, zumeist in gemächlicher Gangart, sonst sähen die Hände auch anders aus. Todesursache: Schnitt durch die linke Halsschlagader, wahrscheinlich mit einem Wurfmesser.»

«Wurfmesser? Wie im Varieté?» Henningsen machte große Augen. «Wie kommen Sie darauf? Kann man damit so genau treffen? Es war doch dunkel.»

«Gute Fragen. Dr. Winkler behauptet, da war ein Könner am Werk.» Ekhoff stützte das Kinn in die Hände und rief sich das Bild vor Augen, das ihn einige Stunden zuvor am Meßbergbrunnen erwartet hatte. «Es war Nacht, richtig. Aber nur noch wenige Tage bis Vollmond, und der Himmel war klar. Zudem lag der Tote direkt am Vierländerin-Brunnen, die Blutlache und so weiter zeigt, er hat dort gestanden, als das Messer ihn erwischte, und ist auch dort gestorben. Der Brunnenaufsatz hat vier Laternen, das gibt einiges an Licht. Trotzdem bestehen zwei Möglichkeiten. Nummer eins: Der Mörder hat verdammt gute Augen und eine geübte Hand. Nummer zwei: Er hat sein Messer geworfen und einfach Glück gehabt.»

«Hmm. Glück? Nur wenn er den Mann auch treffen und

töten *wollte*. Es könnte doch sein», erklärte Henningsen auf Ekhoffs verständnislosen Blick, «dass er ihn nur erschrecken wollte. Oder das Opfer ist einem heranfliegenden Messer in den Weg gelaufen. Direkt in die Flugbahn sozusagen. Es gab vor gar nicht langer Zeit einen solchen Fall, da hat jemand Schießübungen gemacht und seine Frau getroffen. Das war ein Unfall. Wirklich tragisch.»

«Eine seltsame Art, jemanden zu erschrecken, finden Sie nicht?» Ekhoff wollte auf den Fall mit dem Unglücksschützen nicht eingehen. Er war damals selbst als Assistent an der Klärung des Hergangs beteiligt gewesen; außer dem Schützen selbst hatte es keine Zeugen gegeben, er, Ekhoff, hatte ihn für einen kalt berechnenden Mörder gehalten und geargwöhnt, er genieße Protektion in höchsten Kreisen der Stadt. Dabei war von Verwandten, Dienstboten und dem Hausarzt der Toten versichert worden, die Ehe sei sehr glücklich gewesen. Der erfahrene alte Kommissar Jowinsky hatte damals seinen Eifer energisch gebremst. Dafür war er ihm heute noch dankbar. Denn einige Wochen später hatte sich der Mann selbst erschossen, weil er «mit der Schuld am Tod seiner über alles geliebten Frau» nicht weiterleben wollte und konnte. So hatte es in seinem Abschiedsbrief gestanden.

«Ich kann mir schwer jemanden vorstellen, der etwa zwischen zwei und vier Uhr in der Nacht auf einem öffentlichen Platz Messerwerfen übt.»

Henningsen rieb sich die Nasenwurzel. «Ja, wohl kaum.» Er erinnerte sich an Kapriolen, zu denen das berühmte eine Glas Wein oder Schnaps zu viel animieren konnte, nickte dennoch bedächtig. «Weder bei Tag noch bei Nacht. Ich dachte nur, man müsse das in Betracht ziehen.»

«Gut gedacht, Henningsen, man sollte immer alles in

Betracht ziehen, was einem in den Kopf kommt. Selbst wenn es noch so abwegig erscheint. Allerdings sollte man wenigstens kurz darüber nachdenken, bevor man es preisgibt. Besonders vor hohen Vorgesetzten. Gucken Sie nicht erschreckt, ich bin nur ein einfacher Kommissar, ich will alles hören. Also – ob Messerwerfer oder -stecher, wir gehen von Mord aus, bis uns der, der es zu verantworten hat, vom Gegenteil überzeugt. Langer Weg bis dahin. Zuerst: Wer ist das Opfer? Er hatte nichts bei sich, was auf seine Identität hinweist. Auch kein Passpapier, obwohl er französische Schuhe trug und deshalb vielleicht Ausländer war.»

«Belgische, Pardon.»

«Belgische Schuhe. Natürlich.» Anders als Ekhoff war Henningsen der in das Innenleder geprägte Schriftzug samt Wohnort des Schusters offenbar vertraut.

In das Jackett war das Emblem eines Londoner Schneiders eingenäht, was aber nicht viel zu sagen hatte, etliche Hamburger mit gut ausgestatteter Geldbörse trugen Kleidung von Londoner Schneidern. Wenn auch immer mehr Manufakturwaren angeboten wurden – komplett mit Maschinen genähte Kleidung als Massenware –, so handelte es sich dabei kaum um hochwertige Stücke. Manufakturwaren wurden für Arbeiterfamilien hergestellt, die sich keinen Schneider leisten konnten, deren Frauen mitverdienen mussten und keine Zeit für die aufwendige Näherei mit der Hand hatten.

«Mehr war im Laternenlicht nicht auszumachen», referierte Ekhoff weiter. «Gründlich werden wir die Kleidung und das, was er bei sich hatte, untersuchen, wenn alles von der Anatomie hergeschickt wird. Müsste eigentlich längst passiert sein. Nein, Henningsen, bleiben Sie sitzen. Sie sind jetzt Kriminalpolizeiassistent, kein einfacher Schupo und kein Bote. Wenn die Sachen aus der Anatomie da sind, werden sie uns hierhergebracht. Was haben wir sonst noch?» Er nickte dem jungen Polizisten aufmunternd zu.

«Leider wenig. Ja», wiederholte er mit trotzigem Nachdruck, «*verdammt* wenig. Bei der ersten nächtlichen Untersuchung fand sich auch nichts Graviertes. Keine Taschenuhr, kein Ring ...»

«Kein Ring, richtig, aber ...» Ekhoff blätterte nun doch in seinen Notizen, «ja, hier ist es. Ein heller Streifen am Ringfinger seiner rechten Hand beweist, dass er einen Ring getragen hat. Wir wissen nur nicht, ob er ihn in dieser Nacht getragen und der Mörder ihn abgestreift oder er selbst ihn kurz vorher abgenommen hat.»

«Der Mörder oder ...»

«Richtig. Der Mörder oder ein Dieb. Oder der Straßenkehrer, der ihn gefunden hat. Viele Möglichkeiten. Ein Gentleman trägt immer Handschuhe, wir haben keine gefunden, also hat sie jemand mitgenommen. Wahrscheinlich der Mörder. Aber warum? Womöglich sind sie in einem exklusiven Geschäft gefertigt und gekennzeichnet worden, wo man die Namen der Kunden kennt. Je länger wir die mageren Fakten zusammenkehren, umso mehr sieht es nach einem ganz normalen Raubmord mit einer ungewöhnlichen Waffe aus. Aber so einfach kommt es mir nicht vor.» Du hast es im Bauch, Ekhoff, hatte Jowinsky gesagt, vertrau auf deinen Bauch. «Jemand versucht, die Identität des Toten zu verschleiern. Wäre es nur um den Wert der fehlenden Sachen gegangen, wären zumindest auch die Schuhe und das Jackett verschwunden.»

«Hm.» Das war heute Henningsens Lieblingsbeitrag. Es war ihm unangenehm, den Kommissar verbessern zu müssen. In einem liberalen Elternhaus aufgewachsen, war er dazu erzogen, sich eine eigene Meinung zu bilden und danach verantwortlich zu handeln. Dazu gehörte allerdings nicht, die Meinung von Eltern, Vorgesetzten und anderen Autoritäten in Frage zu stellen oder gar zu diskutieren. Oder den Beruf eines gewöhnlichen Kriminalpolizisten anzustreben! Dass dies einem Drahtseilakt gleichkam, war seinen Eltern nie in den Sinn gekommen. Inzwischen balancierte Henningsen ganz gut auf diesem schwankenden Seil. Kommissar Ekhoff kannte sich mit den Usancen des gehobenen Bürgertums oder gar des Adels nicht gut aus. Er hatte deren Sitten und Manieren erlernt wie englische Vokabeln, wie eine Gebrauchsanweisung. Trotz der strikten und der unumstößlichen Regeln, der ganz selbstverständlichen Verhaltenscodices, gab es in alltäglichen Dingen aber auch Spielraum, und je weiter oben in der gesellschaftlichen Hierarchie, umso lässiger und nonchalanter. «Das mit den Handschuhen muss man nicht so eng sehen», erklärte Henningsen behutsam. «Vor allem bei jüngeren Männern. Es war ja auch eine milde Nacht. Und für einen Raubmord ...»

«... hatte er zu viel Geld in der Tasche, klar. Nur deutsches Geld. Möglich, dass der Täter keine Zeit hatte, die Taschen gründlich zu durchsuchen, weil der Straßenkehrer oder sonst jemand kam. In der nächtlichen Stille ist der Unratkarren auf dem Pflaster gut zu hören.»

«Eher sonst jemand. Der Straßenkehrer kam erst, als der Mann schon geraume Zeit tot war, oder? Hat der Arzt das nicht gesagt?»

Ekhoff nickte. Er war mit seinen Gedanken schon einen Schritt weiter. «Die Schuhe», sagte er. «Die Schuhe waren auffallend sauber. Es hatte nicht geregnet, die Straßen sind trotzdem schmutzig, zumindest staubig. Wenn seine Schuhe sauber waren, ist er entweder mit einer Droschke gekommen, oder er hatte nur einen kurzen Weg zu gehen. Verdammt!» Er schob geräuschvoll den Stuhl zurück und begann, die Hände auf dem Rücken verschränkt, im Zimmer auf und ab zu gehen. «Wenn nicht bald jemand vermisst gemeldet wird, dessen Beschreibung auf unseren Toten passt, haben wir eine mühselige Suche vor uns.»

Henningsen grinste sein schönstes Jungengrinsen. «Mühselig und eine echte Herausforderung. Ich mache den Watson, ganz klar.»

Ekhoff blieb stehen und sah seinen Assistenten verblüfft an. «Sie lesen solche – Geschichten?»

«Detektivgeschichten? Natürlich. Sicher haben die wenig mit unserer tatsächlichen Arbeit zu tun, aber ich finde sie interessant. Sogar lehrreich. In der Ausbildung hat man uns auch ausdrücklich aufgefordert, aus der Literatur zu lernen. Nicht nur aus Fachbüchern, es gibt doch auch eine ganze Reihe von passenden Romanen hier in unserer Bibliothek. Gerade die neuen Geschichten von Mr. Holmes und Dr. Watson. Bisher nur auf Englisch, aber so sind sie zugleich die beste Sprachübung. Ein doppelter Gewinn.»

«Ja, wahrscheinlich. Ich hatte angenommen, Sie beschäftigen sich nur mit wissenschaftlicher Literatur, zum Beispiel zum Thema Fingerabdrücke.»

«Sie haben auch davon gelesen?» Henningsens Miene wurde eifrig. «Das mit den Fingerabdrücken finde ich tatsächlich besonders bemerkenswert. Geradezu aufregend. Es kann nur eine Frage der Zeit sein, bis alle damit arbeiten. Glauben Sie nicht auch?»

Ekhoff wiegte nichtssagend den Kopf. Er dachte nicht daran, dem Grünschnabel mit womöglich guten Verbindungen nach oben in einer so wichtigen Frage einfach zuzustimmen. Er war der gleichen Meinung, aber solange der neue Polizeirat Fingerabdrücke für unzuverlässig hielt, würde er keine gegenteilige Meinung ausposaunen.

«Man wird sehen», sagte er. «Erst mal bin ich sehr froh, dass wir jetzt eine so großartige fotografische Abteilung haben. Wirklich fortschrittlich. Wir könnten schon morgen 30 000 Porträts des Meßberg-Toten haben, genug fürs ganze Deutsche Reich. Wir kommen mit einer kleineren Menge ans Ziel, aber wer hätte an eine solche Möglichkeit noch vor zwei oder drei Jahren geglaubt?»

Da hatte der Junge was, was er weiterflüstern konnte, und es war seine ehrliche Meinung. Ekhoff wusste, wie gefährlich Schmeicheln und Schönreden war, wenn es auf Lügen und Halbwahrheiten beruhte.

«Unser Opfer ist kein Gossenmann, er ist ein Bürger, irgendwer in der Stadt muss ihn vermissen. Und sei es sein Hotelier oder Pensionswirt, dem er noch die Rechnung schuldet. Jemand wird ihn erkennen. Leider», Ekhoffs Seufzer klang nach einem Knurren, «auch viele, die ihn lebend nie gesehen haben und auch sonst nur Lügengeschichten erzählen.»

Henningsen blätterte in seinem Notizbuch, es sah nicht aus, als suche er etwas Konkretes. «Ein Bürger», murmelte er, «ja, so sieht es aus.»

«Drucksen Sie nicht rum, Henningsen. Wer soll Sie verstehen, wenn Sie nicht klar sprechen?»

«Ich meinte nur, es gibt auch erfolgreiche Verbrecher, richtig wohlhabende Männer, die wie ehrbare Bürger aussehen. Gut gekleidet, gepflegt, teure Schuhe. Schuhe sagen immer viel, finde ich.»

«Natürlich gibt es die.» Ekhoffs Finger trommelten einen kurzen, lautlosen Marsch aufs Holz. «Wollen Sie in den Karteikästen im Erkennungsamt stöbern? Da bieten sich zuerst die Karten der internationalen Verbrecher an, das sind nicht so viele.» Ekhoffs strenges Gesicht verzog sich zu einem Grinsen. «Habe ich Sie erschreckt? Keine Sorge, so gemütlich wird es heute nicht. Schütt!! Sie haben schon *wieder* vergessen zu klopfen.»

Wachtmeister Schütt nickte gleichmütig. Seine spiegelblanke Glatze über dem runden Gesicht mit dem grauen Schnurrbart (wie ihn sein verehrter kaiserlicher Namensvetter Wilhelm II. trug), die blassen kleinen Augen und der in den Uniformkragen gezwängte kurze Hals über dem tonnenartigen Brustkorb und Bauch machten aus ihm die Karikatur eines subalternen Beamten. Nach drei Jahrzehnten als Polizist war er wegen seines Rheumatismus in den Innendienst versetzt worden und schließlich bequem geworden. An manchen Tagen sogar zu bequem, um zu klopfen, bevor er eine Tür öffnete. Regelmäßige Rüffel von Ekhoff waren ihm gewiss. Er schlug dann genussvoll die Hacken zusammen – womöglich wollte er die Aufmerksamkeit auf seine vorbildlich geputzten Stiefel lenken, wahrscheinlicher war, dass er das Geräusch liebte und die Illusion, wie ein zackiger Militär zu wirken.

«Hier ist eine Dame», meldete er nun und verbesserte sich gleich: «eine Frau. Sie will zu Ihnen, Herr Kriminalkommissar, und eine Aussage machen. Über den Toten vom Meßberg, sagt sie.»

«Aussage? Hab ich was von Aussage gesagt?», schimpfte eine kräftige weibliche Stimme hinter Schütts Rücken. «Ich will was fragen und *dann* vielleicht was melden. Vielleicht! Nun geh beiseite, Schütt, und lass mich durch.»

Zu der Stimme gehörte eine Frau von etwa fünfundvierzig Jahren, ihr nussbraunes Haar war zu einem schmucklosen Dutt zusammengedreht und begann grau zu werden. Ihre Bluse leuchtete in einem verwegenen Violett. Obwohl sie klein und dünn war, gehörte sie zu den Menschen, die man nicht übersieht.

«Sie sind hier der Chef? Ich komm wegen dem Toten am Meßbergbrunnen.»

«Das hat der Wachtmeister schon gesagt.» Ekhoff stand auf und reichte ihr die Hand. «Woher wissen Sie, dass auf dem Meßbergmarkt ein Toter gefunden worden ist?»

«Das weiß längst jeder in der Stadt. Die Straßenbahn konnte stundenlang nicht durch, gerade zu der Zeit, wo alle zur Arbeit müssen. Das spricht sich rum bis zur Endstation, und man weiß doch, was vor der Tür passiert.»

«Sie wohnen also in der Nähe vom Meßberg, Frau …?»

«Margret Kampe. Ich wohn am Hüxter, das ist das Stück Straße zwischen der Alten Gröninger und der Brauerstraße, 'ne Gasse, wenn man's genau nimmt, das wissen Sie sicher.»

«Ja, das weiß ich.» Ekhoff spürte ein leichtes Jucken im Nacken direkt unter dem Haaransatz, ein Zeichen für beginnende Ungeduld. «Was wollen Sie fragen? Und – vielleicht – aussagen?»

«Ich will wissen, wer der Tote ist, wenigstens wie er aussieht, mir fehlt nämlich einer. Kein Toter natürlich, damit hab ich nichts zu tun. Mir fehlt ein Gast. In meiner Pension», rief sie, als Ekhoff nur fragend eine Braue hob, obwohl sein Herz schon rascher schlug, «mir gehört die Pension *Chicago* im Hüxter 8.»

Ekhoff kannte die inneren Bezirke wie seine Hosentasche – soweit das bei einer so großen Stadt möglich war. In den Altstadtbezirken, die immer noch nach den Hauptkirchen bezeichnet wurden, gab es Quartiere aus alten verwinkelten Gassen und Gängen. Wer sich dort nicht auskannte, musste sie als unheimliches Labyrinth empfinden. Hüxter war keine reiche, aber eine ordentliche Gasse. In seinen ersten Jahren als Polizist war Ekhoff auch dort patrouilliert, er kannte jede Ecke. An eine Pension *Chicago* erinnerte er sich nur vage. Es gab viele Hotels und Pensionen in der Stadt, etliche bestanden nur kurze Zeit, andere wurden umbenannt – es war ein unsicheres Geschäft.

Mr. Haggelow sei gestern noch spätabends ausgegangen, erklärte Frau Kampe, die Nacht sei so schön, habe er gesagt, er wolle nur ein paar Schritte gehen. Das habe sie gewundert, kein Mensch, der halbwegs bei Sinnen sei, gehe spätnachts ohne dringenden Grund vor die Tür, nicht in so einer großen Stadt, so nah am Hafen und schon gar nicht allein. Sie habe noch daran gedacht, ihn zu warnen, aber der Mann sah nicht nach einem Dummkopf vom Land aus, da mische man sich nicht ein.

«Er ging also weg – wie spät war es da?»

«Viertel vor elf. Ich hab noch gesagt: Um diese Zeit, Mr. Haggelow, um diese Zeit. Unter uns: Ich hab gedacht, der sucht ein Mädchen.»

«So heißt Ihr Gast also, Mr. Haggelow. Und seitdem ist er nicht mehr zurückgekommen?»

«Das weiß ich nicht genau. Ich arbeite von Sonnenaufgang an, abends bin ich hundemüde. Darum hab ich dem Herrn gezeigt, wo der Schlüssel für die Nacht liegt, damit er wieder reinkann, ohne zu klopfen. Das mach ich nur bei absolut zuverlässigen Herren.»

«Womöglich hat er bei Freunden übernachtet», gab Henningsen zu bedenken, «und heute am Tag noch Geschäfte zu erledigen. Dann kommt er am Nachmittag zurück.»

«Genau», übernahm Ekhoff wieder. «Ich wundere mich, Frau Kampe, dass Sie einen Gast, dessen Gewohnheiten Sie nicht kennen, schon vermisst melden. Fehlt sein Gepäck, und

Sie fürchten, Sie sind auf einen Zechpreller hereingefallen? Oder gibt es einen anderen Grund zur Sorge? Immerhin könnte es Ihrem Gast unangenehm sein, wenn seine Wirtin gleich zur Polizei läuft und die sich dann für seine Wege und Unternehmungen interessieren muss.»

Margret Kampes Miene wurde trotzig. «Ich weiß, wie ich meine Pension zu führen hab, das müssen Sie mir nicht sagen. Ich komm hierher, weil ich mich um einen Gast sorge, der ist Ausländer und kennt sich sicher nicht gut aus, und Mr. Haggelow ist ein feiner Herr, dem muss gar nichts peinlich sein.»

«Natürlich nicht. Ist er Brite?»

«Glaub schon. Da muss ich ins Fremdenbuch gucken, Sie können auch auf dem Meldezettel nachsehen, der ist ganz nach Vorschrift bei der Polizei. Jedenfalls, als Mr. Haggelow heute nicht zum Tee aus seinem Zimmer kam, war ich in Sorge. Ich habe ihm nämlich morgens extra Tee gekocht, schwarzen indischen Tee, den hat er bestellt. Ein wirklich feiner Herr.»

«Und als er nicht zum Tee kam, sind Sie in sein Zimmer gegangen und haben nachgesehen.»

«Ich hab geklopft. Erst nach dem dritten Mal hab ich nachgesehen. Er könnte ja krank sein, ein Schlagfluss – obwohl, so sieht er nicht aus, er ist ein schlanker junger Mann. Sehr gepflegt. Jedenfalls war er nicht da, und sein Bett war nicht benutzt.»

Als er auch am Vormittag nicht zurückkam und plötzlich alle Welt von einem Toten am Meßbergbrunnen sprach, fiel ihr Willem Schütt ein, der Nachbar ihrer Cousine, man kenne sich vom Kegeln, dann sei es nicht gleich so amtlich. «Und nun ist es doch amtlich.»

«Wie lange wohnt er schon bei Ihnen?»

«Das war jetzt die dritte Nacht.»

«Dann beschreiben Sie Ihren verlorenen Gast mal, Frau Kampe. Größe, Haarfarbe, Kleidung, Besonderheiten und so weiter. Fangen wir mit der Haarfarbe an.»

Paul Ekhoff fühlte sich seltsam leicht. Er zweifelte nicht mehr daran, dass der unbekannte Tote der vermisste Gast war und somit kein Unbekannter mehr. Er hatte nun einen Namen und wahrscheinlich auch eine Nationalität. Sein Gepäck lieferte weitere Hinweise, womöglich auf Bekanntschaften hier in der Stadt, auf Geschäfte, die er abwickeln wollte. Saubere oder unsaubere, da hatte Henningsen natürlich recht.

Der erste, der wichtigste Schritt war schnell gelungen, man brauchte in jedem Fall dieses Krümelchen Glück, das den Weg wies. Es sah ganz so aus, als sei es ihm nun schon begegnet.

«Er ist blond», begann Frau Kampe, als die Tür geöffnet wurde, ohne dass vorher ein Klopfen zu hören gewesen war. Schütt schob sich herein, Triumph im Gesicht, als sei ihm gerade ganz persönlich etwas Großes gelungen.

«Die ersten Bilder», sagte er. «Die aus der Anatomie sind noch nicht fertig, aber die vom Tatort am Brunnen.»

Er legte drei Bilder vor Ekhoff auf den Schreibtisch, Margret Kampe war schneller. Mit raschem Griff über den Tisch zog sie die Bilder zu sich heran und starrte sie mit zusammengekniffenen Augen an. Das erste, das zweite, das dritte.

«Und?», fragten Ekhoff und Henningsen wie aus einem Mund, und Schütt fragte: «Ist das nun dein Gast? Sag doch was, Margret, du kannst den Herrn Kriminalkommissar nicht so lange warten lassen. Dir tut hier doch keiner was, wenn du nicht selbst ...»

«... wenn ich nicht selbst? So 'n Quatsch. Der Mann ist tot, da darf man mal 'ne Minute stumm sein, oder? Ja», sie setzte sich sehr gerade, schob die Fotografien zurück und faltete aufseufzend die Hände im Schoß, «das ist er, mein Mr. Haggelow. Wirklich ein feiner Mensch, und dann so was. Das schöne Jackett ganz voller Blut. Geht nie mehr raus. Eine Schande ist das.»

* * *

Friedrich Grootmann blieb beim Rosenrondell stehen, die Hände auf dem Rücken verschränkt, den Kopf leicht geneigt. Die Morgensonne wärmte schon, nur im Schatten unter den Bäumen glitzerte noch Tau auf dem Rasen. Er hätte gerne den Namen der Sorte mit den wunderbaren weißen Blüten gewusst. Schönheit und Stille eines gepflegten Gartens waren ihm die beste Vorbereitung auf einen arbeitsreichen Tag. Kein Grund, das besonders zu bedenken oder zu erwähnen, ein repräsentables Haus und ein ebensolcher Garten gehörten für ihn so selbstverständlich zum Leben wie seine angesehene und wohlhabende Familie.

Er kannte sich in den Geheimnissen der Botanik nicht aus, gleichwohl kam es vor, dass er sich Gedanken über die Mehltau-Plage in einem Rosenbeet oder die Notwendigkeit einer besseren Belüftung der Glashäuser machte, allerdings nie lange, das war Sache des Gärtners – und Claires.

Friedrich Grootmann betrachtete seinen kleinen Park mit anderen Augen, seit er erlebt hatte, wie uralte Baumriesen nur um den Wert ihres Holzes willen gefällt wurden. Er habe das schmerzliche Ächzen und den Anblick ihres Falls nie vergessen, hatte er dem verblüfften Felix erklärt und lächelnd hinzugefügt, er möge diesen Beweis einer sentimentalen Schwäche und Zeichen seines Alters für sich behalten.

Sein Sohn hatte nur genickt, denn Friedrich Grootmann stand nicht im Ruf übergroßer Sensibilität, wenn es um Geschäfte oder Geschäftspartner ging. Dass ihn der nützliche Tod eines alten Baumes auf diese Weise berührte, erschien ihm ein Witz. Es war keiner gewesen.

Diese Szene fiel ihm ein, als sein Blick im Weitergehen auf die Blutbuche bei der Remise fiel, einen der schönsten Bäume auf seinem Besitz. Der hatte schon eine mächtige Krone getragen, als das Grootmann'sche Haus noch nicht einmal in Planung gewesen war, und irgendwann, dachte er, würde auch von ihm nur totes Holz bleiben. Schönes, gut verwertbares Holz, aber tot.

So blieb von Bäumen dennoch mehr als von Menschen? Von Menschen blieb Tag um Tag blasser werdende Erinnerung. Aus dem Holz eines Baumes konnte etwas Neues entstehen, schön und vor allem nützlich.

Wie weibisch, morbiden Gedanken nachzuhängen. Für Melancholie war in der Familie die nervöse Mary zuständig. Aber natürlich war seine Stimmung dem Abschied von Sophus Mommsen geschuldet.

Seine Schritte beschleunigend, schüttelte er die Gedanken ab und eilte die breite Sandsteintreppe hinauf zum Gartenzimmer, in dem in den Sommermonaten das erste Frühstück serviert wurde.

Die verglaste Flügeltür stand weit offen. Lydia Grootmann hatte seine Schritte auf dem Kies gehört und blickte ihm lächelnd entgegen. Sie sah müde aus, irgendwann in der Nacht hatte er gehört, wie sie die Treppen hinunterging, sehr leise, sicher hatte sie später auch ein Schlafpulver genommen. Sie saß allein am Frühstückstisch, das jüngste der Dienstmädchen, wie stets adrett in schwarzem Rock, weißer Bluse, Schürze und der Winzigkeit einer ebenfalls weißen Haube auf dem streng frisierten Haar, schenkte Tee ein. Darjeeling, da war er sicher. Zum Frühstück nahm sie immer Darjeeling, nur zum Nachmittagstee gerne Earl Grey oder herberen Assam mit Zucker und Sahne. In äußerlichen Dingen war Lydia berechenbar.

«Danke, Reni», sagte sie, «wir bedienen uns selbst. Ich klingele, wenn etwas fehlt.»

Das Mädchen knickste brav und verschwand geräuschlos.

Friedrich küsste seine Frau auf die Wange und ließ den Blick über Schüsseln, Platten und Brotkörbe gleiten. Niemand in der Familie frühstückte üppig, nicht einmal Claire, die über einen ausgezeichneten Appetit verfügte, ohne eine Neigung zur Fettleibigkeit zu zeigen. Gleichwohl wurde an jedem Morgen üppig serviert.

Er setzte sich nicht auf den Platz des Hausherrn an das andere Ende des Tisches, sondern auf den Stuhl zur Rechten seiner Frau. Auch nach dreieinhalb gemeinsamen Jahrzehnten war er ihr gerne nah. Er war nicht immer sicher, ob es ihr mit ihm genauso erging, aber inzwischen fand er es müßig, sich allzu viele Gedanken über seine Ehe zu machen. Es war ohnedies undenkbar, sie in Frage zu stellen.

«Wo sind sie alle?» Er nahm einen Schluck Tee, registrierte zufrieden, dass er sich mit dem Darjeeling nicht geirrt hatte, und zog den Ring von seiner Serviette. «Emma schläft sicher noch, aber Claire, unsere Lerche? Frühstückt sie heute bei Ernst und Mary? Möchtest du Toast?»

Ernst und Mary bewohnten mit ihren Kindern den neuen Seitenflügel der Villa, man aß gleichwohl häufig zusammen, traf sich im Garten oder auf eine Tasse Tee, ein Glas Wein, wie gute vertraute Nachbarn, nur zum großen Familienfrühstück am Sonntag kamen sie immer herüber. Sonst lebten die alten und die jungen Grootmanns jeweils ihr eigenes Familienleben. Das war Lydias Arrangement. In Marys Familie war das nicht üblich, so hatte sie einige Zeit gebraucht zu verstehen, dass diese Art des getrennten Zusammenlebens nicht gegen sie gerichtet, sondern für alle gleichermaßen vorteilhaft war. Das nötige Maß an Rücksicht und Selbstverleugnung reduzierte sich mit der Zahl der Familienmitglieder in denselben Räumen erheblich, und die Erziehung ihrer Kinder blieb in ihrer Hand (abgesehen von Ms. Studley, der neuen Nurse, der es immer wieder gelang, Mary einzuschüchtern). Kurz und gut, das Zusammenleben der Generationen gestaltete sich im Haus der Grootmanns recht angenehm.

«Toast? Vielleicht später, danke. Jetzt möchte ich nur Tee. Sie sind alle schon ausgeflogen. Claire ist im Gemeindehaus von St. Gertrud, es geht um irgendeinen Basar, ich glaube für die Waisenkinder. Emma ist zu einer für ihre Gewohnheiten unfassbar frühen Stunde ausgeritten.»

«Tatsächlich? Vielleicht trifft sie Valentin für einen Morgenritt das Alstertal hinauf, bevor er ins Kontor ... ach, wie dumm», er schnalzte missbilligend, «wie überaus dumm. Wann erwarten wir ihn eigentlich zurück? Hat er das schon gekabelt? Wollte er nicht von Buenos Aires aus noch eine Stippvisite in New York machen?»

Lydia schwieg nur einen Moment, doch lange genug, um zu verraten, woran sie bei der Erwähnung der großen Stadt an der amerikanischen Ostküste dachte. Vor allen, an wen. Dann nickte sie, lächelte kühler als beabsichtigt und sagte leichthin: «Ja, das wollte er wohl. Er müsste schon unterwegs sein. Emma wird es wissen – ich wusste in unserer Verlobungszeit immer, wo du warst.»

Er ließ den Toast sinken, ignorierte den Klecks Marmelade,

der über seinen Daumen rutschte, und sah sie verblüfft an. «Wirklich?»

«Selbstverständlich. Es war ein ganzes Jahr, und du warst damals viel auf Reisen. Zum Glück nicht um Kap Hoorn, das hätte mich zu Tode geängstigt. Alle Bräute wollen wissen, wo ihr zukünftiger Ehemann sich herumtreibt. Ihr Männer habt es da leichter. Mädchen und Frauen werden ständig bewacht, man weiß immer, wo wir uns aufhalten – selten an interessanten Orten.»

«Du erstaunst mich. Habe ich da einen sehnsüchtigen Unterton gehört?»

«Nur in deiner Phantasie. Übrigens ist Valentin …»

«Du wechselst das Thema.»

«Stimmt. Die Zeit meiner Mädchenträume von nie gewagten Kapriolen ist viel zu lange vorbei, um noch darüber zu reden.»

Er war wirklich überrascht und entschieden anderer Meinung. Zu insistieren war sinnlos, das wusste er, aber er nahm sich vor, ihre Bemerkung nicht zu vergessen.

«Ich bin froh», fuhr sie fort, «dass unsere Töchter hier bei uns zufrieden sind.»

Er verstand nun, worum es ging. Das Stichwort New York bot immer ein brisantes Thema, seit Amandus dort lebte. Der jüngste Sohn, ein Luftikus, um es freundlich auszudrücken. An harten Tagen hatte Friedrich ihn einen Betrüger genannt, der es nicht wert sei, seinen Namen zu tragen. Es war ihm egal, dass die Grootmanns nicht die einzige Familie waren, die ein schwarzes Schaf zu den ihren zählte. Er hatte immer geglaubt, in seiner Familie werde so etwas nicht passieren, es sei vor allem eine Frage der Erziehung und des guten Vorbilds. Inzwischen wusste er, es hätte schlimmer kommen können. Er vermisste seinen Sohn, was er kaum sich selbst, ganz gewiss nicht seiner Frau oder irgendjemand anderem eingestand. Neulich hatte er sich dabei ertappt, so etwas wie Respekt für Amandus zu empfinden. Als er den Jungen nach Chile schickte und der schon in New York das Schiff verließ, um dortzubleiben, war er sicher gewesen, das sei Amandus' Ende und werde zu einem Makel auch seines eigenen guten Rufs werden. Er war vor einigen Jahren selbst dort gewesen und hatte auch die Elendsgestalten aus Europa gesehen, die vergeblich auf eine gute Zukunft gehofft hatten. In Chile wäre Amandus in einem Kontor in der Obhut der Grootmann'schen Geschäftspartner gewesen, beschützt, aber auch bewacht. Amandus hatte sich dagegen und für ein Leben ohne seine Familie entschieden. Ohne Schutz, ohne Bewachung.

Wenigstens schien der Junge dort nicht an Spieltischen zu hocken. Er versuchte, sich eine Existenz aufzubauen, wenn auch in zweifelhafter Gesellschaft und in ebensolchem Gewerbe. Ein Grootmann machte kein Hafenlogierhaus samt Kneipe auf. Nach dem, was man ihm zugetragen hatte, war es eher eine Absteige für ihre Heuer versaufende Seeleute, Abenteurer und Gesindel aller Art. Und neuerdings betrieb Amandus auch noch dieses – wie hieß es? Ein Kinetoskop, richtig.

Bewegte Bilder für den Einwurf einer Münze. Friedrich hielt das für eine Schnapsidee, ein Spielzeug fürs Amüsement. Andererseits hatte sich in den letzen Jahrzehnten manche ‹Spielerei› als unglaublicher Erfolg erwiesen, wenn er nur an das elektrische Licht dachte.

Endlich spürte er die Stille. Sie konnten gut miteinander schweigen, aber dieses Schweigen lastete. Er hatte seinen Gedanken wieder Abwege erlaubt, sie waren bei Amandus gelandet, wie häufiger in letzter Zeit. Dabei war ihm gerade klargeworden, dass es heute Morgen eben nicht um Amandus ging. Heute ging es um Juliane. Und um Henrietta.

Es klang behutsam, als er sagte: «Sie gleicht ihr auf beinahe erschreckende Weise, nicht wahr?»

Lydia schwieg mit der Andeutung eines Nickens. Er hätte jetzt gerne einen Schluck Tee genommen, aber das hätte den Moment banal gemacht und zerstört.

Dann nickte sie noch einmal, nachdrücklicher. «Ich sollte darüber glücklich sein», sagte sie. «Ich möchte es, aber ich kann es nicht. Es ist so dumm, ihr zu verübeln, dass Juliane ... nun, dass sie uns verlassen musste.»

«Vielleicht ist es vielmehr Sophus' Tod, der dich deinen Verlust aufs Neue so schmerzlich fühlen lässt.» Er hörte selbst, wie gestelzt das klang.

«Meinen Verlust? Es ist nicht nur ‹mein Verlust›», fuhr sie auf. «Juliane war erst sechsundzwanzig Jahre alt.»

«Ja», er wog jedes Wort ab, «ja, und niemand trägt Schuld an ihrem Tod als das Schicksal.»

«Was für ein großes Wort, Friedrich. Schon Henriettas Geburt hat sie beinahe das Leben gekostet. Und dann hat sie sich vier Jahre lang nicht mehr erholt. Warum? Ich habe sechs Kinder geboren und lebe immer noch. Sechs Kinder», wiederholte sie, kaum mehr hörbar.

Er ließ sie ihren Worten nachlauschen. Wenn von sechs Kindern fünf lebten und gesund waren, von diesen wiederum nur eines die vorbestimmte, rechte Bahn verlassen hatte, musste man dankbar sein. Ihm war das gelungen.

Nun war er froh, dass Hetty seine Einladung, bei ihnen zu wohnen, nicht angenommen hatte. Lydia brauchte Zeit.

Claire kam mit eiligen Schritten die Stufen vom Garten

herauf und ersparte ihm eine Antwort. Während Emma sich im Mittelpunkt, gar auf einem Podest am wohlsten fühlte, blieb Claire gerne am Rand. Sie verwandte wenig Mühe auf ihre Frisur und ihre Kleider, wohl war beides makellos, aber immer praktisch. In St. Gertrud war sie schon für die Frau des jüngsten Pastors gehalten worden, mehr war dazu nicht zu sagen. Natürlich besaß sie Kleider für jede, auch für pompöse Gelegenheiten wie den Besuch des Kaisers vor wenigen Wochen, niemand hatte denken können, die älteste Grootmann-Tochter sehe ärmlich oder im geringsten Maße unpassend aus. Claire war einfach eine uneitle, praktische Person, also gehörte sie zu den Frauen, die leicht übersehen wurden. Ob es sie kränkte, im Schatten ihrer schöneren Geschwister, besonders ihrer strahlenden Schwester Emma zu stehen, war nicht bekannt. Da auch Claires Gemüt von großer Unauffälligkeit zu sein schien, gab es nie Anlass zu solchen Überlegungen.

«Du bist noch hier, Papa?» Sie setzte sich ihm gegenüber, ließ sich von ihrer Mutter mit dankbarem Lächeln Rührei, gebratenen Speck und eine gesottene Tomate auftun und nahm eine Scheibe Toast. Sie habe schrecklichen Hunger, verkündete sie munter, wie gut, dass das Frühstück noch nicht abserviert sei. «Eigentlich ist es eine Schande», erklärte sie heiter, «der Anblick dieser armen Frauen, die morgens mit ihren Kindern in der Milchküche anstehen, müsste mir den Appetit verderben.»

Just in diesem Moment meldete das Mädchen Besuch. Lydias Brauen hoben sich wegen der unpassenden Stunde für jedweden, selbst verwandtschaftlichen Gast. Claire wandte sich neugierig zur Tür, und Friedrich Grootmann warf seine Serviette auf den Tisch und erhob sich.

«Herein mit ihm, Reni», sagte er, und an seine Frau und seine Tochter gewandt: «Das ist Blessing, wir fahren heute zusammen ins Kontor. Verzeih, Lydia. Ich habe vergessen, es dir zu sagen.»

Claire blickte ihren Vater erstaunt an. Ein solcher Fauxpas unterlief ihm für gewöhnlich nicht. Das erste Frühstück war der Familie vorbehalten, und jeder wusste, dass die Dame des Hauses diesen Mann aus dem Kontor nicht mochte. Allerdings wusste niemand, warum, womöglich nicht einmal sie selbst.

«Sei trotzdem so nett und biete ihm eine Tasse an. Ich brauche noch eine Minute. Blessing, wusste ich's doch. Nehmen Sie Platz, meine Frau herrscht heute über den Tee. Für Toast wird die Zeit kaum reichen, ich bin gleich bereit.»

Raimund Blessing war fünfunddreißig Jahre alt, schlank mit den Schultern eines Ruderers und bis in die Wimpern sandblond, was durch den für Kontor und Börse einzig korrekten dunklen Anzug unterstrichen wurde. Nur sein bleistiftschmaler Schnurrbart war schwarz wie seine Kleidung. Im Kontor trug er einen Zwicker, der seinen kühl blickenden Augen etwas Erstauntes gab. Er war stets von gesunder Frische, heute lagen Schatten unter seinen Augen, im Kontor war viel zu tun. Er hielt sich sehr gerade, eine Angewohnheit seit seiner Militärzeit. Zu Beginn hatte ihn der unbarmherzige Drill wütend gemacht, bis er spürte, wie so ein ‹Stock im Rückgrat› sein Selbstbewusstsein stützte und in Gegenwart gesellschaftlicher oder tatsächlicher Autoritäten seine Würde im wahrsten Sinne des Wortes aufrecht hielt.

Blessing arbeitete seit einigen Jahren im Grootmann'schen Kontor und hatte kürzlich Prokura erhalten. Er war überaus tüchtig, zugleich korrekt und weitsichtig, wendig im Umgang mit Kundschaft, Handelspartnern oder Arbeitern. Friedrich Grootmann betrachtete ihn als unersetzlich, er schätzte ihn auch, weil er weder ein Schwätzer noch von aufdringlicher

Unterwürfigkeit war. Sein Gedächtnis für alles, was die Grootmann'schen (und auch konkurrierende) Geschäfte betraf, war phänomenal, und er schien immer zur Verfügung zu stehen.

Unter den Angestellten von *Grootmann & Sohn* und benachbarter Handelshäuser, vom altgedienten Commis bis zum jüngsten Kontorboten, gingen die Meinungen über ihn allerdings auseinander. Besonders zum Thema Unterwürfigkeit, Korrektheit und Schaumschlägerei gab es einige böse Stimmen. Ungerecht war es jedoch, ihm zu unterstellen, er habe liebedienerisch eine Wohnung in der Nähe der Grootmann-Villa gemietet. Auf der Uhlenhorst, wie man von dem Stadtteil nördlich der Außenalster nach seiner früheren Insellage sprach, war er aufgewachsen. Allerdings nicht mit Alsterblick.

Als Prokurist konnte er bei den Grootmanns nicht weiter aufsteigen. Stand ihm der Sinn nach Abenteuer oder fremden Küsten, konnte er sich immer noch für ein Handelshaus oder eine Dependance in Übersee entscheiden, dort wurden stets zuverlässige, in Handelsgeschäften versierte Männer mit guten Verbindungen gesucht. Er konnte sich auch Geld leihen und eine eigene Firma gründen, mit allem Risiko. Oder er suchte sich eine, für die kein Erbe in der Familie bereitstand. Am sichersten war es, wenn stattdessen eine schon ziemlich lange auf Kranz und Schleier wartende Tochter mit einem Ehemann zu versorgen war.

Über Blessings Pläne und Vorlieben in dieser Hinsicht war nichts bekannt, was bei einem gesunden und erfolgreichen Mann seines Alters und Standes einerseits zu neugierigen Fragen Anlass gab, andererseits eine ganze Anzahl von Müttern des mittleren Bürgertums hoffen ließ. Es war wie überall auf der Welt – immer schien es zu viele Töchter und zu wenige passende Partien zu geben.

Lydia Grootmann wollte nach dem Mädchen klingeln, um Blessing, den sie nicht als Gast, sondern immer noch nur als einen der vielen Angestellten des Handelshauses betrachtete, mit frischem Tee zu bedienen. Claire kam ihr zuvor. «Wenn du erlaubst, Mama. Ich fürchte, der Tee ist nicht mehr ganz heiß», sagte sie zu Blessing gewandt und füllte eine Tasse. «Aber da Sie ihn ohnedies rasch trinken müssen, wird es gerade recht sein.»

«Sicher, sehr recht. Vielen Dank. Sie sollten sich keine Mühe machen, ich meine ...»

«Ich schenke nur eine Tasse Tee ein, das mache ich gern. Mühe hat bei uns das Personal. Sagen Sie mal, Herr Blessing, haben Sie auf dem Weg hierher von dem bedauernswerten Mordopfer vom Meßbergmarkt gehört? Ich gestehe, dass ich neugierig bin. Die Nachricht ist mit dem ersten Alsterdampfer gekommen, es heißt, jemand habe mit einem Messer ...»

«Claire!» Lydia Grootmann hatte ihre Tasse hart aufgesetzt. Dann lachte sie bemüht, schließlich saß ein fremder Mensch am Tisch, ein Angestellter, und wechselte zum gesellschaftlichen Plauderton. «Du überraschst mich. In der letzten Woche hast du Mijnheer Bakker beim Tee nach dem Diamantenraub an der Schelde ausgefragt, und nun diese gruselige Geschichte schon zum Frühstück. Kann es sein, dass du in der Zeitung die falschen Artikel liest?»

«Ach, was ist da schon falsch oder richtig, Mama? Und wir sind doch jetzt unter uns, Herrn Blessing stört das Thema sicher nicht.»

Der neigte verbindlich lächelnd den Kopf zur Dame des Hauses. «Ich kann Sie beruhigen, gnädige Frau, ich habe gar nichts darüber gehört.»

«Wirklich?» Claires Blick verriet Zweifel. «Ich weide mich

niemals an solchen Geschichten, wirklich nicht, aber ich bin keine dumme Gans und möchte wissen, was in der Stadt vorgeht und worüber man spricht.»

Friedrich Grootmann brauchte wirklich nur wenige Minuten. Als er das Gartenzimmer wieder betrat, erhob sich Blessing, als habe er nur darauf gewartet (was er auch getan hatte).

«Wenn Sie erlauben», sagte er und zog ein weißes Kuvert aus der Rocktasche, «ich habe hier einen Aufsatz, der Fräulein Grootmann interessieren könnte.»

«Fragen Sie mich, ob Sie meiner Tochter ein Stück Zeitung geben dürfen?» Grootmann lächelte generös. «Claire ist längst erwachsen, lieber Blessing. Da ich davon ausgehe, dass Sie nichts Unschickliches in unser Haus tragen – bitte sehr.»

«Es ist der Aufsatz aus der *Times* über die Lage in der Kapprovinz», wandte er sich an Claire. «Sie hatten neulich ...»

«Oh, wie aufmerksam», fiel sie ihm rasch ins Wort, nur wer sehr genau hinsah (wie ihre Mutter), erkannte die plötzliche leichte Röte auf ihren Wangen. «Dass Sie daran gedacht haben. Ich habe Herrn Blessing in der vergangenen Woche in der Straßenbahn getroffen, ganz zufällig, und wir kamen im Gespräch auf Afrika und die Lage in der Kapprovinz», erklärte sie ihren erstaunten Eltern. Lydias Miene war unbewegt, Friedrichs halbwegs amüsiert.

«Muss ich mir Sorgen machen? Sie sind doch nicht etwa in Goldgräberstimmung und schmieden Auswanderungspläne? Wir können hier nicht auf Sie verzichten.»

«Danke, das ist sehr freundlich. Nein, ich habe nicht vor auszuwandern, aber wie Ihr Fräulein Tochter gerade sagte, es ist von Nutzen zu wissen, was in der Stadt vorgeht, und ich halte es ebenso mit der Welt.»

«Die Kapprovinz ist zweifellos ein interessantes Revier. Aber solange Buren und Engländer sich noch die Köpfe einschlagen, von kriegerischen Eingeborenen gar nicht zu reden – ich weiß nicht. Die Geschäfte da unten bedeuten vor allem enorme Risiken. Ich sehe nach wie vor Südamerika als weitaus vielversprechender.»

Dem stimmte Blessing vorbehaltlos zu. Das sei es, unbedingt, andererseits gehe ohne Risiken nichts voran, wie Herr Grootmann selbst oft betone.

«Zufällig in der Straßenbahn», sagte Lydia Grootmann, als sie mit Claire allein war.

«Warum nicht?» Claire blickte auf den Briefumschlag, aber sie ließ ihn verschlossen. «Es war ein interessantes Gespräch. Herr Blessing weiß sehr viel, wenn er auch nicht ganz so weit gereist ist wie Papa oder lange in ausländischen Kontoren gelernt hat wie Ernst. Und er ist sehr höflich.»

«Ach, Claire. Sieh doch genau hin. Blessing ist gut für das Kontor, er wird sich auch als ein guter Prokurist erweisen. Aber er ist und bleibt doch ein Karrierist.»

Endlich sah Claire auf. «Wenn sich ein Mann aus sogenannten kleinen Verhältnissen fleißig und zuverlässig um Erfolg bemüht, ist er gleich ein Karrierist? Er hat doch schon Prokura, muss er da in der Hoffnung auf weiteren Aufstieg und Protektion der übriggebliebenen ältlichen Tochter des Hauses schöntun? Danke, Mutter, vielen Dank. Ich weiß sehr wohl, dass ich kein süßes Dornröschen bin. Aber ich bin auch kein Aschenputtel. Falls es dich beruhigt – er hat mir keine Avancen gemacht, das würde er nie tun. Wozu auch? Wir haben nur über Lohnenderes als das Wetter und ähnlich abendfüllende Themen gesprochen. Nun musst du mich entschuldigen, ich habe zu tun.»

Damit lief Claire die Stufen zum Garten hinunter und war verschwunden.

Lydia lauschte auf die Stille, die von den entfernten Küchengeräuschen und einer den Uferweg passierenden Droschke kaum gebrochen wurde. Wenn Claire sie Mutter statt Mama nannte, hatte sie etwas übel genommen. Es kam selten vor, dann meistens zu Recht. Diesmal, da war Lydia Grootmann sicher, zu Unrecht.

Kapitel 4

Mittwoch, vormittags

Die Pension *Chicago* entpuppte sich als bescheidenes Etablissement im zweiten Stock eines vom Alter schiefen Fachwerkhauses. Es sah aus, als bedanke es sich ergeben bei seinen jungen Nachbarn, ohne deren stützende Mauern es umfiele. Nur noch wenige Gebäude sahen hier so aus. Neue Häuser, stabiler und größer, aus massivem Stein mit höheren und lichteren Räumen, bestimmten zunehmend das Bild. Überhaupt glaubte man an vielen Stellen der Stadt, diese sei eine einzige weitläufige Baustelle. Es gab große Pläne für die alten übervölkerten Quartiere, mächtige Kontorhäuser sollten entstehen, viele Stockwerke hoch, mit Aufzügen und breiten eleganten Treppen, Telefonleitungen und Rohrpost, komfortablen Heizungen, Restaurants im Erdgeschoss für kurze Wege zu guten, auch Geschäftsverhandlungen förderlichen Mahlzeiten.

Besonders im vergangenen Jahrzehnt hatten sich Hafenareal und Innenstadt rasant verändert. Nicht nur der immer noch andauernde Bau der langen Reihen von Speichern auf Wandrahminsel und Brook, für die Zigtausende Menschen umgesiedelt werden mussten, auch die Straßen der Innenstadt veränderten ihr Gesicht, in noch einmal zehn Jahren würde die nun City genannte Altstadt kaum mehr wiederzuerkennen sein. Entsprechend schnell wuchsen die Vorstädte. Siedlungen mit großen Wohnblöcken entstanden, Industrien breiteten sich auf Äckern und Wiesen aus, neue Straßen und Bahnlinien wurden angelegt. Wenn Hamburg auch noch kleiner an Raum und Bevölkerung war, musste es sich nicht hinter London oder New York verstecken.

Im Parterre des Hauses Hüxter 8 offerierten eine Eisenwarenhandlung und ein Schlosser Waren und Dienste, im Souterrain wurden links Kohlen verkauft, rechts in einer der üblichen winzigen Kellerkneipen – feucht und kaum mehr als mannshoch – Schnaps und schlappes Bier. In der ersten Etage befanden sich Wohnungen.

Im Nebenhaus residierte auch eine Auswandereragentur, Ekhoff nahm sich vor, dort bald eine Kontrolle vorzunehmen. In den letzten Wochen wurden wieder Schiffspassagen verkauft, die nicht existierten. Ekhoff war kein Engel der Armen, aber er wusste, was der Verlust von Hoffnung bedeuten konnte. Außerdem verursachten die im Elend gestrandeten Auswanderer für die Stadt und ihre Polizei nur Ärger und Kosten.

Margret Kampe führte ihre Pension allein, ihr Ehemann war auf der Suche nach einem besseren Leben für sie beide vor Jahren auf dem Zwischendeck nach New York und von dort weiter nach Chicago gereist. So hatte sie auf dem Weg vom Kommissariat im Stadthaus zum Hüxter erzählt. Er wollte sich dort in den riesigen Schlachthöfen lukrative Arbeit suchen. Dass man hörte, die seien alle wie die Hölle, hatte ihn nicht geschreckt. Seither war Enno Kampe verschollen. Zweimal hatte sie gedacht, er sei zurückgekommen, aber die Männer, die sie für ihn gehalten hatte, waren einfach in der Menge verschwunden. Sie war sicher, die hatten ihm nur ähnlich gesehen.

«Da hat es damals Unruhen mit Toten gegeben», erklärte sie auf den letzten Stufen zu ihrer Etage. «Angeblich nur vier, aber das stimmt nicht. Einer, der dabei war und zurückgekommen ist, hat gesagt, viele sind später noch an Verletzungen gestorben. Wenn hier auch so 'n großer Streik losgeht ...»

Da erinnerte sie sich, dass sie mit zwei Polizisten sprach, Männern von der Gegenseite, und öffnete schweigend die Tür zu ihrem Reich. Das war eng, düster und ärmlich, der Kohl-, Windel- und Klosettgeruch aus dem Treppenhaus ließ sich nicht ganz aussperren, hier mischte sich jedoch der nach Möbelwachs und Kernseife hinein.

Die Pension verfügte über drei Gastzimmer, zwei mit je vier, eines mit zwei Betten. Haggelow hatte das Doppelzimmer für sich allein gemietet. Der Mann konnte nicht ganz arm gewesen sein. Merkwürdig war nur, dass er sich überhaupt ein solches Logis gesucht hatte.

«Vielleicht wegen einer vorübergehenden finanziellen Krise», überlegte Henningsen. «Ein Engpass. So was kommt vor. Oder er musste auf Geld aus seiner Heimatstadt warten, weil er seine Börse verloren hat, bestohlen worden ist oder am Spieltisch Pech gehabt hat.»

Ekhoff nickte, doch er glaubte nicht daran. Der Tote hatte genug Geld in den Taschen gehabt, um mindestens einige Tage in einem besseren Hotel zu wohnen. Nicht gerade im *Streit's* oder im *St. Petersburg* am Jungfernstieg, aber allemal in einem besseren Haus als diesem. Falls das sein ganzer Reichtum gewesen war, musste er natürlich so billig wie möglich wohnen, aber ... nein, so einfach war es sicher nicht.

Frau Kampes Fremdenbuch erwies sich als gut geführt und leserlich geschrieben, Lücken waren nicht erkennbar. Haggelow hatte als Vornamen James und als Wohnort Newcastle angegeben, unter Gewerbe stand *merchant*. Kaufmann – das konnte alles und nichts bedeuten. Außer ihm waren während seines Aufenthaltes nur drei Gäste in der Pension abgestiegen. Sie waren einen Tag vor ihm angekommen und hatten alle in dem größeren der beiden Vierbettzimmer geschlafen. Gestern waren sie mit einem schwedischen Schiff nach Norden gereist, es war am späten Nachmittag ausgelaufen. Haggelow und diese Männer hatten sich nicht gekannt. Das, so versicherte die Pensionswirtin, wäre ihr aufgefallen, sie habe ein Auge für so was. Überhaupt seien sie sich kaum begegnet, womöglich gar nicht, die Schweden seinen immer schon aus dem Haus gewesen, wenn Mr. Haggelow zum Tee kam.

Sein Zimmer maß längs wie quer vier Schritte, was als geräumig gelten musste. Außer dem Bett mit einer verwaschenen, einst dunkelblauen Tagesdecke gab es einen Stuhl und einen schmalen Tisch, auf dem nur eine Kleiderbürste lag. Auf dem Nachttisch stand ein zweiarmiger Leuchter mit halb heruntergebrannten Kerzen, daneben lag eine Schachtel Streichhölzer. Für einen Schrank fehlte der Platz, ihn ersetzte ein dreifacher Kleiderhaken an der Wand neben der Tür. Auf einem Bügel hingen Hemd und Jackett von guter leichter Qualität für warme Tage, daneben ein heller Sommermantel, am letzten Haken ein Handtuch. Irgendetwas fehlte, aber Ekhoff wurde von Henningsen abgelenkt, der noch erfahren musste, dass langsames Schauen und Denken keine Schande, sondern manchmal die einzig richtige Strategie waren.

«Wir haben nun den Namen. Er war zwei Tage und drei Nächte hier», resümierte der Polizeiassistent, «hatte keinen Besuch und redete beim Morgentee nur übers Wetter.»

Redete? Ekhoff riss die Tür auf und rief: «Frau Kampe – wie haben Sie sich mit ihm verständigt? Sprach er Deutsch?»

«Etwas», klang es aus der Küche zurück, «und ich gerade genug Englisch. Braucht man in meinem Beruf.»

Und in Chicago, dachte Ekhoff, da hätte sie das auch gebraucht. Er war also tatsächlich Engländer gewesen.

«Die Tasche.» In Henningsens Stimme war ein aufgeregtes Vibrieren. «Unter dem Tisch steht eine Reisetasche. Soll ich …?»

«Noch nicht. Erst durchsuchen wir das Zimmer.»

Das war schnell getan. Das Bett, die Jacketttaschen, der Nachttisch – außer einem fein gesäumten Taschentuch (ohne Monogramm) und einem englischen Roman von einem Autor namens Wilde, als Lesezeichen auf Seite 36 fungierte ein Fetzen Zeitungspapier, fand sich nichts. Womöglich waren die Kampe und ihr Mädchen nicht ganz so ehrbar, wie die Wirtin vorgab. Andererseits hatte sie, bis sie die Fotografie ihres toten Gastes sah, damit rechnen müssen, dass er zurückkam, fehlende Manschettenknöpfe oder Krawattennadeln hätte er gleich bemerkt.

Endlich durfte Henningsen die Tasche unter dem Tisch hervorziehen und auf das Bett stellen. Sie war aus feinem, doch festem Leder und mit strapazierfähigem Stoff gefüttert, wie er auch für Kolonialgepäck verwendet wurde. Man sah ihr viele Reisen an, aber sie war gut gepflegt.

«Er kann hier nicht viel vorgehabt haben», überlegte Henningsen. «Ein Gentleman und nur diese eine bescheidene Tasche? Kein geräumiger Koffer? Wo hat er seine Abendgarderobe? Oder Hemden und Anzüge für Geschäftsbesuche oder Nachmittagsvisiten.»

«Tja», sagte Ekhoff spitz, «vielleicht war er gar kein Gentleman. Darüber machen wir uns später Gedanken, nun sehen wir uns erst mal den Inhalt an. Los, packen Sie aus. Eine Bombe wird kaum drin sein, hier ist nicht Chicago.»

Leider barg die Tasche auch sonst keine Überraschungen.

Ein Paar Schuhe, elegant und schwarz, durchaus für den Abend geeignet, aber weder Frack noch der neuerdings bei jüngeren Herren in Mode gekommene bequeme Smoking.

«Was macht er mit schwarzen Schuhen ohne die dazu passende Garderobe?», murmelte Henningsen.

Wäsche, zwei Hemden, Kragen und Manschetten, hellbraune, kaum getragene Lederhandschuhe, Krawatten, Socken, Taschentücher, ein cremefarbener Seidenschal, schließlich ein mittelgroßes Reise-Necessaire aus dunkelblau gefärbtem Straußenleder, innen hellbraun. Es enthielt die üblichen Dinge, Haarbürste und Kamm, Utensilien für die Maniküre, Zahnbürste und eine Dose mit nach Nelkenöl riechendem Zahnpulver, eine Schildpattdose barg ein wenig gebrauchtes, noch feuchtes Stück Seife von Pears. Von den drei Gläschen mit silbernen Schraubverschlüssen im gleichen Stil wie der Haarbürstengriff war eines leer, eines noch zur Hälfte mit einem weißen Pulver gefüllt – kein Kokain, stellte Ekhoff fest, sondern mit Lavendel leicht parfümierter Talkumpuder. Das dritte enthielt Brandy, es war kaum mehr als ein großer Schluck für Notfälle.

Ganz unten in der Tasche lagen ein Skizzenblock und ein Notizheft, beide unbenutzt. Dann pfiff Henningsen durch die Zähne. «Briefpapier», erklärte er, «Bögen und Kuverts mit Namensaufdruck und Anschrift. Der Name ist aber nicht James Haggelow», er hielt einen Bogen am Fenster ins Licht. «Hier steht Thomas Winfield.»

Winfield – der Name ließ etwas in Paul Ekhoff anklingen. Was es war, würde ihm später einfallen, da war er diesmal sicher.

«Es könnte sein, dass ihm das Briefpapier nicht gehört oder einen falschen Namen trägt. Falls er ein Pseudonym benutzt.» Henningsen klang wie ein altkluges Kind, das einem Erwachsenen die Welt erklärt. «Manche Künstler haben so was. Und Verbrecher, klar. Sicher gibt es auch ein Etui für Visitenkarten.»

Henningsens Arme tauchten wieder in die Tiefen der großen Tasche. Seine tastenden Finger wurden in einem ins Futter genähten Seitenfach fündig und zogen eine gerahmte Fotografie ans Licht. Sie zeigte ein lächelndes junges Paar in sommerlich heller Kleidung vor einer Rosenhecke. Der Mann war James Haggelow. Oder Thomas Winfield?

«Winfield», rief Henningsen und klopfte aufgeregt mit der Spitze des Zeigefingers auf einen Schriftzug am unteren rechten Rand. *Thomas und Henrietta Winfield*, stand dort in schwarzer Tinte, *zur Erinnerung, September 1893.*

Ekhoff griff hastig noch einmal nach dem Briefpapier. Clifton bei Bristol. Da stand es. Bristol! Fast hätte er es übersehen.

«Er benutzt zwei englische Namen», sagte Henningsen aufgeregt. «Wir müssen Scotland Yard kabeln, die haben ihn sicher in ihrer Kartei. Womöglich ist er auf der Flucht gewesen, vor der englischen Polizei oder vor seinen Kumpanen. Und hier sollten wir eine Anzeige in den Zeitungen aufgeben. Mit irgendwem wird er in der Stadt verabredet gewesen sein oder Geschäfte gemacht haben. Wenn es illegale waren, meldet sich natürlich keiner, aber vielleicht weiß sonst jemand etwas.»

«Thomas Winfield aus Bristol. In England.» Ekhoff beugte sich wieder zum Fenster und betrachtete die Fotografie noch einmal genauer.

«Ja», bestätigte Henningsen eifrig, «Bristol in England, obwohl es sicher auch eines in Amerika gibt. Aber die Adresse auf dem Briefbogen lautet auf eine Straße in Clifton, das ist ein Vorort auf der Anhöhe. Recht nobel. Ich war mal dort. Es gibt viele schöne neue Häuser und Straßen, besonders diese eleganten, im Halbrund langgezogenen weißen Terrassenhäuser. Wie in Bath, Sie wissen schon ...»

Ekhoff wusste nicht einmal, dass es eine Stadt dieses Namens gab, aber er hörte ohnedies nicht zu, er betrachtete das junge Paar vor den Rosen. Hübsche Gesichter, elegante, aber keinesfalls extravagante Kleidung. Er war nicht absolut sicher, ob der Mann, der ihm daraus selbstbewusst entgegenlächelte, tatsächlich der Tote vom Meßbergbrunnen oder nur ein ihm ähnelnder Mann war, vielleicht ein Bruder oder Cousin, aber die junge Frau an seiner Seite erkannte er sofort. Er war ihr zuletzt vor vierzehn Jahren begegnet, vielleicht vor fünfzehn, seltsamerweise erinnerte er sich nicht mehr an das genaue Jahr. Aber die Fotografie, auf der er sie danach noch gesehen hatte, ließ schon die junge Dame ahnen, die sie heute sein musste. Die auf dieser Fotografie. Er hätte sie überall erkannt, und zumindest indirekt verdankte er ihr das Leben, das er jetzt führte. Jedenfalls vermutete er das. Die erste Sprosse auf der Leiter nach oben.

Die Fotografie zusammen mit dem Namen – da gab es keinen Zweifel. Aus dem Bild blickte ihn Henrietta Mommsen an, noch ein wenig schüchtern, doch auch froh und stolz. Den Namen ihres Ehemanns hatte Martha irgendwann erwähnt. Die kleine Mommsen habe geheiratet, hatte sie erzählt (Gott allein mochte wissen, woher sie das wieder erfahren hatte), sie heiße jetzt Winfield. Der Mann sei ein stinkreicher Engländer, feine Gesellschaft. Was auch sonst ...

Da war etwas Fremdes in Marthas Stimme gewesen. Und dass sie es überhaupt erwähnte. Es mussten etwa anderthalb Jahrzehnte seit jenem Sommer damals vergangen sein, während all der Jahre hatten sie nie über die feine Besucherin am Strand gesprochen.

Den Namen hatte er gehört und wieder vergessen. Henrietta hatte er nicht vergessen. Die kleine Hetty mit den großen Taftschleifen gab es schon lange nicht mehr, und dort unten am Fluss – das war in einer anderen Welt gewesen.

Er blickte immer noch auf die Fotografie. «Die Zeitungsanzeigen können wir sparen», erklärte er endlich, «Winfield ist der richtige Name. Ich frage mich nur, warum er in einem Hotel abgestiegen ist», sein Blick machte rasch eine Runde durch den Raum, «erst recht in so einer bescheidenen Pension. Er hat wohlhabende Verwandtschaft in der Stadt, überaus angesehene Leute. Es wird interessant sein zu erfahren, ob er die nicht treffen wollte oder umgekehrt.»

Und wahrscheinlich, dachte er, ist auch seine Frau in der Stadt. Die junge Mrs. Winfield.

* * *

Henrietta war erst spät am Vormittag vom langgezogenen Tuten eines Signalhorns erwacht. Sie fühlte sich immer noch wie zerschlagen. Dass sie nach den Schrecken der vergangenen Stunden überhaupt eingeschlafen war, erschien ihr so unwirklich wie die verschwommenen nächtlichen Bilder, wie das alle Vernunft überschwemmende Gefühl der Panik. Es lauerte immer noch ganz in der Nähe.

Der Schatten im Garten war kein Einbrecher gewesen, kein Dämon, keine Gefahr für ihr Leben. Nur ein Schatten. Frau Lindner hatte ganz sicher recht. Man musste nur alles mit Sachlichkeit und im hellen Licht des Tages bedenken. Eine plötzliche Bö hatte die Zweige der Robinie just in dem Moment tanzen lassen, als der Mond für eine Minute hinter einer Wolkenbank auftauchte. Das hatte schleichende und dann vermeintlich flüchtende Schatten geworfen. Und sicher hatte auch nichts geknarrt, kein Fensterflügel jedenfalls, keine Tür, nur dicke Äste der alten Bäume. Die knarrten manchmal im Wind, weil sich einige aneinander rieben. Das hörte sich schauerlich an.

Überreizte Nerven, sonst nichts. Trotzdem war ihr Herz fast stehengeblieben, als die Schritte auf der Treppe näher kamen, als die Klinke heruntergedrückt wurde – und schließlich Frau Lindner im Zimmer gestanden hatte, das Gesicht von dem Kerzenleuchter in ihrer Hand unwirklich beleuchtet. Sie hatte den Schrei aus dem ersten Stock gehört und war gleich hinaufgestiegen, um zu helfen.

Obwohl das Bild des nächtlichen Schattens auf dem Rasen immer noch in Henrietta lebendig war, schämte sie sich für ihre Angst und die hysterische Reaktion. Sie würde niemandem davon erzählen, es war zu lächerlich. Flüchtig ging ihr durch den Kopf, dass Frau Lindner so tief in der Nacht – die kleine Taschenuhr hatte zwei Stunden nach Mitternacht angezeigt – nicht in Nachtgewand und Morgenmantel, sondern vollständig angekleidet in ihrem Zimmer gestanden hatte.

Aber Frau Lindners Gewohnheiten in Zeiten schlechten Schlafs mussten sie nicht kümmern, und sie hatte nun anderes zu tun. Wichtigeres. An diesem Morgen war sie entschlossen, sich an das zu erinnern, was sie ihren Vater gerne gefragt hätte. Also hatte sie es plötzlich sehr eilig gehabt, aufzustehen. Sie wollte sich auf die Suche nach dem machen, was gewesen war: nach der eigenen Vergangenheit, ihren ersten fünfzehn Jahren, und nach dem, was in diesem Haus seit ihrer Übersiedelung nach England geschehen war. Erinnern bedeutete bewahren. Nichts schien in diesen Stunden wichtiger.

Sie hatte nie bedacht, ob ihr Vater sie vermisst oder sogar

gebraucht hatte. Sie wusste nicht einmal, ob ihn in seinen letzten Wochen eine Krankheit gequält hatte. Starb man einfach so? Er war ein alter Mann gewesen, aber sie kannte weit ältere, die weder gebrechlich noch leidend waren. Es wäre furchtbar, nun zu erfahren, dass er ihren Beistand gebraucht hätte, ohne dass sie es wusste. Ohne dass sie auch nur daran gedacht hatte. Aber sie wollte es wissen.

Sie war daran gewöhnt, alleine zu frühstücken, seit Thomas oft auf Reisen war, und mochte die stille erste Stunde des Tages. Heute hatte sie Frau Lindner bitten wollen, sich zu ihr zu setzen und gemeinsam eine Tasse Tee zu trinken. Doch sie hatte zu lange geschlafen, die Hausdame war schon ausgegangen.

Sie werde bald zurück sein, versicherte das Mädchen, als es den Tee aus der Küche brachte. Auch sie war für Henrietta ein neues Gesicht. Keiner der dienstbaren Geister, an die sie sich erinnerte, hatte zuletzt noch für ihren Vater gearbeitet. Das Mädchen hieß Birte, wie sie knicksend erklärte, sie stammte vom südlichen Elbufer und war seit einem halben Jahr in diesem Haus im Dienst. Nein, sie wusste nicht, was aus ihrer Vorgängerin geworden war, die sei nun wohl verheiratet, Frau Lindner habe so was gesagt.

Die Hausdame, ein Mädchen für Küche und Bedienung – zumindest den Diener musste es noch geben.

Früher hatten Hausdame und Gouvernante, ein Diener und wenigstens ein Mädchen ständig im Haus gewohnt. Der Gärtner und Frauen für die groben Arbeiten und die Waschtage wohnten mit ihren Familien im Dorf und waren stunden- oder tageweise ins Haus gekommen.

«Die Köchin ist alle Tage außer Sonntag hier», erklärte Birte, als habe sie Hettys unausgesprochene Fragen gehört, «sie wohnt hinter der Kirche, das sind ja nur ein paar Schritte.

Heute ist sie mit Frau Lindner unterwegs, wegen der Einkäufe. Für die gnädige Frau muss doch ordentlich gekocht werden.»

Hetty brauchte einen Moment, bis sie verstand, dass sie die ‹gnädige Frau› war. In diesem Haus, an diesem Morgen fühlte sie sich wieder viel zu jung.

«Aber eigentlich ist Frau Lindner hier die Köchin», plapperte das Mädchen weiter, «sie kann einfach *alles*.»

«Und der Diener?»

«Ich glaube, Sie fragen besser Frau Lindner. Sie hat es nicht gern, wenn ich mich zu lange ... also, es soll mich nicht kümmern, was die Herrschaften tun oder lassen.»

«Natürlich nicht.» Hetty verbarg ein Lächeln hinter der erhobenen Teetasse. Sie wusste gut um die Autorität und die Macht, die eine Hausdame oder eine Köchin für die anderen Dienstboten bedeuteten. Ganz besonders für junge Mädchen, frisch vom Land. «Wir wollen Frau Lindner nicht verärgern.»

«Und Sie wollen wirklich keine Eier? Wir haben ganz frische, und Frau Lindner sagt, in England essen alle Spiegeleier zum Frühstück. Tee und Spiegeleier und Toast und bittere Marmelade. Ich mache sehr gute Spiegeleier, ich – oh, Frau Winfield, verzeihen Sie. Ich sollte nicht so viel schwatzen.» Das Mädchen knickste ungeschickt und eilte aus der Tür. Frau Lindner führte ein strenges Regiment.

Hetty lauschte in die plötzliche Stille, wenigstens ein Vogel musste doch singen? Sie schob ihren Stuhl zurück und trat an die weit offen stehende Terrassentür, als Birte Besuch meldete. Felix Grootmann trat beinahe zugleich mit dem Mädchen ein. Selbstbewusst und energisch. Wie frischer Wind, der bei ungünstiger Konstellation leicht zum Unwetter wurde.

«Danke, Birte, ich kenne mich doch aus, und Mrs. Winfield

kennt mich, sie ist meine Cousine. Kein Grund, steifes Brimborium zu machen, oder, Hetty? Du meine Güte, ich vergesse immer wieder, dass du nicht mehr die Kleine bist, sondern eine respektable Lady.» Er verbeugte sich, tief genug, es als Farce erscheinen zu lassen, und zeigte eine demütig zerknirschte Miene. «Verzeih auch den frühen Überfall, du musst noch sehr müde sein, von der langen Überfahrt, von dem schweren Tag gestern.» Seine Worte immerhin klangen nun ernst, sein Blick war sanft prüfend. «Ich dachte nur, dein Gepäck sollte so rasch als möglich gebracht werden, da habe ich es selbst übernommen. Der Zahlmeister der Fähre hat es wie versprochen im Gepäckraum der Landungsbrücken deponiert. Highburys Einfluss ist größer als der eines Senators. Zweifellos zahlt er besser. Pardon, kein Thema für eine Dame, ich weiß.»

Da endlich lächelte Hetty. Sie dachte gern an den kuriosen Mr. Highbury. Als er vorschlug, mit ihm schon bei Teufelsbrück das Schiff zu verlassen, hatte sie sofort zugestimmt. Er hatte gelacht, es sei nur ein Scherz gewesen, eine Dame, nicht einmal eine so junge, könne keinesfalls ... Aber sie hatte darauf beharrt. Endlich hatte er amüsiert nachgegeben.

«Wie drollig», sagte sie, immer noch heiter, «gerade hat sich das Mädchen der Schwatzhaftigkeit bezichtigt, und nun du, Felix? Es muss an mir liegen. Was sagst du zu einer Tasse Tee?»

Felix erschien ihr wie ein rettender Engel, extra geschickt, um die Stille zu durchbrechen. Sie würde jetzt nicht erlauben, dass er von ihrem Kummer sprach, von ihrem Verlust, von der Trauer. Das durfte er nicht, denn dann würde sie weinen, und die gute Gesellschaft gerann zum steifen Kondolenzbesuch.

«Eine Tasse Tee? Fabelhaft.» Eine helle Frauenstimme kam Felix' Antwort zuvor. «Gerade richtig. Aber bitte nur Darjeeling.»

Emma Grootmann stand in der Tür des Frühstückszimmers, ihr Kleid, eine nur vermeintlich schlichte Kreation in Weiß und Blassblau, passte zu ihrem blonden Haar und den hellen Augen. Die Kühle ihrer Erscheinung wurde allerdings von einem frechen Strohhütchen durchbrochen. «*Good morning*, Cousine aus England», fuhr Emma schon fort. «Hat mein lieber Bruder vergessen zu erwähnen, dass ich in seiner Kutsche dein Gepäck bewache? Er wollte den Hausknecht herausschicken, und gerade fiel mir ein, dass der bescheidene Onkel Sophus keinen hatte. Nur seinen fuchsäugigen Diener, und von dem hört man, er sei über alle Berge. Du brauchst übrigens neue Koffer, meine Liebe, deine sind jämmerlich. Sind es noch dieselben, mit denen du damals ins Internat gereist bist? Oder abgelegte von Thomas? Ich weiß, ihr Engländerinnen seid exzentrisch, aber so weit bist du hoffentlich noch Hanseatin. Jeder scheint zu wissen, dass wir verwandt sind, da wirst du uns doch nicht kompromittieren?»

Felix lachte schallend. Birte stand mit einer Kanne frischen Tees in der Diele und lauschte. Reiche Leute waren vornehm und die vom Land Tölpel? Manche Herrschaften hatten keine Manieren oder kein Herz. Ein solches Lachen in einem Trauerhaus, am Tag nach der Beerdigung des guten Herrn Mommsen, war schamlos.

* * *

«Dieses matte Grün steht dir fabelhaft, Hetty. Ich sähe darin aus wie in vergorener Milch gebadet. Oder wie eine Wasserleiche.»

Emma hatte die gelangweilte Kühle des vorigen Tages abgelegt. Ihre Augen musterten die plötzlich aufgetauchte Cousine so wachsam wie schmeichelnd. Hetty kannte sie zu wenig, um über diesen Wechsel erstaunt zu sein.

«Es ist eine Schande, dass du so etwas nun lange Zeit nur im Haus tragen darfst und wenn kein Besuch kommt», plauderte Emma weiter. «Diese dummen schwarzen Trauerkleider. Vielleicht hast du Glück, und Onkel Sophus hat in seinem Testament verfügt, er verbiete dir und überhaupt allen diese Friedhofskleidung. Es würde zu ihm passen, findest du nicht? Er konnte Trauerklöße und Miesmacher nicht ausstehen, Langweiler schon gar nicht, er ...»

«Hör auf, Emma.» Felix' Ton verriet echten Ärger. «Das ist nicht lustig. Du bist frivol, und das steht dir nicht. Im Übrigen hättest du dich selbst zu einer dunkleren Farbe durchringen können.»

Leider stand eine Prise Frivolität oder Respektlosigkeit seiner jüngsten Schwester ausgezeichnet, das wussten beide. Dennoch – er hatte recht.

«Ich war lange nicht hier», überlegte sie, von der brüderlichen Zurechtweisung völlig unberührt. «Seit Jahren nicht, oder, Felix?»

Er hatte wie Hetty nur eine Tasse Tee vor sich, während Emma mit großem Appetit Toast und Konfitüre zusprach.

«Das darfst du mich nicht fragen. Wahrscheinlich ist es so, wir waren alle selten hier. Jedenfalls als Kinder. Die Mommsens», er schenkte Hetty ein weiches Lächeln, «kamen für gewöhnlich zu uns an die Alster. Ich denke, Onkel Sophus hatte immer ganz gern seine Ruhe. Jedenfalls – später.» Den Tod ihrer Mutter als Zäsur im Familienkontakt ließ er unerwähnt.

«Das muss einsam für dich gewesen sein», wandte Emma sich an Hetty, «ganz ohne Geschwister und Nachbarskinder? Warst du in einer Schule?»

«Die meisten Jahre hatte ich Privatunterricht. Bevor ich nach England ins Pensionat kam, habe ich zwei Jahre die Mädchenschule der Damen Zwillich in Altona besucht. Das war», Hetty suchte nach dem passenden Wort, «ganz gemütlich.» Sie nippte an ihrem Tee, stellte behutsam die Tasse zurück und fuhr fort, als Felix und Emma sie immer noch erwartungsvoll ansahen: «Es kam mir auch vorher nicht einsam vor. Es gab ein paar Nachbarskinder, besonders im Sommerhalbjahr, wenn alle Villen bewohnt sind. Felix, du sagtest gerade, ihr wäret als Kinder selten hier gewesen. Warst du später bei Papa? In den letzten Jahren?»

«Hin und wieder. Unser Vater häufiger als ich, besonders in den letzten Jahren.»

«Ach ja?» Emma tröpfelte dunklen Tannenhonig auf ihren Toast, es schien ihre Aufmerksamkeit stark zu fordern. «Mir ist das entgangen.»

«Kein Wunder», spottete Felix, «du bist selbst ständig unterwegs. Meistens hat Papa sich auf den Weg hierher gemacht, nicht umgekehrt.» Als Emma zur nächsten Frage ansetzte, kam Felix ihr rasch zuvor. «Hetty», sagte er ernst und legte seine Hand auf ihre, «es ist selbstverständlich, ich möchte es trotzdem aussprechen, im Namen der ganzen Familie. *Deiner* Familie. Wenn du Hilfe brauchst, egal, wann und welcher Art – wir sind immer für dich da. Natürlich hast du Thomas an deiner Seite, aber er wird sich mit den Gepflogenheiten in Deutschland nicht sehr gut auskennen, besonders mit den rechtlichen. Du empfindest das hoffentlich nicht als aufdringlich oder pietätlos, aber du wirst dich sehr bald um Sophus' Nachlass kümmern müssen, um dein Erbe. So etwas bringt immer juristische Fragen mit sich. Oft genug auch unangenehme Überraschungen.»

«Darüber habe ich noch nicht nachgedacht, Felix. Diese Tage sind so unwirklich.» Ihre Stimme drohte, dünn zu werden, sie atmete tief ein und fuhr fest fort: «Von diesen Dingen verstehe ich in der Tat gar nichts, Hilfe nehme ich gerne an. Ich meine wir, Thomas und ich. Was könnten das für Überraschungen sein? Papa hatte außer mir keine Verwandten mehr.»

«Ich denke an nichts Konkretes, Hetty, nur ganz allgemein. Sieh es einmal so: Eine behütete junge Frau, die zudem lange im Ausland gelebt hat, wird plötzlich mit der Regelung eines Nachlasses konfrontiert, der nicht gerade dem der Rothschilds oder Rockefellers entspricht, aber zweifellos einigen Wert hat. Da tauchen gern ominöse Ansprüche auf, von denen vorher niemand etwas wusste, über die es kein sonstiges Dokument gibt. Treu und Glauben sind ein feines Prinzip, aber heutzutage – jedenfalls solltest du alles juristisch prüfen lassen. Verzeih, wenn ich das so sage, ich halte dich gewiss nicht für dumm. Aber woher solltest du dich in diesen Dingen auskennen?»

Ein kleines klirrendes Lachen ließ Hetty und Felix sich Emma zuwenden. Sie hatte sich – vom Thema offenbar gelangweilt – erhoben und das Gemälde einer idyllischen italienischen Landschaft betrachtet, das in indirektem, doch gutem Licht über der Anrichte hing.

«Pass bloß auf, Hetty», sagte sie, immer noch Amüsement in der Stimme. «Der Name Rockefeller sollte dir eine Warnung sein, von dem weiß sogar ich, dass er keinesfalls für ehrbar erworbenen Reichtum steht, obwohl man darüber natürlich nicht spricht, besonders in Gegenwart von Damen. Wenn ich meinem klugen Bruder zuhöre – wie man allenthalben sagt, ist er ein exzellenter Jurist, der alle Schlichen und Finten beherrscht, um seine Gegner schachmatt zu setzen –, solltest du dich vielleicht auch vor ihm in Acht nehmen.»

«Danke, Emma, vielen Dank!» Felix' Lachen klang unfroh. «Ich fürchte, unsere Cousine braucht in diesen Tagen keine solcher Proben deines Humors. Du musst Emma verzeihen, Hetty, als Jüngste in einer großen Familie ist sie verwöhnt.»

«Stimmt, Hetty, du musst mir verzeihen. So machen es immer alle, wie soll nur ein ernsthafter Mensch aus mir werden? Das hier», als sei inzwischen über nichts anderes gesprochen worden, wandte Emma sich wieder dem Gemälde zu, das sie gerade so eingehend betrachtet hatte, «diese italienische Landschaft – ich denke, es ist Neapel – ist ein wirklich hübsches Bild. Altmodisch, aber stimmungsvoll. Die zarten Gelb- und Grüntöne passen genau zu den Möbeln, die ich mir für meinen zukünftigen Salon vorstelle. Natürlich muss man es erst schätzen lassen, überhaupt prüfen, ob es eine Kopie oder das Original ist. Aber wenn du es verkaufen willst, Hetty – du wirst doch einiges oder gar alles verkaufen? –, dann bewerbe ich mich als Erste um dieses Gemälde.»

«Emma!» Felix stöhnte gequält. «Du bist unmöglich. Und sehr taktlos.»

«Schon wieder?» Emmas Gesicht verzog sich in zweifelhafter Zerknirschtheit, und Hetty entschied sich für ein Lächeln. Felix mochte stöhnen, Emma mochte taktlos sein – beides tat ihr an diesem Morgen gut. Beides nahm ihr die Fremdheit. Sie verhielten sich nicht wie gut erzogene, zuerst auf die Etikette achtende Gäste, sondern wie Verwandte. Wie nahe Verwandte. Genau das war es, was sie an diesem verwirrenden Morgen brauchte. Und bis Thomas kam. Zum ersten Mal seit langem fühlte sie sich am richtigen Platz.

«Macht nichts», sagte sie ein bisschen zu munter und hörte selbst, dass es trotzdem echt war. «Macht gar nichts, Emma. Ich glaube nicht, dass ich es verkaufen werde, es hat meine ganze

Kindheit begleitet, die gruseligen Geschichten von Pompejis Untergang eingeschlossen. Meine Eltern haben es von ihrer Hochzeitsreise mitgebracht. Falls ich mich doch davon trenne, wende ich mich zuerst an dich. Dann bleibt es in der Familie.»

«Na, wunderbar!» Auch Felix hatte sich erhoben und das Bild begutachtet, nur flüchtig, seine Miene verriet keine Begeisterung. «Du bist eine wahrhaft milde Seele. Hüte dich umso mehr vor den Überzeugungskünsten meiner kleinen Schwester. Die sind schon jetzt legendär.» Er zog liebevoll an einer blonden Strähne, die Emmas in kunstvoller Unordnung gehaltener Frisur entkommen war.

«Touché», sagte die leichthin, und er: «Es wird Zeit für uns, ich müsste längst in der Kanzlei sein. Denkst du, dein Mädchen ist stark genug, mir mit deinem Gepäck zu helfen, Hetty?»

«Schon? Noch ein paar Minuten, Felix.» Emma war plötzlich ganz das bettelnde Fräulein. «Auf ein paar Minuten kommt es doch nicht an, das sagst du selbst immer. Ich möchte mir so gerne rasch das Haus ansehen. Es ist ein so hübsches Haus.»

«Bitte, Emma! Weder sind wir dazu eingeladen, noch ist es der passende Zeitpunkt. Wir sollten ...»

«Nein, Felix, es ist gut.» Die Vorstellung, wieder allein zu sein, in diesem zugleich fremden und vertrauten Haus voller Erinnerungen und unbeantworteter Fragen, ließ Hetty frösteln. «Ich habe überhaupt nichts dagegen. Im Gegenteil, ich begleite dich gern, Emma. Ich bin auch lange nicht mehr hier gewesen, und gestern», sie lächelte scheu, als schäme sie sich der Unsicherheit ihrer Gefühle, «mochte ich mich noch nicht umsehen.»

Sie hatte nicht gewusst, was sie mehr fürchtete, die Verlassenheit der Räume oder dass sie ihn plötzlich vor sich sah, in seinem Sessel sitzen oder von seinem Spaziergang durch den

Garten hereinkommen. Natürlich war das Unsinn, aber sie war zu erschöpft gewesen, sich solchen Bildern und Gedanken zu verweigern.

«Wie könnte ein Gentleman so reizenden Damen widerstehen», stimmte Felix, gleichwohl zögernd, zu. «Aber ich schlage einen Kompromiss vor: Emma verhält sich mit deiner Erlaubnis indiskret und sieht sich um, während ich mit dem Mädchen das Gepäck die Treppe hinauftrage. Der Schrankkoffer ist von so bescheidener Größe, er verdient kaum die Bezeichnung. So lange gebe ich dir Zeit, Emma, wenn du mit mir in der Kutsche zurückfahren willst. Sonst bleibt dir die Pferdebahn. Emma! Hörst du?!»

Emma war schon in die Halle verschwunden. Nun war sie auch in Eile. Sie mied die Bahn wie alle Gelegenheiten, bei denen sich viele Fremde auf engem Raum fanden. Selbst das Theater besuchte sie nur, wenn eine Loge zur Verfügung stand.

«Plötzlich interessiert sie sich für Häuser und Interieur», knurrte ihr Bruder, «es muss an dieser Verlobung liegen.»

Hetty wollte Emma folgen, doch Felix hielt sie mit der Bitte zurück, sie möge im Ankleidezimmer, oder wo immer sie ihr Gepäck haben wolle, warten. Wenn es im falschen Raum lande, werde es später beschwerlich sein, die Gepäckstücke ohne Kutscher oder Hausdiener weiterzutransportieren.

Es dauerte nicht lange, bis der große Koffer die Treppe hinauf und in das Ankleidezimmer gewuchtet war. Birte verschwand gleich wieder in der Küche, kaum schwerer atmend als gewöhnlich, Hetty machte sich mit Felix auf die Suche nach Emma.

Am Fuß der Treppe blieb sie stehen. Heute Morgen nahm sie auch die Halle mit anderen, gleichsam mit fremden Augen wahr. Als sie das Haus gestern müde und verwirrt nach langen

Jahren zum ersten Mal wieder betreten hatte, hatten die Porträts ihrer Eltern sie empfangen. Das klare Gesicht ihrer Mutter hatte sie nicht erschreckt, es gehörte zu ihrem Leben. Ihr Vater hatte ihr bei seinem ersten Besuch in England sogar eine kleinere Kopie mitgebracht. Aber das neue Porträt Sophus Mommsens hatte sie überrascht und schwanken lassen. Er blickte sie direkt an, mit wohlwollenden, aber prüfenden Augen. Mit sprechenden Augen, so hatte sie gedacht, als wolle er etwas mitteilen.

Natürlich war Emma nicht mehr in der Halle. «Hat dich sein Porträt gestern erschreckt?», fragte Felix leise, als Hetty den Blick vom Gesicht ihres Vaters löste, um weiterzugehen, und nahm ihren Arm. «Ich habe nicht daran gedacht, dass es erst gemalt wurde, nachdem du zuletzt hier warst. Ich hätte es bedenken müssen, als ich dich gestern herbegleitete. Aber ich finde, er sieht uns freundlich an. Ich weiß nicht, ob er glücklich war – unglücklich war er gewiss nicht. Das sollte dich trösten. Trauer ist weniger hoffnungslos, wenn man weiß, dass der, um den man trauert, glücklich oder auch nur zufrieden gelebt hat.»

Hetty nickte – woher kannte Felix ihre nächtlichen Gedanken? – und entzog ihm behutsam den Arm.

«Lass uns Emma finden», sagte sie, «du bist in Eile.»

Das Haus hatte zwei Seitenflügel. Einer war erst vor wenigen Jahren angebaut worden. In ihm bewohnte die Hausdame zwei Räume mit einem eigenen Badezimmer. Im alten Flügel befanden sich weitere Zimmer und die Bibliothek. Dort trafen sie Emma.

Vielleicht hatte sie sie nicht kommen gehört, die Teppiche auf dem soliden Parkett der Flure schluckten den Klang der Schritte. Hetty verharrte auf der Schwelle wie vor einer gläsernen Wand. Als verlöre sie den Boden unter den Füßen, wenn sie einen Schritt weiter ging. Dieser Raum, zugleich Bibliothek und Rauchzimmer, war mehr als alle anderen *sein* Raum gewesen.

Nichts hatte sich hier verändert. Die verglasten Bücherregale bis zur Decke, der an manchen Stellen abgetretene orientalische Teppich, die beiden holländischen Gemälde voller mächtiger Wolken in der Manier von Ruysdael. Auch der runde Tisch mit der gehämmerten Messingplatte für die Rauchutensilien stand an seinem Platz, ebenso die kurze Trittleiter für die oberen Buchreihen. Alles war da – selbst der vertraute Geruch nach Tabak, altem Papier und Leder der Buchrücken, Juchten und etwas andrem, das sie nie hatte ergründen können. Lavendel vielleicht oder Eau de Cologne? Alles war wie immer, bis auf die Hauptsache.

Der Sessel war leer.

Nur hier hatte sie auf Papas Schoß oder ganz nah neben ihm auf dem Sofa sitzen dürfen, während er ihr aus der Zeitung oder einem seiner dicken Bücher vorlas. Er hätte auch auf Chinesisch vorlesen können, das war einerlei, ganz nah bei ihm und seiner Stimme zu sein, bedeutete Wärme und Sicherheit. Hatte sie oft so nah bei ihm gesessen? Oder tatsächlich nur ein- oder zweimal? Vervielfachten sich schöne, für die Seele lebenswichtige Erinnerungen, weil man es sich so wünschte?

Felix' Räuspern holte sie in die Gegenwart zurück. Auch Emma bemerkte sie nun und wandte sich um. Sie stand vor dem großen alten Sekretär, an dem Sophus Mommsen, wie seine Tochter im Mädchenzimmer an ihrem kleinen, seine Korrespondenzen erledigt hatte, auch seine Geschäfte, so er welche hatte. Hetty war dieser Sekretär immer geheimnisvoll erschienen. So viele Schubladen und Fächer.

Auch Geheimfächer?

Darauf hatte er wissend gelächelt, den Finger auf die Lippen gelegt und mit dem rechten Auge gezwinkert und nie vergessen, daran zu erinnern, dass diese Fächer, überhaupt der ganze Sekretär, für Kinderhände tabu waren.

«Ein wunderbarer Raum», rief Emma und klatschte in die Hände.

Und bevor Hetty sich über ihren Geschmack wundern konnte, sie hatte ihr eine Vorliebe für wirklich elegantes Interieur zugeschrieben, scheuchte Emma die beiden mit einer flatternden Handbewegung wieder hinaus. «Ich muss euch etwas zeigen. Das habt ihr beide sicher noch nicht gesehen. Nun tritt doch beiseite, Felix, ich möchte vorbei! Im nächsten Zimmer – schaut euch das an.»

Wie die Dame des Hauses persönlich öffnete Emma die Tür zum letzten Zimmer des Anbaus und ließ Hetty und Felix mit einer einladenden Geste eintreten. Die bis auf einen Spalt geschlossenen Gardinen tauchten den Raum in diffuses grünes Licht. Noch bevor Hettys Augen sich richtig an den Dämmer gewöhnt hatten, stieß Felix einen leisen Pfiff aus, er klang weniger überrascht als bewundernd.

Der Raum hatte etwa die Maße der Bibliothek, Hetty erinnerte sich nicht, was er früher beherbergt hatte. In der Mitte standen ein Tisch und zwei spartanisch wirkende Stühle, die Holzdielen waren staubig. Wer eintrat, achtete ohnedies nur auf die Wände. Die waren bis auf letzte verbliebene Lücken links der Tür von Gemälden bedeckt. Die meisten waren sehr schlicht oder gar nicht gerahmt, einige hatten Platz in älteren repräsentativen Rahmen bekommen. Auf den ersten Blick stammten alle Werke von diesen zeitgenössischen jungen Malern, die ihre Motive mit Vorliebe in der freien Natur suchten und beim etablierten Publikum weniger Beachtung als Verachtung fanden. In einem tiefen, gewiss extra für diesen Zweck gefertigten Regal an der rechten Wand standen weitere Bilder, jedes mit einem Baumwolltuch geschützt. Es mochten nur ein oder anderthalb Dutzend sein, die drei Etagen des Regals boten Platz für viele mehr.

«So ein Heimlichtuer.» Felix schob die Vorhänge weiter auseinander und begann, die aufgehängten Bilder genauer zu prüfen. «Ich wusste, dass er einige der hiesigen Maler besucht hat. Aber was ich hier zwischen lokaler ... Kleckserei sehe, lässt vermuten, Sophus war heimlich in Paris.»

«Wie romantisch», zwitscherte Emma, «oder denkst du, er ist allein gereist?»

Hetty starrte sprachlos auf die bunte Vielfalt der Bilder, an einem blieb ihr Blick hängen, es zeigte eine junge Frau mit einem Kind, einem zarten, vielleicht drei Jahre alten, blond gelockten Mädchen in einem Garten.

Felix hatte Emmas Bemerkung wieder mit einem raschen strengen Blick pariert. «Wahrscheinlich war er nur in einer gutsortierten Galerie», korrigierte er seinen Verdacht. «In einer Hinsicht kann ich dich beruhigen, Hetty, auf diese Bilder wird unsere liebe Emma keine Option anmelden. Sie passen nicht in ihren zukünftigen Salon. Oder ins Boudoir. Ich verstehe nichts davon, natürlich, da muss man einen Kenner fragen. Ich kann dir jemanden vermitteln, am besten Lichtwark selbst, den umtriebigen Direktor unserer Kunsthalle. Er kennt alle diese Maler und fördert einige. Aber wirklich bedeutende Werte finden sich hier nicht, da bin ich recht sicher. Nicht bedeutend für heute. Was die Zukunft an Geschmack oder Geschmacksverirrungen produziert – wer kann das wissen. Aber nun ist es wirklich allerhöchste Zeit. Los, Emma, in die Kutsche. Bis zum Jungfernstieg nehme ich dich mit, dort kannst du in den

Alsterdampfer umsteigen. Zu dieser Zeit wird er nicht überfüllt sein.»

In Hettys Kopf schwirrten Bilder und Gedanken, ganze Satzfetzen, als sie in der Auffahrt stand und der davonrollenden Kutsche nachsah. Sie vergaß sogar zu winken, was aber einerlei war, weder Felix, der das Pferd lenken und in seiner Ungeduld zügeln musste, noch Emma wandten sich nach ihr um.

Ihr Vater hatte nie erwähnt, dass er neuerdings Bilder sammelte. Auch nicht in den vielen Briefen, die sie im Lauf der Jahre und mit verlässlicher Regelmäßigkeit gewechselt hatten. Aber die Kunsthalle auf dem Hügel bei der Außenalster – als sie noch sehr klein war, hatte er sie ab und zu dorthin mitgenommen. Also hatte er sich schon immer für Malerei interessiert? Vielleicht hatte er all die Aquarelle, Ölbilder und Zeichnungen nur gekauft, um die Künstler zu unterstützen. Die Vorstellung, er habe damit handeln wollen, war zu kurios, und wenn Felix' Einschätzung richtig war, wäre das kaum der Mühe wert gewesen.

Da war noch etwas, das Felix gesagt hatte. Paris. Als habe er schon auf diesen kurzen ersten Blick Gemälde von dortigen Malern in der Sammlung entdeckt. Dann musste er sich gut auskennen mit der Malerei der Zeit. Wie vordem Rom war nun längst Paris der bedeutendste Ort für die Malerei und zog auch Bildhauer, Keramiker, neuerdings sogar Fotokünstler an. Aus ganz Europa, selbst aus Amerika pilgerten junge Maler und sogar Malerinnen an die Seine. Warum gerade dorthin? Bevor sie entscheiden konnte, ob ihr Unwissen ein Mangel an Bildung oder an Phantasie war, kam Frau Lindner die Auffahrt herauf, einen gutgefüllten Korb am Arm, als sei er nur ein federleichtes samtenes Handtäschchen. Nicht die Köchin folgte der Hausdame, sondern ein Mann im schwarzen Anzug, das von der Wärme gerötete Gesicht unter dem schwarzen Bowler wirkte jung. Die Taschen des Jacketts waren leicht ausgebeult, das nahm sie als Erstes wahr und vergaß es nie wieder. Diese ausgebeulten Taschen. Denn es war auch ein Besuch von der Art, den man nie vergisst.

«Guten Morgen, Frau Winfield», hörte sie Frau Lindner mit ihrem üblichen, kühl verbindlichen Ton, «hat Birte Sie gut bedient? Ich habe an der Pforte den Herrn Kommissar getroffen. Er hat sich extra aus Hamburg hierheraus bemüht, um Sie zu sprechen. Ich habe ihn an Ihren Herrn Onkel verwiesen, aber ...»

«Danke, Frau Lindner. Mein Onkel wird mit Wichtigerem beschäftigt sein als mit meinen Angelegenheiten, besonders jetzt zur Börsenstunde.» Henrietta fand es an der Zeit, zu zeigen, dass sie ihre Entscheidungen selbst traf. Sie hatte keine Vorstellung, was ein Kommissar mit ihr zu besprechen hatte, was für eine Art Kommissar er überhaupt war. Aber sie war neugierig, und vor allem – jetzt war ihr jeder Besuch recht. «Wir werden auf der Terrasse reden», fuhr sie leichthin fort, «es ist ein so angenehm milder Tag. Ein Krug Zitronenlimonade wäre die richtige Erfrischung nach einem langen Weg. Wenn Sie so freundlich sein wollen, Frau Lindner.»

* * *

Von Nordwesten her zogen Wolken auf und schoben sich wie ein Schleier von trübem Dunst über den Himmel. Es war kühler geworden. Kriminalkommissar Ekhoff schwitzte auf seinem Weg zurück zum Stadthaus trotzdem, was nur zum Teil an seinen raschen Schritten lag. Was hatte er sich nur dabei gedacht, einfach nach Nienstedten hinauszufahren? Natürlich musste ihr die Nachricht gebracht werden, und es war unvermeidlich, die Witwe des Mordopfers zu befragen. Aber zuerst hätte er bei ihren Verwandten vorsprechen müssen, bei den Grootmanns, am besten im Kontor in der Speicherstadt. Er aber hatte sich eifrig und ohne nachzudenken schnurstracks auf den Weg zu Mommsens Haus gemacht.

Das Haus und sein Garten waren ihm fast so vertraut wie der Blick über den Fluss. Nur die Eiben schienen größer als in seiner Erinnerung. Er hatte den Mann in der gelben Villa nicht wirklich gekannt, das wäre auch seltsam – der Sohn einer Flussfischerwitwe und ein wohlhabender Privatier und Gelehrter. Aber er verdankte ihm unendlich viel. Zweimal im Jahr hatte er damals bei ihm erscheinen müssen, im Frühjahr und im Herbst, und am fein gedeckten Tisch mit ihm gegessen. Er hatte diese Besuche so sehr gefürchtet wie herbeigesehnt. Jedes Mal bangte er, der reiche Herr habe nun entschieden, das Schulgeld nicht mehr zu bezahlen, ihn nicht länger zu protegieren. Es hätten sich immer Gründe gefunden.

Herr Mommsen war stets gut unterrichtet gewesen. Er hatte ihn für seine Leistungen gelobt und zu weit gesteckten Zielen ermuntert, ihn nebenbei Tischmanieren gelehrt und auf andere Patzer im Benehmen hingewiesen, ohne den linkischen Jungen herablassend zu behandeln. So hatte Paul das Haus am Elbhang nach jedem Besuch erschöpft, aber froh und zuversichtlich verlassen. Gut möglich, dass es der Garten und die Villa waren, die freundliche Atmosphäre, die seinen Ehrgeiz am stärksten anspornten. Er hatte nie etwas Erstrebenswerteres gesehen.

Womöglich hatte Herr Mommsen das bezweckt. Wenn der Junge sich mit verstohlener Neugier umsah, hatte er aufmunternd genickt, ihm den stets makellos polierten Sextanten aus Messing erklärt, Länder mit aufregend fremd klingenden Namen auf dem Globus gezeigt oder die Ölbilder im Gartenzimmer erläutert. Solche Bilder hatte der Junge vom Fluss nie zuvor gesehen, Landschaften in zauberischem Licht.

Dennoch hatte er bei allen Besuchen etwas vermisst – das Mädchen, das im Sommer, als er zwölf Jahre alt gewesen war, einer neugierigen Elfe gleich durch die Hecke und hinunter an den Strand gekommen war. Er hatte bald gewusst, wo Hetty wohnte, welches Haus sich hinter der Hecke mit dem Loch verbarg und, als die Einladungen begannen, immer gehofft, sie dort zu sehen, vielleicht sogar mit ihr am Tisch zu sitzen, nun, da er wusste, wie Messer und Gabel manierlich zu handhaben waren, wie man sich einer Serviette bediente oder dass Ellbogen nicht auf den Tisch gehörten. Sie war nie da gewesen.

Nur wenige wussten, dass Paul Ekhoff Sophus Mommsen gekannt hatte. Von seinem Tod hatte er aus der Zeitung erfahren, seine Mutter, der die Nachricht sicher zugetragen worden war, hatte es ihn nicht wissen lassen. Sie hielt nichts davon, aus dem Leben auszubrechen, in das man hineingeboren war, und hatte von Anfang an so getan, als existiere der Mann in der gelben Villa über der Elbe nicht.

Paul Ekhoff hingegen war immer stolz darauf gewesen, dass ihn ein wohlhabender Mann aus angesehener Familie förderte, und hatte es trotzdem vermieden, darüber zu reden. Es konnte als Aufschneiderei verstanden werden, später als vermeintlicher Beweis, dass er sein rasches Vorankommen einzig jahrelanger Protektion verdankte.

Seine Frau wusste es natürlich, schon damals. Als durch und durch praktische Person war Martha überzeugt, niemand komme ohne einen, der den Steigbügel halte, von unten nach oben; wer solche Unterstützung ablehne, beweise weniger

Ehrbarkeit als Dummheit, die Welt sei, wie sie sei. Martha war tüchtig. Und zielstrebig. Manchmal dachte er, es reiche für sie beide. Ein Fehler, wie er ihn sich heute erlaubt hatte, wäre Martha niemals unterlaufen.

Was sollte er sagen, wenn sie ihn im Stadthaus fragten, woher er gewusst habe, wer dieser Mr. Winfield war und wo seine Verwandten, seine Ehefrau zu finden waren? Woher er überhaupt gewusst habe, dass sie in diesen Tagen nicht in England war, sondern in Nienstedten an der Elbe? Letzteres hatte er nicht gewusst, er hatte es nur als selbstverständlich vorausgesetzt. Es musste nicht einmal jemand danach fragen, es hatte im Bericht zu stehen.

Als die nächste Pferdebahn vorbeirollte, sprang er auf und zeigte dem Schaffner seinen Ausweis, der ihm wie allen Polizisten freie Fahrt gewährte. Er ließ sich auf eine Bank fallen und schloss die Augen. Am Altonaer Bahnhof war ein Telefon- und Telegraphenamt, wo er sich mit dem Grootmann'schen Kontor verbinden lassen konnte. Mindestens einer der Herren würde dort sein, mit einer schnellen Droschke dauerte es kaum länger als eine halbe Stunde bis zu Mommsens Haus.

Endlich spürte er, wie er im ratternden Schaukeln des Wagens und dem Klappklapp der Hufe ruhiger wurde. Etwas war zu Ende gegangen. Mommsens Tod erfüllte ihn mit Trauer, er würde nie vergessen, was er ihm verdankte. Aber nun erst war die Leine gekappt, erst jetzt fühlte er sich allein für seinen Weg verantwortlich. Die Erkenntnis überraschte ihn.

Allmählich löste sich auch die drängende Spannung, mit dem Besuch bei Henrietta Winfield einen Fehler gemacht zu haben. Wie hatte Jowinsky gesagt? Wir alle machen Fehler, auch als Polizisten. Damit müssen wir leben.

Jetzt erleichterte ihn, dass sie ihn nicht erkannt hatte. Jeder blieb an seinem Platz, es gab keine Brücken. Sie hatte ihn und die anderen Kinder vom Strand längst vergessen.

* * *

Henrietta Winfield saß auf der Terrasse unter der Markise und dachte nichts. Sie sah auch nichts, weder den sommerlichen Garten mit seinen Rosen und dem Pavillon, nicht das Marmorbecken mit dem sachte plätschernden Brunnen, nicht die schützenden Hecken. Und sie hörte nichts, da waren nur die drei in ihrem leeren Kopf unablässig kreisenden Worte. Thomas ist tot.

Mehr nicht, nur: Thomas ist tot Thomas ist tot Thomas ist tot.

Sie saß ganz gerade, die Fotografie, die der Polizist mitgebracht hatte, in ihren Händen. Sie war so leicht.

Natürlich, dachte sie vernünftig, im leichten Holzrahmen, damit sie sein Gepäck nicht beschwere. Thomas ist tot. Thomas ist tot.

Eine Hand legte sich auf ihre Schulter, und Hetty sagte laut: «Thomas ist auch tot, mein Mann.»

Da war noch etwas, aber ihr Kopf weigerte sich, es zu denken, ihr Mund, es auszusprechen.

«Wie furchtbar», sagte eine weibliche Stimme. «Es tut mir so leid.»

Frau Lindner bemühte sich vergeblich, überrascht und weniger kühl als gewöhnlich zu klingen. Natürlich hatte sie gelauscht, nachdem dieses behütete, im praktischen Leben unerfahrene junge Ding den Polizisten empfangen hatte, anstatt, wie es angemessen und klüger gewesen wäre, auf die Grootmanns zu verweisen. Zumindest hätte sie die Hausdame auffordern müssen zu bleiben. Aber sie hatte nur gesagt: «Danke, Frau Lindner», Limonade bestellt und war mit dem Polizisten, einem unerhört jungen Beamten mit neugierigen Augen, auf die Terrasse hinausgegangen. Die Besucherstühle im Entree wären für diese Gelegenheit mehr als ausreichend gewesen.

«Kommen Sie, Frau Winfield, Sie sollten sich hinlegen. Ich begleite Sie hinauf, dann bringe ich Tee. Oder eine heiße Schokolade? – Frau Winfield. Bitte. Ich habe schon nach Herrn Grootmann geschickt. Es wird nicht lange dauern.»

Henrietta sah zu ihr auf, vage, als lausche sie nur dem Klang einer Stimme nach, wie einem ungewohnten Geräusch. Sie stand auf, legte die Fotografie behutsam auf den Tisch und sagte mit klarer, tonloser Stimme: «Danke, Frau Lindner, sehr freundlich.» Dann drehte sie sich um, ging über die Terrasse, die zwei Stufen hinunter und über den Rasen. Im Halbschatten unter der Robinie legte sie sich ins Gras und breitete die Arme weit aus, sie blickte hinauf in das vor dem verhangenen Himmel flirrende kleinblättrige Laub und die letzten welken Blütentrauben, dann schloss sie die Augen und die Welt aus.

Kapitel 5

FREITAG

Paul Ekhoff zog die Haustür ins Schloss, blickte mit hochgezogenen Schultern die Straße hinab, als gelte es, feindliches Terrain zu sondieren, und machte sich auf den Weg.

Drei Tage. Und sie hatten nichts erreicht, als die Identität des Toten herauszufinden. Das war nur Glück gewesen. Kein Verdienst. Niemand hatte in jener Nacht etwas gesehen, niemand wusste etwas über die Geschäfte des Toten, warum er in Hamburg gewesen war, warum in dieser Pension. Diesmal kostete es Ekhoff besonders viel Kraft und Zuversicht, daran zu glauben, dass noch etwas geschehen werde, sich noch ein Hinweis fand, ein Zeuge, ein Zufall, der Erhellendes zutage förderte. So etwas passierte häufiger, als allgemein angenommen wurde. Und war oft genug der entscheidende Faktor, der Stein, der alles ins Rollen brachte.

Die einzige Person, die etwas über den Toten wusste, möglicherweise auch etwas über seine Pläne und Geschäfte, lag mit einem Nervenfieber in der Grootmann'schen Villa an der Außenalster, unerreichbar für die Polizei. Nervenfieber. Er kannte solche ‹Krankheiten› als Schliche und Ausreden zur Genüge. Trotzdem bezweifelte er nicht, dass Henrietta Winfield kaum bei klarem Verstand und keinesfalls in der Lage war, Fragen zu beantworten, nicht einmal, sie zu hören oder gar zu begreifen.

Die Grootmanns waren über Thomas Winfields Anwesenheit in Hamburg und die unpassende Wahl seines Aufenthalts überrascht und konsterniert, über die Umstände seines Todes entsetzt. Also wüssten sie auch nichts über seine Pläne in der Stadt. Überhaupt habe man ihn nur flüchtig gekannt. So hatte es Friedrich Grootmann als Familienoberhaupt erklärt.

Ekhoff fröstelte, mitten im August und trotz des dunklen, für den Sommer zu warmen Anzugs. Martha hatte ihn prüfend angesehen, als er in der engen Küche am Tisch gesessen, an seinem Malzkaffee genippt und aus dem Fenster gestarrt hatte. Kein Wort an die Kinder oder an seine Frau, kein Blick in die Zeitung. Das war ihm selbst erst aufgefallen, als sie ihm zum zweiten Mal die Tasse füllte und ihn auf diese bestimmte Weise ansah, die er nie deuten konnte.

Er fröstelte wieder nur, weil er in den letzten beiden Nächten schlecht geschlafen hatte. Für gewöhnlich schlief er rasch wieder ein, wenn er einmal aufgewacht war. Die Dunkelheit und Marthas ruhiger Atem wiegten ihn in Sicherheit, ein besseres Schlafmittel gab es für ihn nicht.

Nun war es anders gewesen. Nie im Traum, aber gleich, wenn er erwachte und ins Dunkel starrte, tauchten die Bilder wieder auf. Die junge Mrs. Winfield. Hetty. Wie sie ihn trotz der missbilligenden Blicke der Hausdame auf die Terrasse führte wie einen Gast aus ihren Kreisen. Das kleine Gesicht des Mädchens mit der großen Taftschleife. Dann ihr Gesicht, als sie den Sinn seiner Worte begriff. Als es versteinerte.

Er war gerade in eine Straße der City eingebogen, die von hohen Geschäftshäusern gesäumt war, als er abrupt stehen blieb. Die Leute hasteten in morgendlicher Eile an ihm vorbei, ohne ihn zu beachten. Ein Menschenstrom. Als sei er ein Findling im Bach und das Wasser umflösse ihn unaufhaltsam.

Er würde die Scharte schon wieder auswetzen. Punktum. Ekhoff zog die verrutschten Manschetten aus den Jackettärmeln, reckte die Schultern und schritt energisch aus.

Er kannte den Weg im Schlaf, wie jeden in der Stadt, also lief er rasch, Hindernissen wie Pferdeäpfeln, einem fauligen Kürbis, Schubkarren, bettelnden Kindern oder vor den Läden aufgebauten Kisten und Säcken mit Obst, Kartoffeln, Heu oder Briketts geschickt ausweichend. Die frische Morgenluft klärte seinen Kopf, vertrieb das Frösteln und gab ihm seine Entschlossenheit zurück. Erst am Großneumarkt sprang er auf einen heranrollenden Pferdeomnibus. Der Wagen war gut besetzt, auch die Bänke auf dem Dach.

In der Nähe des Zentral-Viehmarktes am nordwestlichen Rand des Heiligengeistfeldes sprang er wieder ab, der penetrante Geruch von zusammengepferchten Rindern, Schweinen und Schafen stieg ihm in die Nase. Er hatte schon immer gefunden, dass Fisch sehr viel besser roch als dieses ständig kotende Vieh.

Rasch überquerte er den Neuen Pferdemarkt. Gerüche exotischerer Tiere stiegen ihm in die Nase. Hinter einem Hofdurchgang hatten die Hagenbecks ihren Tierpark, viel kleiner als der weitläufige Zoologische Garten am Dammtor mit seinen großen, orientalisch anmutenden Häusern und überdachten Zwingern und längst nicht so elegant angelegt, aber im Eintrittsgeld billiger. Hagenbeck machte seinen Profit nicht mit dem Tierpark, sondern mit dem Handel exotischer Tiere aller Art, vom Papagei über Hyänen, Affen, Schlangen und Löwen bis zu Elefanten und Giraffen, in die halbe Welt. Und mit seinem Zirkus, der ‹auf amerikanische Art› in einem riesigen Zelt stattfand und ständig mit der Eisenbahn oder auf Wagen durch die Welt reiste. Die besondere Art der ‹zahmen›

Raubtierdressur war zur größten Attraktion geworden. Und die Menschen von fremden Kontinenten, diese Wilden, die er in ganzen Gruppen dem zahlenden Publikum präsentierte. Ekhoff hatte nie Aufregenderes gesehen als die Ceylonesen mit ihrer Elefantenherde und die Mongolen mit ihren Pferden.

Er bog in die vor einigen Jahren aus gegebenem Anlass von Curvenstraße in Cirkusstraße umbenannte Gasse ein.

‹Suchen Sie im Zirkus oder im Varieté›, hatte Dr. Winkler gesagt. Nur zwei Varietés auf St. Pauli, eines am Spielbudenplatz, das andere nahe den Landungsbrücken, kündigten in ihren Programmen Messerwerfer an. Die hatte er Henningsen überlassen. Weil die Gegend nicht immer angenehm für einen Kriminalisten war, begleitete ihn der uniformierte, grimmig aussehende Wachtmeister Schütt. Außerdem ließ Schütt sich nichts vormachen, er verstand sich besser als der feinsinnige junge Polizeiassistent auf das Varietévolk und die St. Paulianer. Die einen wie die anderen hielten sich von jeher für besonders und gaben sich große Mühe, das beim geringsten Anlass zu beweisen.

Ekhoff versprach sich dort wenig Erfolg. Artisten hielten zusammen, jeder würde lückenlos nachweisen, dass er in jener Nacht meilenweit vom Meßberg entfernt gewesen war. Womöglich gab es jemanden, der sich in einem dunklen Flur als Denunziant anbot. Wer die Wahrheit sprach, würde sich dann zeigen. Wie immer. Es konnte ein Anfang sein.

Die beiden großen Zirkustheater der Familien Busch und Renz wollte Ekhoff selbst besuchen. Deren Artisten und Tiere reisten im Sommer durch Europa oder gastierten in ihren anderen festen Spielstätten, in Wien oder Breslau zum Beispiel, in Bremen oder Berlin. Das erst vor drei Jahren eröffnete Theater des Zirkus Busch war ein ungewöhnlicher Bau mit dreitausend

Plätzen, zwölfeckig, mit modernem Wellblech verkleidet, das pompöse Eingangstor hätte jedem Schloss Ehre gemacht. Die grandiosen Revuen, die Paul Busch mit seiner Truppe bot, waren legendär. Wenn der Zirkus der Familie Renz am anderen, am südlichen Ende von St. Pauli auch fast doppelt so vielen Menschen Platz bot, hieß es immer öfter: Das gibt es nur bei Busch. Bei der großen Pferdedressur waren fünfzig Pferde in der Manege, es gab Darstellungen vom abenteuerlichen Leben in fernen Ländern und Kontinenten, Wasserpantomimen und Raubtierdressuren, ein Orchester, Tänzerinnen und Clowns, Feuerwerk und Wundererscheinungen mit Hilfe des neuen elektrischen Lichts.

Ekhoff hatte gehört, eine der besonders aufwendigen Revuen, die das Leben am Hof eines maßlos verschwenderischen französischen Königs mit achthundert Menschen darstellte, habe zweihunderttausend Mark gekostet. Natürlich war das so dekadent, wie jener König selbst es gewesen war, aber doch ein unerhörtes, nie zuvor erlebtes Spektakel. Allein die Kostüme, die goldenen Kutschen, die Lichtwunder und Tiger, die Musik und das Ballett, das grandiose Feuerwerk als Finale. Paul und Martha Ekhoff würden es wie Tausende andere Besucher nie vergessen.

Messerwerfer hatte es nicht gegeben.

Zirkus und Varieté. Wo sonst sollte man einen Messerwerfer suchen? Bei Licht besehen – überall. Man musste nicht Artist sein und öffentlich auftreten, um mit Messern schnell und gut zu zielen. Wer sich darauf verstand, mordete auf diese Weise schnell, geräuschlos, ohne sich selbst mit Blut zu besudeln. Ohne Gefahr, von einem wehrhaften Opfer verletzt zu werden und so verräterische Spuren davonzutragen. Zudem war es einfacher, sein Opfer aus drei, bei echten Könnern fünf Metern

Entfernung mit dem gut gezielten Messer zu töten, als Auge in Auge, Körper an Körper ans Werk zu gehen.

Wieder blieb er stehen. Der Schlachthof. Nirgends gab es mehr Männer, die mit Messern und Beilen hantierten. Meister, Gesellen, Lehrjungen, Helfer – eine Welle von Mutlosigkeit rollte heran. Zirkus und Varieté? Das war lächerlich. Natürlich verstand sich nicht jeder, der mit einem Messer arbeitete, auf gezielte Messerwürfe, das bedurfte langer Übung, und die Umstände des Mordes am Meßberg verrieten den Könner. Dennoch.

Sein Herzschlag beruhigte sich. Er ließ sich nicht wie ein Anfänger ins Bockshorn jagen. Egal, was kommt, Ekhoff, bleib erst mal in deiner Spur, hatte der alte Jowinsky gesagt. Bleib wachsam, dann merkst du, wenn du in eine Sackgasse rennst.

Wie erwartet, war der Zirkus geschlossen. Auf dem Vorplatz war es still, nur eine ganze Schar munter tschilpender Sperlinge badete im Sand.

Ein Ungemach verheißendes Knurren ließ ihn herumfahren. Was für ein Köter! Das Tier war rabenschwarz und groß wie ein Pony, die Augen blutunterlaufen, das Gebiss unter hochgezogenen Lefzen gelb und sehr groß.

«Ist ja gut, Röschen, der Herr tut uns nix. Mach schön Platz.»

Paul Ekhoff drehte sich zur Seite, dorthin, wo er den Mann vermutete, dem die heisere Stimme gehörte. Behutsam, denn das rabenschwarze, gelbzahnige Röschen knurrte immer noch. Aber dann schleckte es sich einmal mit einer Zunge von beachtlicher Größe übers Maul, ließ sich in den Sand und den schweren Kopf aufseufzend auf die gekreuzten Vorderpranken fallen. Die letzten Spatzen, die der gefährlichen Nähe widerstanden hatten, flogen mit Gezeter auf und davon.

«Brav, Röschen», sagte der Mann. Er war groß, dünn und eine durch und durch graue Erscheinung, die Haare, das Jackett, die Hosen. Nur die kniehohen, lange nicht gewichsten Stiefel waren dunkelrot. Und die alte Narbe unter seinem rechten Jochbogen schimmerte violett. Die Augenklappe direkt darüber ließ vermuten, dass, wer oder was auch immer für die Narbe verantwortlich war, die ganze rechte Gesichtshälfte in Angriff genommen hatte.

«Ist 'ne nette Hündin», erklärte er im generösen Ton, «nur nachts wird sie schon mal tückisch. Sie mag die Dunkelheit nicht. Aber jetzt ist ja heller Tag.»

Dann blickte er den Besucher schweigend an, als sei es ihm einerlei, wer der war und was er wollte.

Ekhoff ertappte sich bei dem flüchtigen Gedanken, dass ein solcher Mann eine ruhige Hand haben musste und dass er nicht alleine hätte herkommen sollen. «Kriminalkommissar Ekhoff», sagte er dann energisch. «Ich brauche ein paar Auskünfte über den Zirkus, ich ...»

«Ach so? Ich bin kein Auskunftsbüro, und geschwätzig bin ich auch nicht. Aber kommen Sie rein, ich kann mir schon denken, was Sie von mir wollen. Ich bin Bellmann und sorge hier für Ordnung. Komm mit, Röschen.»

Röschen erhob sich schnaufend, schlabberte im Vorbeitrotten über Ekhoffs Hand, als wolle sie den knurrigen Empfang wiedergutmachen, und dann gingen der Mann und sein Hund durch eine schmale Tür im riesigen Portal in den Zirkusbau. Beide zogen das rechte Bein nach, Röschen das rechte hintere.

Die große Busch-Truppe hatte zuletzt im April und Mai hier Vorstellungen gegeben, im Juni und Juli war das Haus an kleinere reisende Zirkusgesellschaften vermietet gewesen, nun stand es seit anderthalb Wochen leer. Der intensive Geruch nach Pferden, Schminke, Sägemehl und etwas Undefinierbarem, eben nach Zirkus, stand in der Luft. Der einst glitzernde enorme Kronleuchter in der Mitte der großen Arena – er hatte Martha nicht so sehr entzückt wie die Eisbären, aber mehr als die Tiger – war nun staubig. Auch in den durch die geöffneten Oberlichter hereinfallenden Sonnenstrahlen tanzten Myriaden puderfeiner Staubpartikel. Bellmann marschierte mit Röschen quer durch die Arena, rasch, trotz des steifen Beins, Ekhoff blieb keine Zeit, sich umzusehen. Es kam ihm unwirklich vor, er hätte lieber draußen mit dem Mann gesprochen, im Morgenlicht vor der Halle.

«Setzen Sie sich», sagte Bellmann, als er die andere Seite erreicht hatte und sich auf einen der Stühle unter der Orchesterempore setzte. Er zeigte mit dem Kinn auf die Bänke in der nächsten Loge. Röschen legte sich sofort neben ihren Herrn, den Kopf diesmal auf seinem linken Fuß.

«Wir sind sechs Männer, aber ich bin der Einzige, der hier auch wohnt, ich und Röschen, die zählt für drei. Ist ein lieber Hund, nur nachts – na, das hab ich ja schon gesagt. Nachts kommen die Diebe überall am liebsten. Aber nicht mit uns, was, Röschen?» Er tätschelte dem Tier den mächtigen Kopf, lehnte sich zurück und blickte den Kriminalkommissar auffordernd an. «Sie haben hier gar nichts zu suchen», kam er der ersten Frage zuvor, grinste und fuhr fort: «Hier fängt schon Altona an. Aber das wollen wir heute nicht so eng sehen. Was, Röschen?»

Es gehe doch um den Toten vom Meßberg, den Messermann solle die Kripo mal ganz schnell fassen. Bei diesem Wort, er sprach es heftiger aus als die anderen, hob Röschen wachsam den Kopf, es sei ja klar, dass die Artisten zuerst verdächtigt werden. Fahrendes Volk.

«Dabei sind gerade die Leute von diesem Zirkus nicht anders als die Bürgerlichen in ihren großen Häusern», erklärte er und beugte sich abrupt so weit vor, dass sein Atem Ekhoff erreichte. «Eher besser. Madam Busch ist 'ne wirklich feine Dame, wenn sie auch hundertmal Zirkusreiterin ist, und die Leute vom Direktor waren Pfarrer und Kaufleute.»

Ekhoff nickte gleichmütig. Er hatte nicht gedacht, dass die Direktorin, die als Kunstreiterin einen großen Namen hatte, nachts mit dem Wurfmesser durch die Stadt geisterte.

«Ich habe gehört, Sie arbeiten schon lange beim Zirkus und kennen sich aus, Herr Bellmann», sagte er. «Deswegen bin ich hier. Sie kennen viele Artisten und ...»

«Es sind aber keine in der Stadt, die mit Messern arbeiten. Solche finden Sie dieser Tage vor allem bei den Amerikanern, die hier Wilder Westen vorspielen, Buffalo Bill, mit echten Indianern, sagen die Leute. Ich kenn einen, der hat die Truppe vor ein paar Jahren in Braunschweig gesehen. Die sind auch nicht von Pappe – die brauchen dreißig Eisenbahnwaggons für ihre Viecher und die Wilden. Bei den Wilden sitzen die Messer locker, und nicht nur in der Manege. Die haben auch Speere.»

«Es sind auch keine Amerikaner in der Stadt, jedenfalls keine aus dem Wilden Westen. Sie kennen viele Artisten», wiederholte Ekhoff nachdrücklich, «und wenn Sie wollen, dass wir den Mörder vom Meßberg schnell finden, damit wir nicht weiter unschuldige Zirkusleute verdächtigen, helfen Sie uns. Wieso denken Sie eigentlich, dass wir einen Messer*werfer* suchen?»

«Tja, Röschen», Bellmann beugte sich zu seiner Hündin hinunter und gab ihr wieder einen freundlichen Klaps, «woher wissen wir so was? Man hört eben so dies und das. In der Zeitung stand nur, dass ein feiner Engländer Opfer von einem Messermörder geworden ist. Aber wenn die Polizei hier anklopft – was soll das sonst sein? Und woher wissen *Sie*, dass ich schon lange beim Zirkus bin? Falls ich in eurer Kartei stehe, ist das eine Verwechslung. Oder gelogen.»

Bellmann hatte den jungen Schnösel nur ein bisschen foppen wollen und erwartete keine Antwort.

«Man hört so dies und das», erklärte Ekhoff spöttisch. «Und wenn einer so alte Stiefel aus rotem Leder trägt ... Ich hab nur zwei Fragen. Wer hier in der Gegend Messerkunststücke zeigt, wissen wir, Artisten müssen sich wie alle Fremden anmelden und tun das auch, wenn sie ohne Ärger mit der Obrigkeit auftreten wollen. Darum geht es jetzt nicht. Ich möchte wissen, ob sich welche hier niedergelassen haben, die früher als Messerwerfer gearbeitet haben und ihr Brot jetzt mit was anderem verdienen. Es bleiben nicht alle Leute ihr Leben lang im gleichen Beruf. Und dann: Wo lernt man hier in der Stadt, in Altona oder in der Umgebung Messerwerfen?»

Bellmann hatte die Arme vor der Brust verschränkt und sah ihn ausdruckslos an. Ekhoff hätte gerne seine Gedanken gelesen.

«Woher soll ich das wissen?», sagte der Wächter. «Klar, ich war früher auch was anderes als Hütehund für so 'ne riesige leere Bude, da mag es welche geben, die waren die Manege und die ewige Reiserei leid und sind Lumpensammler, Steckenpferdschnitzer oder Grünhöker geworden, ist aber selten. Sehr selten. Höchstens nach einem Unfall, Trapezleute oder die mit den Raubtiernummern, denen passiert schon mal was. Die Polarbären sind unberechenbar, wir hatten hier mal sechs Dutzend. Sechs Dutzend! Alle zugleich in der Manege.»

«Die haben Zähne und Pranken, keine Messer.» Sosehr

Bellmann sich auch Mühe gab, Ekhoff zeigte sich nicht beeindruckt.

«Hmm. Mir ist einer mit einem Messer zehnmal lieber als so ein weißer Koloss. Die haben oft schlechte Laune.» Sein Blick verirrte sich für einen Moment in der Ferne. «Und wo man Messerwerfen lernt? Der Sohn lernt es vom Vater. Oder vom Onkel oder sonst wem im Zirkus, die Mädchen ihre Kunst von der Mutter oder 'ner großen Schwester, Tante, Cousine.» Er zuckte ungeduldig die Achseln, seine Stimme wurde knapp. «Was dachten Sie denn? Im Gymnasium oder auf der Kadettenschule? Zirkusschulen gibt es nun mal nur im Zirkus. Das sagt schon der Name.»

Irgendetwas war passiert, irgendetwas hatte aus Bellmann, dem selbstsicheren, einem bürgerlichen Beamten gegenüber herablassend spöttischen Zirkuswächter, einen unwirsch abwehrenden Mann gemacht. Womöglich war es nicht mehr als das übliche ärgerliche Misstrauen gegenüber der Polizei. Auf das traf er nicht nur bei Zirkusleuten. Er würde dennoch in ein paar Tagen wiederkommen. Vielleicht schon morgen. Oder übermorgen.

Er stand auf. Ebenso der schwarze Hund, gar nicht mehr schwerfällig, sondern plötzlich sehr agil.

Bellmann blieb sitzen, er rief das Tier nicht zur Ordnung.

«Danke.» Ekhoff setzte den Bowler wieder auf, mit dem er sich Luft zugefächelt hatte, und tippte grüßend an die Krempe. «Danke», wiederholte er, und Bellmann sagte: «Wofür? Hab ich was gesagt, was Sie brauchen können? Schien mir gar nicht so.»

Ekhoff neigte abwägend den Kopf. «Das weiß man oft erst später. Was ist mit Ihrem Bein? Wer war das?»

Bellmanns Gesicht verzog sich böse. «Polarbär, Messerwerfer oder der Teufel – das können Sie sich aussuchen. Jedenfalls bin ich nicht vom Pferd gefallen.»

* * *

Als Paul Ekhoff zum Kriminalkommissar befördert wurde, hatte er gedacht, er habe es geschafft. Dieser Gedanke, tatsächlich war es vor allem ein Gefühl gewesen, hatte nicht lange gelebt. Ekhoff war weder dumm noch eitel genug, sich einzubilden, irgendein Posten bedeute Sicherheit. Besonders in diesem Metier konnte jeder Tag den einen großen Fehler bringen, der alles zerstörte, ob aus eigener Schuld, aus Zufall oder weil jemand nachgeholfen hatte, dem man im Weg war. Trotzdem lebte und arbeitete er für gewöhnlich mit der Zuversicht, dass er solche Rückschläge überstehen werde. Er versuchte stets, die Gedanken an solche Bedrohungen zu vermeiden. Sie bremsten den Elan, den Ehrgeiz, das Vorankommen. Das gehörte zu den Dingen, die er früh gelernt hatte. Er musste wachsam bleiben. Damit er nichts übersah, sich richtig benahm und den richtigen Ton traf. Höflich, aber nicht servil. Streng und doch in Grenzen jovial nach unten, ergeben, aber nicht demütig nach oben. Es war anstrengend.

Er blickte Henningsen an, der ihm gegenübersaß und wie eine Mischung aus ermattetem Jagdhund und aufgeregter Maus aussah. Überhaupt erinnerte Henningsen ihn an einen Jagdhund. Er wusste den Namen der Rasse nicht, es waren dünne hochbeinige Tiere mit weichen Ohren und ständig wechselndem Ausdruck, zumeist unternehmungslustig, ständig in Bewegung, keine mörderischen Jäger, eher emsig-fröhliche Verfolger. Jetzt zeigte Henningsen das Mausegesicht.

«Hmm. Das ist in der Tat wenig.» Ekhoff wollte es ihm nicht

zu leicht machen. Wer es ständig leichtgemacht bekam, lernte nichts. Davon war er überzeugt. Flüchtig fiel ihm das Prinzip der Hagenbeck'schen zahmen Dressur ein, aber so ein junger Polizeiassistent war weder Eisbär noch Tiger.

Plötzlich grinste Henningsen und sein Gesicht verwandelte sich wieder in das eines gut gelaunten jungen Jagdhundes. «Mal abgesehen von den besseren Etablissements, wo das Spektakel auf einer richtigen Bühne stattfindet und die Damen und Herren Artisten so etwas wie eine Garderobe zur Verfügung haben», erklärte er mit dieser heiteren, ihm meistens zu eigenen Selbstgewissheit, «kann ich mir nicht vorstellen, dass es in all den Spelunken und Hinterhofbühnen, die sich dort Varietés nennen, dieser Tage tatsächlich nirgends Messerkünstler gibt. Ich habe mich vorführen lassen, oder?»

Ekhoff zuckte die Achseln. «Nicht unbedingt. Sie waren mit Schütt unterwegs, der ist mit seiner Uniform und der Pickelhaube, die wir neuerdings von den Preußen übernommen haben, schon für sich wie eine Alarmsirene. Fassen wir mal zusammen, Henningsen. Keine Messerwerfer zurzeit in der Stadt, weder im Zirkus noch in den Varietés, den Hinterhof- oder Kellerbühnen. Jedenfalls keine, die angemeldet sind, wie es sich gehört. In einer so großen Stadt, bei so vielen Artisten und Tingeltangel? Messerwerfen kommt wohl aus der Mode.» Er grinste missmutig. «Jedenfalls auf der öffentlichen Bühne.»

«Nur halb.» Henningsen klopfte auf sein Notizbuch, es sah noch zerknautschter aus als vor einer Woche. «Über drei Männer, die sich auf diese Kunst verstehen, habe ich Berichte, so will ich es mal nennen. Wenn man länger herumfragt, findet man ganz sicher etliche mehr. Von zweien habe ich nur hinter vorgehaltener Hand gehört, dafür wurde über den dritten um so lauter geschimpft, die ganze Nachbarschaft hing in den

Fenstern und amüsierte sich. Dabei war die Lautstärke ganz natürlicher Ausdruck von Zorn und Verzweiflung. Der Kerl hat seine arme Frau mit vier Kindern sitzenlassen, ist bei Nacht und Nebel verschwunden und ...»

«Verschwunden?»

«Ja, aber nicht für lange. Er ist nur bis Harburg gekommen, dort hat ihn ein Eisenbahnzug überrollt. Seine Witwe ist überzeugt, dass er», Henningsen entzifferte nun mühsam seine Notizen, «ja, hier steht es: Da war er sternhagelvoll und hat nicht gedacht, wie rasend schnell eine Dampflokomotive ist. Dann hat sie gesagt: Geschieht ihm nur recht, und die Messer hab ich alle verkauft, die Kinder war'n hungrig, und keiner braucht mehr Messer als eins für alles. Weint laut heulend. Na, die Frau. Das habe ich auch notiert, sie hat wirklich furchtbar jämmerlich geheult. Diese arme Person, noch keine dreißig Jahre alt, aber ganz verhärmt und vier Kinder ohne einen Vater, der ihr Brot verdient.»

«Wie viel haben Sie ihr gegeben?»

«Nur ein paar Pfennige.» Henningsen senkte den Kopf tief über seine Notizen, Ekhoff sah ihn trotzdem erröten.

«Das ist nach wie vor dumm und, wenn man es genau nimmt, auch gegen die Vorschrift, Henningsen. Wir sind die Polizei, wir bekommen die Aussage von jedweder Person, ohne dafür zu bezahlen. Aber es ist Ihr Geld. Wenn Sie zu viel davon haben, bitte. Irgendwann werden Sie nicht mehr auf solche Räuberpistolen reinfallen. Wahrscheinlich sitzt der Tote vergnügt in der nächsten Kneipe und versäuft gerade Ihre milde Gabe.»

«Nein, diesmal stimmt die Geschichte. Schütt hat sie bestätigt, er hat sich an die Meldung aus Harburg erinnert. Es ist erst wenige Tage her.»

«Umso besser. An wen hat die arme Witwe die Messer denn verkauft? An einen Matrosen, nehme ich an. Oder einen Auswanderer? Und wann ist das Schiff ausgelaufen? Gestern?»

«Vorgestern.» Henningsen seufzte in betrübter Selbsterkenntnis. «Nach Shanghai.»

«Weiter geht's kaum. Auch wenn es vorher sicher in Cuxhaven anlegt oder in Southampton, Le Havre, Bordeaux ... Wir behalten das im Auge. Weiter. Die anderen beiden.»

«Knut Weibert, von dem haben gleich zwei erzählt. Die Milchfrau in der Kastanienallee, im Parterre neben der Schlosserei. Und der Wirt im alten Grogkeller in der Silbersackstraße, ein wirklich düsteres Loch. Der hat erzählt, Weibert habe mit seinen Kunststücken eine Menge Geld verdient. Dabei ist er nie im Varieté oder auf den Jahrmärkten aufgetreten, das Messerwerfen war nur sein Steckenpferd, eigentlich war er Droschkenkutscher, gelernt hat er Hufschmied. Interessant, was? Er hatte auch so eine Bretterwand im Hof, zum Trainieren. Seine Frau hat sich davorgestellt, und dann hat er die Messer um sie herum geworfen. Das war ja schlimmer als bei Wilhelm Tell.»

Ekhoff wusste nicht, wer dieser Herr Tell sein mochte, aber das war jetzt uninteressant. «Sie haben gesagt ‹*war* sein Steckenpferd›. Jetzt nicht mehr?»

«Leider. Im Frühjahr hatte er mal keine ruhige Hand, da ging ein Messer daneben. Der Wirt sagt, nur ein oder zwei Handbreit, was ich bei Messerwerfern allerdings ziemlich viel finde. Seine Frau hat Glück gehabt, ihr fehlt jetzt nur die linke Ohrmuschel. Und ihm die Frau. Sie hat ihn davongejagt. Dabei musste sie mit so etwas doch rechnen, wenn sie sich mit Messern bewerfen lässt. Das findet der Grogkellerwirt auch.»

«Natürlich. Wo ist der Mann jetzt? Wusste der Wirt das auch?»

«Nicht genau. Weibert, heißt es, habe zu viel getrunken, schon vor dem fehlgezielten Messerwurf, seine Droschkenlizenz hat er im letzten Winter verloren. Die Milchfrau ist der Ansicht, Frau Weibert habe ihren Mann nicht wegen des Messers im Ohr fortgejagt, sondern weil er immer mehr soff und kein Geld nach Hause brachte. Kein Geld, dafür unberechenbare Messerwürfe aus zunehmend unsicherer Hand, das sei ihr zu viel gewesen. Die Milchfrau hält das für treulos. Ich finde erstaunlich, was manche Ehefrauen mitmachen, bevor sie sich retten.» Henningsen klappte sein Notizheft zu. «Das war's, mal abgesehen von den Geschichten, die man über Klabautermänner, Nachtgespenster und andere tote Seelen hört, die hier durch nächtliche Straßen geistern sollen, wenn es sie nach Menschenblut dürstet. Man trifft da mehr Leute, denen der Schnaps das Hirn weggebrannt hat, als solche mit Vernunft.»

«Das scheint nur so, die Leute erzählen eben gern ihre Geschichten, und wenn einer kommt, der anders aussieht und redet als sie und ihre Kumpane, tischen sie ordentlich auf. Machen Sie sich nichts draus. Falls Sie bei unserm Verein bleiben, fallen Sie irgendwann nicht mehr auf, dann legt sich das.»

«*Falls* ich ...»

Die Tür öffnete sich mit einem Rums, das schnitt Henningsen das Wort ab.

«Wachtmeister Schütt!» Ekhoffs Stimme klang scharf.

«Klopfen, Herr Kriminalkommissar. Ich weiß: klopfen.» Schütts Hacken knallten halbherzig gegeneinander. «Wenn die Tür zu ist, anklopfen. Es ist nur so eilig, da hab ich's wieder versäumt. Unten in Arrestraum zwei ist gerade ein Delinquent eingeliefert worden, Sie sollen sofort runterkommen und ihn verhören.» Schütts Hacken knallten noch einmal, obwohl kein echter dienstlicher Grund dafür bestand. «Es geht um den

Mord am Meßberg, Herr Kriminalkommissar, genau darum. In Nummer zwo sitzt der Täter. Einer von den Vigilanz-Beamten hat ihn festnehmen lassen. Jetzt sitzt der Mann in der Zelle. Er heißt Weimer oder Weibert. Soll ein Droschkenkutscher im Ruhestand sein. Dass sich so einer aufs Messerwerfen versteht ...»

Henningsen rannte froh voraus – Mörder gefasst, Fall erledigt, das behagte ihm. Ekhoff folgte in gemessenem Schritt, er hatte es nicht gern, wenn andere oder der Zufall einen Fall für ihn lösten. Sein Assistent wartete mit Ungeduld am Paternoster, der beide mit sanftem Rappeln in den Keller beförderte.

Als es abwärts ins Parterre und weiter in den Keller ging, besserte sich Ekhoffs Laune. Er hatte nicht geglaubt, dass die Suche nach Winfields Mörder dort erfolgreich sein würde, wo das Messerwerfen als Kunst und Broterwerb betrieben wurde. Er hatte auf Gerüchte gehofft, auf Klatsch, auf Verrat. Dass der Mann in der Arrestzelle just der war, von dem Henningsen gehört hatte, war überraschend, dass dort tatsächlich Winfields Mörder wartete, unwahrscheinlich. Aber Ekhoff war neugierig. Es war ein alter Hut, dass Verbrecher in der Regel schnell geschnappt wurden oder gar nicht. Hier schien ihm das zu einfach. Und eine Saufnase, die diffizil genug mit dem Wurfmesser hantiert, um genau die Halsschlagader zu treffen – nachts in diffusem Licht?

Der Paternoster war angekommen, Henningsen sprang schon hinaus, als die Kabine erst halb unten war, und stieß sich dabei den Kopf. Ekhoff stieg bequemer aus, wie oft fühlte er sich sehr viel älter als sein Assistent.

Wäre Weibert doch der Täter, musste es eine zufällige Begegnung mit fatalem Ausgang gewesen sein. Ein Trunksüchtiger hatte selten noch eine ruhige Hand und gute Augen. Das passte nicht zu den übrigen Aspekten dieser Geschichte. Winfields falscher Name, die Absteige am Hafen, obwohl eine noble Villa als Unterkunft zur Verfügung gestanden hätte, die ganze Heimlichtuerei. Aber das waren nur Einwände der Vernunft. Vernünftig, trotzdem der Sache nicht dienlich. Wie in allen Dingen ging es auch bei Vernunft und Logik um die richtige Dosis. Zu viel versperrte den Blick auf Möglichkeiten, von denen eine vielleicht die gesuchte war.

«Ein Moment noch, Henningsen.» Der Assistent hatte schon die Hand auf der Klinke der Wachstubentür. «Sie haben doch die Sherlock-Holmes-Geschichten gelesen. Mir fällt gerade sein Wahlspruch zum Ermittlungserfolg nicht ein. Wie war das doch? Wenn logische Erklärungen nicht greifen …?»

«Wenn man alle logischen Lösungen untersucht und ausgeschlossen hat, muss die unmögliche, die übrig bleibt, die richtige sein. So in etwa. Sie haben sie also auch gelesen.»

«Flüchtig. Wenn sie mit einigen hundert anderen Kriminalromanen zur Schärfung der Kombinationsgabe in unserer Bibliothek stehen, kommt das einer Dienstanweisung gleich. Auf den ersten Blick befremdlich, aber auch recht angenehm.»

In der Wachstube herrschte Betrieb, der Wachtmeister winkte Ekhoff und Henningsen und zeigte auf eine halbgeöffnete Tür zu einem Nebenraum. Ein vierschrötiger, etwa fünfzigjähriger Mann mit einem traurig hängenden Schnauzbart erhob sich beim Eintreten der beiden Kriminalpolizisten von der Bank unter dem vergitterten Fenster. Hose, Joppe, Strickweste und Hemd, um den kurzen Hals keine Krawatte, sondern ein verwaschenes und doppelt verknotetes blaues Tuch – alles sah nach Kauf aus zweiter oder dritter Hand aus, aber halbwegs reinlich aus. Ebenso die Stiefel unter der etwas zu kurz geratenen Hose. Seine Mütze war staubig, er hatte sie neben sich auf die Bank gelegt. Eine Drucklinie auf der erhitzten Stirn zeigte, wo sie gesessen hatte. So mochte ein Droschkenkutscher aussehen, der mit der Arbeit auch sein altes Leben verloren hatte. Sein Blick jedoch war klar, streng und selbstbewusst. Er roch nicht nach Bier, nur nach schlechtem Tabak.

«Vigilanz-Offiziant Dräger», stellte er sich vor. «Ich habe den Weibert festnehmen lassen. Sicher wollen Sie wissen, was vorgefallen ist, bevor Sie sich seine Lügen anhören. Dem darf man nur glauben, was man anderswo bestätigt findet. Sonst nichts.»

Dräger gehörte zu einer kleinen, von der Obrigkeit gleichwohl hochgeschätzten (und leider schlechtbezahlten) Sonderabteilung. Sie bestand nur aus sechs Männern, alle waren erfahrene Polizisten reifen Alters. Vigilanz-Offiziant hörte sich erheblich bedeutender an als ‹Beobachtungsunterbeamter›; die Aufgabe bestand einzig darin, sich als Arbeiter verkleidet in Kneipen und auf Plätzen herumzudrücken und zuzuhören, was dort geredet wurde. Nur zuhören und später, wenn es niemand sehen konnte, notieren, was sie belauscht hatten. Sie arbeiteten weniger an den bekannten Treffpunkten von Anarchisten und Sozialdemokraten, das taten andere. Ihre Aufgabe war, dem gemeinen Volk aufs Maul zu schauen und zu melden, welche Stimmung besonders in den Arbeiter- und Kleinbürgervierteln vorherrschte. Dort hatte man nach dem Ende der Cholera wieder Kraft gefunden, sich über zu wenig, zu unsichere, zu schlecht bezahlte Arbeit zu empören und Albernheiten wie den Acht-Stunden-Tag oder das allgemeine Wahlrecht zu fordern.

Die sechs Vigilanz-Beamten mussten absolut unauffällig bleiben, es war ihnen strikt verboten, sich einzumischen, zu provozieren, besonders, jemanden festzunehmen, damit ihr

Inkognito über Jahre bewahrt bleiben konnte. So war der Mann, der nun in der Arrestzelle saß, zunächst entwischt.

In der Wachstube hinter der Tür wurde es laut. Eine Frau keifte voller Zorn, eine Männerstimme antwortete heiser brüllend, die schlichtenden Worte eines der Beamten gingen darin unter, selbst als sie lauter wurden. Erst ein tiefes kehliges Bellen schaffte Ruhe. Ekhoff dachte an Röschen, diese Mischung aus Rottweiler und Satansbraten. Da draußen war aber nur einer der bestens abgerichteten Polizeihunde, wie es in dem meisten Wachen einen gab. Dieses auch die aufgeregtesten Schreihälse zur Ruhe bringende Gebell produzierte kein Rottweiler, obwohl es sich so anhörte, sondern ein höchst vergnügter Airedale.

«Tja.» Der Vigilanz-Unterbeamte räusperte sich, murmelte etwas wie ‹prächtiges Hundetier› und fuhr mit seiner beständig gedämpften Stimme fort: «Wie ich gerade sagte, der Mann ist fast entwischt, weil ich mich nicht zu erkennen geben darf. Keinesfalls. Natürlich war er weg, als ein Schutzmann von der Dovenfleet-Wache kam. Und keiner da hatte ihn gesehen oder auch nur von ihm gehört.»

In seiner Stimme schwang keinerlei Empörung mit. Dräger kannte seine Vorschriften, sogar eine ganze Reihe von Gesetzen. Er hatte nie und würde auch zukünftig nicht die Regeln seines Staates in Frage stellen, aber er war für *fair play*. Er wusste, für die Ausgehorchten war er der Feind, also erwartete er nicht, dass sie Geheimnisse vorsätzlich preisgaben. Das erschwerte die Polizeiarbeit, war aber nur gerecht. Manche Leute fanden, Dräger gehöre schon zu lange zu den Vigilanz-Männern. Noch sagte es niemand laut.

«Natürlich. Keiner wusste, wer gemeint sein konnte. Aber Sie kennen ihn und wussten, wo er zu finden war.»

Dräger schüttelte den Kopf. «Der ist noch nicht lange da in der Gegend. Ich hab gehört, er hat vorher auf St. Pauli gewohnt. Ob das stimmt, weiß ich nicht. Wenn es von Nutzen ist, finde ich das schnell raus.»

«Später vielleicht», sagte Ekhoff. «Was hat er gestern Abend erzählt? In welcher Kneipe war das?»

«Im *Dicken Butt*. In der Deichtorstraße. Scheint, er wohnt da jetzt auch. In der Straße, nicht in der Kneipe.»

«Im *Dicken Butt*. Gut. Warum halten Sie ihn für den Mann, den wir suchen?»

Ein Zucken in Drägers Schnauzbartenden ließ vermuten, darunter verberge sich womöglich ein triumphierendes Lächeln.

«Immer das Gleiche», sagte er. «Angeberei. Zuerst hatte ich zwei anderen Gästen zugehört. Die sprachen über dies und das, nichts, was sich zu notieren lohnte. Und dann», er tastete nach der Uhrtasche seiner Weste, sie war leer, und er ließ die Hand sinken, «dann hat der am Tresen, der Weibert, einen Taschenchronometer aus der Jacke geholt, aus Gold, und er hat geprahlt, das ist seine Uhr aus besseren Zeiten, und nicht lange, dann wär's wieder so, dann wär er wieder alle Tage in Schümanns Austernkeller und solches unsinnige Zeug mehr. Er wollte den Chronometer dem Wirt verkaufen oder für alte Schulden in Zahlung geben, das konnte ich nicht genau verstehen. Der Wirt wollte mit solchen Geschäften nichts zu tun haben, keiner hat geglaubt, dass dem Kerl so ein teures Stück je selbst gehört hat. Das sah ganz nach heißer Ware aus. Um es kurz zu machen, Herr Kommissar, ich muss ja wieder an meine Arbeit, ich habe vorgegeben, mich für die Uhr zu interessieren. Das war gegen unsere Vorschriften, wir dürfen nur zuhören und nicht auffallen. Aber ich hatte da so eine Vermutung und wollte sie mir nur mal ansehen. Der Wirt stand daneben und hat aufgepasst. Als könnt ich blitzschnell mit dem kostbaren Ding verschwinden. Dumme Idee. Ich hab fünf Enkel, ich bin nicht mehr schnell. Das sieht man doch. Schnelle Beine sind nicht alles, schneller Kopf, darauf kommt's an. Pardon, ich wollte nicht belehren. Ja. Also: In die Uhr war ein Namenszug eingraviert, innen in den Deckel. *Th. J. Winfield* und *Bristol.*»

Thomas Winfields Uhr. In der Tasche eines Trunkenboldes, der mit Messern umzugehen verstand. Der sich in den Kneipen und Kaschemmen beim Deichtor herumtrieb, keine fünf Minuten vom Meßberg. Konnte etwas besser passen?

Knut Weibert, Trunkenbold und verlorene Seele, stank erbärmlich, als er aus der Arrestzelle in den Aufenthaltsraum der Wachtmeister geführt wurde, der den Kriminalpolizisten aus der oberen Etage zum Verhör überlassen worden war. Das einzig Erstaunliche an ihm war sein vollständiges Gebiss. Ansonsten entsprach er dem, was Ekhoff und Henningsen erwarteten. Er schien seit Tagen weder aus seinen Kleidern noch mit Waschwasser in Berührung gekommen zu sein, und es musste mit dem Teufel zugehen, wenn er nicht Heerscharen von Läusen und Flöhen spazieren trug. Weibert war dünn, umso teigiger und aufgeschwemmter wirkte sein Gesicht. Er schwitzte, in seinen Augen stand diese Mischung aus Trotz, Unterwürfigkeit und Verschlagenheit, die in Henningsen noch Mitleid, in Ekhoff längst Härte auslöste. Trotzdem bat er den jungen Polizisten aus der Wachstube um einen Krug Wasser für den Delinquenten, der Mann müsse durstig sein. Eine unerwartete Geste, Weibert guckte misstrauisch.

Der Wachpolizist hatte eine Tüte auf den Tisch gelegt, darin befand sich, was in Weiberts Taschen gesteckt hatte. Ekhoff zog sie heran, warf einen flüchtigen Blick hinein und ließ sie vor sich auf dem Tisch liegen. Henningsens neugierigen Blick und die sich schon nach der Tüte streckende Hand ignorierte er. Also griff Henningsen nach seinem Bleistift und schlug eine neue Seite in seinem Notizheft auf.

Die Geschichte, die Weibert nach einigem Hin und Her erzählte und beharrlich wiederholte, war so einfach wie unglaubwürdig. Man konnte auch sagen, sie war so dumm, dass sie nur wahr sein konnte. Weibert hatte die Uhr gefunden. Das war alles, und weil er gleich erkannt hatte, was für ein gutes Stück das war, hätte er sie gerne dem Besitzer zurückgebracht, aber leider, wo sollte er den finden?

«Moment. Noch einmal von vorne. Sie haben die Uhr gefunden, das haben wir jetzt verstanden. Wo?»

Weibert kratzte sich in seinem struppigen Backenbart und zerknackte eine Laus zwischen den rabenschwarzen Fingernägeln, bevor er sich zu einer Antwort entschloss.

«Um's mal so zu sagen, Herr Kommissar, es war auf der Straße.»

«Sie wird nicht am Himmel gehangen haben. Auf der Straße, gut – es sei denn, Sie haben sie dem Besitzer direkt aus der Tasche geklaut.»

«Dem was geklaut? Das ist gegen die Ehre, Toten was klauen. Leichenfledderei, so was mach ich nicht. Wenn man Schuhe braucht, das ist was anderes, da kann 'n Toter schon mal wie 'n Kumpel sein. Der braucht die Schuhe ja nicht mehr, ich hab nichts gegen Tote, im Allgemeinen.»

Henningsen feixte, für ihn waren solche Verhöre das reinste Theater. Ekhoff war weniger amüsiert. Der Unterschied der Wahrnehmung mochte daran liegen, dass einer wie Weibert einem Jungen aus gutem Haus als ein skurriler Exot erschien, für einen Mann wie Ekhoff war er herbe Realität, nah an den Erfahrungen seiner eigenen Herkunft.

«Ich hab auch nichts versetzt, gar nichts», plapperte Weibert hastig weiter, «was hätt ich sonst machen sollen mit 'ner Sore. Nur Idioten behalten Geklautes – hab ich was Falsches gesagt?»

Weiberts Blick huschte unsicher zwischen den Kriminalpolizisten hin und her.

«Nein, Weibert», sagte Ekhoff, «das war ganz richtig. Und sehr interessant. Ich habe gefragt, ob Sie die Uhr jemandem geklaut haben, und Sie erklären, dass Sie einen Toten nicht beklauen. *Den* Toten nicht beklaut haben. Nun mal los, wir wollen hier nicht ewig sitzen, bevor wir Sie ins Untersuchungsgefängnis vor dem Holstentor schicken.»

«Untersuchungsgef…? Aber ich hab doch gar nichts getan. Ich hab nur 'ne Uhr aus der Gosse geklaubt, will mal sagen gerettet, die lag da rum, als hätt sie sich nur mal zur Ruhe gelegt. Paar Minuten später wär 'n Fuhrwerk gekommen und hätt das hübsche Ding platt gemacht. Oder die Kehrichtkerle hätten sie weggeschaufelt. Und von dem Toten am Meßbergbrunnen weiß nun wirklich jeder. Jeder! Wenn Sie dann grad mich hier so fragen, isses doch klar, worum es geht.»

«Aha.» Ekhoff versuchte, dieses Durcheinander zu sortieren, irgendetwas passte nicht zusammen. «Sie haben also die Uhr gefunden und gleich gedacht, die gehört dem Toten vom Meßberg.»

«Nee, gar nicht. Ich hab doch eben gesagt, ich hätte se gerne zurückgebracht, aber ich wusste ja nicht, zu wem. Aber jetzt, eben grad, wenn Sie sagen – ach, Mensch, Sie bringen 'nen müden kranken Mann ganz durcheinander. Ich weiß schon nicht mehr, was Sie gefragt haben. Ich sag doch alles, wie es ist. Die Uhr lag in der Gosse, ich hab sie da gesehen und eingesteckt. In der Deichtorstraße. Ich hätte sie gern verkauft, das geb ich zu, ich wusste ja nicht, wem sie gehört, ich dachte, das ist sicher kein echtes Stück, und einer, der sie nicht mehr gebraucht hat, hat sie weggeworfen. Also, ich für mein' Teil würde so was in die Elbe werfen. Oder in den Zollkanal. Aber ...»

«Wann haben Sie die Uhr ‹in der Gosse gefunden›?»

«Nachts, ich meine, es war schon bisschen hell, also ich würde sagen, ganz früh morgens. Ich hatte gar nicht gut geschlafen, das kommt oft vor, wenn man 'nen leeren Bauch hat, ja, und ich wollte mir ein bisschen die Beine vertreten, mir tat der Rücken weh, verdammt harte Pritsche da, wo ich wohne. Wie ich so die Straße runterbummele, da hat im Morgenlicht was gelegen. Ich habe den Dreck weggeschoben, und da war die Uhr. Komisch, dacht' ich noch, weil um die Zeit sonst kaum einer unterwegs ist, aber, nu denn, hab ich gedacht – ich meine», korrigierte er schnell, ihm war eine bessere Strategie eingefallen, «ich hab gar nichts gedacht. Ich war nämlich ...»

«Betrunken!»

«... müde. Und wann das war, weiß ich genau. Nämlich einen Tag nachdem ihr den Toten am Brunnen gefunden habt.»

Alle drei schwiegen. Weibert schnaufte schwer. Sein Gesicht war gerötet, als brauche er nicht mehr lange bis zu einem schweren Schlagfluss.

«Schöne Geschichte. Aber wie soll man die glauben? Einen Tag und eine Nacht nach dem Mord liegt die Uhr des Toten kaum fünfzig Schritte vom Tatort in der Gosse. Wie ist sie dahin gekommen?»

«Tschaaa.» Weibert machte ein schlaues Gesicht. «Der Weinfeld oder wie der heißt, der hat sie auf dem Weg zu seinem Mörder verloren, kann doch sein. Oder der Mörder hat sie ihm abgenommen, und dann musste er rennen, weil ein Schupo kam, und da hat er sie verloren.»

Ekhoff war aufgestanden und zwei Schritte auf und ab gegangen. Die Luft in dem Souterrainraum war zum Schneiden dick, immer noch stieg ihm Weiberts Gestank in die Nase. Er versuchte, eines der vergitterten Fenster zu öffnen, erst als er kräftig gegen einen Rahmen drückte, öffnete sich der rechte Flügel quietschend eine Handbreit.

«Hören Sie gut zu.» Ekhoff klang plötzlich müde. «Sie wollen uns weismachen, eine kostbare goldene Uhr hat geschlagene vierundzwanzig Stunden und länger auf der Straße gelegen, ohne dass sie jemand bemerkt und aufgehoben hat. Das ist Humbug. Ich werde Ihnen jetzt sagen, was passiert ist, nur falls Sie es vergessen haben. Dann geht es ab in die Zelle. Ich bin Ihr Geschwätz nämlich müde.»

Zum ersten Mal verrieten Weiberts Augen Angst, endlich begriff er, dass er in diesem Spiel der Kandidat Nummer eins für die Rolle des Mörders war. Und dass es niemand gab, der für ihn sprach. «Das ist alles die Wahrheit», haspelte er, «nichts is' gelogen.»

«Schluss jetzt, Weibert. Sie haben sich nachts am Meßberg rumgetrieben, völlig abgebrannt, Sie hatten Ihre Messer dabei – ja, glotzen Sie ruhig, von Ihrer Messerwerferei wissen wir längst. Nettes Steckenpferd. Da kam Ihnen dieser Mr. Winfield entgegen, dem man gleich ansah, dass er zu denen gehört, die Geld in der Tasche haben. Auf alle Fälle trug er teure Kleider, die auch ganz gutes Geld bringen. Schon flog Ihr Messer, und der Mann war tot. Sie haben seine Taschen ausgeräumt und sind getürmt. Aber – Sie sind gesehen worden.»

«Was? Das ist gelogen! Wer so was sagt, lügt. Nie würd ich so was machen. Ich sammle ab und zu was von der Straße auf, was vielleicht einem andern noch gehört, aber nur vielleicht, weiß man ja nie. Und dann vergess ich schon mal, das olle Zeug bei der Wache abzuliefern. Aber ich bring doch keinen um. Ich hab meine Ehre. Und ich hab gar keine Messer mehr. Dabei könnte ich damit gutes Geld verdienen, als Künstler. Jetzt, wo ich es dringend brauche, weil mich einer verleumdet hat, ich tät bei der Arbeit trinken und die Fahrgäste gefährden und die Pferde schlagen und rumpöbeln, dann haben sie mir die Droschkenlizenz – ja, ich hör schon auf, Herr Kommissar.» Er hatte sich in wachsender Erregung halb erhoben und die Fäuste auf den Tisch gestützt, das Kinn vorgereckt. Er sah trotzdem jämmerlich aus. «Ich hab keine Messer mehr, die sind verloren. Oder geklaut. Plötzlich waren sie weg.»

Sein Blick wirkte gehetzt, und er sank auf seinen Stuhl zurück, im Gesicht ein einziges großes Staunen. «Ich war es nicht. Kann gar nicht sein. Wann hat den einer erstochen? In welcher Nacht?»

«Was soll das, Weibert?» Ekhoff stand immer noch mit dem Rücken zum Fenster und blickte nun weniger streng als neugierig auf den schmutzigen Mann am Tisch hinunter.

«Wann? In welcher Nacht?», rief Weibert.

«Vor vier Tagen», erbarmte sich Henningsen. «In der Nacht von Montag auf Dienstag.»

Weiberts Unterlippe zitterte heftig, er sackte in sich zusammen, sein Kopf sank auf den Tisch, und er begann zu schluchzen. Fast wie ein Kind.

Knut Weibert weinte vor Erleichterung, vielleicht auch vor Glück. Er hob den Kopf, just eine Sekunde bevor Ekhoff ungemütlich wurde. Dem war es unerträglich, dem krächzenden Gewimmer eines erwachsenen Mannes zuzuhören.

«Ich war's nicht, das ist die Wahrheit, und ich kann's beweisen. Ich weiß es genau. In *der* Nacht», er grinste so breit, dass seine Augen zu schmalen Schlitzen wurden, «in der ganzen

Nacht bis nächsten Mittag war ich im Seemannshaus gegenüber von den St.-Pauli-Landungsbrücken. In der Krankenabteilung. Reine Schikane, nur weil ein Mann mal 'n bisschen über 'n Durst trinkt und lustige Lieder singt.»

Er hatte an jenem Abend auf dem Weg zum Spielbudenplatz zwei alte Freunde getroffen, die am Nachmittag Glück gehabt und ein kleines, wirklich ganz kleines Fässchen belgischen Genever gefunden hatten. Das war leider von einem Fuhrwerk gekullert. Keiner wusste, wem es gehört, und eh man es verkommen lässt ... Belgischer Genever, tadelloser Wacholderschnaps mit 'ner Prise Anis, köstlich und teuer. Das Fässchen war bald geleert.

«Beim Seemannshaus ist 'ne nette Laube, ich wollte da nur ein Stündchen schlafen, kann schon sein, dass ich gesungen hab, sicher kein frommes Lied. Aber deswegen gleich in der Tobzelle festgeschnallt – da muss man ja erst recht toben.»

Er hatte sich schnell beruhigt und gut geschlafen. Am nächsten Tag hatten sie ihm ein ordentliches Frühstück gegeben, bevor sie seinen Namen und seine Adresse aufschrieben. In das Registerbuch. Mit guter Tinte. Es war ihm nicht recht gewesen, aber andernfalls hätten sie nach der Wache geschickt. Also sei amtlich und bewiesen, wo er in der Nacht gewesen sei. Dass er später bedauert hatte, von dem guten Genever noch so beduselt gewesen zu sein, seinen richtigen Namen zu nennen, erwähnte er jetzt nicht. Es fiel ihm auch nur flüchtig ein.

«So 'n verteufeltes Pech, hab ich gedacht. Da sitzt man friedlich im Garten und singt ein bisschen vor sich hin, und gleich wird man wie ein gemeingefährlicher Verrückter behandelt. Aber jetzt», seine Augen leuchteten vor Genugtuung, «jetzt bin ich saumäßig froh.»

Ekhoff hatte nichts dagegen, Weibert für einige Zeit im

Untersuchungsgefängnis schmorenzulassen, auch die Bekanntschaft mit den Badezellen zur gründlichen Desinfektion konnte nur nützlich sein. Vor allem war es höchste Zeit, einen kriminalistischen Erfolg in der Sache Winfield vorzuweisen. Andererseits wäre der Erfolg keiner und im Nachhinein nur peinlich, wenn der vermeintlich Schuldige sich als unschuldig herausstellte. Und dann war da dieses Bauchgefühl.

So oder so – Weibert saß spätestens heute Abend wieder in der Kneipe *Zum dicken Butt*.

Henningsen grinste. «Dem haben Sie ordentlich eingeheizt. Aber mir schien es, als hätten Sie ihm seine Geschichte gleich abgenommen. Warum?»

Ekhoff zuckte die Achseln. «Zuerst, weil so ein alter Säufer keine ruhige Hand hat. Natürlich kann es ein Zufallstreffer gewesen sein, als das Messer Winfields Halsschlagader erwischte. Inzwischen neige ich sowieso dazu, Dr. Winklers Einschätzung nicht für völlig unverrückbar zu halten. Zum anderen – es passt alles so gut.»

«Geradezu perfekt. Und dass der Weibert dieses Steckenpferd hatte und seine Messer just jetzt verloren hat – ach, jetzt verstehe ich. Sie denken, jemand hat es so perfekt arrangiert?»

«Möglicherweise. Man muss einem, der dringend Geld braucht und an krumme Wege gewöhnt ist, die wertvolle Uhr nur vor die Nase legen und abwarten.»

«Ohne die Beobachtungen des Vigilanz-Offizianten hätte die Uhr auch unbemerkt als Sore bei irgendeinem Hehler verschwinden können.»

«Das war das Risiko. Zugleich war er aber in jedem Fall die verräterische Uhr los.»

«Ganz schön kaltblütig.» Henningsen nickte bewundernd.

«Oder einfach nur schlau. Alles gut abgepasst. Ich glaube

nicht, dass unsere treuen Lauscher in den Kneipen so unsichtbar sind, wie sie denken und sein sollen.»

«Dann war es besonders schlau. Wäre da nicht die Nacht in der Delirantenzelle im Seemannshaus gewesen. Ein besseres Alibi ist kaum denkbar», verkündete Henningsen fröhlich. «Pech für den Täter.»

Sie hatten ihren Flur erreicht, in dem auch die Politische Polizei, der die Vigilanz-Offizianten unterstanden, ihre Räume hatte. Ekhoff stieß die Tür zu ihrem Büro auf und ließ sich auf seinen Stuhl fallen. Er schwieg und blickte wieder einmal aus dem Fenster, ohne etwas zu sehen. Henningsen kannte ihn noch nicht lange, aber lange genug, um zu wissen, dass er ihn jetzt besser nicht störte. Er beugte sich über seine Notizen und korrigierte sie so, dass sie auch in einigen Tagen noch lesbar waren. Wie alle Polizeibeamten hatte er den Unterricht in Stenographie absolviert, allerdings wäre es vermessen zu behaupten, er zähle darin zu den Künstlern.

Ekhoff fühlte sich müde. Zuerst stahl ihm die verkommene Schnapsdrossel seine Zeit, um dann doch noch ein Alibi aufzutischen. Heute gefiel ihm die Sache mit dem Bauchgefühl überhaupt nicht. Es verwirrte ihn. Er spürte deutlich, hier ging es um mehr als um eine goldene Uhr oder einen Ring.

Zu so einem Gefühl gehörte nicht viel, die Umstände von Winfields Aufenthalt in der Stadt signalisierten selbst einem Idioten einen schwerer wiegenden Hintergrund. Trotzdem – Habgier oder reine Mordlust als Motiv für diesen blutigen Tod eines *Gentleman* wären ihm sehr recht gewesen. Übel genug, wenn ein Mitglied einer der Familien aus den feudalen Alstervillen auf diese Weise zu Tode kam. Noch schlimmer, wenn dahinter ein Abgrund drohte, den keine dieser Familien bekannt werden lassen konnte.

Vielleicht, dachte er, und der Tag wurde heller, hatte Weibert sich mit der Nacht in der Zelle doch geirrt. Nichts lag näher, als dass ein so wirrer Kopf falsche Erinnerungen produzierte. Eine Nacht früher oder später, da vertat so einer sich leicht. Aber er glaubte nicht daran und nickte nur, als bald darauf die Bestätigung für Weiberts plötzlich aus dem Rest seines Genever-Nebels aufgetauchte Erinnerung vom Seemannshaus kam. Die ‹Buchführung› in der Krankenabteilung bezeugte zuverlässig, dass Knut Weibert in dieser Nacht unmöglich am Meßbergbrunnen gewesen sein konnte. Ob mit oder ohne Messer.

Blieb immer noch eine Frage: Wo war Winfields Uhr? Weibert hatte sie nicht bei sich gehabt, die habe man ihm geklaut, hatte er gejammert, ein armes Schwein wie ihn zu beklauen, das sei nun wirklich das Letzte, aber so sei die Welt. Schlecht, ganz schlecht.

Die Suche nach der Uhr war unangenehm und blieb erfolglos. Unangenehm, weil es weder ein Vergnügen war, die vor Schmutz starrenden Kleider eines armen Säufers zu durchsuchen, noch seine Kammer unter einem Dach in der Deichtorstraße. Das hatte Ekhoff Henningsen und Schütt überlassen. Schütt hatte die Erfahrung, und Henningsen sollte was lernen. Mit der Erfolglosigkeit hatte Ekhoff auch diesmal gerechnet. Weibert mochte dumm und verwahrlost sein, aber nicht dumm genug, eine goldene Taschenuhr, von der sicher sein ganzes Viertel sprach, in den Kleidern oder unter seinem Strohsack zu verstecken, als gute Gelegenheit für jeden nur halbwegs geschickten Dieb oder Schläger.

SONNTAGABEND

Am Abend waren dunkle Wolken mit schmutzig gelben Rändern aufgezogen, der Wind hielt still, die Luft stand klebrig. Die Vögel, selbst die unermüdlichen Mauersegler, hatten sich in die Baumkronen und Hecken zurückgezogen. So nah an der Küste konnte das Wetter sich schnell ändern, der Himmel schlagartig wieder aufklaren, aber jetzt war er dräuend wie in der Ruhe vor einem Sturm.

Alma Lindner gefiel das. Sie lebte so zurückgezogen, da boten solche Stunden eine Prise Unruhe, die jeder Mensch braucht. Zudem eilten selbst die wenigen, die überhaupt um diese Stunde noch die Gräber besuchten, nach Hause. Auch sie ging rasch, aber sie atmete frei.

Die Kränze und Blumengebinde auf dem Familiengrab der Mommsens wurden welk, sie überlegte, zumindest die unansehnlichsten zur Unrattonne zu bringen. Eigentlich war das Sache des Friedhofsgärtners. So kühl entschieden sie in der gelben Villa am Hochufer agierte, so bemüht war sie in der Öffentlichkeit, alle gesellschaftlichen Grenzen zu wahren. Außerhalb der Mommsen'schen Hecken machte Alma Lindner sich so unsichtbar wie möglich. So wie ein Reh im Dickicht bleibt, wenn der Jäger nah ist.

Ein schöner Friedhof sei der beste Ort, wenn man seinem Leben ein Ende setzen wolle, hatte sie einmal gehört. Man sei gleich an der Endstation, und ein Gottesacker unter alten Bäumen und von Hecken geschützt sei ein Ort der Melancholie und des Friedens. Dort lasse es sich friedlicher sterben.

Alma Lindner hatte diese Bemerkung nie vergessen. An jenen Tagen und in den endlosen Nächten, als sie sicher gewesen war, keine Zukunft mehr zu haben, hatten diese Worte ein

Versprechen bedeutet. Und dann, in einer der düstersten dieser Nächte, waren Resignation und Sterbensmüdigkeit in die Wut umgeschlagen, die dahinter schon lange lauerte. Viele hatten im Gefängnis behauptet, sie seien unschuldig und zu Unrecht hier. Sie war es tatsächlich gewesen.

Sie hatte weder gestohlen noch betrogen, sie war selbst die Betrogene. Das Unerträglichste daran war, dass der Mann, dem sie ihre Liebe und ihr blindes Vertrauen geschenkt hatte, ihre Unschuld hätte bezeugen können, sich aber nur feige weggeduckt hatte. Seine Ehefrau war stärker gewesen. Niemand glaubte, dass diese ehrbare bremische Bürgersfrau ihre Wirtschafterin fälschlich des Diebstahls und der Hehlerei bezichtigte und die Beweise selbst in deren Schrank gelegt hatte.

Andere Frauen landeten nach der Haft in wahrer Fronarbeit oder auf der Straße. Alma Lindner hatte nach ihrer Entlassung dank seiner diskreten Fürsprache wieder ehrbare und saubere Arbeit gefunden, das kam einem Wunder gleich und machte ihre Demütigung noch größer. Sie musste trotzdem dankbar sein – sie war es und hasste es. Die Wunde in ihrer Seele wurde erst kleiner, als ihr neuer Dienstherr sich als ungewöhnlicher Mann erwies. Er musterte sie genau, dann stellte er sie ohne viele Fragen ein, zahlte einen guten Lohn und behandelte sie, wie es einer fähigen und unbescholtenen Hausdame zukam. An einen Friedhof hatte sie erst wieder nach seinem Tod gedacht.

Und jetzt? Was sollte jetzt geschehen? Wohin konnte sie gehen? Diese Momente brennenden Zorns hatten sie wieder eingeholt, der Weg vor ihr war wieder nichts als ein schwarzes Loch.

«Ach, Almachen, hier treff ich dich, das ist ja gar nicht schön. So was Trauriges, so 'n Friedhof. Hier liegen nur reiche Leute, was? Da bist du genau richtig. Das stimmt, und ich ...»

Alma Lindner fuhr so heftig herum, dass die Frau hinter ihr einen Schritt zurückwich. «Verdammt, Gerda. Halt den Mund. Wie kommst du hierher? Wir hatten eine Vereinbarung.»

«Ich wollt dich besuchen. Ich dachte, ich klopf mal an die Tür, jetzt, wo der Herr unter der Erde ist. Da stört's doch keinen, wenn 'ne alte Freundin Besuch macht. Aber ich hab gerade noch gesehen, wie du hier durch die Pforte gegangen bist.»

«Ich habe jetzt nichts, das weißt du. Kannst du dich nicht mal ein paar Wochen gedulden? Seit einem Jahr bekommst du ...»

«Gar nicht, erst ein gutes Dreiviertel–.»

«... bekommst du alle Monate Geld von mir. Aber jetzt habe ich selbst nichts mehr. Mein Geld ist weg, verdammt. Ich hab's angelegt. Alles. Wenn es was bringt, unterhalten wir uns wieder.»

Es würde nichts ‹bringen›. Alles war verloren. Es sei denn, noch ein Wunder geschah. Sie war seinem guten Rat gefolgt, und Herr Mommsen hatte alles penibel mit ihrem Namen notiert, «damit Ihnen nichts verlorengeht». Für ihn war die Summe klein gewesen, für sie war es alles, was sie in den letzten Jahren zusammengekratzt und für harte Zeiten zurückgelegt hatte. Sie rechnete immer mit harten Zeiten, auch wenn sie inzwischen gelernt hatte, sich zu wehren. Ein sehr magerer Notgroschen. Dank Gerdas stets offener Hand war es nie mehr geworden.

Gerdas Zungenspitze fuhr flink über ihre Lippen. Sie war stark geschnürt und ihr Gesicht gerötet, sie atmete schwer, und für ihre fünfunddreißig Jahre sah sie sehr alt aus. Das blonde Haar unter ihrem breiten Hut war strohig. Ihr süßliches Parfüm kämpfte vergeblich mit den Gerüchen eines Körpers, der lange nicht mehr gebadet hatte.

«Luis meint, du lügst, du willst mich nur loswerden. Dabei hab ich dir in der Zelle das Leben gerettet, da wirst du doch nicht undankbar sein. Es wär auch nicht nett für dich, denk ich mal, wenn die Leute hier davon hören, ich mein', so 'ne feine Hausdame und dann Betrug, Diebstahl und Knast. Luis sagt, ich soll dir noch mal sagen, du kannst auch anders zu mir wohltätig sein, da soll ich dich dran erinnern. Paar Winke, wo die Leute hier ihre teueren Sachen stehen haben, wann die in der Sommerfrische sind und wie man stiekum ins Haus kommt oder wann die Schupos da patrouillieren.»

Alma Lindners Gesicht war plötzlich ganz nah vor dem ihrer Besucherin. «Sag deinem Luis», zischte sie, «er soll besser nicht vergessen, was man im Knast lernt. Ich hab lange genug in der Großküche geschuftet, wer da wieder rauskommt, ist geschickt und nicht mehr zimperlich. Sag ihm das. Und jetzt hau ab, Gerda, und such dir einen anderen Kerl, sonst wirst du schnell wieder weggeschlossen. Ich hab dir das Geld nie für Luis gegeben», Alma Lindners Stimme klang nun müde, «nur für dich. Werd doch endlich schlau. So oder so – ich hab nichts. Komm in vier Wochen wieder», fuhr sie zögernd fort. «Kann sein, dass sich bis dahin was tut.» Sie lachte bitter auf. «Und wenn nicht, dann könnt ihr sowieso der ganzen Stadt erzählen, wo ich war. Und jetzt verschwinde. Der Pastor kommt.»

Der Pastor von Nienstedten kam mit langen Schritten den Mittelgang herunter, trotz der Sorge im Gesicht Neugier in den Augen.

«Ich hoffe, diese Frau hat Sie nicht belästigt, Frau Lindner?», fragte er teilnehmend. «Oder kennen Sie sie?»

«Nein, sie hat mich nicht belästigt. Sie wollte nur eine Auskunft. Wo hier die Pferdebahn abfährt. Ich muss mich jetzt auch beeilen, Herr Pastor, das Wetter ...»

Sie spürte die Augen des Geistlichen im Rücken, als sie zum Tor eilte. Sie hatte gedacht, Gerda werde dort auf sie warten, aber sie war nicht zu sehen. Das war gut. Gerda. Seit sie in der Stadt aufgetaucht war – der Himmel mochte wissen, wie sie ihre einstige Mitgefangene gefunden hatte –, lebte Alma Lindner unruhig. Der große Gewinn, den ihr kleines Geld bringen sollte, war Hoffnung auf ein neues Entkommen. Weit weg, wo sie wirklich niemand fand. Nun gab es kein Entkommen mehr.

Als sie an diesem Abend, noch bevor das Unwetter losbrach, wieder alle Türen und Fenster verriegelt und zweimal kontrolliert hatte, schob sie Stuhllehnen unter die Türgriffe und stellte Töpfe und Deckel vor die Fenster. Wenn jemand einstieg, sollte es wenigstens Lärm machen.

Kapitel 6

ACHT TAGE SPÄTER ... MONTAG

In der Nachbarschaft wurde erzählt, die bedauernswerte Mrs. Winfield habe sich für eine ganze Woche eingeschlossen und nur geweint. Dr. Murnau, der Hausarzt der Grootmanns, habe ihr schwere Schlafmittel verordnet, damit sie überhaupt mal ein Stündchen zur Ruhe komme. Sonst werde sie womöglich ihrem Vater und ihrem Ehemann folgen, bei so empfindsamen jungen Damen könne man nie wissen, schon mancher sei aus großem Schmerz das Herz gebrochen. Andere flüsterten, es sei doch eigentümlich, zuerst sterbe der Vater, ein betagter, aber bis dahin völlig gesunder Mensch, dann der junge Ehemann auf grausame Weise nahe dem Hafen. Wo in einer Familie innerhalb weniger Tage zwei Männer stürben und einer der beiden unzweifelhaft von fremder Hand – da müsse man sich doch fragen, ob nicht auch der andere ...

Dann wurde bedeutungsvoll genickt und in den meisten Fällen zur Kritik an der Polizei übergegangen. Nahezu zwei Wochen nach Thomas Winfields Tod auf den Stufen des Meßbergbrunnens war sein Mörder noch nicht gefasst. Zwar war ein Verdächtiger geschnappt und gründlich verhört worden, doch dummerweise mussten sie ihn wieder laufenlassen. Sein unumstößliches Alibi wurde allgemein bedauert, so eine randalierende Saufnase wäre ein fabelhafter Schuldiger, um den war es nicht schade.

Der neue Leiter der Kriminalpolizei betonte gerne, dass die Reform aller Abteilungen die Aufklärungsrate enorm verbessere. Die erweiterte Ausbildung der Beamten aller Dienstgrade mache sich schon bezahlt. Dazu gehörte auch der Unterricht in Fremdsprachen, zumindest in Englisch sollte sich jeder Beamte in einer Stadt wie Hamburg, die mit der ganzen Welt verbunden war, verständigen können. Und Jiu-Jitsu diene nicht nur der Selbstverteidigung und leichteren Überwältigung der Verbrecher, es werde auch die Zahl der erfolgreichen Zugriffe in lebensbedrohlichen Situationen steigern.

Besonders zeitigten natürlich die verfeinerten Ermittlungsmöglichkeiten Erfolge. Auch die Zusammenarbeit mit Polizeistellen im Ausland nehme stetig und mit wachsendem Erfolg zu.

Das klang fabelhaft und entsprach sogar weitgehend den Tatsachen, für den Fall Winfield allerdings bedeutete es wenig. Für gewöhnlich beschleunigte es die Aufklärung eines Verbrechens, wenn das Opfer mit einer so angesehenen wie wohlhabenden Familie verwandt gewesen war. Diese Behauptung entsprang der allgemeinen Überzeugung, dass an Besitz und Einfluss reiche Bürger grundsätzlich bevorzugt behandelt wurden. Was stimmte, trotzdem musste jede Mordermittlung bei allzu offensichtlich fehlenden Beweisen scheitern. Für die Karriere des zuständigen Beamten war das natürlich kaum förderlich. Niemand beneidete Kriminalkommissar Paul Ekhoff mehr, hier und da wurde zufrieden gefeixt, das habe der Streber jetzt von seinem schnellen Aufstieg.

Die, die es am meisten anging, hatte sich über all das bisher wenig Gedanken machen können, denn an jenem Tag, als Henrietta Winfield von Thomas' Tod erfahren hatte, war ihr alles Fühlen und Denken erstarrt. Wenn sie später daran dachte, sah sie sich nicht mit dem Kriminalkommissar auf der Terrasse sitzen, hörte sie nicht, was er sagte. Sie sah sich auf dem Rasen liegen, als sitze sie unter dem Dach des kleinen Pavillons und schaue auf sich selbst hinunter. Wie unter einer Glocke, die alle Wahrnehmungen ausschloss. Nicht einmal dieses gnädige Rauschen hatte sie eingehüllt, von dem es hieß, es trete häufig als Vorbote einer tiefen Ohnmacht auf.

In jenem Moment auf der Terrasse war sie wieder zu dem kleinen Mädchen von einst geworden. Es sei nicht vornehm, hatte Papa in einem fernen Sommer erklärt, deshalb müsse es ihr Geheimnis bleiben: Wenn die Welt sich einmal zu schnell drehe, wenn sie, Hetty, am liebsten auf und davon laufen wolle, es als wohlerzogenes Kind aber keinesfalls dürfe, gebe es ein Wundermittel. Es helfe immer, sogar bei Regen.

Dann hatte er sich ohne Rücksicht auf den guten Sommeranzug auf den Rasen gelegt und die Arme weit ausgebreitet. Komm, hatte er gerufen, probier's gleich aus. Hatte nach ihrer Hand gegriffen und sein verblüfftes Kind neben sich ins Gras gezogen. Wenn es besonders schlimm ist, mach auch die Augen zu. Wenn du nun ganz leise bist und ganz still liegst, spürst du, wie die Erde sich dreht, wie die geheimen unterirdischen Flüsse rauschen. Und dann – er hatte eine Pause gemacht, damit sie lauschen und spüren konnte –, und dann ist alles nicht mehr so schlimm.

Ob es an diesem Tag geholfen hatte, blieb ungeklärt. Sie erinnerte sich nur vage daran, dass Ernst plötzlich da gewesen war. Er hatte nicht gefragt, er hatte angeordnet. Seither war sie Gast der Grootmanns, wohnte in einem der Gästezimmer in der oberen Etage, fieberte, verschlief und verdöste die Tage und den größeren Teil der Nächte. Später würde sie sich daran erinnern, dass sie gerade in den Nächten näher am Leben gewesen war.

An einem dunstigen Augustmorgen erwachte Henrietta

und spürte, dass etwas anders war. Sie hörte Alltagsgeräusche. Stimmen im Garten, vorbeirollende Räder einer Kutsche, eilige Schritte auf der Treppe, den heiseren Warnpfiff eines Alsterdampfers, eine Möwe.

Ihr Kopf war klar. Ein bisschen war es gestern schon so gewesen. Da hatte es sie beunruhigt, und sie war zurück in den Nebel geflohen. Jetzt war es anders.

Sie rutschte aus dem hohen Bett, noch unsicher, aber der Schwindel ließ gleich nach. Am Fußende lag ein dezent geblümter Morgenmantel. Er gehörte ihr nicht und war zu groß, aber sie schlüpfte hinein und genoss das Gefühl von Seide auf ihrer Haut. Dann schob sie die schweren Übergardinen zur Seite und stieß beide Fensterflügel weit auf. Die Luft schmeckte süß und roch nach reifem Sommer. Hinter dem vorderen Garten und der Uferstraße erstreckte sich die Außenalster bis zur Lombardsbrücke mit der Mühle und weiter zur Silhouette der Innenstadt mit ihren Kirchtürmen und der Turmspitze des neuen, noch nicht ganz fertiggestellten Rathauses. Auf dem Wasser kreuzten Fährdampfer von Anleger zu Anleger, die Lastkähne und Schuten transportierten Fracht, dazwischen Segel- und Ruderboote, an den Ufern die geschlossenen Reihen der Baumkronen, dahinter, besonders am Westufer, die Parks und Gärten.

Es war schön. Sie lauschte dem Gedanken nach, ob er verboten sei, zu sehr dem Leben zugeneigt. Die beiden Männer, die sie am meisten geliebt hatte, immer noch liebte, hatten sie verlassen. Das zu glauben, war schwer, aber an diesem Morgen gab es keinen Zweifel mehr. Henriettas Herz schlug heftiger, und sie schloss die Augen. Vielleicht wäre es doch besser, wieder in diese Dämmerwelt zurückzukehren, die sie während der letzten Tage aufgenommen und behütet hatte.

Es klopfte, und sogleich öffnete sich die Tür. «Guten Morgen», rief eine muntere Stimmte, «guten Morgen, Hetty!»

«Nicht so laut, Emma», tadelte eine sanftere Stimme.

«Aber sie ist doch aufgestanden, und sicher hat sie endlich Hunger. Sie sieht putzmunter aus. Man konnte es gestern schon merken.»

«Hat sie recht, Hetty?» Claire, einzig wegen des doppelten Trauerfalls in dunkles Grau gekleidet, wobei Biesen und Knöpfe und die Unterseiten des rückwärtig gefälteten schmalen Rockes im Morgenlicht eine tröstliche Nuance heller schimmerten, musterte ihre Cousine mit freundlicher Sorge. «Wir wollen dich nicht anstrengen, wir dachten nur, es sei vielleicht an der Zeit, dir ein bisschen Abwechslung zu bieten. Es ist ein schöner Tag, wirklich nicht zu heiß, genau richtig für einen ersten Spaziergang durch den Garten. Nur ein paar Schritte, damit du wieder zu Kräften kommst.»

«Oder eine Ruderpartie über die Alster», ergänzte Emma. «Da musst du nur im Boot sitzen. Claire rudert für ihr Leben gern. Am liebsten nachts, mit oder ohne Mond. Aber sag's nicht weiter. Mama fiele glatt in Ohnmacht. Außerdem macht es die Hände breit und schwielig, sehr hässlich.»

«Mama fällt nie in Ohnmacht, Emma, und ob ich nachts rudere oder nicht, ist ihr völlig egal. Besonders nachts», in Claires Augen blitzte es amüsiert, «da sieht es ja niemand. Und nun lass Hetty erst mal frühstücken. Du meine Güte, weint sie? Haben wir etwas Falsches gesagt, Hetty? Sind wir zu laut? Sollen wir gehen? Sicher möchtest du allein sein. Natürlich, wir ...»

«Nein! Nein, bitte, geht nicht.» Hetty war auf den Sessel am Fenster gesunken, suchte in der winzigen Tasche des Morgenrocks vergeblich nach einem Taschentuch und wischte mit den Handrücken über die allerdings kaum mehr als feuchten Augen. «Ich will sehr gerne frühstücken. Wenn es Kaffee ist, was da so gut duftet, bitte zuerst eine Tasse Kaffee. Keinen Kamillen- und Melissentee mehr. Dann will ich auch in den Garten gehen. Leider kann ich nicht rudern, aber ich könnte es lernen.»

Nun rannen doch ein paar Tränen über ihre Wangen. Diesmal lächelte Claire, reichte ihr ein Taschentuch und schenkte Kaffee ein. Überhaupt hielt sie Kaffee für ein viel besseres Heilmittel als Melissentee, jedenfalls meistens.

So begann an diesem milden Morgen Henriettas Rückkehr ins Leben. Es bedeutete weder das Ende der Trauer noch des Zweifels und der Verwirrung. Tatsächlich begann nun erst die Zeit der Fragen, vieler Fragen, Unsicherheiten und ungelöster Rätsel, Stunden quälender Verlorenheit. Aber es bedeutete zugleich den Anfang der mutigen Zeit, den Anfang der Suche nach Antworten.

Eines wusste Hetty sicher – dass sie bei allem Schrecklichen das Glück gehabt hatte, nicht allein zu sein. Wäre sie in England gewesen, in Bristol, und Thomas dort gestorben – das andere, das grausamere Wort konnte sie immer noch nicht formulieren, nicht einmal in Gedanken –, wäre sie mit allem allein gewesen. Ihre Ersatzmutter und nun vertrauteste Freundin Marline lebte mit ihrem Mann im Orient, ihre Freundinnen aus dem Pensionat waren über das Commonwealth verstreut. Es gab noch einige Bekannte, aber Thomas war nie sehr gesellig und zudem oft verreist gewesen, so hatte sie als junge Ehefrau sehr zurückgezogen gelebt. Sie wäre nicht ganz allein gewesen, aber ohne Geborgenheit.

Und nun saß sie hier in einem behaglichen Zimmer und fühlte sich behütet. Als könnte die Welt da draußen, als könnte alles, was in den letzten Tagen geschehen war, sie nicht erreichen. Das bedeutete nur einen Aufschub, doch der mochte reichen, ihrer Seele ein Polster zu geben, das, was kommen würde, zu ertragen. Sie hoffte sehr, dieser Gedanke möge mehr als eine romantische Idee sein.

«Was wirst du nun tun?», fragte Emma und ließ damit doch gleich den kalten Wind herein. Sie schenkte auch für sich und Claire eine Tasse Kaffee ein. «Entschuldige, wenn ich das einfach so sage, aber du bist in einer ziemlich dummen Situation. Wirst du zurück nach England gehen?»

«Emma, bitte.» Claires Stimme klang nach echter Strenge. «Lass Hetty erst mal – nun, erst mal gesund werden. Dann ist immer noch Zeit, über all das nachzudenken.»

«All das?» Emma blickte Hetty an wie ein fragwürdiges Fundstück. «Du magst recht haben, Claire», entschied sie. «Sie sieht wirklich scheußlich aus, ich meine natürlich bildhübsch, aber scheußlich bleich.»

Hetty probierte ihren Kaffee und dachte, das scheine bei den Grootmanns der übliche Verlauf eines Gesprächs zu sein: Einer plappert unbedacht oder stellt sehr direkte Fragen, der andere – oder *die* andere – tadelt und fordert Höflichkeit und Rücksicht ein. Es gefiel ihr, es war ganz anders als diese langweiligen Tee- oder Tischgespräche, die stets in der sicheren Mitte aller Etiketteregeln balancierten und unweigerlich zu Anfällen von bleierner Müdigkeit führten. Claire war also wie ihr Bruder Felix für die Etikette, Emma für die direkten Fragen zuständig.

Sie stellte die Tasse behutsam zurück. Womöglich wäre Melissentee doch die bessere, zumindest die vernünftigere Wahl gewesen. Da war immer noch Trägheit in ihrem Kopf, als drehe sich sein Räderwerk nicht nur langsamer als gewöhnlich, sondern auch unregelmäßig. Ihre Hände zitterten, gerade genug, um das Porzellan leise klirren zu lassen.

«Wie lange bin ich hier?», fragte sie. «Mir sind die Tage so davongeglitten.»

Claire machte ein besorgtes Gesicht. «Anderthalb Wochen», sagte sie, «oder länger, Emma?»

«Zwölf Tage.»

«Es macht gar nichts, Hetty», beeilte sich Claire zu versichern. «Die meiste Zeit hast du geschlafen, auch nachdem das eigentliche Fieber vorbei war. Das war gut. Nichts ist so heilsam wie Schlaf. Während der letzten Tage hast du ganz ruhig geschlafen, meistens. Es war immer jemand in deiner Nähe, deshalb weiß ich es.»

«Meistens war dieser Jemand Claire. Ihr gehört auch der hübsche Morgenmantel, der dich gerade so gut kleidet.»

«Unsinn, alle haben sich abgewechselt. Frau Lindner war auch häufig hier. Sie scheint ein bisschen streng, aber sicher ist sie absolut zuverlässig.»

«Wie ein Wachhund», ergänzte Emma trocken. «Sie hütet auch Onkel Sophus' Haus, ich meine dein Haus, niemand wird sich trauen einzubrechen.»

«Mein Haus», murmelte Hetty und fühlte sich wieder klein und schwebend. «Für mich wird es immer Papas Haus bleiben.»

Claire nickte teilnahmsvoll, selbst Emma sah schweigend aus dem Fenster.

Endlich richtete Hetty sich auf und blickte ihre beiden Besucherinnen an, als habe sie einen Entschluss gefasst. «Ich würde gerne ein Bad nehmen», sagte sie, «wenn es möglich ist, jetzt gleich.»

«Natürlich ist es möglich. Ein Bad ist immer ein guter Anfang.»

«Aber das erlauben wir erst, nachdem du etwas gegessen hast. Das Rührei ist köstlich, und der Schinken – ganz mild», sagte Claire und bestrich schon eine der Scheiben frischen weißen Brotes mit Butter. «Iss wenigstens von dem Hefebrot, aber dann nimm ordentlich Butter und Honig. Oder lieber Himbeergelee? Wenn du nichts isst, fällst du unterwegs um. Das ist es doch, warum du es plötzlich eilig hast – du willst möglichst bald in eurem Haus nach dem Rechten sehen, stimmt's?»

«Ja.» Hettys Stimme klang wieder dünn, ihr Atem ging flach. «Unser Haus. Und dann – dann muss ich Thomas nach Hause bringen.»

«Oh, meine Liebe.» Claire griff nach ihren Händen und umfasste sie warm. «Es tut uns furchtbar leid, aber du warst so krank, und es gingen Kabel hin und her. Felix hat das alles für uns erledigt, für dich. Man weiß leider immer noch nicht, wer … nun ja, wer schuld an seinem Tod ist. Dieser Polizist wird noch mit dir sprechen wollen. Ja, Felix hat sich um alles gekümmert. Natürlich hat er immer alles mit Papa besprochen. Da war ja niemand mehr in England außer eurem Anwalt. Thomas' ganze Familie ist offenbar in Indien, Ägypten oder weiß der Himmel wo in diesem riesigen Commonwealth verstreut. Keiner war zu erreichen, dabei ist Ägypten gar nicht so weit, jedenfalls verglichen mit Ostindien oder China. Es soll auch steinalte Großtanten auf Rhodos geben.»

«Sie will sagen», unterbrach Emma ungewohnt sanft, «es tut uns leid, aber Dr. Murnau hat versichert, es könne noch lange dauern, bis du wieder zu Entscheidungen fähig seiest. Deshalb haben wir ihn schon beerdigt. Hier, das heißt in Nienstedten. Du musst nun nicht gleich nach England reisen, das wäre jetzt sowieso viel zu anstrengend. Thomas hat seine letzte Ruhe in eurem Familiengrab bekommen. Ich glaube», schloss sie nachdrücklich, «Onkel Sophus hätte das gefallen, er hat nur Gutes von deinem Mann gesprochen.»

* * *

Nur wenn der Regen stark war oder Schnee und Glatteis die Straßen zum Abenteuer machten, ließ Friedrich Grootmann für den täglichen Weg zum Kontor im neuen Speicher hinter dem Zollkanal anspannen. Die Straßenbahn durch St. Georg zum Rathausmarkt wäre für den längeren Teil des Weges eine vernünftige Alternative, doch wie seine jüngste Tochter mied er Gedränge.

Heute hatte er sich für den Alsterdampfer bis zur Endstation am Anleger Jungfernstieg entschieden. Der Morgen war mild, die Brise leicht, der mittlere Teil des Dampfers offen – die reinste Sommerfrische. Die Fahrt reichte nicht, um die Zeitung zu lesen, für gewöhnlich überflog er die Schlagzeilen und einen oder zwei der Artikel, auch das nur, wenn ihm kein Nachbar oder Geschäftsfreund begegnete, der zu einem Gespräch aufgelegt war. Das waren sie immer – Grootmann nicht. Er hielt sich zu Recht für einen geselligen Mann, nur morgens auf dem Weg zum Kontor blieb er gern allein mit seinen Gedanken.

Er setzte seinen Weg über den Rathausmarkt und die dichtbebaute Cremoninsel fort, dann trat er aus den engen Gassen hinaus auf die Straße am Zollkanal. Die durch Vertiefung und Verbreiterung zweier moderiger alter Fleete entstandene Wasserstraße war zugleich die Grenze zum zollfreien Hafen. Nirgends wurde die Metamorphose der alten Stadt zu einer der bedeutendsten und modernsten Handelsmetropolen deutlicher sichtbar. Das neue Rathaus war gewaltig und wahrlich

175

ein Palast, aber der beständig prosperierende Hafen, nun von weiterer Ausdehnung als die Handelsstadt selbst, war auch als Versprechen für die Zukunft etwas ganz Großes.

Der Anblick der erst vor wenigen Jahren fertiggestellten Speicherstadt ließ ihn immer wieder eine Mischung aus Zufriedenheit und Bedauern empfinden. Das Rot der hoch aufragenden Backsteinmauern schimmerte matt im Morgenlicht, die eingefügten glasierten Steinbänder reflektierten das Sonnenlicht wie dunkler Opal. Noch fehlte den Kupferdächern die grüne Patina, auch den an Ecken und Erkern angebrachten dekorativen Türmchen, mit ein wenig Phantasie war sie jedoch schon zu ahnen.

Nur Bäume vermisste er, hier und da etwas Grün, die Wände hinaufrankende Efeu. Ein sentimentaler Gedanke, er behielt ihn stets für sich.

Er erinnerte sich gut an den verstörenden Anblick der riesigen Baustelle. Sie hatte lange einem Schlachtfeld geglichen, einer Wunde in der Stadt. Und dann waren die Stahlgerüste der Speicher in den Himmel gewachsen, Hunderte Männer dazwischen wie Ameisen. Endlich war er fasziniert gewesen.

Im Kanal, in den zu den Speicherwinden führenden Fleeten und in den kilometerlangen Hafenbecken schoben sich Boote aller Art, vor allem Ewer und kraftvolle Dampfbarkassen, die ganze Verbände von Schuten schoben oder zogen. Mittendrin suchten Ruderboote geschickt ihren Weg. Rufe gingen hin und her, ärgerliches oder fröhliches Tuten und Klingeln, Winden rasselten oder quietschten. Grootmanns Seufzer war heute tatsächlich ein überwiegend zufriedener Seufzer. Allen Unkenrufen, allen überstandenen und allen drohenden Krisen zum Trotz blühte hier die Wirtschaft. Alles gedieh, alles wuchs.

Das war seine Welt. Er würde ungern auf glanzvolle Dinner,

Besuche im Austernkeller oder *Conventgarten*, auf die Sommerfrische an der Ostsee oder Reisen nach Paris, London oder Wien verzichten, er war eitel genug, sich im Frack wohl zu fühlen, und ein richtig temperierter Champagner oder edler Rotwein schenkten ihm Momente äußersten Wohlbehagens. Aber was war all das ohne sein Leben im Kontor und im Hafen?

«Ein schöner Anblick.» Die vertraute Stimme unterbrach seine Gedanken.

«Sehr schön, Ernst.» Er blickte seinen Sohn fragend an. «Sind wir nur wenige Schritte voneinander denselben Weg gegangen?»

Wenn das Wetter eine Droschke oder die eigene Kutsche erforderte, fuhren Vater und Sohn für gewöhnlich gemeinsam ins Kontor, sonst nahm jeder seinen eigenen Weg nach eigenem Tagesplan und Gusto. Das hatte Friedrich Grootmann eingeführt. Ernst hatte nie widersprochen.

«Nein, Vater. Ich war heute schon früh hier. Die *Elisetta* wurde erwartet, und wir kennen den neuen Kapitän noch nicht, ich fand es angebracht, nach dem Rechten zu sehen.» Er lachte sein trockenes, bei manchen Gelegenheiten kaum hörbares Lachen. «Ich war neugierig. Natürlich hätte ich das Blessing allein überlassen können.»

An der Brooksbrücke über den Zollkanal mit ihren an eine Spielzeug-Ritterburg erinnernden Aufbauten herrschte Gedränge. Friedrich Grootmann fielen zwei Frauen auf, Damen, nach ihrer Kleidung und Haltung zu urteilen. Die größere war etwa in Claires Alter, die andere schon in dieser Phase des Übergangs, in der sich entscheidet, ob aus ihr eine runde Matrone oder eine hagere Alte werden wird. Ersteres stand in Aussicht. Beide hatten ihren Zeichenblock auf das Geländer entlang des Kanals gestützt und arbeiteten mit ihren Kohlestiften.

Die Jüngere blickte auf. Sie war eine aparte Erscheinung, sehr schlank, ihre Kleidung – weiße Bluse und dunkelblauer Rock – war schlicht, ein um die Schultern geschlungenes leichtes Tuch reichte im Rücken fast bis zur Taille. Das schmale Gesicht unter dichtem dunklem Haar wirkte ein wenig herb, aber reizvoll. Wirklich reizvoll. Das Strohhütchen mit blauem Band beschattete es kaum. Da trafen sich ihre Blicke, nur für einen Wimpernschlag, sie lächelte, ein wenig verstohlen, auch ein wenig frivol, charmant, dann war er schon nicht mehr gemeint.

«Du gefällst der jungen Dame», stellte er beiläufig fest. «Kennst du sie?»

Ernst hob fragend die Brauen. «Gefallen? Wem?»

«Der Dame mit dem Zeichenpapier, der jüngeren. Nein, nein, es war nur ein Scherz», beeilte er sich zu versichern. Er zog es vor, nicht zu wissen, mit welchen Damen seine Söhne Blicke tauschten, selbst wenn sie nicht nach Schankmamsell, Blumenmädchen oder Varietétänzerin aussahen.

Ernst blickte flüchtig über die Schulter zurück, beide Zeichnerinnen hatten ihre Köpfe wieder über ihr Papier gebeugt. «Erinnerst du dich an Fräulein Tesdorpf und ihren Zeichenlehrer Riefesell?», fragte er. «Ich glaube, Claire hatte in ihrer Mädchenzeit auch Stunden bei ihm. Wie die beiden hier vor zehn Jahren ständig die alten Straßen und Höfe gezeichnet haben – was für eine Fleißarbeit. Jetzt sind schon die neuen Gebäude wert, gezeichnet zu werden.»

Friedrich nickte. «Übrigens hatte die Baudeputation damals auch einen Fotografen beauftragt, die alten Straßenzüge und Fleete festzuhalten. Ich glaube, der Mann ist immer noch unterwegs. Er hat neulich vor unserem Kontorfenster Aufnahmen gemacht. Wir sollten ihm ein paar abkaufen. Oder selbst welche von unserem Kontor machen lassen.»

«Wann? Wann hast du ihn gesehen? Ich meine, vor unseren Fenstern?»

«Da müsste ich nachdenken. Etwa vor anderthalb Wochen. Ist es wichtig? Dann ...»

«Ach nein», fiel ihm sein Sohn ins Wort. «Ich frage nur wegen des Wetters. Ich verstehe nichts von der Fotografie, außer dass man gutes Licht braucht. Neuerdings laufen diese Fotografen überall herum. Man fühlt sich beinahe verfolgt.»

An der Freihafengrenze am Ende der Brücke kontrollierten zwei Zöllner ein zweirädriges Gig, der Fahrer hatte es besonders eilig, zurück in die Stadt zu kommen, sein Tonfall – er sprach mit starkem französischem Akzent – wechselte gerade von schmeichelnd zu ungehalten. Die Zöllner beachteten ihn nicht. Als ein schneller kleiner Wagen ohne nennenswerten Stauraum bot das Gig auch keine nennenswerten Schmuggelverstecke, sie waren trotzdem gründlich. Womöglich mochten sie keine Franzosen.

Natürlich wurde ständig geschmuggelt. Erst vorgestern hatte in der Zeitung gestanden, dass die Zöllner beim Anleger Baumwall wieder einen geschnappt hatten. Keinen im Anzug aus feinster englischer Wolle, sondern einen armen Kerl in geflickter Joppe. Kaufte so einer im Freihafen eine tüchtige Menge guten schwarzen Tees, fiel das auf. Die Zöllner hatten ihn schon erwartet.

Die beiden Grootmanns passierten die Zollgrenze, ohne ihr Gespräch zu unterbrechen. Der dritte am Tor postierte Zöllner zeigte soldatische Haltung und ließ sie mit respektvoll angedeuteter Verbeugung vorbei. Die Grootmanns kannte hier jeder.

«Diese Viertel in der Innenstadt werden zum Glück auch bald verschwinden», fuhr der Senior fort, als sie auf den

Brookskai einbogen, «wie die uralten klapperigen Fachwerkbauten hier im Hafen. Die Leute dort leben wirklich ungesund, das sollte in einer wohlhabenden Stadt wie der unseren längst der Vergangenheit angehören.»

«Diese Elendslöcher müssen in der Tat rasch verschwinden, die können für uns alle teuer werden. Die verdammte Cholera hat viel zu viel gekostet. Allein die wochenlange Hafensperre, die vielen Bankrotte. Aber nun kann man nach vorne schauen. Sind erst die faulenden Quartiere weg, kann die Stadt endlich nach den Erfordernissen unserer Zeit gestaltet werden. Wenn wir mithalten und unsere Position an der Weltspitze weiter ausbauen wollen, ist das überfällig.»

Friedrich klopfte seinem Sohn schmunzelnd und mit wohlwollendem Stolz auf die Schulter. «Du solltest für den Senat kandidieren, wenigstens für die Bürgerschaft. Du bist wahrlich ein überzeugender Redner.»

«Danke, zu viel der Ehre. Ich bleibe lieber in unserer Welt. Die finde ich interessanter. Da tut sich ständig Neues. Der Hafen wird noch über viele Jahre ausgebaut, und dieser flottenvernarrte Kaiser ist für uns ein Segen. Und die Stadt – spätestens in zehn Jahren wird auch die City völlig anders aussehen. Ein Bild von Wohlstand und hanseatischer Gediegenheit: mit Boulevards und eleganten Kontorhäusern mit Paternostern, elektrischen Lichtanlagen für jeden Raum, Telefonen, Rohrpost und Dampfheizung. Helle Räume, auch sehr repräsentativ, schon die Treppenhäuser werden ... verzeih, Vater, all das weißt du so gut wie ich. Ich habe gestern nur Pläne für eines dieser neuen Kontorhäuser nach dem Prinzip des *Dovenhofs* gesehen. Ich bin wirklich beeindruckt.»

Der *Dovenhof* stand seit fast einem Jahrzehnt nur wenige Schritte von den Brücken zum Freihafen entfernt. Zehn

Häuser waren für den stolzen Bau abgerissen worden, sechzig Mieter teilten sich die Kontore und Warenlager, im Parterre waren zwei Restaurants eingerichtet. Der *Dovenhof* galt als Vorbild moderner, effektiv arbeitender Handelskontore weit über Hamburg hinaus. Allen Unkenrufen zum Trotz erzielten die Bauherren sogar guten Gewinn.

«Ich denke wirklich», fuhr Ernst mit ungewohntem Eifer fort, «wir sollten überlegen, ob wir mit unserem Kontor in ein solches Gebäude umziehen. In unserem wird es schon wieder zu eng. Kaum jemand hat noch das Hauptkontor im Speicher. Ich finde sogar, wir sollten uns an einem solchen Haus als Bauherren beteiligen. Ich könnte es mal durchrechnen lassen. Es wird in jedem Fall ein profitables Unternehmen.»

«Du überraschst mich. Gerade wegen der neuen Speicher, wegen des ganzen neuen Hafens haben wir unser Kontor hierher verlegt. Kürzlich erst ...»

«Vor sieben Jahren, Vater, nicht mehr neu und nicht kürzlich. Verzeih, wenn ich widerspreche. Siebeneinhalb Jahre, genau genommen. Das ist schon eine recht lange Zeit. Die Uhren gehen schneller heutzutage.»

Friedrich Grootmann trat zur Seite, um einem hochbeladenen Zweispänner Platz zu machen, und wartete hinter einer Reihe aufgestapelter Tonnen, die mit der Winde zu einem der oberen Böden gehievt werden sollten. Er war froh über die Unterbrechung. Als Junge hatte Ernst seine heftigen Phasen gehabt, wie viele Heranwachsende. Später hatte er sich auf seine Pflichten als ältester Sohn besonnen, als Vorbild für die Jüngeren, als würdiger Repräsentant der Familie und des Handelshauses. Ernst hatte sich ausgetobt, auch vor seiner Ehe. Er hatte gerade gut gesprochen, dennoch fühlte Friedrich sich wieder an die störrische Kühnheit des Halbwüchsigen erinnert.

Es störte ihn nicht, es gefiel ihm sogar. Ja, jeder seiner Söhne hatte seinen Weg gefunden. Sogar Amandus, wenn man es mit Großzügigkeit bedachte.

* * *

Alma Lindner zog den großen Topf von der heißesten Stelle des Herdes, ohne nur einen Moment das Rühren zu unterbrechen. Konfitüre aus Mirabellen oder Reineclauden verdarb, wenn sie auch nur ein bisschen anbrannte. Das Blubbern der tiefgelben Fruchtmasse ließ schon nach, aber sie rührte weiter und starrte weiter in den Topf. Endlich legte sie den großen Holzlöffel auf den Topfrand, Konfitürekleckse erstarrten mit leisem Zischen auf der Herdplatte, sie achtete nicht darauf.

Die kleine Mommsen war also wieder bei Verstand. Das bereitete ihr so viel Unbehagen wie Erleichterung. Zumindest näherte sich damit die Zeit der Ungewissheit ihrem Ende. In den ersten Tagen hatte sie auf ihre Kündigung gewartet, doch dann war der jüngere der Grootmann-Brüder gekommen, Felix. Schon in der Diele hatte er sich prüfend umgesehen und erklärt, sie möge das Haus weiterhin in gutem Zustand halten, immer bereit für die neue Besitzerin. Kein Wort zu ihrer Zukunft, keine Frage, ob sie überhaupt bleiben wolle. Er war im Haus herumgewandert, hatte sich eine Weile in der Bibliothek aufgehalten – sie hatte das Vor- und Zurückschieben der Schreibtischschubladen gehört – und auch das Bilderzimmer noch einmal inspiziert. Es hatte ihr nicht gefallen.

Auch der alte Bildhauer war da gewesen, Birkheim. Sie hatte ihn widerwillig eingelassen.

«Ach, Frau Lindner», hatte er mit kummervollem Blick gesagt, «ich vermisse unseren guten Mommsen so sehr. Darf ich ein paar Minuten auf seiner Terrasse sitzen, wie so oft in den letzten Jahren?»

Da war er schon eingetreten, ohne ihre Antwort abzuwarten, und ging mit seinen schlurfenden Schritten durch den großen Salon hinaus in den Garten. Als sie fand, er könne nun auf dem Friedhof oder in seiner steinstaubigen Werkstatt weitertrauern, war sie von ihrer Inspektion der Vorratsregale aus dem Keller wieder hinaufgestiegen, um sich auffordernd zu räuspern. Doch Birkheim war nicht mehr da, weder auf der Terrasse noch im Salon oder in der Bibliothek. Sie hatte nicht gehört, wie er fortgegangen war.

Sie wuchtete den Topf auf den Küchentisch, schöpfte mit der Kelle die weichgekochten, zerfallenden Früchte heraus und verteilte sie mit sicheren Handgriffen auf kleine Steinguttöpfe. Der sämige Zuckersaft musste weiter zu Sirup einköcheln, bevor er über das weiche Fruchtfleisch gegossen werden und alles abkühlen konnte.

Plötzlich ließ sie die Kelle los, die umgehend im Mus verschwand, Alma Lindner beachtete es nicht. Ob es lächerlich, übereifrig oder nur Ausdruck überbordender Phantasie war – jetzt wollte sie Gewissheit. Sie schritt rasch, während sie noch die Hände an der Schürze abwischte, hinaus in die Diele. Sosehr sie sich bemüht hatte, es wegzuschieben, es kam immer wieder zurückgekrochen, dieses Gefühl, jemand sei heimlich im Haus gewesen. Als sie das letzte oder vorletzte Mal zu Einkäufen ins Dorf gegangen war? In der Nacht?

Sie hatte sich in diesem Haus immer sicher gefühlt, aber seit sie allein hier lebte, hatte sie mit der Dämmerung alle Türen besonders sorgfältig verschlossen: die vordere, die seitliche zur Küche und zum Keller und die Terrassentür. Auch das Tor der Remise, obwohl es von der keinen Durchgang zum Haus gab. Die alte Remise stand bis auf die Gartengerätschaften, ausrangierte Reisetruhen, den Bollerwagen für große Einkäufe und einiges Gerümpel leer. Da gab es nichts zu holen.

Seit ihrer Begegnung auf dem Friedhof hielt sie die Türen sogar tagsüber meistens verschlossen und prüfte abends alle zweimal. Gerda würde sich kaum dazu bequemen, selbst irgendwo einzusteigen, sie klopfte an und forderte. Nein. Gerda und ihr widerlicher Luis waren es sicher nicht gewesen. Die hätten kaputte Fenster oder Schlösser hinterlassen, und der penetrante Geruch, den beide ausströmten, hätte noch in den Räumen gestanden. Aber sie hatten die passenden Kumpane, die sie auf Ideen bringen mochten. Kumpane, die im Handumdrehen jede Tür knackten.

Und die Fenster? Die Fenster.

Bis jetzt hatte sie es als Einbildung oder falsche Erinnerung abgetan. Aber so war es nicht, ihr Gefühl war richtig gewesen. Sie hatte selbst gesucht, wer kannte sich besser aus als sie? Sie hatte gesucht und nichts gefunden. Vielleicht hatte ein anderer, der noch weniger Rechte hatte als sie, mehr Glück gehabt.

Sie öffnete die Tür zur Bibliothek, schob die Gardinen auseinander und sah sich um. Es stimmte immer noch. Die Bücher auf der Schreibplatte des Sekretärs zum Beispiel. Sie lagen anders als gewöhnlich. Nachdem Felix Grootmann dort gesessen und den Inhalt der Schubladen und Fächer inspiziert hatte, hatte alles noch an seinem Platz gelegen, genau wie es der Hausherr an seinem letzten Tag hinterlassen hatte. Die alte Bibel und die neue Ausgabe eines Werks des altrömischen Philosophen Seneca hatten immer beide rechts gelegen, nun lag der Seneca-Band – *Vom glücklichen Leben* – links. Das Büchlein hatte seinen Platz auf der Bibel gehabt. Nun lagen dort nur zwei private Briefe in aufgeschnittenen Umschlägen. Die hatte sie vorher in der rechten hinteren Ecke der Schreibplatte gesehen.

Sie wandte sich suchend um, nickte und strich leicht mit den Fingerspitzen über den Spieltisch. Auch der war bewegt worden. Eine der hinteren Teppichecken war vor einem der geschwungenen Tischbeine umgeklappt.

Die Ordnung in den Schubladen war unverändert. Jedenfalls in denen, die sie öffnen konnte, zwei hatte Felix Grootmann bei seinem Besuch verschlossen. Das hatte sie nicht überrascht. Mit Misstrauen kannte sie sich aus, es war nur vernünftig. Diese Laden waren auch jetzt noch verschlossen. Diesmal waren es nur Geringfügigkeiten, darin konnte man sich leicht irren. Aber sie irrte sich nicht.

Im oberen Stockwerk stellte sie keine Veränderungen fest. Fräulein Henriettas Zimmer war zwar all die Jahre für ihren Besuch bereitgehalten worden, aber lange unbewohnt gewesen, dort hatte nichts herumgelegen oder -gestanden, das man hätte verrücken können. Frau Winfields Gepäck hatte der Grootmann'sche Kutscher längst abgeholt.

In ihren eigenen beiden Räumen war niemand gewesen, auch daran gab es keinen Zweifel. Nichts fehlte, nichts lag oder stand an einem falschen Platz. Auch nicht die Kassette mit ihren sehr privaten Erinnerungsstücken, ihren Papieren, den Fotografien und dem winzigen Rest ihrer Ersparnisse, längst nicht einmal mehr genug für eine Schiffspassage im Zwischendeck.

All das sprach für einen nächtlichen Eindringling. Wer hier etwas suchte, hätte auch in ihren Räumen gesucht, wenn ihr Bett leer gewesen wäre. Oder nicht? Sie hatte immer einen guten Schlaf gehabt, selbst in Zeiten, in denen jede andere Frau kein Auge zugetan hätte. Während der letzten Nächte hatte sich das geändert.

* * *

Friedrich Grootmann war ein in Maßen vorsichtiger Mann. Wer große Geschäfte machte, musste das Risiko mögen und es zugleich genug fürchten, um den Grat zwischen unternehmerischem Wagemut und törichtem Leichtsinn zu gehen. Er war darin ganz gut. Und weil er ein kluger und in diesen Dingen erfahrener Mann war, wusste er auch um die Vorteile eines guten Beraters. Gute Berater wie sein ältester Sohn und sein junger Prokurist Blessing. Ernst neigte zur Vorsicht (jedenfalls bisher – die Begeisterung für die neuen Kontorhäuser waren neue Töne), Blessing, der immer so beherrscht wirkte, zu einer Prise zu viel Wagemut. Zusammen, als Trio, waren sie perfekt.

Er trat ans Fenster und blickte hinaus auf den Brookskai und den Zollkanal. Die Sache mit dem Kontor in einem der neuen Kontorhäuser war bedenkenswert. Natürlich war es falsch und gegen die Gewohnheiten, Reichtum dort zur Schau zu stellen, wo nur gearbeitet werden sollte, dafür sprachen aber größere hellere Räume, die waren repräsentativer – das war in den letzten Jahren wichtiger geworden – und auch näher an der Börse und dem Rathaus. Vielleicht war es tatsächlich altväterlich und von Nachteil, das Kontor im Speicher einzurichten. Gegen die Helle des Sommertages war es hier trotz der elektrischen Lampen düster. Über den Schreibpulten brannte von morgens bis abends Licht, nur direkt an den Fenstern reichte das Tageslicht aus. Elektrische Lampen, immerhin. Nahezu der gesamte neue Hafen war nun elektrifiziert, wie man es nannte: Straßenlaternen, beleuchtete Kais und Lagerhallen.

Hier wurde die Nacht nicht wirklich zum Tag, wie gern behauptet wurde, aber es gab mehr Helligkeit als mit dem bewährten Petroleum- oder Gaslicht, von Kerzen gar nicht erst zu reden. Auch in der dunklen Jahreshälfte konnte weit in den Abend hinein gearbeitet werden, sogar auf den Kais und in den Schuppen. Notfalls die ganze Nacht hindurch.

«Herr Grootmann? Pardon.» Das energische Räuspern ließ ihn erkennen, dass er ein vorausgegangenes vage gehört, aber nicht zur Kenntnis genommen hatte. Er wurde nachlässig. Und er gab diffusen Empfindungen mehr nach, als gut war. Im Umdrehen wischte er die Gedanken fort wie Spinnweben. Blessings fragender Blick verriet eine Spur Besorgnis. Das stand ihm nicht zu, seine Miene wechselte rasch wieder ins Ausdruckslose.

«Ich habe Sie nicht bemerkt», erklärte Grootmann leichthin. «Nehmen Sie Platz, Blessing. Wir müssen heute über die neuen Verträge mit *Lloyd's* sprechen und am besten auch gleich entscheiden. Wo ist mein Sohn? Ohne ihn sollten wir nicht anfangen.»

«Nein, natürlich nicht. Er ist in den Kakaospeicher gerufen worden und wird so bald wie möglich zurück sein.»

Grootmann nickte. Der Kakaospeicher war Ernsts Revier. Vor einigen Jahren hatte er beharrlich gegen die Bedenken seines Vaters und des alten, in so entscheidenden Fragen stets hinzugezogenen Kontorleiters argumentiert und endlich durchgesetzt, dass *Grootmann & Sohn* sich erheblich stärker als bis dahin im Kakaohandel engagierten. Ernst hatte ihn damals nur halb überzeugt, aber die Entscheidung hatte sich als richtig erwiesen.

Hätte Blessing in jenem Jahr schon zum Unternehmen gehört, wäre er ohne jedes Wenn und Aber auf der Seite des jüngeren Grootmann gewesen. Kakao war ein vielversprechendes Produkt, es verlor rapide seinen Status als Luxusgut, immer mehr Leute konnten und wollten es sich leisten.

«Draußen wartet ein Besucher», fuhr Blessing fort. «Ich dachte, ich melde ihn besser selbst an. Es ist dieser Kriminalkommissar, Herr Ekhoff. Er wartet schon eine Stunde. Wenn Sie erlauben – sicher wäre es im Sinne des raschen Fortgangs seiner und unserer Arbeit, wenn Sie ihn gleich empfangen könnten.»

«Treffend gesagt.» Friedrich Grootmann rieb sich die Nase, um ein Lächeln zu verbergen. Felix hatte einmal angemerkt, Blessing sei ein Wortdrechsler, bei so einem müsse man immer genau hinhören und auch sonst achtsam sein. Das hatte er übertrieben gefunden. Blessing konnte auch heiter und unbefangen reden, im Kontor war er jedoch stets darauf bedacht, Respekt zu zeigen und die richtige Distanz zu seinen Dienstherren zu wahren. Blessing war einer dieser jungen Männer, die für die Zukunft standen. «Wirklich treffend», wiederholte er, «gleich herein mit ihm. Und schicken Sie nun doch nach meinem Sohn.»

Kriminalkommissar Ekhoff war blass, als er den Raum betrat. Das Büro der Chefs war durch eine verglaste Wand vom großen Raum der Commis an ihren Schreibpulten getrennt. Alle hatten Ekhoff nachgesehen, als er zwischen den Pulten hindurchging und die Tür zum Chefbüro hinter sich schloss. Da gleich darauf Blessing herauskam, beugten sich alle Köpfe wieder über ihre Arbeit. In diesem Raum wurde immer konzentriert gearbeitet, wenn etwas zu besprechen oder zu fragen war, geschah das mit gedämpfter Stimme. Man hörte Papier rascheln, Federn kratzen, jemand räusperte sich verhalten. Das Telefon war in einem abgedichteten Kabuff angebracht, mehr ein Verschlag, gerade groß genug für einen Mann und ein schmales Stehpult. Lärmende Geschäftigkeit herrschte nur auf den Kais, den Straßen, auf den Fleeten. Jetzt allerdings war es besonders still. Als bemühe sich jeder, nur ganz verhalten zu atmen, um ein paar Worte aufzuschnappen.

Die beiden Männer hinter den Glasscheiben saßen am Besuchertisch auf den Stühlen mit den dicken Lederpolstern, beide ein Glas Wasser vor sich.

Ekhoff saß sehr gerade. Für gewöhnlich war seine Stimme klar und voll, heute war es anders, aus dem Raum hinter dem Glas drang kaum Gemurmel. Blessing konnte besser verstehen. Als erster Mann in diesem Kontor stand sein Tisch der Tür zum Chefzimmer am nächsten, und sein Stuhl stand heute näher an der Trennwand als gewöhnlich, aber auch er hatte den Kopf über seine Arbeit gebeugt. Seine Feder blieb dennoch unberührt auf der Ablage, die Mappe, die er aus Grootmanns Raum mitgebracht hatte, lag ungeöffnet vor ihm. Blessing versuchte zu lauschen, wie jeder im Raum.

Es kam nicht alle Tage vor, dass ein Kriminalkommissar auftauchte, eine geschlagene Stunde wartete und dann auf der Stuhlkante hockte, als sei er zum Rapport bestellt und nicht hier, um seinerseits Antworten einzufordern.

Der Kaufmann hörte weit zurückgelehnt zu, die Arme vor der Brust verschränkt, mit unbewegtem Gesicht. Der Kriminalkommissar sprach nicht lange, denn es gab nicht viel zu sprechen. Keine Neuigkeiten. Und er verstand sich nicht auf die Kunst, viele Worte um ein Nichts zu machen. Das würde er noch lernen. Neu war nur, dass auch die zweite Anfrage bei *Scotland Yard* nichts ergeben hatte. Weder ein Thomas Winfield noch ein James Haggelow, wie er sich in der Pension genannt hatte, waren in den Karteien in London vermerkt, auch die

Polizei in Newcastle und in Bristol konnte keine Auskunft über Verbindungen dieses Namens mit kriminellen Machenschaften geben, nicht einmal über Verdächtigungen oder Anklagen, die sich später als falsch herausgestellt hatten. In London war nur ein Frederik Haggelow bei der Polizei bekannt, ein Mann von siebenundfünfzig Jahren, lange bekannt als Spieler und Gelegenheitshehler, sein derzeitiger Aufenthaltsort war Newgate, wo er seit zweieinhalb Jahren einsaß. Als Täter schied der vermeintliche Namensvetter somit aus. In dem seit Jahrhunderten für seine Schrecken legendären Londoner Gefängnis bekam niemand Urlaub. Es war keine Fotografie aus London gekommen, eine detaillierte Beschreibung ließ jedoch das Bild eines Mannes entstehen, der nicht die geringste Ähnlichkeit mit dem eleganten, aus guter Familie stammenden Winfield haben konnte. Somit gab es keine neuen Hinweise auf ein Doppelleben Winfields.

«Wirklich nichts Neues also», sagte Grootmann, als der Kommissar schwieg. «Sehr bedauerlich. Man denkt doch immer, so ein Schurke müsse zu finden sein. Irgendjemand müsse ihn gesehen haben. Ihn und die Tat.»

«Gewiss.» Ekhoffs bleiches Gesicht rötete sich. «In diesem Fall jedoch ...»

Grootmann hob abwehrend beide Hände. «Ja, ich weiß. Um diese Uhrzeit war kaum jemand unterwegs, obwohl ich seit Jahren immer mehr den Eindruck habe, diese Stadt schläft nie. Ab und zu und in manchen Quartieren schläft sie eben doch. Dass das auch direkt vor einer großen beleuchteten Brücke so ist – nun, ich weiß, Sie und Ihre Männer tun Ihr Bestes.»

Der Klang seiner Stimme widersprach seinen Worten. Er erhob sich, winkte wieder entschieden ab, als Ekhoff sich beeilte, ebenfalls aufzustehen, und trat zurück ans Fenster.

Ekhoff blieb stehen, von außen, jenseits der Glasscheiben, mochte das devot erscheinen, tatsächlich mochte er es nicht, wenn jemand auf ihn herabsah.

«Ich will offen mit Ihnen sein, Herr Kriminalkommissar. Ich kannte Mr. Winfield nur recht flüchtig, aber er war der Mann meiner Nichte, somit gehörte er zur Familie. Alles, was ihn betrifft, sein Leben wie sein Sterben, betrifft auch uns. Die Art seines Todes beleidigt uns tief. Mit solchen ... Ereignissen hat eine Familie wie die unsere nichts zu tun. Es gibt schwarze Schafe, es gibt Unglücksfälle, auch Tode solcher Art. Aber unter diesen Umständen – die Absteige, der falsche Name, die ganze Heimlichtuerei. Das ist unerhört. Ich bedaure mehr, als ich sagen kann, dass wir Ihnen so wenig verlässliche Auskunft über Winfield geben können. Ich meine, über seine Geschäfte, was er in Hamburg tat oder vorhatte, offensichtlich heimlich, sicher ohne Wissen seiner Ehefrau, die gleichzeitig den plötzlichen Tod ihres Vaters betrauert. Es ist eine äußerst dubiose Angelegenheit und eine äußerst verwirrende. Höchst unangenehm. Die Klatschmäuler triefen von Geifer, auch jetzt noch, und das wird nicht aufhören, bis der Täter gefunden ist.»

«Wir wussten bisher nur», fuhr er nach einem schweren Atemzug fort, «dass Winfield seine Einkünfte aus Ländereien und Aktien oder Rentenpapieren seiner Familie bezieht, ich glaube auch aus Anteilen an Kohleminen im Norden. Er war kein ausgesprochen reicher Mann, doch einer mit sicherem Auskommen, genug für ein behagliches Leben.» Beinahe hätte er hinzugefügt: wie sein wenige Tage vor ihm gestorbener Schwiegervater. Aber das war privat, es tat nichts zur Sache und ging den Kommissar nichts an. «Andernfalls hätte mein Schwager der Ehe seiner Tochter mit diesem Herrn nie zugestimmt. Das habe ich Ihnen schon früher erläutert. Ich bin sicher, er hat das geprüft, bevor er sein Einverständnis gab. Herr Mommsen war kein Kaufmann, auch sonst ein bisschen eigen, das ist allgemein bekannt. Aber er war kein Träumer, nicht, wenn es um die Zukunft seiner Tochter ging. Nun muss ich dennoch daran zweifeln. Mein mittlerer Sohn versucht noch immer, das genauer zu klären. Womöglich wird er dazu nach Bristol reisen müssen.»

Bei den letzten Worten war Ernst Grootmann eingetreten. Er wirkte erhitzt, was ihm selten unterlief. Er nickte seinem Vater zu und reichte Ekhoff die Hand. Dann wandte er dem Kommissar den Rücken zu. «Ehe ich es vergesse, Vater», sagte er leise, «Felix erwartet uns morgen nach der Börsenzeit, bis dahin hat er Ergebnisse, über die dringend zu sprechen ist.»

Er setzte sich und blickte den Kriminalkommissar auffordernd an. Er war nicht überrascht zu hören, dass es keine Neuigkeiten gab. «Es ist trotzdem gut, dass ich Sie noch antreffe», erklärte er. «Wie mir berichtet wurde, haben Sie nun endlich auch die Zöllner befragt.»

«Natürlich. Wir haben alle befragt. Alle, die möglicherweise etwas gesehen haben könnten. Dazu gehören selbstverständlich besonders die Zöllner von der Brücke und die von den nächtlichen Patrouillen auf dem Zollkanal. Die habe ich zweimal befragt. Zum zweiten Mal vor drei Tagen. Wenn Ihnen jetzt davon berichtet wurde, wird es sich um diese Befragung gehandelt haben. Wir wiederholen Befragungen häufig nach einer Zeitspanne, weil der Schrecken der Gewalt Menschen vergesslich macht oder kleine Beobachtungen unwert erscheinen lässt.»

Die Angst vieler möglicher Zeugen erwähnte Ekhoff nicht. Er betonte jedes Wort und spürte, wie sich die Steifheit in seinem Nacken löste. Er durfte seinen Ärger nicht deutlich zeigen, aber es war gut, ihn endlich zu spüren. Er hatte eine geschlagene Stunde gewartet, wie auf eine fürstliche Audienz, er hatte die unausgesprochene Missbilligung beider Grootmanns hingenommen. Auch ohne dass solche Sätze gefallen waren, fühlte er sich abgekanzelt. Sie hielten ihn für einen Dilettanten.

«Die Zöllner gehörten zu den Ersten, die wir befragt haben», fuhr er fort. «Die sind wachsame und ehrbare Männer. Auf ihr Wort ist Verlass. Wenn Sie erlauben», wandte er sich an den älteren Grootmann, «werde ich in aller Kürze noch einmal wiederholen, was ich Ihnen gerade schon erklärt habe.»

«Das wird nicht nötig sein. Mein Sohn will Ihnen keine Nachlässigkeit unterstellen, er ist nur um das Wohlergehen seiner Cousine besorgt. Wie wir alle fühlt er sich für sie verantwortlich. Das macht ihn ungeduldig.»

«Natürlich. Darf ich fragen, ob es Frau Winfield bessergeht? Wie Sie wissen, wäre es von größtem Vorteil, wenn ich sie endlich sprechen könnte. Sie ist die Einzige, die womöglich Licht in diese ...»

«Richtig!», unterbrach Ernst Grootmann. Er hatte ein gutes Gehör für Zwischentöne, die Worte seines Vaters klangen für ihn nicht nach einer peinlichen Zurechtweisung vor einem Polizisten, sondern nach dem, was sie waren, eine im verbindlichen Ton vorgenommene Glättung wenig bedeutsamer Wogen. «Frau Winfield geht es heute in der Tat besser. Du weißt es auch noch nicht, Vater, ich habe gerade Nachricht durch den Telefonapparat bekommen, dass Claire und Emma sie in den Garten begleiten werden. Ja, die Segnungen des Fortschritts. Das ist eine wirklich gute Nachricht. Sie konnte ihr Zimmer zum ersten Mal verlassen. Also können Sie Frau Winfield bald sprechen, Ekhoff. Diesmal in unserem Haus und unter unserer Ägide.»

«Wann?»

«Nun, wir verstehen Ihre Eile, aber wir sollten das Placet Dr. Murnaus abwarten. Unser Familienarzt weiß am besten, wann die angegriffenen Nerven meiner Cousine den Besuch der Polizei erlauben.»

Paul Ekhoff holte tief Luft. Die Grootmanns drängten auf Ergebnisse und verhinderten zugleich, dass er die einzige Person traf, die etwas über den Toten wissen musste? Über seine Freunde und Feinde, seine Geschäfte, sein Woher und Wohin. Seine Pläne und Gewohnheiten. Es war völlig ungewiss, ob sie wirklich immer noch zu krank für eine Unterhaltung war oder ob die Grootmanns sie, aus welchem Grund auch immer, vor der Öffentlichkeit abschirmten. Höchste Zeit, sich wie ein leitender Kriminalpolizist zu verhalten und nicht länger wie ein Lakai. Der ältere Grootmann kam ihm zuvor.

«Nein, Ernst. Ich denke, das entscheiden wir selbst, gemeinsam mit Hetty natürlich. Sie hat das letzte Wort. Wir haben alle lange darauf gewartet, dass sie sich genug ausgeruht und ihr Fieber überwunden hat. Deine Fürsorge ist ganz in meinem Sinne, aber wenn sie in den Garten gehen oder unter der Sonnenmarkise sitzen kann, kann sie auch ein paar Fragen beantworten. Es wird schmerzlich für sie sein, das wird es jedoch bleiben, und es ist zu wichtig, um es weiter aufzuschieben. Ich bin sicher, sie ist meiner Meinung. Hetty mag eine stille kleine Person sein, ein Hasenfuß ist sie nicht. Das war sie nie.»

Kapitel 7

Montag, mittags

Henrietta fühlte diese wunderbar leichte, körperlose Müdigkeit, die keine Sorgen zuließ, keine klaren Gedanken – und immer nur sehr kurz dauerte. Viel zu kurz. In der Spätsommersonne war es warm, in dem bequemen Lehnstuhl im Halbschatten unter der Buche behaglich. Etwas störte dennoch. Sie fühlte sich beobachtet. Viel lieber wäre sie in den Schlaf zurückgerutscht, in diesen tagelangen Dämmer, nur von kurzen halbwachen Stunden unterbrochen. Das war unmöglich. Die Schonzeit war vorbei. Also öffnete sie die Augen. Und lächelte.

Zwei himmelblaue Augenpaare musterten sie mit dem ernsthaft forschenden Interesse, das Kinder auf dem Rücken liegenden schillernden Käfern, halbtoten Regenwürmern oder haarigen dicken Raupen entgegenbringen. Die Augen gehörten einem Jungen und einem Mädchen, beide gerade vier Jahre alt und semmelblond, Matrosenkleid und Matrosenanzug, weiß mit dunkelblauen Streifen an Ärmeln und Kragen. Sie waren barfüßig wie Kinder vom Fluss, allerdings waren ihre kleinen Füße noch sauber, so stand zu vermuten, dass die Kinder gerade erst ihrer Aufsicht entkommen waren und die Schuhe irgendwo in der Nähe auf dem Rasen lagen.

«Du bist die arme, arme Tante aus England», stellte das Mädchen fest, und ihr Bruder ergänzte: «Wir dachten, du bist noch viel älter. Bist du mit einem großen Schiff gekommen? Hat es gedampft? Und laut getutet?»

Hetty war entzückt. Vor ihr standen Lorenz und Lisette, Ernst und Marys Zwillinge. Sie war ihnen nie zuvor begegnet, aber Papa hatte ihr ein Foto der beiden geschickt. Darauf waren sie gerade zwei Jahre alt, doch auch jetzt noch eindeutig zu erkennen. Nach Papas Meinung glichen beide Ernst aufs Haar, dem konnte sie nicht zustimmen. Vielleicht war es in ihren ersten beiden Jahren so gewesen. Es hieß, Kinder glichen zuerst ihrem Vater, erst später auch der Mutter oder den Großeltern, womöglich sogar Tanten und Onkeln. Wobei die Sache mit Letzteren für gewöhnlich zum Zuge kam, wenn sie sich schlecht benahmen oder überhaupt missraten waren.

«Ja, ich bin die Tante aus England, und ich bin nicht arm, aber ein bisschen traurig.»

«Warum?», fragte Lisette prompt, und Lorenz drückte ihr seinen Ellbogen in die Seite. «Das fragt man nicht», flüsterte er. «Das ist privat.»

«Stimmt», sagte Hetty, «das ist privat. Aber weil wir zu einer Familie gehören und hier in eurem privaten Garten sind, darf man es doch fragen. Ich bin traurig, weil mein Papa gestorben ist. Das wisst ihr sicher.»

«Klar. Das wissen wir. Er ist im Himmel. Und der andere Mann auch.» Lorenz straffte die kleinen knochigen Schultern und verschränkte die Hände hinter dem Rücken, als müsse er Haltung annehmen. «Wir sollen nicht davon reden. Darfst du das?»

Lisette sah ihn an und kicherte. «Zinnsoldat», erklärte sie Hetty schlau, «er will angeben.»

Lorenz ignorierte diese verräterische Verleumdung seiner meistens – jetzt gerade aber nicht so sehr – geliebten Schwester mit Schweigen, Hetty fiel auch nichts ein, was sie darauf sagen konnte. Sie kannte sich weder mit Vierjährigen noch mit Zinnsoldaten aus.

«Lisette! Lorenz! Ihr sollt Tante Henrietta doch nicht stören! Sie war sehr krank, das ist sie immer noch.» Mary Grootmann kam über den Gartenweg vom Seitenflügel oder aus dem hinteren Teil des Parks herangeflattert. Der mattgraue, mit silbernen Streifen durchzogene Stoff ihres Hauskleides war so leicht und in vielen Stufen und Biesen genäht, die Eile ihrer Schritte gaben ihr darin wahrhaftig die Anmutung einer flatternden Silbermöwe. Sie sah sich um – zweifellos nach der pflichtvergessenen Nurse. «Verzeihen Sie, Cousine Henrietta, die beiden sind wieder Miss Studley entwischt, dabei hatten sie mir fest versprochen, brav zu sein und nicht zu stören.»

Mary war atemlos, ihre Blässe wurde nur von ihren hektisch geröteten Wangen durchbrochen.

«Da gibt es nichts zu verzeihen», versicherte Hetty, «ich sitze hier ja nur müßig herum. Und ich freue mich, dass wir uns endlich kennengelernt haben», wandte sie sich an die Zwillinge, die sie, offenbar unbeeindruckt von der Aufgeregtheit ihrer Mutter, weiter mit ruhigem Interesse musterten. «Ihr könnt Hetty zu mir sagen.»

«*Tante* Hetty», insistierte Mary, es klang mehr nach Automat als nach Überzeugung. «Pardon, Henrietta, ich darf keine Nachlässigkeiten dulden. Meine Kinder müssen lernen, sich so zu benehmen, wie es in unseren Kreisen erwartet wird. Was soll sonst aus ihnen werden? Jetzt fasst euch brav an den Händen und geht ganz manierlich – mein Gott! Wo sind eure Schuhe!? Haben Sie ihnen erlaubt, die Schuhe auszuziehen, Henrietta? Das geht nicht. Ich muss Sie leider bitten …»

«Ach, Mary.» Lydia Grootmann war von allen unbemerkt

herangekommen. Ihr Gesicht verriet Beherrschung; wer sie sehr gut kannte, hätte die Anstrengung bemerkt, die es sie kostete. Ob eine ungeduldige und gar scharfe Bemerkung oder einfach ein Lachen unterdrückt wurde, war allerdings schwer zu beurteilen. «Es ist ein warmer Tag, Mary, da ziehen alle Kinder gerne ihre Schuhe aus. Nicht wahr, ihr beiden? Aber nun tut, was eure Mutter sagt, lauft und sammelt eure Schuhe ein, zieht sie an und, ja, und tut, was eure Frau Mama sagt.»

Lorenz nickte brav, griff nach der Hand seiner Schwester, aber die entzog sie ihm energisch. Ihre himmelblauen Augen wurden dunkel. «Aber wir haben noch gar nicht gehört, warum Hetty ...»

«*Tante* Henrietta», flüsterte Mary, ohne ihrerseits gehört zu werden.

«... so krank war und warum sie so lange geschlafen hat. Lorenz ist auch traurig, sein Frosch ist tot, er mag aber nicht schlafen.»

Lydia lächelte, Mary schwieg, Hetty sah von einer zur anderen. Sie entdeckte, dass Lydia nicht allein gekommen war. Im Schatten der Hecke stand ein Besucher, diskret einige Schritte Abstand wahrend und so nicht zu erkennen.

«Das mit dem Schlafen und der Traurigkeit wird eure Mama euch vielleicht erklären, wenn ihr brav Schuhe und Strümpfe wieder angezogen habt», schlug Lydia vor. «Was meinst du dazu, Mary? Ich möchte deinen Entscheidungen keinesfalls vorgreifen.»

«Natürlich. Die Schuhe. Verzeihen Sie noch einmal die Störung, Henrietta, und ich wollte Ihnen wirklich nicht unterstellen, Sie mischten sich in meine Belange. Es war nur – ach, verzeihen Sie. Wir müssen gehen. Wir erwarten den Klavierlehrer, und Lisette hat wieder nicht genug geübt. Man kann nie früh genug anfangen mit der Musikerziehung, nicht wahr? Nie früh genug. Das ist so wichtig. Mach deinen Knicks, Lisette, und Lorenz, wo ist dein Diener, na? Wir wünschen einen schönen Nachmittag.»

Ihre linke Hand nahm die ihres Sohnes, die rechte die ihrer Tochter, so machten sie sich auf die Suche nach den Schuhen. Mit etwas Glück fanden sie auch die Strümpfe. Und Nurse Studley.

Lydia Grootmann sah ihrer Schwiegertochter und ihren Enkelkindern nach und fragte sich, ob sie doch den falschen Ton getroffen hatte. Diese Sorge war ihr, die im Ruf stand, immer die Contenance zu wahren und das feine Gespür für den richtigen Ton in der richtigen Gesellschaft zu haben, fremd gewesen, bis Mary in ihr Haus kam und zum Familienmitglied wurde.

Die Grootmanns waren glücklich, als Ernst sich damals entschloss, Mary Zehlendorp zu heiraten. Überhaupt zu heiraten. Mary war eine in jeder Hinsicht ungemein passende Verbindung, obwohl es Lydia und Friedrich auch sehr recht gewesen wäre, wenn Ernst sich für eine der Töchter aus den hanseatischen Familien oder deren Dependancen in der Welt entschieden hätte. Die Zehlendorps von der Ruhr, bisweilen Gusseisen-Zehlendorps genannt, waren keine Krupps, aber von solidem, tatsächlich verlässlicherem Reichtum und mit ihren Beteiligungen an einem der neuen Chemiewerke auch in einer echten Zukunftsbranche erfolgreich. Ihre Verbindungen nach Berlin waren beachtlich, insbesondere durch Ludwina Zehlendorp, die aus preußischem Landadel stammte. Wenn man allein die Entwicklung in Marine und Eisenbahn, auch in der Waffenindustrie bedachte …

So oder so, es war an der Zeit gewesen. Die Liaison mit der

Tochter eines Uhrmachergesellen wurde damit beendet. Das Mädchen war sogar aus der Stadt verschwunden. Wie man hörte, betrieb sie nun ein florierendes Modegeschäft in einer kleinen Stadt nahe Manchester. Dort gab es viel neues Geld, also auch wohlhabende Frauen ohne Erziehung zu Stil und Geschmack, denen eine hanseatisch-diskrete Beratung willkommen war, selbst von einer Kleinbürgerin.

Lydia hatte vermieden, darüber nachzudenken, was sie ausgerechnet nach Manchester verschlagen und woher sie die nötigen Sprachkenntnisse haben mochte. Über die Quelle der nötigen Mittel nachzudenken war müßig. Das verstand sich von selbst und fand Lydias Billigung. Dienstleistungen sollten immer bezahlt werden. Unter Friedrichs Freunden und Geschäftspartnern gab es auf beiden Seiten des Ärmelkanals etliche mit guten Verbindungen in die englischen Industriebezirke, auch Felix hatte seinem Bruder in dieser delikaten Angelegenheit gewiss beigestanden. Er war ein Meister, wenn es um sensibel zu handhabende Arrangements ging.

«Henrietta, du hast Besuch.» Sie kehrte in die Gegenwart zurück. «Ich finde, es ist zu früh. Jede Aufregung kann dir noch schaden. Aber dein Onkel ist anderer Ansicht. Er schickt uns Kriminalkommissar Ekhoff, du erinnerst dich? Er hatte dir die schreckliche Nachricht gebracht, nun will er dir Fragen stellen. Zu Thomas. Ich erlaube es nicht, wenn du dich zu matt fühlst. Dann wird der Herr Kriminalkommissar sich noch einige Tage gedulden.»

«Danke, Tante Lydia, das ist nicht nötig. Es geht mir gut, und wenn der Kommissar gekommen ist», sie setzte sich aufrechter und spürte, wie ihr Mund trocken wurde, «wenn er hier ist, habe ich auch Fragen an ihn.»

«Bist du sicher? Es ist nicht leicht, über, ja, *darüber* zu sprechen.» Lydia Grootmann blickte wieder kühl, dennoch besorgt auf ihre Nichte hinunter, die sich in einem der bequemen Gartenkorbstühle von ihrem ersten Spaziergang ausruhte. Es geschah selten, dass Lydia Grootmann nach dem richtigen Wort suchen musste.

Henrietta schüttelte den Kopf und schlug die leichte Decke zurück, die Claire ihr trotz der Wärme des Tages fürsorglich über die Beine gelegt hatte.

«Nein», beharrte sie, «ich möchte mit ihm sprechen.» Sie sah zu dem Mann auf, der nun zwei Schritte hinter Lydia Grootmann wartete, und versuchte ein Lächeln. Sein Gesicht war ihr vertraut. An jenem Tag im Garten über der Elbe war es ihr kummervoll erschienen, nun las sie nichts darin.

«Sehr vernünftig, Hetty», fand Emma. «Aber bleib hübsch in deinem Lehnstuhl sitzen, dann muss der Herr Kriminalkommissar nicht fürchten, dass du wieder auf dem Rasen landest.»

«Sicher möchtest du bei diesem Gespräch mit Herrn Ekhoff ungestört sein, Henrietta.» Lydia Grootmann hatte beschlossen, die Anweisung ihres Mannes und ihres Sohnes, die arme Hetty keinesfalls mit dem Polizisten allein zu lassen, man habe ja erlebt, dass ihm jedes Feingefühl fehle, nach eigenem Gutdünken zu handhaben. «Wir sind ganz in der Nähe. Wenn du Beistand brauchst, reicht ein Wort.»

Sie zog die widerstrebende Emma mit sich zu der Bank unter dem Rosenbogen beim Rondell, in Hettys Rücken für sie unsichtbar, aber nah genug, jedes in der üblichen Lautstärke gesprochene Wort zu verstehen.

«Setzen Sie sich», Hetty zeigte auf den Stuhl neben ihrem, «und fangen wir gleich an. Allerdings weiß ich nicht, wie ich helfen kann.» Ihre Stimme klang ein wenig atemlos. «Ich habe keine Erklärungen, falls Sie welche erwarten. Ich verstehe das alles nicht.»

So etwas hatte Ekhoff befürchtet, andererseits hörte er solche Sätze häufig, ohne dass sie etwas zu bedeuten hatten. Für gewöhnlich wussten die Menschen, ob Zeuge, Opfer, Freund, Feind oder Familienmitglied, mehr, als sie zunächst dachten. Er setzte sich, entschied, die Blicke der beiden Damen in seinem Rücken zu ignorieren, und sah die junge Witwe aufmerksam an.

«Ich bedauere, dass ich Sie im Haus Ihres Vaters so erschreckt habe. Ich hätte behutsamer sein müssen. Es tut mir leid.»

«Es war einfach ein sehr schlimmer Tag. Wenn wir jetzt bitte anfangen könnten? Es wäre mir lieb gewesen, wenn ich während der vergangenen beiden Wochen tatsächlich nur geschlafen hätte. Aber es gab immer wieder Stunden, in denen ich wach genug war, um nachzudenken. Mir ist nichts eingefallen, das ich Ihnen sagen könnte. Gar nichts. Da sind nur immer mehr Fragen durch meinen Kopf geschwirrt. Ich habe verstanden, dass Thomas – nun, dass es kein Unfall war. Jemand hat meinen Mann absichtlich getötet. Um ihn auszurauben? Ging es nur um Geld? Um seine Uhr? War das der Grund? Wieso war er allein auf diesem Platz, mitten in der Nacht? Da treibt sich um diese Stunde sicher nur Gesindel herum. Kannte er etwa solche Leute?»

Ein Hüsteln begleitete ihre Frage. Ein sehr damenhaftes Hüsteln.

«Verzeih, Tante Lydia», Hettys Stimme klang entschlossen, sie sprach, ohne sich nach ihrer Tante umzudrehen, «ich sollte so nicht reden, aber wie sonst? Was war der Grund, Herr Kriminalkommissar?»

«Das wissen wir immer noch nicht, Frau Winfield. In seiner

Rocktasche steckte noch Geld, eine ganz ordentliche Summe, das spricht gegen einen Raubüberfall. Seine Kleider und sein Gepäck werden Ihnen gebracht, wir haben damit gewartet, bis Sie wieder, nun, wieder bei Kräften sind. Wir wissen natürlich nicht, was er in seinen Taschen hatte, als er die Pension verließ. Als er gefunden wurde, waren es nur sehr wenige alltägliche Dinge, ich möchte Ihnen nachher einiges zeigen, falls Sie einverstanden sind. Vielleicht haben Sie eine Erklärung, die uns nicht einfällt, weil wir ihn nicht gekannt haben. Wir gehen davon aus, dass jemand einen anderen Grund gehabt hat, ihm nach dem Leben zu trachten.»

«Zufall», warf Emma aus dem Hintergrund ein, sie hatte sich brav neben ihre Mutter auf die Bank gesetzt. Ekhoff spürte beider Gegenwart immer noch in seinem Rücken. «Es *kann* doch nur ein Zufall gewesen sein. Mr. Winfield hat einen nächtlichen Spaziergang gemacht, vielleicht weil er nicht schlafen konnte, und dann ist er einem Verrückten über den Weg gelaufen. Einem Verrückten auf der Suche nach einem Opfer.»

Ekhoff hätte die eifrigen Worte, die er für Geplapper hielt, gerne ignoriert. Einfach weggewischt. Denn darin immerhin glichen sie einander, wenn es um einen der ihren ging – ob Villenbewohner an der Außenalster oder Tagelöhner in den Gängevierteln. Es sollte immer nur Zufall oder sinnlose Grausamkeit sein. Oder, noch lieber, eine Verwechslung.

«Das glauben Sie aber nicht», stellte Hetty fest. «Kein Zufall. Ich sehe es Ihnen an. Sie werden verstehen, dass wir daran zuerst gedacht haben. Oder an eine Verwechslung? Was sollte es sonst sein?»

Ekhoff überging die Frage. «Stimmt, das glaube ich nicht. Natürlich bedenken wir immer alle Möglichkeiten bei unseren Ermittlungen. Auch Zufall, Verwechslung, schlichte Brutalität. Meistens», fuhr er, auf jedes Wort achtend, fort, «gibt es einen Grund, eine Verbindung. Abgesehen natürlich von den Fällen, wenn jemand Opfer einer Schlägerei wird, womöglich zwischen Betrunkenen.»

«Sie werden nicht behaupten wollen, der Gatte meiner Nichte sei betrunken gewesen», warf Lydia von ihrer Bank scharf ein. «Betrunken, ein Schläger und mit Leuten bekannt, die nachts herumlaufen und mit Messern – hantieren.»

«Danke, Tante Lydia», Hettys Blick bekam etwas Ungeduldiges, «ich weiß deine Unterstützung zu schätzen. Aber ich muss alles hören und alles in Erwägung ziehen. Einen anderen Weg gibt es nicht. Ich muss wissen, was in dieser Nacht geschehen ist. Und in den Wochen davor. Und warum es geschehen ist. Das ganz besonders. Nicht zu wissen, was war, ist noch schlimmer, in meinem Kopf drängen sich nur wirre Bilder.»

Sie setzte sich aufrechter und wandte sich den beiden Damen Grootmann zu. Sie meinten es freundlich, aber diese Bewachung aus dem Hintergrund war eher beunruhigend als hilfreich.

«Ich glaube, eine Tasse Tee würde jetzt helfen, Tante Lydia», sagte sie. «Wäre das möglich?» Tee, das beste aller Allheilmittel, wirkte oft schon, bevor man ihn getrunken hatte, nur weil ihn jemand in der Küche bestellen oder holen musste. «Und eine Zitronenlimonade? Für Sie auch, Herr Ekhoff? Der Weg hat Sie sicher durstig gemacht.»

Emma eilte schon über den Rasen zur Terrassentür. Sie hätte lieber geklingelt, aber kein Glöckchen war hell genug, eines der Mädchen bis in den Garten zu rufen. Sie beeilte sich, sie wollte nichts verpassen. Bisher hatte sie Hetty für eine liebe harmlose Gans gehalten. Gut möglich, dass sie darin irrte.

«Danke, Frau Winfield», Ekhoffs Stimme begann, das Steife zu verlieren. «Ein Glas Limonade wäre sehr gut. Möchten Sie warten, bis ...»

«Nein. Ich möchte nicht auf den Tee warten. Ich werde auch nicht in Ohnmacht fallen.» Sie lächelte, und für einen Moment glaubte er, etwas Verschwörerisches sei in ihren Augen, sie habe sich erinnert und ihn erkannt. «Nun fragen Sie.»

«Gut. Wissen Sie, ob er mit jemand im Streit lag oder ob jemand Grund hatte, ihn zu hassen? Ob in England oder hier in Hamburg? Oder in einer anderen Stadt? Er ist offenbar über Belgien hergekommen. Oder war er vielleicht jemandem im Weg? Könnte er, nun, bei irgendwelchen Transaktionen gestört haben?»

Diesmal kam kein Räuspern von der Bank. Die Stille war greifbar. Selbst die Möwen flogen lautlos mit dem Wind.

«Ich weiß», sagte Ekhoff vorsichtig, «das klingt nach Unterstellung.» Was in den Kneipen und Logierhäusern am Hafen, in den Gängen oder in den Siedlungen der Arbeiter als normale Fragen bei der Klärung eines Verbrechens galten, geriet hier zum Gang über dünnes Eis. Als wären alle, die hier lebten, bessere Menschen. «So ist es nicht gemeint, es ist aber in Betracht zu ziehen.»

«Doch. So ist es gemeint.» Ihr Blick wurde ausdruckslos, Ekhoff wusste ihn nicht zu deuten. Sie sah nun sehr erwachsen aus. «Bevor ich auf Ihre Fragen antworten kann, müssen Sie mir erklären, was Sie wissen. Sagen Sie mir, was geschehen ist und was Sie bisher herausgefunden haben. Alles und ohne Rücksicht auf mögliche Empfindlichkeiten. Vielleicht fällt mir dann doch etwas ein, dem ich bisher keine Bedeutung beigemessen oder das ich vergessen habe. Man hat mir einiges erzählt, ich fürchte nur, ich habe alles durcheinandergebracht. Oder nicht verstanden. Was ist das für ein Haus, in dem er gewohnt hat? Und wer ist Mr. – wie heißt er? Mr. Haggerty?»

«Haggelow, Frau Winfield, James Haggelow aus Newcastle. Wir wissen nichts über ihn. Diesseits und jenseits des Kanals nichts. Angeblich ist er Kaufmann. Ihr Gatte hat sich unter dem Namen Haggelow in der Pension eingemietet, als Beruf hat er Kaufmann angegeben. Vielleicht ein Freund?» Oder eine zweite Identität?, hätte er gerne hinzugefügt, es lag ihm auf der Zunge, aber dazu war es zu früh. «Oder ein Geschäftspartner? Ich hatte gehofft, Sie kennen den Namen und die dazugehörige Person. Niemand kannte Mr. Winfield besser als Sie.»

«Glauben Sie? Ich bin mir nicht mehr so sicher. Den Namen Haggelow habe ich nie zuvor gehört.»

Dienstag, mittags

Wenn es um Geschäftliches ging, erwartete Felix Grootmann seinen Vater und seinen Bruder in seinem Büro in der Kanzlei oder, wenn es Zeit und Terminkalender erlaubten, in einem seiner Lieblingsrestaurants. Bei letzteren bevorzugte er den Austernkeller von *Streit's Hotel* am Jungfernstieg. Dort standen die Tische in halboffenen Séparées, kaum diskret genug für die Pflege unpassender Affären, genau richtig für Gespräche im kleinen Kreis.

Die Austernsaison hatte noch nicht begonnen, das störte die Grootmanns nicht, keiner der drei teilte die allgemeine Begeisterung für die glibberigen Muscheltiere. Natürlich aß man Austern in Gesellschaft, wobei stets zu hoffen war, dass von den teuren Sorten serviert wurde, die aus reinen Gewässern stammten. Erst kürzlich war aus London die Nachricht gekommen, nach Banketten seien Gäste nach dem Verzehr frischer Austern gestorben. Durch die rasante Zunahme großer Fabriken, die Schmutz und Abwässer in die Flüsse leiteten, wurden insbesondere die Muschelarten vergiftet, denn die nahmen wie Filter alles auf, was im Wasser ungesund war.

Felix hatte ein leichtes Essen vorbestellen lassen, ein Frühstück, wie man das Essen zur Mittagszeit in Hamburg nannte. Als Vorspeise wurde kalte Lachsforelle mit Gurkensalat serviert, dann Kükenragout mit Champignons, als Hauptgang Rehsteaks mit gebackenen Bananen und Schmorkartoffeln. Zum Dessert Aprikosensorbet mit Weinschaum, zum Abschluss Kaffee mit Sahne, für Ernst Ceylon-Tee mit weißem Kandis.

Nach einem ungeschriebenen Gesetz wurde bei ihren Treffen mit ernstem Anlass erst beim Hauptgang davon gesprochen. Diese Regel wurde heute unterlaufen. Als der Kellner das Kükenragout serviert, von dem leichten Weißwein nachgeschenkt hatte und endlich mit der üblichen Verbeugung verschwunden war, lehnte Ernst sich zurück.

«Machen wir kein Mysterium daraus, Felix. Ich müsste mich sehr irren, wenn es hier nicht um Henriettas Vermögensverhältnisse geht. Befriedige unsere Neugier vor dem Hauptgang, das Thema betrifft uns alle nur indirekt, es wird uns den Appetit kaum verderben. Wenn du erlaubst, Vater. Ich denke, es ist auch in deinem Sinne.»

«Unbedingt.» Friedrich Grootmann nahm einen Schluck Wein, ein frischer heller Riesling, den er wie immer zu dieser Tageszeit mit Tafelwasser vermischt trank. «Ich lasse mir das Küken schmecken und höre zu. Fang an, Felix.»

Er war milder und zugleich froher Stimmung. Hetty ging es besser, das war großartig, er hatte sich sehr gesorgt. Auch genoss er es, mit seinen beiden Söhnen in der Öffentlichkeit gesehen zu werden. Auf die Frauen seiner Familie war er ebenfalls stolz, doch nur mit seinen tüchtigen und erfolgreichen Söhnen fühlte er sich als Mann mit Zukunft. Ein Mann mit Stärke und Bedeutung. Nicht einmal diesen Gedanken würde er sich so ungeschminkt erlauben, trotzdem entsprach es der Wahrheit.

«Dann will ich euch zuerst die Kurzfassung geben. Wenn nicht irgendwo Unerwartetes auftaucht, ein paar wohl zu vernachlässigende Anfragen laufen noch, habe ich Sophus' Finanzen jetzt geordnet und einen Überblick gewonnen.»

Friedrich Grootmann ließ Messer und Gabel sinken. «Und?» Er lachte. «War der gute alte Sophus bankrott und Hetty muss sich nun als Vorleserin verdingen?»

«Das kann man so sagen, ja.»

Schweigen am Tisch. Ernst und Friedrich starrten ihren Bruder und Sohn nur an.

Der Kellner wollte gerade Wein nachschenken, er bog mit elegantem Schwung zwei Schritte vor ihrem Tisch in die entgegengesetzte Richtung ab. Er roch stets von weitem, ob es angebracht, sogar erwünscht war, dass er ‹störte› oder gerade nicht.

«Bankrott», konstatierte Ernst schließlich, mehr geflüstert als gesprochen, was bei diesem Damoklesschwert-Wort kein Wunder war. «Richtig bankrott?»

«Das ist nicht ganz das passende Wort, er betrieb ja kein Unternehmen. Pleite passt hier besser, denke ich. Wenn die Prüfung abgeschlossen ist, werde ich euch alles im Detail vorlegen. Womöglich geschieht bis dahin noch ein kleines Wunder. Heute also nur ein grober Überblick, damit ihr euch daran gewöhnen könnt.»

«Warum gewöhnen? Wir können uns ohnedies höchstens als Verwalter des Mangels antragen», wandte Ernst ein. «Ist nicht alles Henriettas Erbe? Es gibt sonst keine Verwandten, bloß uns angeheiratete. Wann wird eigentlich das Testament eröffnet?»

«Sobald es Hetty gut genug geht. Aber vergiss nicht, das Testament ist bei uns in der Kanzlei beglaubigt und hinterlegt. Ich habe damals abgelehnt, es zu betreuen, unter Verwandten ist das immer delikat, Dr. Schön hat es für Sophus gemacht. Er hatte sich zuvor mit mir beraten, das war Sophus sehr recht gewesen, also weiß ich, was drinsteht. Es ist schon einige Jahre her, hätte er inzwischen eine Änderung vorgenommen, wäre mir auch das kaum entgangen. Hetty ist die Erbin, ja, ein nur bescheidenes Legat sollte es für die Lindner geben, sie war ja noch nicht lange bei ihm.»

Einige Stücke wie das Schachspiel mit den Onyx-Figuren oder bestimmte alte Bücher seien für Freunde bestimmt, auch eines der kleineren alten Bilder. Lauter Dinge mit reinem Erinnerungswert.

«Wenn ich es richtig im Kopf habe, geht das Schachspiel an den Professor am Altonaer Gymnasium. Das Bild ist für den alten Birkheim, den Bildhauer, ihr werdet euch erinnern.»

Friedrich Grootmann nickte. «Der Mann mit dem weißen Rübezahlbart. Sophus fühlte sich ihm besonders verbunden.»

«Ja. Er kennt sich auf der Elbe aus wie kaum ein Zweiter, sogar bei Nebel. Das hat Sophus bewundert, er selbst fand ja immer, Wasser habe keine Balken, sei also hübsch anzusehen, ansonsten weitgehend zu meiden.»

Friedrich Grootmann lächelte. Sophus war in so vielem anders gewesen. «Und das Gemälde? Weißt du, welches es ist? Von welchem Maler?»

Felix schüttelte den Kopf. «Der Name war mir nicht geläufig, ich verstehe nun mal nichts von Kunst. Jedenfalls war es weder Dürer noch Leonardo. An seinen Hausarzt gehen einige der alten Bücher, die haben auf Auktionen ihren Wert, der bleibt aber ebenfalls im Rahmen. Ihr solltet übrigens weiteressen, kaltes Ragout schmeckt scheußlich. Ich habe heute keinen rechten Hunger.»

Er strich über seine Weste, unauffällig, womöglich hatte er es selbst nicht bemerkt. Sein Vater sah es. Felix hatte wieder Magenbeschwerden, was bei einem so jungen Mann als Warnzeichen verstanden werden musste. Nun war nicht die Situation, ihn daran zu erinnern.

«Du solltest Salbeitee trinken», bemerkte aber Ernst leichthin, «und für einige Zeit zugunsten einer Schale Porridge auf geräucherten Fisch und Zigarren verzichten. Also, was ist nun mit Sophus' Besitz passiert?»

«Er hatte ziemlich sichere Beteiligungen und ertragreiche Rentenpapiere, er hat sich gut beraten lassen und ...»

«Sieh an. Drei Grootmanns an einem Tisch, das sieht mir nach Konspiration aus. Eure Gesichter lassen nichts Gutes ahnen.»

Emma Grootmann stand, eine Hand an der Hüfte, die andere am Kinn, an die Trennwand zum nächsten Tisch gelehnt. Ihr Kleid war heute mauvefarben, ein matter Ton, den sie weder mochte noch kleidsam fand, der jedoch als Zugeständnis an die Etikette wegen des doppelten Trauerfalls im Leben ihrer Cousine unerlässlich war. Niemand im Restaurant, der sich nicht nach ihr umgewandt hatte. Darum musste Emma sich nie bemühen, wenn sie einen Raum betrat, war sie immer auf einer Bühne.

«Emma – was tust du hier? Bist du etwa allein?» Friedrich

Grootmann sah sich suchend um, da war niemand, der zu seiner jüngsten Tochter gehören konnte. Oder besser umgekehrt.

«Ach, Papa, immer sorgst du dich. Dabei besprecht *ihr* hier Geheimnisse, ich habe keine. Leider. Im Übrigen hatte ich äußerst sittsame Begleitung, meinen zukünftigen Schwager persönlich. Als ich euch durch dieses winzige Fenster sah, fand ich es angebracht, Carsten heimzuschicken. Wer könnte mich und meinen guten Ruf besser beschützen als ihr? Wollt ihr mir nicht endlich einen Stuhl zurechtrücken und euch wieder setzen? Ich habe schrecklichen Hunger.»

«Emma, du bist unmöglich», zischte Felix, alle Tische waren besetzt, alle Gäste hatten ihre Ankunft gesehen und gehört, und Ernst sagte: «Wir haben etwas zu besprechen, wenn Carsten Levering sich tatsächlich von dir hat wegschicken lassen, sorgen wir für eine Droschke.»

«Ganz reizend.» Emma strahlte ihren ältesten Bruder an, schickte ein paar ebenso strahlend lächelnde Blicke durch den fast nur von Herren in dunklen Anzügen besetzten Raum und glitt mit einem eleganten Schwung ihrer schlanken Hüften auf den vierten Stuhl am Tisch. «Später nehme ich gern die Droschke, Ernst. Wie lieb von dir, daran zu denken, dass ich die Pferdebahn und die Elektrische nicht mag.»

«Nein, Felix.» Friedrich Grootmann legte seine Hand auf den Arm seines zu einer Antwort anhebenden Sohnes und setzte sich wieder. Seinen Söhnen blieb nichts, als es ihm gleichzutun. «Warum sollte Emma nicht hören, was wir hier zu besprechen haben», sagte er mit unauffällig gedämpfter Stimme, «und warum soll ich nicht mit meinen Söhnen und meiner Tochter luncheon? Tatsächlich, liebe Emma, müssen wir dich aber enttäuschen, hier wird kein Geheimnis verhandelt.

Das ist ein gut besuchtes Restaurant, Geheimnisse verhandeln wir hinter schalldicht gepolsterten Türen.»

«Vater, bitte!» Ernst sah seinen Bruder hilfesuchend an, leider interessierte Felix sich gerade sehr für das unberührte Ragout auf seinem Teller.

«Wir sprechen über Henriettas Erbe, Emma», fuhr ihr Vater unbeirrt fort. «Es mag misslich sein, das hier auch mit dir zu besprechen, aber immer noch besser», seine leise Stimme wurde sehr kühl, «als dir weiter bei deinen Allüren zuzusehen. Nun sei still und hör zu. Die Tatsachen sind unerfreulich, keine Schande, nur bedauerlich. So etwas kommt vor, und es kann nicht schaden, wenn auch dein kapriziöser Kopf bei der Gelegenheit lernt, wie Reichtum und Wohlleben jederzeit schwinden können. Zu Hause wirst du davon vorerst schweigen, bis ich dir anderes zu verstehen gebe. Solltest du dich daran nicht halten, wirst du es bereuen, mein liebes Kind. Es wäre mir ein Vergnügen, dir dein Nadelgeld rigoros zu kürzen. Lächeln, Emma, immer weiter lächeln, du wirst noch beobachtet. Dafür hast du selbst gesorgt. Lass den nächsten Gang servieren, Felix, der Kellner tanzt schon Ballett vor Unruhe, und dann berichte weiter. Kurz und knapp, wie du es angekündigt hast. Nein, Emma, es ist wirklich genug. Halt jetzt den Mund. Sieh mir nach, wenn ich dich zurechtweise wie ein Kind, es ist keine Zeit für Feinheiten. Wir müssen zurück ins Kontor und Felix in die Kanzlei.»

Emmas Lächeln war gefroren, Felix und Ernst blickten auf ihre Teller, der eine verhalten feixend, der andere unbewegt. Eine solche Kanzelrede hatten alle drei seit Jahren nicht mehr gehört. Sie stand in irritierendem Gegensatz zu der freundlichen Gelassenheit, die ihr Vater bisher gezeigt hatte.

Friedrich Grootmann winkte selbst nach dem Kellner, und

in einer Minute kamen drei Unterkellner mit dampfenden Tellern und Schüsseln, gerade noch rechtzeitig, bevor die zarten Rehsteaks zu Schuhsohlen mutiert waren.

Felix hob abwehrend beide Hände. «Meinen Teller übernimmt die junge Dame. Nein», sagte er entschieden, bevor der Kellner mit den in solchen Fällen üblichen Alternativen zu locken begann, «es ist gut so. Beim Dessert bin ich wieder dabei, dann, bitte, vier Portionen.» Plötzlich grinste er breit. «Emma, du bist wirklich eine Plage, Valentin ist nicht zu beneiden, aber irgendwie, ich weiß nicht, irgendwie bist du eine bemerkenswerte Plage. Solltest du jetzt nicht eine Tennisstunde haben? Dein Trainer wird einen Suchtrupp aussenden.»

Damit war der Bann der Anspannung gelöst, sogar Ernst, der an diesem Tag seinem Namen wieder alle Ehre machte, unterlief ein Lächeln, und auch die letzten der Herren an den anderen Tischen, die noch hoffnungsvoll die Ohren gespitzt hatten, wandten sich wieder ihren eigenen Belangen zu. Leider waren auch zwei Damen dabei, die bei aller Honorigkeit zum dichtesten Netz von an Gesellschaftsnachrichten glühend interessierten Freundinnen gehörten.

Sophus Mommsen, erklärte Felix nun mit noch stärker gedämpfter Stimme, hatte den allergrößten, leider zugleich den einzig ertragreichen Teil seiner Papiere verkauft, einige zu ungünstiger Zeit und mit Verlust. Sein Bankier hatte ihm abgeraten, ihn gebeten, schließlich angefleht, das nicht zu tun, zumindest möge er an das Erbe seiner Tochter denken. Es sei doch immer sein Bestreben gewesen, ihr eine gewisse Unabhängigkeit zu ermöglichen, wenngleich sie durch eine Ehe versorgt sei. Unabhängigkeit, hatte Sophus Mommsen betont, sei durch nichts zu ersetzen, und die gebe es nun mal nur durch Geld. Gerade deshalb nehme er eine Veränderung seiner Finanzen vor. Sein Bankier war nicht nur besorgt gewesen, er hatte es Sophus auch übel genommen und jeden Versuch aufgegeben, seinen störrischen Kunden zur Vernunft zu bringen.

«Und dann?», fragte Friedrich. «Was hat er stattdessen gekauft? Was für Papiere? Oder hat er sich irgendwo eingekauft? Er wird sein Geld kaum unter der Matratze verstaut haben.»

«Genau das ist die Frage. Die Matratze habe ich nicht bewegt, vielleicht war das ein Versäumnis. Ich habe mir stattdessen erlaubt, in seinem Schreibsekretär nachzusehen, aber ich habe nichts gefunden.»

«Wirklich?» Emma blickte ihren Bruder streng an. «Du sagst nicht ganz die Wahrheit.»

«Emma. Ich habe dich gebeten ...»

«Lass nur, Vater.» In Felix' Miene kämpften Unmut mit Verblüffung. «Emma hat ein feines Ohr, das wird ihr noch Verdruss bereiten. Ich wollte erst darüber sprechen, wenn es tatsächlich spruchreif ist. Das fällt unter die vorhin erwähnte Rubrik ‹vielleicht geschieht noch ein kleines Wunder›. Ich habe eine Korrespondenz gefunden, die vermuten lässt», er blickte sich um, niemand schien ihnen mehr besondere Aufmerksamkeit zu schenken, «dass Sophus nahezu sein ganzes Geld in eine Mine in der Kapprovinz investiert hat. Vielleicht in zwei. Ich habe keine Urkunden gefunden, keine Anteilscheine oder dergleichen, die eigentlich da sein müssten, wenn er sie nicht einer anderen Bank als seiner bisher bewährten anvertraut hat – und warum hätte er das tun sollen?»

«Natürlich weil er sich über den Direktor seiner Bank geärgert hat», murmelte Emma spitz mit einem raschen Seitenblick auf ihren Vater.

«Ich ziehe da noch Erkundigungen ein», fuhr Felix fort.

«Die Kapprovinz ist unruhig, bis verlässliche Ergebnisse kommen, wird einige Zeit ins Land gehen. Ich kann es jetzt nicht in aller Ausführlichkeit erklären, nur so viel: Die Briefe in Sophus' Sekretär sind Abschriften von besorgten Anfragen, die er an zwei Adressen in der Kapprovinz und an einen Agenten in Bremen geschickt hat. Was wiederum mich besorgt. Der Agent in Bremen scheint nämlich nicht zu existieren, jedenfalls ist die Adresse dort unbekannt. Ich habe das Kontor von Köhne in Kapstadt um Unterstützung gebeten. Wir können davon ausgehen, dass Köhnes Leute sich wiederum an die Kontore von Beit oder Rhodes wenden, zu denen haben wir keinen direkten Kontakt. Mal sehen, ich bin nicht ganz im Bilde, wer dort unten gerade das Sagen hat.»

«Beit», murmelte Friedrich, «kennen wir den nicht doch selbst? Da war doch etwas mit Diamanten? Und mit London.»

«Stimmt. Leider kennen wir ihn nicht, obwohl der zur Hamburger Beit-Familie gehört. Salpeter, Seidentuche, Bankgeschäfte und so weiter. Auch schon seit einigen Generationen. Dieser Alfred Beit hat hier und in Amsterdam gelernt, reich geworden ist er aber an Afrikas südlichem Ende vor allem mit Diamanten, geradezu unanständig reich. Er lebt seit einigen Jahren in London und ist dort ein großer Mäzen der Künste. Allerdings reist er noch regelmäßig in die Kapprovinz. So eine Karriere schafft natürlich Begehrlichkeiten und die Illusion, es sei leicht und gehe immer so. Ich fürchte, falls wir das Puzzle zusammensetzen können, zeigt es, dass der liebe Sophus so weltfremd war, wie wir ihm häufig unterstellt haben. Es sieht so aus, als habe er all sein Geld in ein taubes Unternehmen investiert – alles, nicht nur einen Teil, um das Glück zu reizen. Und wenn man der Einschätzung seines Bankiers folgt, sieht es auch so aus, als sei das kein Pech oder Zufall gewesen, sondern ein widerwärtiger Betrug. Bestenfalls ein Vabanquespiel mit minimaler Chance auf Sieg. Somit schwindet die Hoffnung, dass später noch Erträge erzielt werden können, der Kauf sich also gelohnt hat. Ich fürchte – nein, ich bin davon überzeugt, Hetty ist keine auch nur halbwegs wohlhabende Erbin, nicht einmal gut versorgt.»

«Und das Haus? Ist das auch belastet?», fragte Ernst.

«Nein, es sei denn, er ist bei irgendeinem privaten Geldgeber verschuldet und hat sein Haus ehrenhalber als Pfand gegeben. Das glaube ich aber nicht, so einer hätte sich schon gemeldet, bei mir, bei dir, Vater, oder bei Dr. Schön als Testamentsverwalter. Hat aber niemand. Ich hoffe, es bleibt so, dann hat Hetty immerhin das Haus. Wenn sie es vorteilhaft verkauft, kann sie eine Weile davon leben. Dann muss man weitersehen.»

«Das ist tatsächlich unerfreulich», sagte Ernst. «Gleichwohl – Henrietta war gut verheiratet. Sie wird kaum als mittellose Witwe zurückgeblieben sein.»

Felix seufzte so tief, dass es am Tisch hinter der Abtrennung wieder ganz still wurde.

«Nein», hauchte Emma erschüttert, was allerdings von dem Glitzern ihrer Augen konterkariert wurde.

«Doch», sagte Felix. «Auch das ist noch nicht ganz sicher, aber es sieht düster aus. Sehr düster.»

* * *

Als Hetty wieder nach Nienstedten hinausfuhr, war die Leichtigkeit verflogen. Der Besuch des Kriminalkommissars hatte sie tief beunruhigt, sie war sicher gewesen, in dieser Nacht überhaupt nicht schlafen zu können, tatsächlich hatte sie geschlafen wie ein Stein. Die vage Vermutung, in der Milch, die ihr noch ans Bett gebracht worden war, sei ein Schlafmittel gewesen, hatte sie rasch verscheucht.

Diesmal begleitete Claire ihre Cousine. Sie hatte nicht gefragt, für die Grootmanns schien es selbstverständlich, sie ständig zu behüten.

Die Fahrt in der offenen Kutsche hinaus aus der Stadt, durch Altona und besonders entlang der von Gärten, Parks und alten Bäumen gesäumten Chaussee oberhalb der Elbe, war oft eine Fahrt durch aufwirbelnden Staub. In der vergangenen Nacht hatte es jedoch kräftig geregnet, die Luft war klar, selbst das spätsommerdunkle Laub leuchtete wie frisch gewaschen. Die Sonne stand schon hoch, dick aufgeplusterte weiße Wolken hingen träge am lichtblauen Himmel und erinnerten Hetty an den Tag ihrer Ankunft, als die Kutsche am kleinen Hafen bei Teufelsbrück vorbeirollte und den Blick über die Elbe und ihre Inseln bis ins hannöversche Hinterland freigab.

Sie sah den breiten Rücken des Kutschers, den eine Nuance schräg sitzenden Zylinder auf seinem eisgrauen Schopf und fühlte sich um zehn oder gar fünfzehn Jahre zurückversetzt. Natürlich war Brooks älter als in ihrer Erinnerung, aber seine Gestalt, sein ruhiger Blick, das zurückhaltende Lächeln waren unverändert. Als er mit der Kutsche vorgefahren war, um sie und Claire nach Nienstedten zu bringen, war es ihr wieder eingefallen. Oft, wenn die Mommsens bei den Grootmanns erwartet wurden, hatte er, damals noch ganz schwarzbärtig, sie abgeholt, was diese sonst recht langweiligen Besuche im ‹weißen Schloss› doch zu einem Vergnügen gemacht hatte. Denn bei gutem Wetter – in ihrer Erinnerung war in diesen glücklichen Stunden immer gutes Wetter gewesen – hatte der Kutscher sie vorne auf dem Bock sitzen lassen. Das war ein ganz großartiges Prinzessinnengefühl gewesen, die beste Vorbereitung und Wappnung für die Stunden in der vornehmen weißen Villa.

Hinter den Bäumen am Straßenrand erstreckten sich die Parks der großen Elbvillen, durch eine Lücke in hohen Eibenhecken glitzerte tiefblau der Fluss, dahinter, am Fuß des steil abfallenden Hochufers, lag der Strand. Der Strand. Sie richtete sich plötzlich auf, beugte sich weit aus der Kutsche und blickte zurück.

«Hetty, gib acht!» Claire griff beunruhigt nach ihrem Arm. «Ist dir nicht gut? Sollen wir anhalten? Oder umkehren?»

«Anhalten? O nein.»

Die Pferde, die Brooks gleich hatte langsamer gehen lassen, zogen wieder an. Ihm entging auch vorne auf dem Bock wenig.

«Nein, Claire, es geht mir gut, mir ist nur gerade etwas eingefallen. Es gab einen Sommer, in dem war ich viel häufiger als sonst am Fluss, ich glaube, sogar heimlich, und da waren auch Kinder.»

«Ach, das verstehe ich. Ich habe sie immer so beneidet, diese Kinder vom Fluss. Weiter die Alster hinauf sahen wir auch oft welche. Immer barfuß und wunderbar schmutzig, keine Gouvernante.» Claire seufzte sehnsüchtig. «O weh», sagte sie dann vernünftig, «was ich da plappere, ist dumm, nicht wahr? Heute sollte ich es besser wissen, aber damals kamen mir diese armen Mädchen und Jungen so beneidenswert vor. Wahrscheinlich haben sie uns aus gutem Grund nicht gemocht. Wenn ich mich richtig erinnere, haben sich Ernst und einer der Jungen sogar mal tüchtig geprügelt. Erstaunlich, was mir plötzlich alles wieder einfällt. Emma war da noch viel zu klein, aber ich war dabei. Wo mag Felix gewesen sein? Jedenfalls habe ich mich schrecklich gefürchtet. Ich kann mich nicht erinnern, wer gewonnen hat. Vielleicht ist es unentschieden ausgegangen. Jedenfalls hat Ernst mich gezwungen, seine Schrammen zu Hause mit einem Sturz über irgendwelche Wurzeln zu erklären. Ich kann mir schwer vorstellen, dass das irgendjemand geglaubt hat. Oder doch, Ernst haben sie es bestimmt geglaubt, bei Felix», sie lächelte verschmitzt, «hätte es anders ausgesehen. Aber bei aller Furcht fand ich das ein fabelhaftes Abenteuer.»

Sie lehnte sich, immer noch lächelnd, in die Polster zurück, und Hetty entdeckte in der mit einer unkleidsamen Brille altjüngferlich erscheinenden Claire das Mädchen, das voller Neugier und in Erwartung eines bunten Lebens in die Welt geblickt hatte.

Brooks lenkte die Kutsche an den Rand der Chaussee und hielt neben dem ersten der beiden großen Friedhofstore.

Er zog die Bremse an, zurrte die Zügel fest, sprang vom Bock und bot erst Hetty, dann Claire die Hand zum Aussteigen.

Hetty fühlte sich plötzlich sehr klein und sehr starr. Sie hätte gern geweint und sich in den Polstern der Kutsche zusammengerollt wie ein kleiner Hund. Oder wie ein kleines Mädchen, das weiß, wo es Schutz findet. Aber sie war kein kleiner Hund, und sie war schon lange kein kleines Mädchen mehr. Sie war eine Witwe auf dem Weg zum Grab ihres Mannes.

Also straffte sie den Rücken und schob selbst das Tor auf, es knarrte leise. Es klang abweisend, als störe sie.

«Möchtest du lieber allein gehen?», hörte sie Claires sanfte Stimme.

Es duftete nach Eiben, Zedern und Fichten, auch nach modernden Kränzen und spätsommerlich vergehenden Blumen.

Hetty schüttelte den Kopf. Da zog Claire ihre Handschuhe aus und nahm Hettys Hand. Als sie den Weg zwischen den

Gräbern entlanggingen, die eine im schwarzen, die andere im lichtgrauen Kleid, beide von dunklen Hüten beschattet, sahen sie aus wie Schwestern.

* * *

Sie konnte sich nicht erinnern, ob sie jemals auf diesem Stuhl gesessen hatte. In dem alten Ledersessel, auf dem samtbezogenen Sofa, doch nie auf dem hochlehnigen Stuhl vor dem Sekretär. Es fühlte sich nicht falsch an, nur fremd. Sie lehnte sich zurück und legte behutsam die Arme auf die Lehnen – es war gut. Als sei das nun ihr Platz. Es *war* ihr Platz. Bald vielleicht ganz und gar. Wenn sie sich entschlösse, hierzubleiben. Sie musste nachdenken. Nach Bristol zurückkehren und ihr gewohntes Leben wieder aufnehmen? Ihr gewohntes Leben gab es nicht mehr.

Sie ließ den Blick durch den Raum wandern. Alles war vertraut, nichts war verändert, seit sie das Haus und ihre Kinderwelt verlassen hatte. Die anderen Mädchen im Pensionat hatten von tränenreichen Abschieden erzählt, vom mit Tapferkeit ertragenen Schmerz, ihr Zuhause, ihre Eltern und Geschwister verlassen zu müssen. Sie hatte dazu stets geschwiegen. Sie hatte ihren Papa mehr vermisst, als sie sich vorgestellt hatte; weniger seine Worte, gemeinsame Unternehmungen oder Besuche, als einfach seine Gegenwart, das Rascheln seiner Zeitung, den Geruch seiner Zigarre oder des nur für ihn besonders dunkel getoasteten Brotes, seine Stimme. Aber sie hatte sich auf das Leben in Bristol gefreut, weil Marline Siddons sie dort erwartet hatte.

Leichter Sommerwind wehte durch das weit geöffnete Fenster murmelnde Stimmen herein. Da stand Claire und beugte sich unter ihrem Sonnenschirm über eine von weißblühenden Bauernnelken eingefasste Rabatte, Alma Lindner stand neben ihr, steif, wie gewöhnlich, die Hände vor der Taille gefaltet, das Kinn vorgereckt.

Frau Lindner hatte sie erwartet, der Tee und ein frisch gebackener, nach Zimt und Muskat duftender *English Cake* voller kandierter Früchte hatten bereitgestanden. Die Wahl des Kuchens hatte Hetty gerührt. Würde sie in Alma Lindners Gesellschaft leben, wenn sie hierbliebe? Zumindest der Gärtner und eine Frau für die groben Arbeiten sollten auch weiterhin ins Haus kommen, sicher konnte auch Birte bleiben. Es wäre schön, neben der an einen Eiszapfen erinnernden Lindner ein munteres Mädchen im Haus zu haben.

Darüber musste sie nachdenken, wenn Felix den Nachlass ihres Vaters geordnet hatte und genauer über ihr Erbe Auskunft geben konnte. Und dann – sie rieb die Hände über die Schnitzwerke an den Armlehnen –, dann musste sie Thomas' Nachlass regeln, wieder mit Felix' Hilfe. Zumindest war sie keine ganz arme Witwe. Der Gedanke schmeckte bitter, er war aber auch erleichternd. Sie wäre eine schrecklich unzuverlässige Gouvernante oder Gesellschafterin.

Sie beugte sich wieder über die wenigen Dinge, von denen der Kriminalkommissar sich vorgestellt hatte, sie könne ihm erklären, was sie bedeuteten. Ob sie überhaupt etwas bedeuteten.

Es war ein seltsames Sammelsurium, das da vor ihr lag. Ein Passpapier hatten sie nicht gefunden, auch die Taschenuhr fehlte. Und der Ring. Sein Familienring, hatte sie dem Kommissar erklärt, der hatte bedächtig genickt und gefragt, ob sie das Wappen aufmalen könne. Sie hatte ihm eine ihrer eigenen Visitenkarten versprochen, darauf war das Wappen gut zu erkennen. Eine erkleckliche Summe Geldes hatte in Thomas' Rocktasche gesteckt, nur deutsches Geld. Dort hatten sie auch eine Visiten- oder Reklamekarte einer Malschule gefunden. Thomas hatte nie künstlerische Ambitionen gehabt, zudem war es die Karte einer Hamburger Damenmalschule. Was wollte er damit? Woher hatte er die? Solche Karten wurden auf den Straßen verteilt, man griff unversehens danach und steckte sie achtlos ein, um sie gleich zu vergessen. Manche lagen in Ankunftshallen der Bahnhöfe und Fährschiffe aus, gut möglich, dass er eine für sie eingesteckt hatte. Sie hatte früher gerne gezeichnet und im Pensionat mit Aquarellfarben gemalt.

Damen. Sie spürte einen Anflug von Eifersucht und schimpfte sich lächerlich. Es war nicht lächerlich. Irgendetwas hatte sich verändert in diesem letzten Jahr, schleichend, ungreifbar. Er hatte das mit dieser liebevollen Herablassung abgestritten, wie sie viele Ehemänner ihren jungen Ehefrauen gegenüber zeigen. Prompt hatte sie sich schuldig gefühlt. So wie auch jetzt.

Aber diese drei Kiesel! Sie hatten in der Innentasche seiner Weste gesteckt, wie der Kommissar betont hatte. Thomas hatte sie aufbewahrt und sogar mit auf seine Reise genommen. An einem dieser glücklichen Tage, die sie nach ihrer Hochzeit am Meer verbrachten, hatte sie sie am Strand aufgehoben und zu Zaubersteinen erklärt. Ganz einfache kleine Steine, in der Nässe schimmernd. Vom Wind gleich getrocknet, hatten sie nur noch matt ausgesehen. Er hatte sie trotzdem eingesteckt, sie zum Dank für die Zaubergabe geküsst und versprochen, sie immer aufzubewahren. Dass er das wirklich getan hatte, direkt über seinem Herzen, berührte sie tief.

Sie griff nach dem letzten Stück, das der Kommissar ihr überlassen hatte. Sie könne frei damit umgehen, hatte er gesagt, er habe eine Kopie anfertigen lassen, falls sie später noch gebraucht werde. Sie faltete das Papier auseinander, es war ein Bogen recht leichten Briefpapiers, wie viele es für die Reise bevorzugen. Im Kopf stand nicht Thomas' Name, sondern der des unbekannten Mr. Haggelow. Die Zeichnung darauf hatte kein professioneller Zeichner gemacht, überhaupt niemand, der in die Geheimnisse der Perspektive eingeweiht war. Ob sie die Zeichnung kenne, hatte der Kommissar gefragt, und als sie verneinte, ob sie glaube, Thomas habe sie selbst angefertigt?

«Vielleicht», hatte sie gemurmelt. Sie hatte Thomas nie mit dem Zeichenstift gesehen.

Das Motiv sah nach einem Blumenkranz aus und war mit einem harten Bleistift gezeichnet. Vielleicht ein kleines Gestrichel, wie man es manchmal macht, wenn man die Gedanken schweifen lässt und kaum bemerkt, was die Finger tun. Diese kleine Zeichnung hatte nicht in seiner Rocktasche gesteckt, sondern in seinem Gepäck. Womöglich gab es einen Zusammenhang mit der Karte der Malschule.

Damenatelier für Zeichnen und Malen unter Leitung von Valeska Röver stand auf der Karte, Glockengießerwall 23 / Ecke Ferdinandstraße. Die Unterzeilen verrieten, was man dort lernen konnte: Malerei in Aquarell und Temperafarben, bei fortgeschrittenen Fähigkeiten in Öl, und Zeichnen, auch nach der Natur und dem lebenden Modell. Dann wurden noch ausgezeichnete Lehrer erwähnt, neueste Methoden des Unterrichts, *plein air*-Malerei. Sommerkurse in den Räumen der Schule wie außerhalb der Stadt.

«Hetty, meine Liebe.» Claire stand in der Tür, den Sonnenschirm in der Hand. «Du siehst so bleich aus. Komm doch in den Garten. Er ist wunderschön, und Frau Lindner achtet auf alles, es gibt nicht das Geringste zu verbessern.» Sie blickte Hetty aufmerksam an, trat heran und legte ihrer jungen Cousine leicht die Hand auf die Schulter. «Vergiss nicht, du warst sehr krank», sagte sie, «du mutest dir gleich am ersten Tag zu viel zu.»

Hetty wusste nicht, ob sie für die Unterbrechung dankbar war oder sich nur gestört fühlte. Sie entschied sich für die Floskeln der Höflichkeit. «Ich sitze hier nur herum und lasse den Tag Revue passieren. Aber du hast recht, der Garten ...»

«Was ist das?» Claires Blick hatte flink die kleine Sammlung auf der Schreibplatte gemustert, Hettys Bemühen um höfliche Floskeln war einseitig und völlig überflüssig gewesen. «Ist das ein Stickmuster?»

«Ein Stickmuster?» Hetty blickte stirnrunzelnd auf die Zeichnung. «Hm. Das ist auch eine Idee. Ich habe keine Ahnung, was es ist, wohl irgendein Blumenmuster. Ich dachte schon an ein Ätzmuster für Gläser. Es gibt sehr gute Gläser bei uns in Bristol, früher waren sie berühmt. Besonders das blaue Bristol-Glas. Sie haben aber auch sehr elegantes opakes Glas gemacht. Ich habe zwei dieser cremeweißen Vasen, wunderschön mit zarten Blüten bemalt.» Sie musterte kritisch die Zeichnung. «Vielleicht hat Thomas sie kopiert, um etwas dazu Passendes mitzubringen. Es ist ein ähnliches Muster.»

«Darf ich mal?» Ohne eine Antwort abzuwarten, nahm Claire das Blatt und hielt es näher vor die zusammengekniffenen Augen. «Habe ich doch richtig gesehen», sagte sie und klopfte mit der Zeigefingerspitze auf den Kopf des Bogens, «zugegeben, es ist reine Neugier, aber ich denke, jetzt sind nicht die Zeiten, Fragen hinunterzuschlucken, oder? Wer ist dieser James Haggelow? Wenn sein Name auf dem Bogen aufgedruckt ist, hat er doch sicher die Zeichnung angefertigt?»

«Das wollte der Kriminalkommissar auch wissen, Claire, und ich habe keine Ahnung. Mir scheint, mein Ehemann war», sie zögerte, und ihre Stimme wurde dünn, «jedenfalls sind mir einige Seiten meines Ehemannes völlig neu.»

«Mach dir nichts draus.» Claire bemühte sich, zu verhindern, dass Hetty doch noch in Tränen ausbrach. «Sicher ist dieser Mr. Haggelow ein Freund oder Bekannter, der ihm sein Briefpapier gegeben, oder jemand, der es irgendwo liegengelassen hat. Ja, das ist plausibel. War Thomas nicht in Antwerpen? Dort hat er doch wohl in einem Hotel gewohnt. Oder Haggelow hat den Bogen an Thomas geschickt, damit er sich zu diesem Muster – irgendwie äußert. Das ist doch am wahrscheinlichsten. Du meine Güte, Hetty, es gibt tausend Möglichkeiten. Es wird nicht so wichtig sein.»

«Vielleicht. Ich muss es trotzdem wissen. Weil Haggelow auch der Name ist, unter dem Thomas sich in das Fremdenbuch dieser Pension eingetragen hat. Mit Wohnort Newcastle, Beruf *merchant*, Kaufmann. Nichts davon stimmt. Warum nicht unter seinem Namen? Warum überhaupt diese Pension? Was, um Himmels willen, hat er hier gemacht? Oder vorgehabt?»

Nun flossen Hettys Tränen doch. Sie legte den Kopf auf die Arme und weinte. Die Karte der Damenmalschule lag auf der Schreibplatte unter ihren Armen, zum Glück war sie von solidem Material. Auch trafen sie nur sehr wenige Tränen, denn plötzlich setzte Hetty sich auf, kerzengerade, und starrte Claire an.

«Hetty, meine Liebe, was denkst du gerade?» Claire schwankte zwischen Sorge und Neugier. «Sprich es aus, ich bitte dich. Du bist weiß wie Schnee. Am besten trägt Brooks dich gleich in die Kutsche. Ich rufe Frau Lindner, ein Schluck Cognac …»

Hetty starrte immer noch Claire an, genau genommen

durch sie hindurch ins Nirgendwo. Das geschah ihr neuerdings häufig.

«Cognac», sagte sie, «ja. Unbedingt.» Ihr Blick wurde wieder klar und sehr entschlossen. «Ich verstehe es jetzt, Claire. Es ist ganz einfach. Und deutlich, als sei ein dunkler Vorhang aufgegangen.» Sie lachte, der Ton war so seltsam, dass die arme Claire schon wieder erschrecken musste. «Dass ich nicht gleich daran gedacht habe. Der Mann aus der Pension, der auf dem Meßberg gestorben ist und den ihr beerdigt habt – das war nicht Thomas, Claire. Das war James Haggelow. Versteh doch: Thomas lebt! Sicher ist er noch in Antwerpen und weiß überhaupt nicht, was hier passiert ist. Oder zurück in Bristol. Natürlich, er hat meine Kabel nicht bekommen. Das ist uns schon vorher passiert. So ein Kabel geht leicht verloren, und dann wundert man sich. Dabei ist es ganz einfach. Schrecklich einfach.»

Sie sank in den Lehnstuhl zurück, atemlos, aber mit immer noch glänzenden Augen. «Für dich klingt das vielleicht verrückt, Claire, aber so muss es sein.»

Claire zog einen Stuhl heran, setzte sich so, dass sie ihrer Cousine in die Augen blicken konnte, und nahm ihre Hand. «Nicht verrückt», sagte sie sanft, «es ist eine schöne Idee. Aber ich denke, sie entspringt einem Wunsch. Einer Hoffnung. Schau mal, Hetty, wir sind ganz sicher, dass wir deinen Mann begraben haben. Begraben mussten, ja. Es gab ein Problem mit seinem Pass, der ist verschwunden, das weißt du ja. Aber Felix und Ernst haben – wie nennt man das bei der Polizei?, sie haben ihn identifiziert. Ernst und Papa kannten ihn ja. Papa war leider verhindert, der deutsche Konsul in Chile war da, es gab irgendeine enorm wichtige Sitzung in irgendeinem Handelsausschuss. Da Felix sich erbot, statt seiner zu gehen …»

«Aber Felix kennt Thomas doch gar nicht!»

«Nicht persönlich, stimmt. Aber er hat Fotografien gesehen. Zum Beispiel das Bild von euch beiden, das dieser Polizist in Thomas' Gepäck gefunden hat. Das gleiche steht in Mamas kleinem Salon. Das hat er oft gesehen. Hetty, es tut mir schrecklich leid, darauf beharren zu müssen, aber Thomas ist tot. Wir haben ihn begraben. Thomas Winfield, niemand anderen. Wenn er zugleich ein ominöser Mr. Haggelow war, was Gott uns und vor allem dir ersparen möge, haben wir beide begraben. Und in dem Gepäck fand sich Thomas' Briefpapier. Anders als auf diesem», sie zeigte mit dem Kinn auf den Briefbogen mit der Zeichnung, «trägt es im Briefkopf Thomas' Namen und eure Adresse in Clifton.»

Als Hetty schwieg, fuhr Claire behutsam fort: «Das ist jetzt alles sehr viel für dich. Wir hatten zwei Wochen Zeit, alles zu durchdenken, du musst dich überrollt fühlen. Wir sollten jetzt nach Hause fahren, Liebes. Du gehörst wieder ins Bett.»

Hetty nickte langsam. «Ja, ich bin müde. Aber ich möchte hier noch so viel ordnen. Und ansehen. Die Briefe, Papas Papiere.»

«Oh, du meinst seine Besitzangelegenheiten, die Banksachen, all das? Darum kümmert sich Felix. Er wird dir alles erklären, sobald du kräftig genug bist. Er ist gut darin, im Kümmern und Verwalten wie im Erklären. Mach dir keine Sorgen.»

«Ich mache mir keine Sorgen. Es ist etwas anderes. Ich möchte einfach hier sein.»

«Das ist nur natürlich. Das verstehe ich gut, jeder versteht das. Es ist dein Zuhause. Aber du solltest noch einige Tage bei uns bleiben, zumindest bis Dr. Murnau dich für kräftig genug erklärt. Er wird nicht länger als unbedingt nötig Ruhe verordnen. Er ist ein entschiedener Vertreter von viel Bewegung an frischer Luft und allgemeiner körperlicher Ertüchtigung. Auch für Damen, wie er nicht müde wird zu betonen.»

In der Diele war es kühl. Alma Lindner stand schon bereit und reichte Sonnenschirme, Schultertücher und Hüte.

«Wenn die gnädige Frau wieder hier wohnen möchte», sagte sie, sichtlich bemüht, den richtigen Ton zu treffen, «es ist immer alles bereit. Wenn etwas Besonderes vorzubereiten ist, das ein bisschen Zeit erfordert, ein gutes Essen, vielleicht auch für Gäste, oder wenn Sie Wünsche oder Aufträge haben, lassen Sie ein paar Stunden vorher anrufen, dann ist bei Ihrer Ankunft alles nach Ihren Wünschen bereit. Wir haben noch keinen dieser Fernsprechapparate», erklärte sie steif, «aber bei *Jacobs* gibt es einen. Im Andenken an Herrn Mommsen bringt man uns jederzeit eine Nachricht.»

«Danke.» Henrietta stand nur scheinbar unschlüssig in der Diele. «Machen Sie bitte keine Umstände, dieser Tage reichen eine Tasse Tee und ein Butterbrot. Oder ein Stück Ihres köstlichen Kuchens», fügte sie rasch hinzu. «Ich habe ihn kaum jemals besser gegessen. Eigentlich wollte ich unbedingt noch in Papas Bilderzimmer», wandte sie sich Claire zu. «All diese Bilder – ich möchte sie gerne ansehen. Auch die Signaturen. Papa hat sicher einen Grund gehabt, sie zu kaufen. Er muss sie sehr gemocht haben.»

«Dafür ist morgen oder übermorgen Zeit, Liebes, denkst du nicht? Du siehst wirklich erschöpft aus. Und heute erwarten wir Felix zum Dinner. Das passiert nicht mehr allzu oft, seit er überwiegend in seinem Appartement in der Stadt wohnt. Sicher kommen Ernst und Mary auch herüber. Du musst dir also eine Portion deiner Kräfte aufsparen.»

«Die Bilder laufen dir nicht weg», insistierte sie, als Hetty immer noch unschlüssig aussah. «Wenn ich Emma richtig verstanden habe, stehen sie gut aufgehoben bei gedämpftem Licht in passenden Regalen. Das stimmt doch, Frau Lindner?»

«Absolut, Fräulein Grootmann, darauf hat Herr Mommsen größten Wert gelegt. Auch dass kein Staub ...»

«Natürlich. Womöglich fehlt einigen der Firnis. Hat Herr Mommsen eigentlich Listen über die Ankäufe und die Preise geführt? Ich frage nur, weil das meiner Cousine helfen würde, sich einen Überblick zu verschaffen.»

«Darüber weiß ich nichts.» Alma Lindners Stimme klang spröde. «Herr Mommsen hat Angelegenheiten dieser Art nicht mit mir besprochen.»

Mit wem dann?, dachte Hetty. Mit wem hat er sich besprochen, mit wem seine Freude geteilt? Oder seinen Kummer. Und warum hatte er sich keine charmantere und warmherzigere Hausdame ausgesucht? Vielleicht wegen der Gouvernanten. Ein Lächeln entspannte ihre Gesichtszüge. Alma Lindner war sicher nie Gefahr gelaufen, ihm zu nah zu kommen.

«Danke, Frau Lindner», sagte sie und streifte ihre Handschuhe über, «ich bin bald wieder hier, und wenn es Ihnen nichts ausmacht, sehen wir uns die Bilder gemeinsam an. Sie kennen sich hier viel besser aus als ich.»

«Eine gute Idee», stimmte Claire zu, «wenn ich abkömmlich bin, bin ich gerne wieder mit von der Partie.»

Hetty nickte Frau Lindner zu, schlang ihr Tuch um die Schultern und eilte hinaus. Da war plötzlich etwas in ihr, das wollte laufen, schnell weg aus diesem Haus, das ihr trotz der Stille und des leeren Sessels in der Bibliothek Geborgenheit gab. Dafür war noch nicht die Zeit.

Zuerst musste sie Thomas suchen, Kabel verschicken, nach Antwerpen, nach Bristol. Thomas lebte, es konnte gar nicht anders sein. Es hieß doch immer, Liebende spüren, ob der andere lebt oder tot ist. Liebende? Auch darüber nachzugrübeln war jetzt nicht die Zeit. Thomas suchen und finden. Und wenn er, wenn sein sterblicher Körper wirklich im Grab bei der Nienstedtener Kirche ruhte? Dann musste sie den Thomas finden, der er gewesen war. Nicht den Mann, den sie gekannt hatte, sondern den, der er tatsächlich gewesen war.

Die Sonne stand schon tief über der Elbe, der Vorhof des Hauses mit der Auffahrt zum Portal und zur Remise lag im Schatten, Reste milden rotgoldenen Spätsommerlichtes flirrten durch das Laub der hohen alten Bäume. Ein unwirkliches Licht. Wie auf einem der Gemälde im Bilderzimmer. Das einzige, an das sie sich erinnerte. Da war dieses Licht gewesen, eine Frau mit einem Kind in einem blühenden Garten. Sie hatte es nur kurz gesehen und doch nicht vergessen. Das war sentimental. Aber sie *war* sentimental. In diesen Tagen, diesen Wochen, mit allem Fug und Recht.

Claire stand noch in der Tür, sie hatte der Hausdame zum Abschied die Hand gereicht. «Ich hätte es fast vergessen, Frau Lindner, wo habe ich nur meine Gedanken. Wenn Sie sich allein im Haus ängstigen, können Sie jederzeit bei uns unterschlüpfen. Und wenn Frau Winfield nur tagsüber hier sein möchte, können Sie sie begleiten und für die Bedienung sorgen.»

Alma Lindner neigte steif den Kopf und murmelte einen Dank. «Aber es wäre sicher nicht in Herrn Mommsens Sinne, wenn man das Haus allein lässt. Ich war nie eine ängstliche Person.»

Claire nickte ernsthaft. «Das dachte ich schon. Gleiches behauptet mein Vater übrigens von meiner Cousine.»

Kapitel 8

MITTWOCH

Eilige Schritte hallten durch den breiten Flur der oberen Etage des Stadthauses. Sie näherten sich vom Kleinen Sitzungssaal und klangen nach mehrfachem Gleichschritt. Keine Uniformstiefel, keine genagelten Schuhe – eindeutig gute Ledersohlen. Teure Schuhe. Also trat Paul Ekhoff zur Seite und ließ die Herren passieren. Zuerst Polizeirat Dr. Roscher, neben ihm ein fülliger Mann um die fünfzig mit akkurat gestutztem grauen Bart. Ekhoff erkannte in ihm Dr. Schön, den renommierten Anwalt und Notar, den Senior der Kanzlei, in der der jüngere Grootmann Sozius war. Felix Grootmann war ziemlich jung für einen Sozius in einer solchen Kanzlei, ein Grootmann hatte eben Beziehungen und für den Einstand sicher gut bezahlt. Anderseits – er selbst war auch ziemlich jung für einen Kriminalkommissar. Womöglich war Felix Grootmann einfach gut. Man hörte das. Ekhoff hielt ihn für einen Schnösel, aber das eine schloss das andere nicht immer aus.

Den dritten, einen um eine Generation jüngeren Herrn, kannte Ekhoff nicht. Er folgte mit zwei Schritten Abstand, hinterließ einen Hauch, kaum mehr als die Ahnung eines sehr teuren Rasierwassers und sah schlecht gelaunt aus.

Ekhoff hatte den Kopf zum Gruß gebeugt, die Herren waren in ein Gespräch vertieft und hatten ihn nicht beachtet.

Er wandte sich zum Gehen, da hörte er seinen Namen rufen und blieb stehen. Jetzt musste er wachsam sein.

«Ekhoff, da ich Sie gerade treffe.» Dr. Roscher war die wenigen Schritte zurückgekommen und sah seinen jüngsten Kriminalkommissar aufmerksam an. «Ich wollte Sie zu einem Zwischenrapport rufen lassen. Heute Nachmittag. Nun können wir das gleich hier erledigen, nicht sehr fein im Korridor, aber mein Kalender ist dieser Tage enorm gefüllt. *Überfüllt* würde ich sagen. Wirklich enorm. Dort.»

Er zeigte auf eine flache Nische vor einem der Fenster und eilte schon voraus. Der Polizeirat war ein Mann von Anfang vierzig, Schnurrbart, Zwicker, schon sehr hohe Stirn, stets makellos gekleidet, voller Ideen für die Polizei und ihre Modernisierung. Seit er vor zweieinhalb Jahren vom Vertreter des Oberstaatsanwaltes zum Polizeirat für die Kriminal- und die Politische Polizei aufgestiegen war, herrschte Unruhe im Stadthaus. Roscher reformierte. Er hatte sich bei Polizeibehörden in halb Europa umgesehen, was zunächst teuer gewesen war, dafür aber manche Fehlinvestition ersparte.

«Sie sind sehr jung für die immense Verantwortung, die Ihr Posten verlangt, Ekhoff», begann Dr. Roscher. «Leider sind Sie im Fall Winfield noch nicht weit gekommen. Eine vertrackte Sache. Wäre der Mann nicht mit einer der guten hanseatischen Familien verwandt – nun, ich will da nichts gesagt haben. Bei uns wird jeder Mord gründlich verfolgt. Jeder. Ich will Sie nur daran erinnern, dass wir dringend Ergebnisse haben müssen. Das wissen Sie selbst, trotzdem, Tempo, lieber Ekhoff. Tempo. Wenn Sie für Ihre Abteilung mehr Männer brauchen, wird sich das irgendwie einrichten lassen. Sie sollten unbedingt die Vigilanz-Offizianten noch einmal instruieren, die Männer hören eine Menge, wenn sie in den Kneipen und auf den Plätzen hocken und die Ohren spitzen. Nein, lassen Sie nur», winkte er ab, als Ekhoff anhob zu sprechen, «ich bin in Eile, Sie sehen ja, die Herren warten. Strengen Sie sich weiter an, dann wird es sich fügen. Das ist eine alte Erfahrung. Fleiß, höchste Wachsamkeit, immer gepaart mit einer exzellenten Ausbildung. Auf die Bildung wird immer noch zu wenig Wert gelegt. Lernenlernenlernen, nur das bringt voran. Auch wenn man längst einen Posten hat. Und Phantasie – die wird enorm unterschätzt. Keine Spinnerei, das versteht sich, sondern die Phantasie eines klaren lebendigen Geistes. Wer Phantasie hat, erkennt mehr als die Stumpfsinnigen. Was nützt die ganze teure Reform von oben, wenn's weiter unten verpufft. Tja, was wollte ich noch sagen?»

Der graubärtige Anwalt trommelte zwei Nischen weiter mit den Fingern auf das Fensterbrett und wippte mit demonstrativer Ungeduld einmal auf den Fußspitzen auf und ab, der dritte Mann sah grimmig auf seine Taschenuhr.

«Komme sofort, meine Herren», rief Roscher munter hinüber, «eine halbe Minute noch. Dieser junge Mann gehört zu unseren Tüchtigsten und hat einen brisanten Fall zu bearbeiten. Jetzt weiß ich, was ich noch anmerken wollte, Ekhoff. Fabelhaft, wie rasch Sie die Gattin des armen Winfield gefunden haben. Das hat uns ein bisschen Luft verschafft, obwohl die Tätersuche nicht wie gewünscht vorangeht. Wieso wussten Sie, dass die eine Mommsen ist? Beste Familie, aber den alten Herrn kannte in Hamburg doch kaum jemand.»

Ekhoff schwitzte nicht, ihm war kalt. Nun musste er lügen, und zwar gut. Nah genug bei der Wahrheit, um sich später richtig zu erinnern.

«Es war kein Verdienst, Herr Polizeirat, mehr ein Zufall. Ich hatte just an dem Tag gehört, eine Mrs. Winfield sei ganz spektakulär von der Englandfähre geklettert. Es hieß auch, diese Mrs. Winfield ist die einzige Tochter des gerade verstorbenen Herrn Mommsen, und den habe ich als Junge gekannt. Ich bin in der Gegend aufgewachsen und habe mir als Schüler in seinem Garten ein Taschengeld verdient. Er war immer sehr freundlich. Trotzdem hätte ich natürlich zuerst die Familie benachrichtigen müssen, die Grootmanns, anstatt gleich ...»

«Ach was. Das ist so üblich, ja. Aber Eifer schadet einzig, wenn er blind ist. Sie haben sich beeilt, Ihre Pflicht zu tun und schnell die richtige Person zu verhören, na gut, zu befragen. Das war gesellschaftlich ungeschickt, aber darum kann Polizeiarbeit sich nicht ständig und in jedem Fall kümmern. Zauderei arbeitet nur dem Feind in die Hände. Lassen Sie sich nicht einreden, Sie seien schuld an diesem Fieber der empfindsamen jungen Dame, Ekhoff, das ist papperlapapp. Es wäre auch passiert, wenn der Kaiser persönlich dabei gewesen wäre. Ganz ohne Feingefühl geht es natürlich trotzdem nicht, das muss man von Fall zu Fall abwägen. Wenn wir jedes Mal Porzellan zerschlagen ... das wäre fatal, versteht sich.»

Damit klopfte er Ekhoff einmal knapp auf die Schulter und eilte mit langen Schritten zu seinen Begleitern.

Ekhoff sah ihnen nach, wie sie zum Treppenhaus abbogen, und lauschte den dreifachen Schritten auf den Stufen nach. Er hatte mit allem gerechnet – aber nicht mit einem solchen Wohlwollen. Einer unserer Tüchtigsten, hatte der Polizeirat den wartenden Herren zugerufen, es hatte durch den langen Flur bis ins Treppenhaus gehallt.

Nun schwitzte er doch, allerdings vor Erleichterung. Er hatte gelogen, und er hatte es richtig gemacht. Alles richtig gemacht. Er fühlte die Hitze des Triumphs bis unter die Haarwurzeln. Alles richtig gemacht. Wenn er nicht aufpasste, glaubte er spätestens übermorgen selbst, was er gerade erzählt hatte. Und? Wäre das schlimm? Nur praktisch.

Tatsächlich hatte Martha ihm erst am Abend nach dem fatalen Besuch in Mommsens Haus von dem abenteuerlichen Ausstieg aus der Englandfähre erzählt. Es amüsierte die Klatschmäuler in ganz Altona. Die waren immer noch Marthas beste und schnellste Quelle. Hamburg hatte die Geschichte erst erreicht, nachdem sich herumgesprochen hatte, dass diese junge Winfield die Witwe des Mordopfers vom Meßberg war. Das war ein sattes Paket von Neuigkeiten, die braven Leuten ganz wunderbar die Nackenhaare sträubten.

Martha hatte nicht gefragt, wie es gewesen war, nach all den Jahren wieder Mommsens Villa zu betreten, auch nicht, ob man in Mrs. Winfield noch die kleine Hetty erkenne. Oder ob die in ihm Paul erkannt hatte, den Jungen vom Fluss. Sie fragte ihn nie nach seiner Arbeit, sie wusste, dass er über das meiste nicht reden durfte, auch nicht mit seiner Ehefrau. Und sie wusste, wenn der Tag zu Ende war und sie in der Dunkelheit nebeneinanderlagen, tat er es doch. Am Abend nach dem fatalen Besuch bei Henrietta Winfield hatte er länger als gewöhnlich gebraucht, bis er sprach. Sie hatte gewartet und doch nur wenig erfahren, nur dass er dort gewesen war, wie es seine Aufgabe war, dass er einen Fehler gemacht hatte und Mrs. Winfield nun wohl sehr krank sei.

Mrs. Winfield. Nicht Hetty. Das reichte ihr.

Sie hatte ihren Kopf an seine Schulter gelegt und ihre Hand auf sein Herz.

* * *

Es hatte ein bisschen gedauert, bis Hetty richtig verstanden hatte, was die drei Grootmanns, ihr Onkel und ihre Cousins, ihr zu erklären versuchten. Auch Lydia war dabei gewesen, sie hatte mit unbewegtem Gesicht geschwiegen. Die Schwierigkeit des Verstehens mochte einerseits daran gelegen haben, dass Onkel Friedrich und Felix, heute die Wortführer, ziemlich herumdrechselten, andererseits daran, dass sie selbst es nicht gewohnt war, über Geld zu reden. Bis zu ihrer Heirat hatte sie ihr Taschengeld gehabt, alle Ausgaben, die darüber hinausgingen, hatte Marline Siddons übernommen. Sie hatte in England das Guthaben verwaltet, das Hetty durch ihren Vater zur Verfügung stand. Sophus Mommsen war stets großzügig gewesen.

Eigentlich wäre der Rest bei ihrer Heirat wie auch ihre Mitgift in Thomas' Verantwortung übergegangen. Aber das Geld war verbraucht gewesen. Eine beachtliche, von Papa tüchtig aufgestockte Summe hatten zuletzt die neue Garderobe und die Komplettierung ihrer Aussteuer erfordert, die ihr als junger Ehefrau zustand – Geschirr, Silber, Tisch- und Bettwäsche, das Übliche eben, aber auch manches Besondere für die Hochzeitsreise. Tatsächlich hatte Marline einen erklecklichen Rest des Guthabens diskret zurückgehalten und Hetty erst kurz vor ihrer eigenen Übersiedlung in die Türkei gegeben. Nur ein kleines Sicherheitspolster, hatte sie leichthin erklärt. Am besten bleibe es ihr Geheimnis, Ehemänner müssten nicht alles wissen, besonders wenn es um Geld gehe. Damals hatte Hetty das befremdlich gefunden, nun war sie dankbar für Marlines kluge Voraussicht.

Die Hochzeitsreise war übrigens nicht nach Florenz und Venedig gegangen, wie Hetty es sich erträumt hatte, mit einem Zwischenhalt in Verona am liebsten, um unter den vielen Balkonen der alten Stadt den von Julia und Romeo zu entdecken.

Aber immerhin waren sie übers Meer gereist, mit dem

Dampfboot zu der Insel Guernsey vor der französischen Küste. Also fast schon nach Frankreich. Doch, es war eine wunderbare Reise gewesen. Natürlich, die ersten Wochen ihrer Ehe waren das reine Glück. Zwar hatte er sie häufig wegen irgendwelcher Geschäfte allein gelassen, die leider auch in den Ferien nicht ruhen konnten. Er hatte das bedauert, als junger Ehemann und zukünftiger Familienvater müsse er aber mehr denn je an die Zukunft denken. Also hatte sie lange Spaziergänge entlang der hügeligen Wiesen gemacht oder am Strand mit den kleinen Buchten, immer im Wind, das hatte sie an ihr altes Leben an der Elbe erinnert.

Ja, versicherte sie sich auch jetzt wieder, diese Zeit war wunderbar gewesen. Es war ganz allein ihr Fehler, dass sie sich die Ehe so romantisch und unrealistisch vorgestellt hatte. Inzwischen wusste sie es besser, nun war es ohne Belang. Nun war sie eine erwachsene Frau von zweiundzwanzig Jahren, eine Waise und eine Witwe. Und ihr Erbe, nämlich ihre Mitgift, der Nachlass ihres Vaters und auch Thomas' Vermögen waren verloren.

Ihr wurde schwindelig – das lag gewiss nur an dem schaukelnden Alsterdampfer. Nachdem die Grootmanns sie mit dem Stand ihrer Finanzen vertraut gemacht hatten und sie alle einen recht wortkarg verlaufenden Lunch im Wintergarten eingenommen hatten, war sie zu einem langen Spaziergang aufgebrochen. Es war ihr gelungen, jede Begleitung zu verweigern. Mit einer Portion Halsstarrigkeit konnte man mehr erreichen, als sie gedacht oder früher gewagt hatte.

Sie war immer am Ufer entlanggelaufen, und als an einem der Anleger gerade ein Alsterdampfer haltmachte, war sie eingestiegen, ohne besonderes Ziel. Bis zum Jungfernstieg dauerte es keine halbe Stunde und war wie eine Pause vom wahren Leben, man musste keine Entscheidungen treffen, nichts tun, nur die Hände in den Schoß legen und schauen. Das Ziel kam von ganz allein näher und näher.

Es war die erste Alsterfahrt nach vielen Jahren, normalerweise hätte sie jede Minute genossen, den unverstellten Blick auf die Stadt, auf dem Wasser Boote mit Segeln oder paffenden Schornsteinen, die kleinen dicken und die sportlichen schlanken Ruderboote, auch Freizeitsegler kreuzten über den See, dazwischen schaukelten todesmutig die Enten und Möwen, Wildgänse und Schwäne. Sie sah das alles, nichts berührte sie. Und auch was sie gerade erfahren hatte, berührte sie noch wenig. Das Haus über der Elbe, hatte Felix gesagt, werde ihr sicher noch gehören, und Ernst hatte hinzugefügt, er könne sich um den Verkauf kümmern, an Interessenten werde kein Mangel sein. Da hatte Lydia eingewandt, das habe nun wirklich keine Eile. Es war das einzige Mal, dass sie sich eingemischt hatte, Hetty war ihr dankbar gewesen.

Plötzlich war sie auf makabre Weise froh, dass es etwas gab, das sie mehr als alles andere beschäftigte, nämlich wer der Mann war, mit dem sie zwei Jahre ihres Lebens geteilt hatte und der auf so unfassbare Weise daraus verschwunden war.

Der Fährdampfer fuhr nun wieder langsamer, die Maschine stampfte und schnaubte, hustete eine dicke dunkle Wolke aus dem Schornstein, die der Wind umgehend zerzauste, dann stieß die Bordwand gegen den Anleger bei der Lombardsbrücke.

Lombardsbrücke? Hetty las das Schild und raffte eilig ihre Röcke. Gerade noch rechtzeitig, bevor der Dampfer wieder ablegte, sprang sie an Land.

Sie brauchte einen Moment, um sich zu orientieren. So vieles hatte sich verändert, seit sie zuletzt hier gewesen war. Aber die Binnenalster lag immer noch so quadratisch in der Sonne, von breiten Straßen mit prächtigen Gebäuden gesäumt, am gegenüberliegenden Ufer der Jungfernstieg mit dem Restaurant-Pavillon. Dorthin tuckerte der Dampfer nun weiter, und von dort kam schon der nächste in der Gegenrichtung heran, unterwegs zum Uhlenhorster Fährhaus, nach Winterhude oder durch die Kanäle nach Eilbek oder Eppendorf. Er sah eifrig aus, immer bereit, sich vorzudrängeln.

Für diesen hübschen Anblick fehlte ihr jetzt die Muße. Nach wenigen Schritten stand sie am Alsterdamm und sah sich um. Gegenüber auf einer ehemaligen Bastion stand die Kunsthalle. Dann war sie jetzt auf dem doppelt richtigen Weg. Auch die Malschule musste hier ganz in der Nähe sein.

Sie überquerte zwischen einem Brauerei-Fuhrwerk und einer staubigen Droschke rasch den Alsterdamm, bog in den Glockengießerwall ein und entdeckte schon neben einem der nächsten Portale das Schild: *Damenatelier für Zeichnen und Malen, V. Röver, 3. u. 4. Etage.*

Hetty blickte, nun doch zögernd, an der Fassade eines dieser großen Geschäftshäuser hinauf, die zunehmend das Bild der Innenstadt bestimmten, und wandte sich wieder nach der Straße um. Ein Eisenbahnzug zuckelte dampfend und stampfend im Schritttempo in der Mitte der Fahrbahn auf seinem Weg vom Hannoverschen Bahnhof über die Lombardsbrücke und weiter bis Altona. Der Uniformierte, der zur Warnung der Passanten, Wagen und Kutschen mit einer Fahne vorweg marschierte, pfiff kurz und grell. Hektisch befreite die weiter voraus arbeitende Ritzenreinigerin noch ein kurzes Stück der Schienen von Sand, Unrat und Pferdeäpfeln, bevor sie zur Seite trat und sich müde auf ihren Besen stützte.

Hetty könnte der Bahn nun folgen. Sie könnte jetzt, sofort,

einfach wieder gehen. Aber so etwas kam nicht mehr in Frage, das hatte sie sich versprochen.

Vor dem Nachbarhaus hielt eine Kutsche. Es war ein leichtes einspänniges Gefährt, und in dem Mann, der die Zügel hielt, erkannte sie Cousin Felix. Er war für das Gespräch mit ihr in die Grootmann'sche Villa gekommen und nun unterwegs zu seiner Kanzlei. Seine Wohnung war hier ganz in der Nähe, die Kanzlei – das wusste sie nicht.

Er war nicht allein, neben ihm saß eine Frau. Hetty sah nur Schultern in einer weinroten Bluse und einen breitkrempigen sandfarbenen Hut mit violettem Band. Sie fühlte sich, als blicke sie durchs Schlüsselloch in ein fremdes Zimmer, wandte sich rasch ab und schob die schwere Haustür auf.

Nach der Sonnenhelle des Tages empfing das Entree seine Besucher mit Düsternis. Die Treppe war zu erkennen, breit, aus massivem dunklem Holz, das Geländer einfach, aber hübsch gedrechselt. Ihre Augen hatten sich rasch an das schummerige Licht gewöhnt, das Entree wirkte nicht herrschaftlich, aber auch nicht eng und muffig. Die Wände schmückten in halber Höhe ein mit Hilfe einer Schablone gemaltes breites Band von geometrischen roten Mustern. Es sah frisch und lebhaft aus. Nur am Ende der Diele ließ ein Fenster vom Innenhof etwas Licht herein.

«Wollen Sie zu Röver? Dritte Etage.»

«Ich weiß», murmelte Hetty und versuchte, das Gesicht des Mannes zu erkennen, zu dem die Stimme gehörte.

«Wenn Sie's wissen, gehen Sie einfach rauf. Sie sind neu, was? Der Empfang ist auch oben. Die Mittagspause ist vorbei, die sind fast alle schon da.»

Der Mann, niemand hätte ihn als Herrn bezeichnet, war aus einer schmalen Tür neben der Treppe getreten, unter der Glasscheibe war ein weißes Emailschild mit der schwarzen Aufschrift *Hauswart* angebracht. Er war von kräftiger Gestalt, sein dichter Kinn- und Backenbart war einmal schwarz gewesen, nun war er grau, seine Kleider kamen der Kluft eines Arbeiters nah. Er musterte Hetty mit missmutiger, aber unverhohlener Neugierde.

Vielleicht hatte Thomas auch hier gestanden, hatte sich auch so mustern lassen und war dann hinaufgegangen. Oder gleich wieder zur Tür hinaus, weil es die falsche Adresse war? Vielleicht hatten hier unten diese Karten ausgelegt, zur Werbung ...

«Wenn Sie zum Augendoktor wollen, der hat seine Praxis in der zweiten Etage. Aber da ist keiner. Der Doktor macht diese Woche Ferien. Sylt. Ganz plötzlich. Kann auch länger dauern. Ständig kommen Patienten und fragen dann, warum geschlossen ist. Als hätt ich nichts Besseres zu tun.»

Bevor er wieder in seiner Souterrainwohnung oder -werkstatt – was immer sich hinter der Tür verbergen mochte – verschwand, schwang die Haustür auf, und eine sehr schlanke junge Frau unter einem großkrempigen sandfarbenen Hut mit violettem Band stürmte herein. Anders war es nicht zu bezeichnen. Obwohl Damen natürlich niemals stürmen sollten, wirkte sie trotzdem wie eine Dame, mit ihren schmalen, etwas herben Gesichtszügen, dem selbstbewussten, zugleich offenen und Distanz gebietenden Blick, der ganzen Haltung. Über ihrer linken Schulter hing an einer Kordel ein großer bunter Samtbeutel, unter dem rechten Arm klemmte eine verschnürte Zeichenmappe.

«Ist es nicht ein wunderbarer Tag, lieber Boje? Ich war am Alsterufer, das sollten Sie auch versuchen, Sie alter Griesgram. Es ist so schön dort, der Himmel so hoch, da wird einem vor

Wohlsein schwindelig. Ich mag diese Zeit, wenn der Sommer müde wird, das lässt so satte Farben entstehen, ich weiß gar nicht, wie ... oh, Besuch? Und ich plappere wie ein Kind. In Ihrem dunklen Kleid sind Sie in diesem Dämmerlicht fast unsichtbar.»

In dem Hauswart war bei ihrem Eintreten eine erstaunliche Wandlung vorgegangen. Seine Schultern hatten sich gestrafft, und er wuchs gleichsam um zehn Zentimeter, sein Gesicht, eben noch verschlossen und abweisend, war nun beinahe heiter.

«Sie will auch in die Schule, Fräulein von Edding-Thorau», erklärte er und fügte nuschelnd hinzu: «Keine Post heute.»

«Danke, Boje, ich weiß schon. Kommen Sie einfach mit», wandte sie sich wieder an Henrietta, schon den Fuß auf der ersten Stufe. «Ich bin spät dran, vorstellen können wir uns oben. Wir müssen uns beeilen, stört Sie das? Dann bleiben Sie einfach zurück. Ich hasse es, zu spät zu kommen.»

Ihr Lachen klang nach Übermut, als bedeute diese letzte Bemerkung, dass ihr gerade das immer wieder passiere und sie tatsächlich wenig störe.

Schon nach dem ersten Treppenabsatz kam ihnen dieser besondere Geruch entgegen, der Hetty von früher vertraut war. Eine ihrer Gouvernanten hatte sich gut auf das Malen mit Aquarellfarben verstanden und sie ein wenig darin unterwiesen, später im Pensionat hatte es sogar einen eigenen Atelierraum gegeben. Hettys Talent hatte sich als durchschnittlich erwiesen, dennoch versetzte sie der Geruch in eine sorglose Zeit zurück, und ihr Herz wurde leichter.

In der dritten Etage angekommen, sah sie eine der beiden Türen halb offen stehen, auf einem Schild daneben las sie wieder *Damenatelier*. Sie schnupperte, und da war nicht nur dieser Geruch nach den Aromen der Farben, des Terpentins, des

Leinöls, nach Wachs und Schellack für die Firnisse, auch nach – Kaffee. Es roch eindeutig auch nach Kaffee. Ein gutes Zeichen. Wo zwischendurch Kaffee getrunken wurde, konnte es nicht ganz streng zugehen.

Rasche, trotzdem mühevoll klingende Schritte folgten ihnen die Treppe herauf. Eine überaus rundliche Dame mittleren Alters erreichte mit gerötetem Gesicht und nach Luft ringend den Flur vor der Tür des Ateliers.

«Himmel, Christine», keuchte sie mit gequälter Stimme unter einem ausladenden nachtblauen Hut voller Vergissmeinnicht, weißer Rosen, Spiräenrispen und zweier zierlicher quittegelber Vögelchen hervor. «Trainierst du für diese albernen Olympischen Spiele im nächsten Jahr?»

«Keine Chance, Fanny», entgegnete Christine von Edding-Thorau munter. «Oder hat das in der Tat alberne Komitee die Revolution ausgerufen und will auch minderwertige Kreaturen wie Frauen zulassen?»

«Ich habe so etwas gehört, ja.» Fanny hielt sich immer noch schwer atmend die Seite. «Wir können uns auch wie Damen benehmen», sagte sie und nickte Hetty zu. «Ich habe Sie nicht gleich gesehen. Sind Sie die Neue? Fräulein Röver hat Sie erst für den September angekündigt. Ach, egal, ich bin Fanny Schröder, und das», sie wandte sich Hettys leichtfüßiger Begleiterin zu, «das ist Christine von Edding-Thorau. Aber Sie kennen sich wohl schon?»

«Von Edding reicht», bestimmte die. «Und auch wenn wir uns irgendwann besser kennen sollten, keinesfalls Eddy. Damit verscherzen Sie sich die geringste Chance auf meine Sympathie. So lässt sich mein jüngster Bruder nennen, und ich kann weder ihn noch diesen albernen Namen ausstehen. Zum Glück ist er weit weg. Schau mal, Fanny, ich habe sie amüsiert. Das ist gut», wandte sie sich wieder an Hetty, «wer Trauer trägt, braucht ab und zu amüsante Unterhaltung.»

«Sei nicht geschmacklos, Christine. Sie müssen ihr verzeihen, sie stammt von einem livländischen Rittergut irgendwo hinter Riga, also von jenseits der Grenze der Zivilisation. Wie dürfen wir Sie ansprechen?»

Christine von Edding schien die so ungerechtfertigte wie beleidigende Behauptung über ihre Heimat nicht zu stören. Auch sie blickte Hetty nur fragend an.

Die Versuchung, einen falschen Namen zu nennen, währte nur Sekunden. «Ich bin Henrietta Winfield», sagte sie und ertappte sich bei einem Gefühl der Enttäuschung, als keine der beiden darauf mit Erkennen reagierte. Wie dumm. Es wäre ein wirklich absurder Zufall, jemanden zu treffen, der Thomas gekannt hatte und das Rätsel mit der Karte löste, noch bevor sie das Atelier zum ersten Mal betreten hatte. Andererseits – wenn Christine von Edding eine Freundin von Felix war, würde er sicher erwähnt haben, was seiner Cousine widerfahren war. «Allerdings bin ich nicht die neue Schülerin, ich bin überhaupt nicht angemeldet. Kann man hier auch Probestunden nehmen?»

«Bestimmt», sagte Fanny Schröder, ihr Atem klang wieder normal. «Die Schule hat in den drei oder vier Jahren ihres Bestehens einen solchen Ruf erworben, dass das kaum jemand macht, aber fragen Sie Fräulein Röver. Ein großer Teil der Schülerinnen ist zum Sommerkurs draußen im Alstertal, also ist der Zeitpunkt günstig. Sonst kommt es schon mal vor, dass wir zu wenige Stühle haben. Und Staffeleien. Aber die Röver zaubert immer was, sie ist ungemein findig.»

«Sehr schmeichelhaft, Fräulein Schröder, wirklich schmeichelhaft.» Eine Frau von etwa fünfundvierzig Jahren stand in der Tür, trotz des unförmigen, in der Taille nur locker mit einem Band zusammengefassten Kittels erschien sie zierlich. Das nach der allgemeinen Mode weich aufgesteckte, tiefbraune Haar war noch ganz ohne Grau, in den dunklen Augen stand Ungeduld. «Mir wäre aber noch lieber, wenn Sie endlich einmal pünktlich zum Beginn der Stunde auf Ihrem Hocker vor der Staffelei säßen. Sie besonders, Fräulein von Edding. Sind Sie nicht gerade stolze dreißig geworden? Nur alberne Backfische verschwenden Zeit, die eigene und die anderer. Und Sie?» Ihr Blick zielte auf Hetty. «Wer sind Sie? Halten Sie uns nur auf, oder wollen Sie auch herein?»

* * *

In der Souterrainkneipe *Zum dicken Butt* gab es, abgesehen von ein paar Hockern vor dem Tresen und zwei weiteren neben dem Kanonenofen, drei Tische mit jeweils vier Stühlen. Obwohl es erst früher Nachmittag war, waren zwei der Tische besetzt. Der mit dem grünen Sofa war frei, vielleicht weil man sich von dem durchgesessenen Möbel schwerlich nah genug einander zubeugen konnte, um Angelegenheiten zu besprechen, die nicht für fremde Ohren bestimmt waren, vielleicht auch, weil Flöhe sich lieber in abgewetztem Samt als auf blankgewetztem Holz aufhalten.

Hinter dem Tresen stand die Wirtin, von den Stammgästen, und das waren die meisten, nur Mine genannt. Der Wirt war für einen kleinen Nebenverdienst mit Pferd und Wagen unterwegs. Gut möglich, dass deshalb schon so viel Kundschaft gekommen war. Mine war das, was man eine deftige Weibsperson nannte, sie lockte die Gäste nicht gerade mit zarter Schönheit, aber sie hatte Witz, und sie war schlau, deshalb schenkte sie immer gut ein. Wenn sie die Gläser und Krüge füllte, hatte jeder Gast das Gefühl, er habe heute ‹ein bisschen was extra› bekommen. Leider wusste Mine auch sehr genau, bei wem sich so eine kleine Generosität auszahlte. Und vor allem, bei wem nicht.

Der ehemalige Droschkenkutscher und Messerwerfer Knut Weibert gehörte nicht mehr dazu. Sosehr er auf sie einredete, sie trocknete seelenruhig weiter ihre Krüge und Gläser und schüttelte nur ab und zu den Kopf.

«Mensch, Mine.» Weiberts Stimme war noch klar, was bedeutete, dass er dringend das ein oder andere Bier brauchte, gerne einen doppelten Schuss Korn rein, am liebsten aber Genever. In der letzten Zeit sogar am allerliebsten, weil der Genever aus diesem bescheidenen, von irgendeinem Wagen gefallenen Fässchen ihn vor der ewigen Verdammnis gerettet hatte. Sie hatten ihn wieder laufenlassen müssen. Den Engländer hatte jemand anderes umgebracht.

«Ach, Mine, sei doch nich' so. Nur 'n halbes Glas, eins von den kleinen. Und 'ne Frikadelle? Die macht keiner so wie du. Keiner! Ich zahl morgen, ganz bestimmt. So 'ne patente Dame, die hat doch 'n Herz. Ich will ja nix geschenkt, nur 'n kleines Darlehen. Sozusagen. Frikadellendarlehen, is' mal was Neues. Oder?»

«Geh nach Hause, Knut. Hier ist Schicht für dich, bis du bezahlst, was du schon letzte Woche geschluckt hast. Frikadellendarlehen. Was denn noch? Bierdarlehen. Wie wär's mit Backpfeifendarlehen? Wären wir 'ne Bank, wär ich nicht hier. Dann würde ich spazieren fahrn mit 'nem Kutscher in Livree.»

Weibert schnaufte. Er stützte den Ellbogen auf den Tresen und das struppige Kinn in die Hand und blickte seelenvoll zu Mine auf. Vergeblich, das funktionierte schon lange nicht mehr. Die Seele glaubte ihm keiner und eine Wirtin in einer Kneipe wie *Zum dicken Butt* war gegen solche Versuche ohnedies immun. Jedenfalls bei struppigen Saufnasen.

«Dann will ich dir was sagen, Mine. Das weiß noch keiner. Soll auch keiner wissen. Ich ...»

«Deine Geheimnisse gehen mich nichts an, Knut Weibert. Was keiner wissen soll, behalt mal schön für dich. Sonst weiß es gleich die ganze Straße.»

«Ach was.» Weibert stützte sich mit beiden Fäusten auf und beugte sich über den halben Tresen. Mine wich zurück. Obwohl es hieß, er habe erst kürzlich gebadet, roch Weibert übel. «Ich sag es dir, Mine. Ich hab da doch neulich die goldene Uhr von dem abgestochenen Engländer gefunden, das kann jeder hören, das weiß nämlich jeder, und jetzt is' sie weg! Die Schupos und die Kriminalen haben sie mir weggenommen, obwohl einem doch gehört, was man findet, wenn es sonst keinem gehört, und der Engländer ist tot, dem kann nichts mehr gehören, oder? Die haben die Uhr einfach behalten, das schwör ich dir. Amtsdiebstahl. Aber ich hol mir mein Geld, da, wo die Uhr herkommt. Das weiß ich nämlich. Wo die herkommt. Einer, der tot ist, verliert keine Uhr auf der Straße einfach so, kann mir keiner erzählen. Das tut nur einer, der lebt. Wenn du schlau bist, Mine, gibst du mir mein Bier und 'ne Frikadelle. Nur 'ne winzig kleine. Weil ich nämlich bald gut bezahle. Alles. Das von letzter Woche und von dieser Woche und nächster.»

«Ich versteh kein Wort.» Die Wirtin stellte den letzten polierten Krug in die Vitrine hinter dem Tresen und schloss die Tür. Sie rückte das große Glas mit den Soleiern zurecht, schnippte ein paar Tabakkrümel weg und machte ein strenges Gesicht. «Ich denke, du erzählst richtig dummes Zeug. Und ich will dir mal was sagen: Wenn ich schlau bin, gebe ich dir keinen Tropfen mehr. *Dann* bin ich schlau. Und wenn *du* schlau bist, du alter Quatschkopp, erzählst du nicht länger solche Sachen. Könnte sein, dass es doch mal einer kapiert, deine Prahlerei, und dass der dann der Falsche ist. Oder der Richtige, was weiß ich.»

Weibert ließ sich auf seinen Hocker zurückfallen und den Kopf auf seine Arme sinken. «Mensch, Mine», brummelte er, «was hast du für 'n hartes Herz. Christlich ist das nicht.»

Einer der beiden Männer am hinteren Tisch, den das durch die kleinen staubigen Fenster ins Souterrain fallende Licht kaum mehr erreichte, war anderer Meinung. Er hielt die Wirtin für ungemein vernünftig. Und vorausschauend.

* * *

Valeska Rövers Damenmalschule war nicht das einzige Institut dieser Art in Hamburg. Die staatlichen Kunstakademien, wie es sie unter anderem in Düsseldorf, Berlin oder München gab, waren Männern vorbehalten, im fernen Rom, hieß es, nehme man auch Damen auf, die in Kassel, Stuttgart oder Frankfurt machten seltene Ausnahmen. Das war jedoch wenig bekannt und verlangte Bewerberinnen ein dickes Fell ab, was sich nur schwer mit der Künstlerseele verträgt.

Frauen – Damen – waren im Deutschen Reich also auf privaten Unterricht angewiesen und damit auf einen in der Regel erheblich schlichteren Lehrplan bei sehr, sehr viel höheren Kosten. Fräulein Röver wollte mehr. Für sie waren die Malerei und andere Techniken wie das graphische Drucken oder das Keramiken mehr als Zeitvertreib und Liebhaberei, ihre Schule wollte professionelle Künstlerinnen ausbilden. Hier wurde nach ungewöhnlich modernen Methoden gelehrt, nun auch von jungen Kunstmalern, die sich zur Avantgarde zählten.

Junge Damen wie Henrietta zählte Fräulein Röver nicht zu ihren liebsten Schülerinnen, denen sah man schon beim Eintritt an der Nasenspitze an, dass die Kunst ihnen stets nur Liebhaberei sein werde. Andererseits wusste man so etwas nie genau. Auch von den beiden Damen Cramer in Harvestehude hatte anfänglich gewiss niemand gedacht, dass sie mit ihren impressionistischen Stillleben einmal zu den verschwindend wenigen Frauen gehören könnten, die regelmäßig bei großen Ausstellungen in Berlin, München, sogar in Chicago vertreten waren. Im Übrigen waren Kunst und Lehre hehre Ziele, aber nicht umsonst zu haben. Profane Kosten für Miete und Heizung, die Honorare für die Modelle und Lehrer mussten schließlich auch bestritten werden.

Hetty fühlte sich auf ungewohnte Weise angespannt, als sie im Entree stand und wie gebeten wartete. Hinter der Tür, durch die die beiden Schülerinnen und ihre Lehrerin verschwunden waren, musste sich das Atelier verstecken.

Sie war aufgeregt wie vor einer Prüfung, was wirklich albern war, sie wollte nur herausfinden, was diese Schule mit Thomas zu tun hatte oder was Thomas mit dieser Schule zu tun gehabt haben mochte. Wahrscheinlich nichts. Aber jetzt wollte sie nicht mehr gehen, sie wollte bleiben. Nicht nur eine Stunde. Hier war eine ganz eigene Atmosphäre, alles war ungewöhnlich. So lebendig.

Plötzlich wollte sie unbedingt Tag für Tag mit einer Zeichenmappe unter dem Arm die Treppe hinauflaufen, ihre Skizzen mit den anderen Damen besprechen, die Aquarellfarben auswählen, Öl erst viel später, wenn sie mehr gelernt hatte, und dann nach den Skizzen in leuchtenden Farben Bilder malen. Das war wie Musik. Wie Zuversicht.

An den Wänden des Empfangszimmers hingen Bilder,

die sicher hier entstanden waren. Ihr Herz begann heftiger zu klopfen. Diese lichten, flirrenden Farben. Landschaften, Natur, Bauernhäuser gar, Bäche mit Alleen, einfache Wiesen mit Kühen. Alltägliche Motive und Farben wie auf den meisten im Bilderzimmer in Nienstedten.

Freilichtkleckshereien, hätten andere zweifellos geurteilt, ohne Disziplin, ohne gerade Linien, Wahrhaftigkeit, erkennbare Strukturen. Diese waren – freier. Mutiger. So wollte sie selbst sein.

Eines der Bilder zeigte den Elbstrand, und die kleinen Kleckse oder Pinselstriche am Wassersaum, ganz leicht und fein und verwischt wie ein Wind oder ein Traumbild, das waren Kinder am Strand. Steine und Muscheln in den Händen? Eine Angelrute. Vielleicht eine Taftschleife.

Kinder am Elbufer. Wie lange war das her? Zehn Jahre. Länger. Zwölf, vielleicht vierzehn Jahre.

Tränen füllten ihre Augen – das war absurd. Nur weil sie ein Bild von Kindern an der Elbe sah.

«Aha. Sie schauen sich unsere Bilder an.» Valeska Röver war zurückgekommen. «Setzen Sie sich, meine Liebe.» Ihre Stimme klang sanft, Hetty spürte eine Hand auf ihrer Schulter, die sie leicht, aber bestimmt zu dem Korbsessel führte, der mit einem auf japanische Art gemusterten Überwurf bedeckt war. «Setzen Sie sich.» Fräulein Röver sah sie aufmerksam an. «Das Bild ist nur eine recht gelungene Anfängerarbeit, aber ich sehe, es hat sie berührt.»

«Ja», Hetty tupfte sich die Augen mit einem dieser unnützen Taschentüchlein. «Wie töricht.»

«Gar nicht.» Fräulein Röver lächelte verschmitzt, die Linien um ihre Augen wurden zu fröhlichen Falten. «Wer sich von Bildern berühren lässt, ist nicht töricht, sondern mit seiner

Seele wach verbunden. Und den Seelen anderer. Ja, lächeln Sie nur, das klingt romantisch, nicht wahr? Das ist es nur bedingt, denn es ist anstrengend. Trotzdem ziehe ich es dem Gegenteil vor. Ich finde, es gibt in dieser Hinsicht nur ganz oder gar nicht. Wer diese Offenheit hat, ist verletzlicher, jedoch bei aller Last, die das bedeuten kann, weniger einsam als andere Menschen. Selbst wenn er allein ist. Wie mag es Ihnen erst ergehen, wenn Sie nach Paris kommen – oder wenn Sie einen Liebermann sehen. Einen Munch, dieser junge Norweger. Sie kennen ihn gewiss nicht, eine gequälte Seele, er wird bald ein großer Künstler sein, ein Meister. Wenn Sie es sich leisten können, reisen Sie nach Paris. München, Düsseldorf, Berlin, alles schön und gut, aber Paris! Allen meinen Schülerinnen lege ich ans Herz, Unterricht bei einem der Meister in Paris zu nehmen. Ich werde selbst wieder dorthin gehen, wenn ich auch nie», ein abgrundtiefer Seufzer ließ ihre Schultern rund und ihr Gesicht klein werden, «wirklich niemals eine der Großen sein werde. Im nächsten Leben vielleicht, wer weiß? Ich halte neuerdings viel von der Idee der Wiedergeburt. Ein schöner Gedanke. Wenn es einen nicht gerade als Wurm erwischt, das wäre natürlich fatal.» Sie lachte glucksend, rief sich sichtbar zur Ordnung, dann setzte sie sich Hetty gegenüber und machte ein geschäftsmäßiges Gesicht. «Nun haben Sie mich zu einem Vortrag animiert. Was können wir sonst für Sie tun? Oder mit Ihnen?»

Als Hetty wieder die Treppe hinunterlief und auf die Straße hinaus ins Sonnenlicht trat, fühlte sie sich trotz allem, was geschehen war, beschwingt. Als habe das eine Leben mit dem anderen nichts zu tun. Vielleicht wurde sie verrückt. Man hörte davon, dass ein großer Verlust, ein furchtbarer seelischer Schmerz verrückt machen konnte. Es schien aber ganz und gar nicht verrückt. Zum ersten Mal, seit sie Schule und Pensionat verlassen hatte, hatte sie eine Aufgabe, einen Plan, eine Pflicht über das hinaus, was ein kleiner Haushalt erforderte, dessen Arbeiten ohnedies von Köchin oder Dienstmädchen verrichtet wurden.

An zwei Tagen in der Woche konnte sie nun Unterricht nehmen – immer pünktlich, bitte! Zunächst bis zum Beginn des neuen Studienjahres im Oktober, dann würde man weitersehen. Die Anfängerinnen unterrichtete Fräulein Röver selbst, auch wer in der Schule oder bei privaten Zeichenlehrern einigen Unterricht gehabt hatte, wie es bei jungen Damen aus gutem Haus üblich war, zählte dazu. Dass eine kam, die nie einen Zeichenstift oder Aquarellpinsel in der Hand gehabt hatte, kam einfach nicht vor.

«Warum wollen Sie gerade jetzt Unterricht nehmen?», hatte Valeska Röver gefragt. «Ich sehe, Sie sind in Trauer. Sie wissen sicher, dass man das nicht überall gut heißen wird. Missverstehen Sie mich nicht, ich finde es eine sehr gute Idee. Falls Sie sich mit der Malerei ablenken wollen, sollten Sie allerdings darauf verzichten. Pinsel und Farbe, Kohlestift, egal, es wird Sie nicht von dem, was Sie bewegt, wegführen, nichts zudecken, ob gute oder schlechte Erinnerung, Schmerz oder Sehnsucht, sondern Sie näher heranführen. Aber ich sehe schon, Sie sind fest entschlossen. Wer hat Ihnen eigentlich meine Schule empfohlen? Eine Freundin?»

«Eine Freundin, ja, hier in Hamburg. Aber ich habe schon in England von Ihnen gehört. In Bristol, dort habe ich bis vor kurzem gelebt. Ein Mr. Haggelow hat Ihre Schule erwähnt. Kennen Sie ihn? War er vielleicht hier? James Haggelow? Aus Newcastle.»

«Newcastle?» Fräulein Rövers Blick wurde wachsam.

«Newcastle, da war kürzlich etwas – lassen Sie mich nachdenken. Oh, Haggelow. War das der Name? Helfen Sie mir mal, ich habe den Ihren vorhin so flüchtig gehört, dass ich ihn gleich wieder vergessen musste. Der Vorname war Henrietta, nicht wahr? Und der Familienname?»

«Ich heiße Winfield, Henrietta Winfield.» Sie hörte selbst, wie ihre Stimme piepsig wurde. «Haben Sie diesen Namen auch schon gehört? Mein Mann heißt Thomas Winfield. War er einmal hier?»

Valeska Rövers Blick wurde ausdruckslos. Sie saß sehr aufrecht und starr.

«Ich lerne daraus», erklärte sie schließlich spitz, «dass ich immer richtig zuhören muss, wenn jemand seinen Namen nennt. Womöglich hätte ich Sie dann gar nicht hereingelassen, junge Dame. Haggelow und Winfield, interessant. Genau nach diesen Namen hat mich dieser Polizist schon gefragt. Allerdings hat er mir nicht erklärt, wieso er sich gerade bei mir nach diesen Herren erkundigt, von denen der eine, wenn ich nun zwei und zwei zusammenzähle, Ihr Gatte war, den Sie auf grausame Weise verloren haben. Mrs. Winfield also. Ich scheine die Einzige in der Stadt gewesen zu sein, die bis vor wenigen Tagen nichts davon wusste, ich meine von dem, was beim Meßbergbrunnen geschehen ist. Obwohl sonst jede Geschichte aus der Stadt durch meine Ateliers geistert. Ich kenne weder einen Mr. Haggelow, noch habe ich je von Ihrem Gatten gehört. Verraten Sie mir, was der Polizist mir verweigert hat: Was hat meine Schule, was habe ich mit Ihrem Gatten und diesem anderen Herrn zu tun?»

«Aber das ist es doch, was *ich* wissen möchte. In Thomas' Sachen fand sich eine Karte Ihrer Schule.» Hetty erhob sich, es war ihr unmöglich, weiterzusprechen, wenn sie dabei direkt in ein Unwillen und Ärger zeigendes Gesicht sehen musste. «Ich weiß nicht, was er in Hamburg wollte. Ich weiß nichts, als dass er diese Karte hatte. Ich muss doch versuchen, etwas herauszufinden. Verstehen Sie das?»

«Das verstehe ich, auch wenn mir missfällt, dass Sie damit mehr meiner Zeit als nötig verschwenden. Konnten Sie nicht einfach direkt fragen? Ohne dieses Brimborium von ‹Kann ich hier Unterricht nehmen?›.»

«Das hatte ich vor, jedenfalls so ungefähr. Aber dann – ich möchte den Unterricht wirklich nehmen. Diese Bilder hier, die Farben ... Bitte, weisen Sie mich nicht ab.»

Valeska Röver schob energisch ihren Stuhl zurück und erhob sich. «Nun fangen Sie bloß nicht an zu heulen», sagte sie so ruppig, wie sie zuvor weich auf den feuchten Schimmer in Hettys Augen reagiert hatte. «Dies ist ein seriöses Institut zur Ausbildung von Künstlerinnen, keine Trostakademie, kein Häkelclub. Hier wird gearbeitet. Und bevor Sie fragen: Nein, unter meinen Schülerinnen ist keine Engländerin. Nun gut, *Mrs. Winfield*, wir haben eine Vereinbarung, es spricht nichts dagegen, wenn Sie für einige Wochen Unterricht nehmen. Sie müssen ein paar Formulare ausfüllen. Wo wohnen Sie eigentlich? Sie erwähnten Ihre Familie.»

«Verwandte, ja, die Grootmanns. Sie haben mich aufgenommen. Aber ich werde in das Haus meines Vaters zurückkehren, schon sehr bald.» Ihr Blick streifte die Bilder an der Wand. Auch das Bild vom Strand der Elbe. «Vielleicht kannten Sie meinen Vater. Sophus Mommsen.»

«Mommsen? Doch, ich erinnere mich. Leider kenne ich ihn nicht selbst, ich bedaure das wirklich. Aber ich weiß, dass er auf unserer Ausstellung war und einige Bilder gekauft hat. Er scheint überhaupt an dieser Malerei interessiert. Soviel ich weiß, hat er auch einen Siebelist und einen Eitner erstanden. Landschaftsbilder. Ich glaube, sogar eines der Kuhwiesenbilder von Thomas Herbst. Was bemerkenswert ist, weil Herbst ein Künstler ist, der sich eher versteckt als hervortut. Sehr ungeschickt. Ihr Herr Vater gehört zu den wenigen in dieser Stadt, die wahre Kunst erkennen, anstatt Schmiererei und Skandal zu schreien und ihre Zimmerfluchten mit drittklassigen Historienoperetten zu schmücken. Nun wundert mich nicht, dass diese Bilder hier Sie erreicht haben, es liegt in Ihrem Blut. Grüßen Sie Ihren Herrn Vater von mir, sagen Sie ihm, er sei jederzeit willkommen.»

Hetty schluckte. «Mein Vater ist im vergangenen Monat gestorben», sagte sie, «deshalb bin ich überhaupt nach Hamburg zurückgekommen.»

«Ach, du meine Güte, ich lasse keinen Fettnapf aus. Auch gut, dann sind wir quitt, irgendwie. Wir fangen neu an, wenn Sie zum ersten Unterricht kommen.»

Sentimentalität konnte man Fräulein Röver nicht nachsagen.

* * *

«Die Rolle der armen Verwandten ist noch nicht besetzt. So eine gehört in jede Familie, nur wir haben keine.»

«Du bist unmöglich, Emma.» Claire lachte trotzdem. «Die Rolle der armen Verwandten ... Hetty ist so jung, da muss sich doch eine andere Möglichkeit finden. Eine mit ein wenig mehr Perspektive.»

«Ja, du hast recht.» Emma hatte ihre Tasse aus dem Samowar auf der Anrichte mit hellem dampfendem Tee gefüllt und fünf Tropfen Sahne dazugegeben. Sie nahm wieder in einem der großen, mit dunkel gestreiftem Chintz bezogenen Sessel Platz. «Wenn ich mir vorstelle, sie ist jünger als ich und schon Witwe. Wirklich erstaunlich. Ich finde aber, sie sieht älter aus. Und sie benimmt sich auch so.»

«Du könntest von ihr lernen», warf Lydia Grootmann mit einem ihrer seltenen nachsichtigen Lächeln ein.

«Gott bewahre! Verzeih, Claire, ich soll ja den Namen des Herrn nicht unnütz mit meinem respektlosen Mundwerk führen.»

Claire schwieg, und Lydia sagte: «Wolltest du nicht längst ausreiten, Emma? Wir wollen dich nicht aufhalten.»

«Ach ja, das war geplant. Nun gefällt mir eure Gesellschaft besser als so ein schnaubendes Ross. Und dieses Orangengebäck», sie griff mit spitzen Fingern einen glasierten Keks aus der Silberschale und betrachtete ihn angelegentlich, «das ist auch ein überzeugendes Argument zu bleiben. Viel besser als die Gurkensandwiches.»

Die Damen Grootmann – Lydia und ihre Töchter Emma und Claire – nahmen den Tee im Grünen Salon. Die großen Türen zur vorderen Terrasse, von der sich der Blick über den Uferfahrweg hinweg weit über den See bot, standen offen. Um den Tee draußen zu nehmen, war es heute zu windig, darin waren sie sich einig gewesen.

Ihr gemeinsames Thema hatte sich schnell ergeben: Henrietta und ihre Zukunftsaussichten. Friedrich Grootmann hatte beschlossen, innerhalb der Familie kein Geheimnis daraus zu machen. Immerhin bleibe Hetty Sophus' Haus über dem Elbufer, der Garten mit dem herrlichen Elbblick steigere den Wert beachtlich. Sie sei eine tüchtige, nicht verwöhnte junge Frau, wobei er die Betonung ebenso auf ‹nicht verwöhnt› wie auf ‹jung› gelegt hatte. Ersteres wies darauf hin, dass auch ein bescheidenes Einkommen annehmbar sei, wie es als Reisebegleiterin oder Gesellschafterin wohlhabender alter Damen, als Gouvernante vielleicht, zu erzielen war. Die Betonung von jung ließ seine Hoffnung durchscheinen, Hetty möge bald einen zweiten Ehemann finden, diesmal einen tatsächlich gutsituierten, der sich nicht auch noch ermorden ließ. Er hatte es nicht ausgesprochen, aber niemand bezweifelte, dass er zukünftig jeden Bewerber selbst aufs gründlichste prüfen werde.

«Eine zweite Heirat wäre so schön», fand Claire, «sie ist ein liebes Ding, recht hübsch und jung genug, viele Kinder zu bekommen. Sie neigt auch nicht zur Kränklichkeit, nicht wahr, Mama?»

Lydia war mit ihren Gedanken offensichtlich weit fort.

«Mutter?» Claires Stimme klang besorgt.

«Bitte? Oh, du fragst, ob Hetty je krank war. Nein, nicht ernsthaft.»

«Als Gouvernante hat sie heutzutage ganz schlechte Karten», gab Claire zu bedenken. «Da gibt es inzwischen ein enormes Überangebot. Selbst in den entlegensten Gebieten Russlands wie Bessarabien sollen alle Stellen vergeben sein. Außerdem werden gesetztere Damen bevorzugt. Wegen der Gefährdung der älteren Söhne und natürlich der Hausherren», fügte sie auf Emmas ungläubigen Blick hinzu. «Jedenfalls sind Anstellungen in halbwegs manierlichen Familien, egal in welchen Weltgegenden, kaum mehr zu finden. Falls ihr euch nun fragt, woher ich so gut Bescheid weiß – ich habe mich im vergangenen Jahr mal erkundigt. *Ich* hätte die allerbesten Chancen gehabt.»

«Englische Familien schicken übrig gebliebene Kandidatinnen auf Gattenfang nach Indien», erklärte Emma. «Mit unseren

Kolonien ist es nicht weit her, wirklich bedauerlich. Aber du könntest deinen Pastor von St. Gertrud fragen, Claire, er hat sicher Verbindung zu Missionaren im afrikanischen Urwald. Europäer sterben in den Gegenden wie die Fliegen, heißt es, gesunde junge Frauen finden dort immer einen braven gottgefälligen Ehemann. In einer Missionsstation zu wirken, ist eine dankbare Lebensaufgabe. Ein echtes Abenteuer nebenbei. Nicht immer nur Teegesellschaften, Tennis und Travemünde im Sommer.»

«Emma! Was für eine absurde Idee!»

«Findest du, Mama? Es muss nicht unbedingt ein Missionar sein, zugegeben, das ist nicht nach jedermanns Geschmack. Ich weiß gar nicht, ob unsere Cousine fromm genug ist, obwohl sie mir ganz so aussieht. Wie wäre es mit einem Arzt? Es gibt eine Menge europäischer Doktoren dort, die brauchen auch Ehefrauen.»

«Aber nicht unsere Hetty. Auf keinen Fall», widersprach Claire heftig. «Die haben meistens einen Grund, warum sie in so gottverlassene Länder verschwinden. Viele sind schwere Alkoholiker. Oder Morphinisten. Oder beides. Afrika ist eine dumme Idee, Emma, Hetty bleibt hier. Sie hat nur noch uns. Oder nicht?»

Keine wusste eine verlässliche Antwort. Alle stellten fest, dass sie wenig von Hettys Leben wussten.

«Marline», sagte Lydia endlich. «Marline Siddons war eine enge Freundin ihrer Mutter. Mrs. Siddons ist mit ihrem Mann nach Bristol gezogen … nein, mir fällt gerade ein, dass sie inzwischen in Konstantinopel leben.»

«Konstantinopel», seufzte Emma. «Warum hast du das nicht gleich gesagt. Das ist doch wunderbar. Ich biete mich als Begleiterin an, nein, ich dränge mich auf! Hetty darf keinesfalls allein reisen, das wäre höchst unschicklich, geradezu ein Skandal. Damit wären ihre Heiratschancen dann endgültig *perdu*.»

«Valentin wird hocherfreut sein», sagte Claire mit ungewohnter Schärfe. «Seine liebende Braut geht ohne ihn auf eine monatelange Reise in den Orient, anstatt die Hochzeit vorzubereiten. Im Übrigen verhandeln wir Hetty gerade wie einen alten Gaul, der das Gnadenbrot bekommen soll. Das ist anmaßend. Zuerst ist sie hier bei uns, in diesem Haus, in Sicherheit. Sie braucht doch Zeit, zu begreifen, was in den letzten Wochen geschehen ist, was es wirklich bedeutet. Dann können wir immer noch fragen, ob sie unsere Vorschläge und Hilfe wünscht.»

«Amen», murmelte Emma, was zu ihrem Glück keine der anderen hörte. Lydia nickte nur, bekümmert und auch beschämt, obwohl sie kaum zugehört hatte. Sie war mit ihren Gedanken weit in die Vergangenheit gelangt und dem alten Schmerz begegnet.

Emma hatte ihre Meinung in bewährter Manier blitzschnell geändert. «Du hast schon wieder völlig recht, Claire, obwohl ich das mit dem Gaul und dem Gnadenbrot übertrieben finde. Ich hatte schon an die Mädchengewerbeschule gedacht. Es soll zwar ein bisschen langweilig sein, Unterricht auf altmodische Art und niedrigem Niveau, aber doch solide. Hanseatisch, möchte man sagen. Danach kann man sich zum Beispiel als Zeichenlehrerin verdingen und vom eigenen Einkommen leben. Das ist sehr begehrt.»

«Danke, Emma, den Vorschlag könnte ich bedenken.»

Alle drei fuhren herum, Henrietta stand in der Terrassentür, blass, die Augen dunkel, das Haar vom Wind auf dem Dampfboot zerzauster als üblich.

«Hetty hat gelauscht.» Emma klang kein bisschen ertappt

oder beschämt. «Wie reizend. Haben wir dich amüsiert oder beleidigt? Das ist oft schwer auseinanderzuhalten.»

«Oh, Hetty, wir begannen schon, uns zu sorgen, da haben wir ein paar Überlegungen angestellt, nur ganz vage, was uns gerade so durch den Kopf ging. Es ist noch heißer Tee da, soll ich frischen kommen lassen?»

«Tee wäre jetzt wunderbar, Claire, er muss nicht frisch sein. Ich habe tatsächlich gelauscht. Das passiert leicht, wenn man sich gegen den Haupteingang und für die offene Terrassentür entscheidet und aus dem Salon den eigenen Namen hört. Ich finde den Vergleich mit dem Gnadenbrot auch ein bisschen hoch gegriffen. Wenn ihr euch bitte alle wieder setzen würdet? Ich möchte nun etwas sagen.»

Sie nahm die Tasse, die Claire ihr reichte, aber sie trank nicht. «Als ich dort draußen stand, habe ich gemerkt, dass ich meinen Entschluss schon gefasst habe. Ich hatte gedacht, dazu brauche es noch einige Tage, aber das ist nicht nötig. Ich bin euch so dankbar, dass ihr mich aufgenommen und versorgt und gepflegt habt. Ich weiß nicht, was ich ohne euch und eure Großzügigkeit getan hätte. Ihr habt mir auf eine Weise geholfen, die ich nie erwartet hätte. Ich kann euch vertrauen. Aber es ist Zeit, wieder in unser Haus zu ziehen. Ich möchte dort sein, alles ordnen und – ja, ich weiß, dass ich das Haus und den Garten verkaufen muss. Gerade deshalb muss ich noch so viel wie möglich dort sein.»

«Das verstehen wir natürlich, du bist dort aufgewachsen, deine Eltern, deine Erinnerungen ... Aber hier bist du viel besser aufgehoben», protestierte Claire, «in Nienstedten bist du ganz allein. Und wir werden dich vermissen.»

«Frau Lindner wird bei mir sein, auch Papas Freunde, und vielleicht bekomme ich Besuch von euch? An zwei Tagen in der Woche werde ich selbst in der Stadt sein. Es ist nicht die Mädchengewerbeschule, Emma, ich habe mich heute in Fräulein Rövers Damenmalschule eingeschrieben, zunächst nur zur Probe und bis ich weiß, was morgen, übermorgen und im nächsten Jahr sein wird.»

In der Diele herrschte Unruhe, Männerstimmen waren zu hören, und Ernst kam mit langen Schritten herein, gemächlicher gefolgt von seinem Bruder.

«Wir wollten nur schauen, ob Henrietta die erdrückenden Nachrichten heute Morgen halbwegs bewältigt hat. Aber habe ich gerade richtig verstanden? Die Röver'sche Schule? Das kann ich nicht gutheißen.»

«Ach, lass doch, Ernst. Eine ganze Reihe uns gut bekannter Familien schicken sogar ihre Kinder zum Kunstunterricht zur Röver. Wenn Hetty gerne malen möchte …» Felix war an der Anrichte stehen geblieben und betrachtete das letzte Sandwich wie ein fremdartiges, interessantes Objekt.

«Darum geht es nicht, Felix. Man bekommt dort eine recht gute Ausbildung, aber die Schule hat einen schillernden Ruf, und unsere Cousine ist ohnedies eines der Lieblingsthemen der Klatschbasen in den Salons der Stadt. Und die neuen Lehrer, die die Röver eingestellt hat, mit ihren schwammigen Linien und dieser ewigen Freilichtmalerei, sollten besser selbst noch lernen.»

«Vergiss nicht den Anatomieunterricht und das Aktzeichnen», fiel Emma ihrem ältesten Bruder mit spottendem Vergnügen ins Wort. «Was überall für Damen verboten ist und sie von den Akademien ausschließt, wird dort unterrichtet, weil es zu den klassischen Techniken gehört. Kein Wunder, bei all diesen schamlosen griechischen und römischen Statuen!»

«Aber bei der Röver immer mit der nötigen Schamhaftigkeit», erklärte Felix fröhlich, «sonst nageln ihr die Herren vom Senat womöglich die Schule zu. Wenn die Röver Akte zeichnen lässt, müssen zumindest die männlichen Modelle kurze Turnerhosen tragen oder Tücher um die Lenden wickeln, wie die Fakire im Zirkus. Ich finde das übrigens sehr vernünftig.»

So ging es noch ein bisschen hin und her. Felix, sonst der charmante Plauderer der Geschwister, trug nichts mehr bei, er hatte sich des letzten Sandwiches erbarmt, und natürlich sprach er nie mit vollem Mund. Hetty war nun sehr müde. Sie hörte zu, erstaunt, wie bekannt die Röver'sche Schule mitsamt ihrem Lehrplan war. Und wie heftig umstritten, obwohl – auch das erfuhr sie jetzt – die beiden wichtigsten Museumsdirektoren der Stadt, nämlich der Kunsthalle und des Museums für Kunst und Gewerbe, den Unterricht entschieden befürworteten. Professor Brinkmann vom Kunst- und Gewerbemuseum ließ sogar seine drei Töchter dort unterrichten. Das gab ihr ein Stück dieser unwirklichen sorglosen Heiterkeit zurück, denn sie fühlte sich schon parteilich und war sehr zufrieden, zu einem solchen Institut zu gehören.

Niemandem fiel auf, wie still Lydia Grootmann war. Sie galt auch sonst nicht als temperamentvolle Teilnehmerin debattierender Gesprächsrunden, aber nur zu schweigen war nicht ihre Art, sie hätte es zudem selbst als unhöflich bezeichnet. Ihr Blick ruhte auf ihrer Nichte, und sie verstand, es war Zeit, über ihren Schatten zu springen und mit der Vergangenheit Frieden zu schließen. Während Julianes langem Kränkeln, noch mehr nach ihrem Tod hatte sie verweigert, dass das Kind ihr Herz berührte, und als Henrietta ihrer Mutter immer ähnlicher wurde, hatte sie ihre Gegenwart noch schwerer ertragen und anderen überlassen, was ihre Aufgabe gewesen wäre. Nun hoffte sie brennend, es sei nicht zu spät, dies endlich zu ändern.

Niemand achtete auf die schmale Gestalt, die halb verborgen von den weinroten Portieren in der Tür stand, bis Felix ihre Gegenwart spürte und sich umwandte.

«Mary», rief er, «warum stehst du da so allein und kommst nicht zu uns?»

Er schritt rasch zu ihr, beugte sich zum Kuss über ihre Hand und zog sie in den Salon.

«Ihr habt sicher Wichtiges zu besprechen, da will ich nicht stören. Ich suche nur, ich meine, Lisette hat ihr Märchenbuch verloren, und ohne eine dieser Geschichten mag sie nicht einschlafen. Ich dachte, vielleicht hat sie es hiergelassen. Sie war doch heute hier? Am Vormittag?»

«Tatsächlich? Mir ist sie nicht begegnet, ihr Buch auch nicht», behauptete Emma. «Miss Studley kann doch sicher aus einem anderen vorlesen.»

«Ach, Emma.» Lydia erhob sich rasch aus ihrem Sessel, warf Emma, die schon zu einer ihrer stets ins Zentrum treffenden spitzen Bemerkungen ansetzte, einen Blick zu, der sie schweigen ließ, und nahm leicht Marys Arm. Erst jetzt gab Felix ihre Hand frei.

«Wir fragen Frau Grünberg», schlug Lydia vor. «Als eigentliche Herrin über dieses Haus und seine Dienstboten weiß sie alles, auch über verlorengegangene Märchenbücher. Seid ihr nicht heute Abend bei den Krugfelds zum Dinner?»

«O ja, Herr Mahler wird auch erwartet, es heißt, er werde in Begleitung eines Fräuleins von Mildenburg kommen, sie ist für die neue Spielzeit am Stadttheater engagiert und soll einen engelhaften Sopran haben. Es war doch Sopran? Ja, Sopran. Ich hoffe sehr, sie werden so großzügig sein, für die Gäste zu musizieren. Wenigstens ein Lied.»

Plötzlich war alles an Mary lebendig und glühend. Vielleicht brauchte ihre nervöse Seele keinen Kuraufenthalt oder eine ausgedehnte Reise an die Côte d'Azur, sondern nur einen neuen Flügel und einen zartfühlenden Musiklehrer.

«Natürlich», sagte Ernst, «das Dinner. Ich habe es nicht vergessen. Wird die Zeit zum Umkleiden schon knapp?» Er warf einen Blick zur Standuhr. «Kein Frack heute, nicht wahr? Nur der Smoking. Hat Kilian alles herausgelegt?»

«Längst», sagte Mary. Felix grinste: «Smoking? Ich wusste gar nicht, dass mein großer Bruder der neuen legeren Mode folgt.»

Ernst lächelte.

Kapitel 9

Donnerstag

Sehn Sie mal. Hier kann man nun von Kehle durchschneiden sprechen. Muss man sogar.» Dr. Winkler hob den Handrücken vor den Mund und gähnte herzhaft. Die Spitzen von Ring- und Mittelfinger waren blutig. «Sie müssen entschuldigen, Ekhoff, ich bin nicht so abgebrüht, wie es scheint, Mordopfer lassen mich nie gähnen. Aber unter meinen Patienten sind zwei Kinder mit Hirnhautentzündung, schreckliche Sache. Spät ins Bett und vor Sonnenaufgang wieder raus – für so was werde ich allmählich zu alt.» Er nahm den Zwicker von der Nase und rieb sich mit beiden Handballen die Augen, murmelte etwas, das nach «Starker Tee wär jetzt famos» klang, und beugte sich wieder über den Toten auf dem Straßenpflaster. «Ja, diesem armen Teufel hat einer die Kehle durchgeschnitten. Von links nach rechts. Umgekehrt, falls er Linkshänder ist, aber das ist ja selten. Wenn in der Anatomie das Blut abgewaschen ist, kann ich gewöhnlich erkennen, wie das Messer geführt wurde. So oder so gründliche Arbeit, tiefer Schnitt mit einer verdammt scharfen Klinge. Ekelhaft, was?»

Paul Ekhoff musste sich nicht näher zu dem Toten beugen, um zu sehen, was geschehen war. Er tat es trotzdem. Und begann prompt wieder zu frösteln, wie meistens, wenn er einem Gewaltopfer sehr nah kam. Manchmal schwitzte er dann auch. Aber viel seltener.

Im Osten ging jetzt die Sonne auf, der Tag war klar. Es würde noch ein wenig dauern, bis ihre Strahlen in die Straßen der Stadt leuchteten und die Kühle der Nacht vertrieben, Gassen wie diese erreichte nie ein Sonnenstrahl, sie waren zu schmal und zu tief. Immerhin wurde es nun auch hier rasch heller.

Der Doktor wischte seine Finger an einem Tuch ab, tastete über die Unterkiefer und den Nacken des Toten und nickte mit einem bestätigenden Brummen.

«Das dachte ich schon», erklärte er, «noch keine Totenstarre. Hören Sie? Ich habe Totenstarre gesagt und mir *rigor mortis* verkniffen. Brav, was? Jeder kann mich verstehen, sogar Ihr Wachtmeister Schütt. Unser Toter hier fühlt sich auch noch halbwegs warm an, weit kann der Kerl mit dem Messer nicht sein. Ich meine richtig weit. Sagen Sie auch mal was, Ekhoff?»

«Tja, was soll ich sagen? Mir fallen dazu nur Bemerkungen ein, die ich besser für mich behalte. Der Mord vom Meßberg ist nach wie vor ungeklärt, und nun liegt hier ein zweiter Toter, auch mit einer scharfen Klinge ermordet, und von einem, der sich ganz offensichtlich gut mit Messern auskennt. Schütt?»

Ekhoff hatte wie der Polizeiarzt neben der Leiche gehockt, nun erhob er sich, seine Knie fühlten sich steif an, und sah sich nach seinem Wachtmeister um. Der stand putzmunter einige Schritte abseits und flüsterte mit wichtiger Miene einer kleinen dicken Frau etwas ins Ohr, die in der Tür des nächsten Hauses lehnte, zwei weitere hatten es sich in einem Parterrefenster mit Kissen unter den Armen kommod gemacht. Auch aus anderen Fenstern und Türen schauten Neugierige. Es konnte nur noch Minuten dauern, bis so viel Publikum in die Holztwiete strömte, als locke hier ein Kuriositätenkabinett. Solche Nachrichten flogen selbst um eine so frühe Stunde schnell wie der Wind von Haus zu Haus, von Straße zu Straße.

Wenigstens war noch kein Zeitungsschreiber aufgetaucht. Seltsamerweise fehlten auch die Hunde. Die Streuner waren stets die Ersten an einem blutigen Tatort, was nie ein Spaß war. Ekhoff entdeckte auch keine Ratten, das hob seine Stimmung etwas, obwohl er wusste, dass sie immer in den Kellerlöchern und Abflussrohren lauerten. Wenn der Tote in die Anatomie abtransportiert, auch die Spurensuche beendet war und wieder Ruhe einkehrte, würden sie, schnell wie der Blitz, aus ihren Verstecken kommen und mit den Hunden, Katzen und Krähen um die klebrige Beute im Straßenschmutz kämpfen. Die Blutlache war erheblich.

«Schütt», zischte Ekhoff. «Was machen Sie da, und wo bleiben die Männer für die Absperrung?»

«Sind unterwegs, Herr Kriminalkommissar, längst unterwegs.» Schütt nahm gemächlich Haltung an. «Die sind gleich hier und der Fotograf auch. Der schleppt ja immer schweres Zeug mit sich rum, er hat jetzt eine Fotoassistentin, hübsches junges Ding, muss man sagen. Wenn er ihr eine Nachricht geschickt und sie herbefohlen hat, wird dem Fräuleinchen sicher schlecht. Bei so 'ner ernsten blutigen Arb...»

«Schütt!!» Ekhoff ballte die Fäuste hinter dem Rücken. «Bis die Absperrung steht, sorgen Sie dafür, dass die Leute keine Spuren zertrampeln und wir in Ruhe arbeiten können. Abstand halten, vor allem Abstand halten. Hier kann jetzt keiner durch. Klar?»

«Zu Befehl.» Nun stand Schütt doch stramm. Er war einerseits beleidigt, andererseits genoss er es, für einige Minuten enorm wichtig zu sein. Letzteres wog schwerer und setzte sich in einigen laut gebrüllten Anweisungen an die nun rasch wachsende Menge der Zuschauer um, was auch die letzten Bewohner der Holztwiete herauslockte.

Zum Glück trafen just in diesem Moment zwei berittene Wachtmeister ein, die sich auf ihren respektgebietenden Pferden den Weg durch die Menschenmauer bahnten. In der schmalen Gasse reichte an jeder Seite eines der mächtigen Tiere, um sie für den Durchgang komplett zu sperren. Ekhoff bedankte sich bei beiden Männern mit einem deutlichen Winken. Er hatte früh gelernt, wie wichtig es für einen wie ihn war, der keine Uniform mehr trug, den Uniformierten besonders aufmerksam zu begegnen. Bei einigen fiel das schwer, im Allgemeinen jedoch fand er das nur recht und billig.

«Wenn der Fotograf seine Arbeit getan hat, kann die Leiche in die Anatomie», entschied Dr. Winkler. «Der Mann ist übrigens hier ermordet worden, genau an dieser Stelle, denke ich. Das ist bei dieser Blutlache eindeutig.»

Im Publikum wurde es unruhig, es wurde laut gemurrt, sogar das Pferd des Rittwachtmeisters an der Seite der Twiete zur City schüttelte nervös die Mähne. Die Ursache war Henningsen. Er drängte sich durch, zerzaust, das Hemd zerknittert und ohne Kragen, keine Manschetten unter den Ärmeln des Tweedjacketts, in der Hand schon sein zerknautschtes Notizbuch.

«Schneller ging es nicht», japste er. «Nummer zwei? Wer ist es?»

Dr. Winkler grinste, er kannte diese eifrigen Anfänger, und er mochte sie. Immer wieder neue Jungs, seit zwei Jahrzehnten. «Da müssen wir Sie enttäuschen, Herr Assistent, Nummer zwei ist der hier wohl kaum. Der Erste war ein eleganter Engländer, dieser ein Pauper, das sieht man ihm gleich an, einer vom Lumpenproletariat. Völlig andere Schicht. Die haben nichts miteinander zu tun. Vor allem aber: Messer ja, gleiche Tötungsweise nein. Was denken Sie, Ekhoff?»

Ekhoff zögerte. Hier waren ihm zu viele weit aufgesperrte Ohren, um solche Erwägungen und Details auszutauschen. Leider versäumte Dr. Winkler, die Stimme zu senken.

«Ja», sagte Ekhoff endlich ebenso laut, «ja, das ist richtig. Die beiden Morde haben sicher nichts miteinander zu tun. Nein, Henningsen. *Jetzt* keine Widerrede. Klar?!»

Henningsen schluckte. Er hatte sich über die Leiche gebeugt und sofort widersprechen wollen. Und sofort verstanden.

«Ganz klar», murmelte er und schaute noch einmal genau hin, «das versteht sich.»

«Genau. Und jetzt machen Sie Ihre Skizzen und Notizen. Nur die Lage, den Ort – Sie wissen schon. Und da kommt Schröder, na endlich.»

Diesmal musste der Rittwachtmeister sein Pferd sehr mühsam überreden, ruhig zu bleiben, denn der Fotograf zerrte seinen auf dem unregelmäßigen Pflaster ratternden Bollerwagen mit der schweren Ausrüstung samt Leiter durch die Menge. Die neue Assistentin war nicht bei ihm, offenbar hatte man versäumt, sie zu benachrichtigen. Sie war eine der ersten Frauen überhaupt im Stadthaus; wenn endlich die Telefon- und Telegraphenanlage fertig installiert war, sollten weitere folgen. Frauen bei der Polizei, und sei es auch nur für schlichte Hilfsdienste? Nicht jeder Polizist wusste, wie er mit ihnen umgehen sollte.

Anders als beim Meßbergmord war die Straße nicht erst kurze Zeit vor der Tat gekehrt worden. Die Holztwiete fehlte auf der Liste der Straßen, Plätze und Gassen, die regelmäßig von der städtischen Straßenreinigung gesäubert wurden. Jedenfalls hatte es den Anschein. Hier gab es viel zu suchen, ob auch etwas zu entdecken war, würde sich zeigen.

«Wer hat ihn gefunden?», fragte Henningsen und sah von seinem Notizbuch auf.

Dr. Winkler und Kriminalkommissar Ekhoff sahen sich fragend an. Sie waren beide durch die Dovenfleet-Wache benachrichtigt worden und hatten sich beeilt, in ihre Kleider und zum Fundort zu kommen. Diese Frage hatten sie noch nicht gestellt. Dr. Winkler, weil jeder unbekannte Tote für ihn wie eine Rechen- oder Rätselaufgabe war, die ihn ganz in Anspruch nahm, Ekhoff, weil er den Mann gleich erkannt und gewusst hatte, dass höchstwahrscheinlich Thomas Winfields Mörder sein Messer erneut angesetzt hatte, wenn auch auf andere Weise. Es konnte einfach kein Zufall sein, wenn der Mann, der die Taschenuhr des toten Engländers auf der Straße gefunden hatte, nun selbst zum Opfer geworden war. Es bestärkte Ekhoff in seinem Verdacht, die Uhr sei mit Absicht auf die Straße gelegt worden, damit sie jemand finde und als Mörder verdächtigt und verurteilt werde. Gerade einer wie Weibert? Oder *extra* Weibert? Wenn sein Steckenpferd bekannt war, seine Spiele mit Messern – dann war die Sache mit dem Fund der Taschenuhr womöglich auch kein Zufall, sondern solide Planung gewesen.

«Ich hab ihn gefunden», unterbrach eine tiefe, ans leise Sprechen gewöhnte Stimme Ekhoffs Überlegungen. Weder der Arzt noch die Polizisten hatten ihn bisher gesehen oder gar beachtet. Vigilanz-Offiziant Dräger hatte die ganze Zeit im nächsten Hauseingang gestanden, zugehört und zugesehen und war selbst wieder einmal unsichtbar gewesen.

«Dräger, Sie?», fragte Ekhoff, und Henningsen pfiff leise durch die Vorderzähne.

«Ja», sagte Dräger, durch das Publikum ging ein unmutiges Raunen, als der dunkel gekleidete Mann – es konnte nur ein Arbeiter oder Tagelöhner sein, vielleicht ein Altgeselle oder Kutscher – aus dem Hauseingang trat und so leise sprach, verdammt noch mal!, dass man schon in zwei Metern Entfernung kein Wort mehr verstand, nicht mal ungefähr.

«Tut mir so leid», sagte Dräger und zeigte mit dem Kinn auf den Toten. «Ich hab gehört, wie der Weibert wieder rumgeprahlt hat. Er wollte sich Ersatz für die entgangene Taschenuhr holen, hat er gesagt, da, wo die Uhr herkommt. Oder so ähnlich. Er hat ein bisschen wirr gesprochen.»

«Wirr?», fragte Dr. Winkler.

«Zu wenig Alkohol an dem Tag. Das macht manche genauso wirr im Kopf wie zu viel davon. Solche Reden sind ja nie gut, da dachte ich, kann nicht schaden, ein Auge auf ihn zu haben. Aber ich kann nicht rund um die Uhr aufpassen, und ich war zu spät. Einer wie der Weibert ist sonst nie so früh unterwegs. Ich bin heute Morgen vor Sonnenaufgang los, wenn die Tagelöhner zur Frühschicht um Arbeit anstehen, wird da auch viel geredet. Wie ich hier durchgehe, sehe ich grade noch den Weibert zusammensacken und einen weglaufen. Jedenfalls sah es so aus. Es war noch duster, gerade mal erste Dämmerung. Ich konnte nichts machen, und der Kerl war zu schnell und plötzlich weg, schlagartig, obwohl er komisch lief, irgendwie komisch. Ich denk noch drüber nach.»

* * *

Der Mord in der Holztwiete sprach sich schnell herum, wurde aber ebenso schnell von einer Havarie auf der Elbe nahe dem Kaiserhöft verdrängt. Gleich wurde behauptet, der englische Kapitän und sein Steuermann hätten nicht aufs Fahrwasser und den im Hafen stets turbulenten Verkehr geachtet, sondern zu dem Turm auf dem Kaispeicher A geblickt und auf die Zeitanzeige gewartet. An jedem Tag Punkt 12.40 Uhr fiel in einem

Metallgestänge auf der Turmspitze, unter einer Fahne weithin sichtbar, ein Ball herab, damit auf den Schiffen (an den Ufern, auf den Kais und in vielen Kontoren) die Uhren korrekt gestellt werden konnten. Ohne exakte Uhrzeit war die Navigation auf den Meeren nun mal unmöglich, und 12.40 Uhr Hamburg-Zeit war genau 12.00 Uhr Greenwich-Zeit.

Es gab nahezu täglich Unfälle im Hafen, auf den Kais, in den Schuppen und besonders die Havarien auf dem Wasser. Letztere wurden erst richtig zum teuren Ärgernis, wenn die Schiffe liegen blieben, nur schwer zu bergen waren und – unter der Wasseroberfläche für die Schiffsführer unsichtbar – Gefahr für den Schiffsverkehr bedeuteten, was bei versenkten Schuten oder kleinen Barkassen nahezu an der Tagesordnung war.

In diesem Fall hatte ein englischer Kohledampfer versucht, einem aus dem Ruder laufenden Schleppkahn auszuweichen, und war dabei mit einer Jolle kollidiert, die mit fünfzehn Hafenarbeitern zum Reiherstieg unterwegs war. Vier Männer waren tot, zwei wurden noch vermisst. Es war ein großes Drama. Die Spekulationen und Phantasien darüber, wie ein im Wasser treibender oder um sein Leben schwimmender Arbeiter durch die Schiffsschrauben zugerichtet werden konnte, waren erheblich grauenvoller, als ein in einer nächtlichen Gasse ermordeter Mann sie auslösen konnte, der zudem ein Säufer gewesen war und sich auch sonst auf den Pfaden der Tugend wenig auskannte.

Kriminalkommissar Paul Ekhoff fand die Schwere des Unglücks bedrückend. Ihn, der auf dem Fischkutter und am Elbufer aufgewachsen war, berührte alles, was am und auf dem Wasser passierte, stärker als Leute, die aus Barmbek oder noch weiter aus dem Hinterland kamen. Auch wusste man zuerst nie, ob es einen getroffen hatte, den man kannte, einen, mit dem man den ersten Fisch geangelt oder den ersten Tabak versucht hatte. Einen Verwandten gar, Bruder oder Schwager.

Für den riesigen Hafen mit seinem explosionsartig wachsenden Verkehr und den vielfältigen Aufgaben war die Hafenpolizei zuständig, ebenso für die Alster, die Kanäle und Fleete. Ihre etwa dreihundert Männer taten in zehn Wachen Dienst, sie mussten zuvor als Steuermann gefahren sein, für die Maschinisten der Polizeibarkassen reichte ein Zeugnis als Maschinist auf einem Flussdampfschiff. Alle mussten Plattdeutsch und mindestens eine Fremdsprache beherrschen. In einer so großen Hafenstadt genoss die Hafenpolizei besonderes Ansehen. An manchen Tagen wurmte Ekhoff das, an Tagen wie diesem war er froh darum. Alle, die etwas zu sagen hatten, und alle, die den Klatsch durch die Stadt trugen, wandten sich dem Geschehen im Hafen zu, selbst der Polizeirat, der bei allem Lob für seinen jüngsten Kriminalkommissar erste Anzeichen von Ungeduld zeigte. Ekhoff konnte seiner Arbeit in Ruhe nachgehen. Das Unglück kam ihm also gar nicht ungelegen.

Noch folgten er und Henningsen der üblichen Routine, verstärkt durch Wachtmeister Schütt und einen weniger erfahrenen Unterbeamten. Schütt kannte ihn aus seinem Sparclub und hatte mit ungewohnter Verve für ihn gutgesprochen. Die Holztwiete war kurz, die Bewohner der Häuser überaus zahlreich. In Gassen wie dieser und so nah am Hafen lebte in jeder Wohnung eine ganze Traube von Menschen. Es gab Höfe mit Durchgängen zu dahinterliegenden Gassen, auch zur Deichtorstraße, es gab unübersichtliche, sich jeden Tag verändernde Baustellen – es wurde ja überall gebaut. Kurz und gut, es gab mehr Leute zu befragen und anzuhören, als eine kleine Twiete vermuten lässt.

Die Aussicht auf Erfolg war gering, es musste trotzdem

getan werden, und zwar mit unermüdlicher Aufmerksamkeit und Neugier. Ekhoff gab sich Mühe. Der Mann, der von dem Toten weggerannt war, sei ‹irgendwie komisch gelaufen›, hatte Dräger gesagt. Er wolle noch darüber nachdenken. Komisch? Hatte er ein Bein nachgezogen? Einfach gehumpelt?

Es gab viele Arten zu humpeln, und es sah immer ein bisschen anders aus, ob einer ein Holzbein hatte, einen Klumpfuß, eine kranke Hüfte oder nur einen verstauchten Knöchel. Oder eine frische Verletzung, womöglich nach einem Kampf, einer, der kurz davor war, selbst umzufallen.

Oder einer, der bemerkt hatte, dass er beobachtet wurde und schlau die Möglichkeiten kalkulierte. Der kalt und schnell genug war, sich so zu verstellen.

Bis zu Hetty war von alledem nichts vorgedrungen. Sie hatte den durchaus verlockenden Versuchen der Grootmanns, besonders Claires und Emmas – erstaunlicherweise! –, sie zum Bleiben zu überreden, widerstanden. Es ging schon gegen Mittag, als endlich alles gepackt und der große Koffer und die Taschen in der Kutsche verstaut waren. Friedrich und Ernst Grootmann waren längst im Kontor, sie hatten sich nach dem Frühstück verabschiedet. Felix war noch gestern Abend in seine Stadtwohnung zurückgekehrt.

Der Abschied war warmherzig, auch Lydia Grootmann hatte ihre Nichte umarmt und versichert, sie möge jederzeit zurückkehren, hier sei immer ein Platz für sie. Es hatte nicht nach einer leeren Floskel geklungen, und als Hetty endlich in die offene Kutsche stieg, hatte Lydia plötzlich gesagt: «Claire, gib mir dein Schultertuch, der Wind von der Elbe kann frisch sein. Ich möchte dich begleiten, Henrietta. Natürlich nur, wenn es dir recht ist.»

Frau Lindner hatte noch gestern Abend Nachricht von Frau Winfields Rückkehr bekommen und alles vorbereitet – was immer das heißen mochte. Jedenfalls war ihr Zimmer gelüftet, ein leichter Duft von Heu und Lavendel lag in der Luft – Lavendel von Bettwäsche und Handtüchern, der intensivere Geruch des Heus kam durch das Fenster herein. Im Salon waren die Türen zur Terrasse weit geöffnet, auf der Anrichte stand neben Gebäck und Tee ein großer Strauß von Margeriten und Kornblumen. Die Ankunft von zwei Damen konnte Alma Lindner nicht aus der Fassung bringen. Es hätte sie viel mehr gewundert, wenn niemand Frau Winfield begleitet hätte, dass es allerdings Frau Grootmann selbst war, überraschte sie. Sie konnte sich nicht erinnern, ihr je zuvor die Haustür geöffnet zu haben.

Lydia blieb gerade lange genug für eine Tasse Tee unter der Terrassenmarkise. Sie war von ungewohnter Befangenheit, die Hetty das irritierende Gefühl gab, die Ältere zu sein. Etwas hatte sich verändert. Die Wand aus Glas, die immer zwischen ihnen bestanden hatte, hatte Sprünge bekommen. Oder schien es nur so? Doch nun war nicht die Zeit, darüber nachzudenken, wie sich ihre Tante fühlte, wenn sie nach vielen Jahren zum ersten Mal wieder das Haus betrat, in dem ihre Schwester gelebt hatte und jung gestorben war, deren großes Porträt sie im Entree empfing. Hetty selbst war nun nach langer Zeit zurückgekehrt, die wenigen Stunden nach ihrer Ankunft im Juli zählten kaum. Nachdem Lydia Grootmann wieder von Brooks hinaus auf die Elbchaussee kutschiert wurde und Hetty ins Haus zurückkehrte, sah sie das Lächeln ihrer Eltern von den Porträts in der Diele nicht als Sinnbild ihres Verlustes, sondern als Trost.

Wieder im Garten, spürte sie die sommerliche Brise von der Elbe, atmete den Duft der späten Rosen und fühlte eine tiefe

Ruhe einkehren. Sie hatte richtig entschieden. Solange dieses Haus und sein Garten ihr gehörten, wollte sie auch hier leben. Egal, wie kurz die Zeit war.

Alma Lindner stand am Fenster, blickte auf die schmale Gestalt im schwarzen Kleid und dachte nach. Es gab nun manches zu bedenken und zu entscheiden. Zuerst allerdings, ob es richtig wäre, Frau Winfield zu berichten, was sie gerade erfahren hatte, nämlich von dem Toten in der Hamburger Holztwiete. Insbesondere, dass dieser Tote – dieses zweite Opfer eines Messermörders – der Mann gewesen war, der versucht hatte, Mr. Winfields Taschenuhr zu verkaufen. Die Uhr, über die er angeblich auf der Straße gestolpert war, ganz in der Nähe des Meßbergplatzes.

Alma Lindner ließ sich nicht täuschen, weder von der Jugend noch von der leicht mit Schüchternheit zu verwechselnden Zurückhaltung der blassen Frau dort draußen im Garten. Hatte sie anfangs auch anders geurteilt, wusste sie nun: Henrietta Winfield war zweifellos zart, immer beschützt und umsorgt und nun von den Ereignissen der letzten Wochen geschwächt. Aber sie würde sich durchbeißen. Sie gehörte zu diesen Frauen, deren Mut und Stärke erst erwachten, wenn beides gebraucht wurde. Damit kannte Alma Lindner sich aus, und sie erkannte auch, auf wen man achten musste und auf wen nicht. Wie die neue Herrin des Hauses da in der milden Sonne stand, sich zu den schweren weißen Blüten hinunterbeugte, um deren Schönheit oder einen auf den Blütenblättern krabbelnden Käfer genauer zu betrachten, wie sie sich wieder aufrichtete und, die Augen mit der Hand beschirmt, über den Fluss schaute, stand sie sehr aufrecht. Sie war ganz bei sich und am richtigen Platz. Wer das war, den wehte so schnell kein Sturm um. Und Stürme kamen unvermeidlich, so war der Lauf der Welt.

Alma Lindner drehte sich um und ging zurück in die Küche. Nachrichten wie die vom Mord an Weibert konnten bis morgen warten.

* * *

Am Nachmittag beschloss Hetty, Frau Lindner reinen Wein einzuschenken. Ihr Vater habe nichts hinterlassen als das Haus, erklärte sie und fügte nach einem Augenblick des Zögerns, auch die privatesten Dinge preiszugeben, hinzu, Ähnliches gelte für Mr. Winfield, allerdings gehöre ihr die Wohnung in Clifton nicht, sie sei nur gemietet, verursache somit Kosten, anstatt etwas einzubringen.

Sie werde das Haus verkaufen, nicht gleich, aber in absehbarer Zeit, Cousin Ernst werde einen Käufer suchen.

«Ich hoffe, Sie bleiben so lange hier, Frau Lindner, aber wenn Sie eine andere gute Stellung finden oder gar schon von einer wissen, steht Ihnen frei, sie jederzeit anzunehmen.» Als die Lindner weiter schwieg, fuhr Hetty fort: «Mein Vater hat Sie sehr geschätzt, er hat das in seinen Briefen betont. Ich wäre glücklich, wenn Sie auch nach dem Verkauf des Hauses in meinem Haushalt blieben. Das Problem dabei ist nur, ich weiß nicht, ob ich einen eigenen Haushalt haben werde, und wenn ja, wo er sein wird, ob ich mir erlauben kann, eine gute Hausdame oder Wirtschafterin wie Sie zu beschäftigen oder ob ich mich selbst als eine anbieten muss. Das wäre allerdings vermessen, ich verfüge nicht über den Bruchteil Ihres Wissens und Ihrer Qualitäten, ich bin nur eine verwöhnte Tochter und Ehefrau, ich meine, Witwe.»

Hetty schluckte. Die kühle Wahrheit klang in diesem Fall nicht gut, und es war das erste Mal, dass sie dieses Wort aussprach – Witwe. Die Stimme versagte ihr, sie musste um Fassung ringen. Egal, was Thomas getan oder vorgehabt hatte, sie hatte ihn geliebt, und er war tot.

Alma Lindner verharrte auf ihrem Stuhl, als stehe die Zeit still. Doch dann erhob sie sich, strich ihren Rock glatt und sagte: «Vielleicht etwas Stärkeres als eine Tasse Tee? Herr Mommsen hielt für solche Fälle einen alten Armagnac bereit. Wenn Sie erlauben, hole ich Ihnen ein Glas.»

«Am besten zwei, Frau Lindner. Eins für Sie und eins für mich.»

Hetty durchwanderte das Haus ihrer Kindheit, als schlendere sie zurück und durch jene Zeit. Alles schien an seinem Platz, die Sessel im Salon waren neu bezogen, sie erinnerte sich nicht genau an ihre frühere Farbe, aber sie war dunkler gewesen, auf jeden Fall dunkler.

Das große Wohnzimmer war vor allem benutzt worden, wenn viele Gäste geladen waren, seltene Gelegenheiten, an die sie sich kaum erinnerte. Und wenn es für das zugleich als Salon, Frühstücks- und Speisezimmer fungierende Gartenzimmer zu kühl wurde, fand das Leben in der gemütlichen Sitzecke vor dem Kamin statt. An den Wänden hingen noch die vertrauten Bilder, bis auf das neue Porträt ihres Vaters in der Diele, auch an ein hübsches Aquarell von Narzissen erinnerte sie sich nicht. Und dann war da die große Sammlung im Bilderzimmer. Vielleicht erkannte sie auch einige der Motive.

Sie öffnete die Tür und trat ein. Die geschlossenen grünen Gardinen gaben trotz der schon tief stehenden Sonne wieder ein geheimnisvolles Licht. Sie sah die Bilder an den Wänden, das große, alles dominierende Regal mit den noch ungerahmten Werken, und es fühlte sich fremd an. Ganz anders als beim ersten Mal, als die neugierige Emma mit ihrer silbrigen Stimme, ihrem Staunen und ihrem Spott diesen Raum zur Entdeckung und Überraschung gemacht hatte. Nun fühlte sie sich wie ein ungebetener Gast, als Voyeur. Das war lächerlich, es waren nur Bilder.

Sie griff schon nach der Türklinke, als sie etwas anderes wahrnahm. Bei ihrem ersten Besuch war die Luft stickig gewesen. Jetzt nicht. Frau Lindner hatte gewissenhaft wie stets auch diesen Raum gut gelüftet. Aber als sie die Tür zum Flur öffnete, bewegte sich die Gardine, und sie spürte einen leichten Luftzug.

Die Flügel des rechten Fensters waren verschlossen, die des linken auch, nur dass bei diesem der Riegel nicht richtig gegriffen hatte. Ein leichter Stoß, und die Flügel öffneten sich, gut geölt, wie alle Scharniere in diesem Haus, geräuschlos. Frau Lindner musste in Eile gewesen sein, wenn ihr das unterlaufen war. Hetty schloss den Riegel und zog die Gardine wieder vor, ein halbgeöffnetes Fenster zu dem von hohen Hecken und einem Zaun umschlossenen Garten war keiner Erwähnung wert.

Die Tagebücher entdeckte sie am selben Abend in der Bibliothek. Frau Lindner war schon zu Bett gegangen oder saß noch mit einem Buch in ihrem eigenen kleinen Wohnzimmer (Hetty konnte sie sich beim besten Willen nicht mit einer Häkelarbeit vorstellen). Es war ganz still, sogar der Wind hatte aufgegeben. Sie hatte endlich einen langen Brief an Marline Siddons geschrieben und überlegte, wie lange er bis an den Bosporus brauchen würde. In dem Baedeker für Konstantinopel und Kleinasien, den Marline ihr zum Abschied geschenkt hatte, waren auch Fahrpläne der einzelnen Linien abgedruckt. Mit dem Dampfer dauerte es Wochen, allein von

Venedig über Brindisi und Piräus sechs Tage. Das musste eine schöne Reise sein. Nur im Sommer, hatte Marline zu bedenken gegeben. Besonders die Herbststürme des Ägäischen Meeres waren berüchtigt und gefürchtet. Mit der Eisenbahn ging es erstaunlich schnell, von Berlin bis Budapest dauerte es etwa zwanzig Stunden, dann noch anderthalb Tage, gut fünfunddreißig Stunden bis Konstantinopel.

Schon die Möglichkeit einer solchen Reise in das mediterrane Licht, zu den Düften von Mimosen, Thymian und Rosenöl war tröstlich. Irgendwann. Jetzt gab es hier Rätsel zu lösen und eine Welt zu erkunden, die zu ihr gehörte. Es war schwer gewesen, aufzuschreiben, was in den letzten Wochen geschehen war. Sie hoffte, Marline werde ihre Schrift entziffern und auch zwischen den Zeilen lesen.

Hetty war erschöpft, zugleich war ihr Geist hellwach. Es war unmöglich, jetzt einfach schlafen zu gehen. Irgendwo in diesen Regalen musste sich auch für eine ruhelose Nacht die passende Lektüre finden. Nicht zu anregend, aber interessant, möglichst mit einem guten Ende. Keine Familiengeschichte. Ganz oben auf einem Stapel neu aussehender Bücher neben dem Rauchtisch, eines war noch nicht einmal aufgeschnitten, lagen die Titel *Durchs wilde Kurdistan* und *Der Schatz im Silbersee*. Billige Abenteuerromane, zugleich eine Art von Reiseliteratur, wie sie sie bei ihrem Vater nicht vermutet hatte. Ebenso wenig die Gedichte Detlev von Liliencrons, eines wenig erfolgreichen Altonaer Dichters. Alle drei waren nicht nach ihrem Geschmack.

So ließ sie den Blick über die langen Reihen der Buchrücken in den bis zur Decke reichenden Fächern wandern, an einer ganzen Anzahl nicht beschrifteter schmaler Buchrücken in einer der oberen Reihen blieb er hängen. Sie schob die Leiter zurecht und zog einen der Bände heraus. Es war kein Roman, kein Sachbuch, kein alter Klassiker im unauffälligen Einband einer preiswerten Schülerausgabe, sondern eine Kladde, liniert, stabil gebunden, ähnlich einem Kontorbuch. Sie schlug es auf und erkannte gleich die Schrift ihres Vaters, sie hatte sich, seit er diese vielen Zeilen gefüllt hatte, kaum geändert. Auch in den Briefen, die sie mit verlässlicher Regelmäßigkeit von ihm erhalten hatte, hatte er in diesen ganz leicht nach rechts geneigten kleinen, aber immer akkuraten Buchstaben geschrieben, stets mit der gleichen schwarzen Tinte. Hier war die Schrift nachlässiger, sicher hatte er schneller geschrieben oder schon müde am Ende des Tages. Und nur für sich, da tat es nicht not, mit Disziplin leserlich zu schreiben, damit seine Tochter seine Briefe leicht entziffern konnte.

Ihr Herz klopfte heftiger – sie hatte einen Schatz entdeckt. Die Vergangenheit, nach der sie suchte, vor allem eine Tür zum Wesen und zum Leben ihres Vaters. Seinen ganz eigenen Blick auf die Welt, in der er gelebt hatte. Seine Tagebücher. Dieses war aus dem Jahr 1889, für fast jeden Tag gab es einige Zeilen. Er hatte keine langen Berichte notiert, keine ausführlichen Überlegungen oder Kommentare zum Geschehen, ob in der großen Welt oder im Privaten, die sie allzu gerne gelesen hätte. Da standen nur kurze Notizen, oft gerade zwei oder drei Zeilen, ab und zu auch nur: *Heute nichts Besonderes*, und dann ein Stichwort zum Wetter oder zu den Mahlzeiten.

Sie hatte vorgehabt, das Gaslicht zu löschen und in ihrem Zimmer bei Kerzenschein zu lesen, weil das Licht einer Kerze schneller schläfrig macht. Nun entschied sie neu. Dort standen in einer Reihe zwölf dieser Kladden, sie griff die ganz links stehende, *Im Jahre des Herrn 1882* stand auf der ersten Seite, darunter ein schwungvoll gezogener, in eleganten Schnörkeln endender Bogen. Sie schlug die Kladde wieder zu, plötzlich voller Furcht. All die Zeilen waren nicht für sie geschrieben. Womöglich zeigte sie eine Welt, die sie nicht kennen wollte, die anders war, als sie gedacht hatte. Dann war es so.

Hetty setzte sich an den Sekretär, auf den Platz, an dem diese Kladden Jahr für Jahr gefüllt worden waren, drehte die Gasflamme in der Wandlampe höher und begann zu lesen.

* * *

Die kleine dicke Frau hielt seine Hand umklammert und versuchte, sie zu küssen, Ernst Grootmann entzog sie ihr energisch. «Nein, Frau Scholl. Eine so gute Nachricht ist der beste Dank, den man sich wünschen kann. Gehen Sie nach Hause, dort werden Sie gebraucht. Nun wird ja alles gut.» Ein wenig unbeholfen, als berühre es ihn peinlich, tätschelte er ihre von einem tiefen Schluchzer zitternden Schultern. «Und wenn der Doktor doch noch mal gebraucht wird, soll Jonny Bescheid sagen.»

Sein Vater, Friedrich Grootmann, hätte jetzt noch etwas Tröstliches auf Plattdeutsch gesagt, ein oder zwei Sätze nur, wie es üblich war. Alle Hamburger Kaufleute beherrschen es. Obgleich in den Schulen Hochdeutsch gesprochen und gelehrt wurde, war es wie auf dem Land die Alltagssprache im Hafen und in der Stadt, auch noch in manchen der großen Häuser. Ernst Grootmann beherrschte es schon nicht mehr so gut wie die Männer der älteren Generation. In seinen Ohren klang es künstlich, wenn er sich selbst so sprechen hörte.

Frau Scholl murmelte noch einmal ihren Dank, betonte lauter, sie werde immer für den jungen Herrn Grootmann beten, der Herrgott werde es ihm vergelten und seine Engel über ihn wachen lassen. Endlich kletterte sie die schmale Stiege des

Kakaospeichers hinunter. Friedrich Grootmann, der ihr gerade entgegenkam, drückte sich an die Wand, die kleine Frau Scholl nahm ihn kaum wahr. Ganz gewiss erkannte sie nicht, wer ihr da Platz machte, sonst wäre sie vor lauter Knicksen womöglich doch noch die Treppe hinuntergefallen. Ernst stand noch auf dem Treppenabsatz, sah eher seinem Vater entgegen als Frau Scholl nach.

«Was hast du ihr angetan?», scherzte Friedrich. «Sie ist ganz aufgelöst. Hast du ihr ein Beutelchen Kakaobohnen für ihre Kinder spendiert? Sie hat doch welche?»

«Vier, Vater. Zwei Mädchen, zwei Jungen. Anna ist die Frau von Scholl. Du kennst den roten Scholl – rot zum Glück nur *auf* dem Kopf, nicht *im* Kopf, obwohl man das mit der Gesinnung bei den Speicherarbeitern in letzter Zeit nie zuverlässig für länger als drei Wochen weiß.»

«Jonny Scholl? Ja, den kenne ich. Guter Mann. Ist er krank? Ich dachte, ich hätte ihn gestern noch gesehen.»

«Er ist hier, auf dem fünften Boden. Seine beiden jüngeren Kinder haben Masern, ich fand, es könne nicht schaden, wenn Dr. Murnau nach ihnen sieht. Ja, ich weiß, man soll sich nicht zu sehr einmischen, es könnte zur Gewohnheit werden, und wir sind kein Fürsorgeinstitut, aber die Männer arbeiten besser, wenn es ihren Familien gutgeht. Sie waren an einen üblen Pfuscher geraten, unglaublich, was miserable Ärzte an Nichtwissen verkaufen. Man kann bei diesen verdammten Masern nicht viel tun, aber – egal, die Kinder sind auf bestem Weg, gesund zu werden, und weil so viele daran sterben, denkt sie, ich habe unsern Hausarzt geschickt, damit der ein Wunder vollbringt.»

«Und? Hast du?»

«Wunder vollbracht? Nein, der Doktor sicher auch nicht, es ist keiner, der sich mit Spökenkiekerei schmückt. Aber ihr scheint es wohl so. Wenn es hilft – auch gut. Kommst du nun mit hinauf? Wir wollen die ersten Proben stechen, es ist die neue Sorte dabei, die ich dir zeigen möchte.»

Friedrich beeilte sich, seinem Sohn die schmale Treppe hinaufzufolgen. Obwohl Ernsts Hinweis auf die Grenzen von Einmischung und Hilfsbereitschaft seiner Überzeugung entsprach – das blieb den Frauen überlassen, insbesondre in ihren zahlreichen mildtätigen Stiftungen und Vereinen –, freute ihn die Sache mit den Scholls. Er hatte sich nie gescheut, die Liebe, die er für seine Kinder empfand, auch so zu benennen. Sein ältester Sohn war schon immer der kühlere, manchmal wirkte er sogar schroff. Das war sein Naturell. Wenn er eine mitfühlende Seite zeigte, freute das Friedrich besonders. Ernst würde nach ihm das Familienunternehmen weiterführen und nicht nur ein guter Kaufmann sein, sondern auch ein guter Herr über die, die für ihn arbeiteten. Das eine ging nicht ohne das andere, das mochte altmodisch sein, dennoch war er davon überzeugt.

In diesem Speicher lagerten überwiegend Kakaobohnen, das verriet schon der im Treppenhaus stehende typische säuerliche Geruch. Die Bohnen waren gegen die Aromen möglicher Nachbarn in der Schiffsladung wie im Speicher empfindlich, in ihrer Nähe durfte nur transportiert und gelagert werden, was zu ihnen passte, wie Mandeln, Pistazien, Rosinen oder Nüsse.

Quartiersmann Hegenau, als eine Art Zwischenhändler noch der eigentliche Herr der Waren dieses Speichers, stand auf dem oberen Treppenabsatz, auf dem kantigen Kopf die Schirmmütze, um den Bauch die traditionelle weiße Schürze, und blickte im schummerigen Licht den beiden Grootmanns entgegen. Die Luft auf den Lagerböden sollte gleichmäßig kühl und trocken sein, das Licht nur matt, ganz besonders für den Kakao. Alle Speicher waren mit großer Tiefe gebaut worden, die meisten mit etwa vierhundert Quadratmetern pro Boden, wie hier die Etagen genannt wurden, nur das Parterre hieß Raum.

Fenster und Ladeluken an der Straßen- und an der Fleetseite, wo die Schuten unter den Winden zum Be- und Entladen festmachten, gaben gerade genug Licht für die anfallenden Arbeiten, neuerdings für die dunkle Jahreszeit, und falls bis in die Nacht gearbeitet werden musste, durch elektrisches Licht verstärkt. Die Kakaosäcke waren fast bis zur Decke gestapelt, am Rand wie eine Treppe, nur so waren die schweren Säcke ganz hochzuhieven. Die Breite des Taxameters, der dreirädrige, kurz Taxe genannte Karren zum Transport der Säcke, bestimmte die Breite der Gänge zwischen den aufgestapelten Reihen – Gänge wie düstere kleine Schluchten.

Das Kakaobohnengeschäft ging nicht nur gut, es explodierte geradezu. Schokolade gehörte inzwischen für viele zur alltäglichen Leckerei, auch als Pulver für Getränke und feine Backwaren. Rasch ausgedehnte Anbauflächen in tropischen Regionen, schnellerer und preiswerterer Transport durch die Dampfschiffe und immer neue Eisenbahnlinien, dazu wohlschmeckendere Sorten und ausgeklügelte kunterbunte Werbung bis zu Schokoladenautomaten auf den Bahnhöfen oder belebten Plätzen taten ein Übriges. In den letzten fünfzehn Jahren hatten sich Import und Transit von Kakao über den Hamburger Hafen verdreifacht.

«Dies ist die neue Sorte von der Goldküste», erklärte Ernst, legte die Hand auf einen der Säcke und beobachtete, wie Hegenau den Probenstecher ansetzte, ein vorne gespitztes, nach oben abgeschrägtes Metallrohr, das etwa doppelt so dick wie ein Daumen war. Er drehte und schob es bedächtig durch das lockere Gewebe des Jutesacks, dehnte dabei die starken Fäden, ohne sie zu beschädigen, und zog den Stecher mit einer Probe von dunkelbraunen Bohnen wieder heraus; er leerte sie in seine hohle Hand und schob die Lücke im Sack mit der Probenstecherspitze wieder zu.

Obwohl Ernst der Kakaoexperte war, erkannte auch Friedrich Grootmann schon, dass die Bohnen von guter Größe waren, etwa wie sein Daumennagel, somit ziemlich sicher auch von guter Qualität. Die Faustregel hieß: je kleiner die Bohnen, je billiger, also von geringerer Qualität.

«Es geht erst los mit dem Kakao in Afrika», erklärte Ernst, obwohl das jeder hier wusste, «aber das wird sich schnell ausdehnen. Bleibt zu hoffen, dass die englischen Kolonialherren den Anbau weiter so stark fördern und uns nicht-britischen Händlern gute Verträge bieten.»

«Deine Auslandsstation an der Goldküste hat sich gelohnt», sagte Friedrich Grootmann und beobachtete, wie Hegenau ein scharfes Messer aufklappte und die erste Bohne durchschnitt. Als sei sie aus Butter. Beinah traf es zu, bei den guten Qualitäten bestanden die Bohnen zur Hälfte aus Fett. «Ich gestehe», fuhr er fort, «dass meine Bedenken kleinkrämerisch waren. Ich muss mich anstrengen, wenn ich mit dem Tempo dieser Zeit Schritt halten will.»

Es hatte Ernst Grootmann viel Mühe gekostet und der Unterstützung zweier mit der Familie befreundeter Kaufleute bedurft, um seinen Vater davon zu überzeugen, ihn nach der Ausbildungszeit in Lateinamerika auch noch für ein Vierteljahr an die afrikanische Westküste reisen zu lassen. Es waren sieben Monate daraus geworden, Ernsts afrikanisches Abenteuer, wie es in der Familie inzwischen mit Wohlwollen oder Stolz genannt wurde. Aber seine persönlichen Kontakte zu den Pflanzern – die ersten dort waren kurioserweise Schweizer

Missionare gewesen –, zu den Handelsstationen an der Küste und im Hinterland und vor allem zu den entscheidenden Männern in der Kolonialverwaltung, hatten *Grootmann & Sohn* einen lukrativen Vorsprung vor anderen Handelsfirmen verschafft. Friedrich hoffte für seine Firma und für seinen Sohn, das möge nicht wieder nur so eine Blase sein, wie bei manchen Novitäten, die in absehbarer Zeit mit einem großen Knall platzte.

«Was halten Sie davon, Hegenau?», fragte er den Quartiersmann. «Gute Ware?»

«Sieht ganz gut aus», knurrte Hegenau und schob die Mütze in den Nacken, um mehr Licht zu haben. Er knurrte meistens, das hatte nichts zu sagen, unangenehme Nachrichten brummte er. «Schon mal keine Würmer drin, auch kein Schimmel. Mal sehn, wie's weitergeht. Sind ja noch 'ne Menge Säcke.»

Hegenau hatte die jahrelange Erfahrung, die für seine Arbeit nötig war, er konnte Kakaobohnen beurteilen wie kaum ein Zweiter in der Stadt – Form und Größe, Geruch, Bröckeligkeit, Farbe, Geschmack. Den neuen Sorten aus Westafrika misstraute er noch.

Kakaobohnen zählten zu den empfindlichen Kolonialwaren, egal, von welchem Kontinent sie stammten. Auf der langen Schiffsreise aus Mittel- und Südamerika, von den Westindischen Inseln und nun auch aus Afrika, bildete sich leicht Schimmel in den Säcken. Kondenswasser, undichte Luken, unsachgemäße Lüftung konnten schuld sein. Fatal war es, wenn sich auch in den aufgeschnittenen Bohnen Schimmel fand. Der hatte sich nach dilettantischer oder einfach zu kurzer Trocknung vor dem Einsacken in den Tropen gebildet, beeinträchtigte Substanz und Geschmack und verdarb so die Ware. Auch Kakaomotten waren gefürchtet.

Jeder Sack war schon beim Hochhieven und Stapeln auf

Flecken, feuchte Stellen oder Löcher geprüft worden. Nun mussten von jeder Partie Stichproben genommen werden, je ein Säckchen voll. Das wurde genau beschriftet und für einige Wochen in einem Extraraum gelagert, damit bei Reklamationen bewiesen werden konnte, in welchem Zustand und in welcher Qualität die Bohnen den Speicher verlassen hatten.

«Hallo? Ist jemand hier?» Das war Felix Grootmanns Stimme, er war offenbar nicht allein, denn leiser fuhr er fort: «Als Junge habe ich mich nirgends lieber aufgehalten als in den alten Speichern, schon wegen der Gerüche, wobei mir allerdings Gewürze und Teppiche erheblich lieber waren als dieses säuerliche Aroma. Für meine Nase ist es muffig. Nicht gerade ein Odeur.»

«Nun, lieber Bruder», antwortete Ernst Grootmann vernehmlich, schon bevor Felix in der richtigen Schneise angekommen war, «daran sieht man, wie die Juristerei die Nase verdirbt. Für uns riecht hier alles besser als Rosenöl, was sich als solide Ware erweist und guten Umsatz verspricht. Wobei ich nichts gegen Rosenöl sagen will, das vereint beides auf angenehmste Weise, Duft und Gewinn, besonders das bulgarische. Da sind Sie ja auch, Blessing, sehr gut. Kommen Sie hier zu uns direkt an die Säcke, ich möchte, dass Sie sich das genau ansehen.»

Wie Raimund Blessing hinter Felix Grootmann stand, wirkte er nicht wie der Prokurist eines großen Handelshauses, das in Verbindung mit der halben Welt stand. Der Sommer ging zu Ende, und obwohl er bis auf diese schönen Spätsommertage als verregnet galt, sah Felix aus, als habe er alle Tage in seinem Sommerhaus bei Munkmarsch auf Sylt verbracht. Umso farbloser wirkte Blessing, was aber nur zum kleineren Teil an seiner hellen Haut und dem sandfarbenen Haar lag, zum größeren an den tatsächlich oft endlosen Stunden, die er im Kontor, in den Speichern oder Besprechungszimmern mit anderen Kaufleuten, Fuhrunternehmern oder beim Zoll verbrachte. Seine Eigenart, in bestimmten Situationen nahezu unsichtbar zu scheinen, wurde in Gegenwart der drei Grootmanns und des erfahrenen und selbstbewussten Quartiersmannes besonders deutlich. Nur seine Augen blickten wachsam wie meistens.

«Bei mir ist da sowieso Hopfen und Malz verloren», sagte Felix und trat so weit wie möglich zur Seite, damit Blessing sich vorbeischieben konnte. «Ich bleibe lieber bei meinen Paragraphen. Aber ich bin nicht aus Langeweile hergekommen, ich muss etwas mit euch besprechen, mit dir und Vater. Sie verstehen schon», wandte er sich augenzwinkernd an Blessing, «schnöder Familienkram. Leider habe ich nicht viel Zeit, wenn ihr hier eine Viertelstunde pausieren könntet …»

Hegenau kümmerte sich nicht um das Geplänkel der Grootmanns und ihres ihm heute besonders servil erscheinenden Prokuristen, um «schnöden Familienkram» noch weniger. Das ging ihn nichts an, und davon wollte er auch nichts hören. Das Drama um die kleine Mommsen, wie sie hier noch genannt wurde, hatte sich längst bis in die Speicher herumgesprochen, darum würde es gehen. Er nahm in aller Seelenruhe weiter seine Stichproben. Als Quartiersmann war er sein eigener Herr und kannte seinen Wert, keiner hielt ihn auf oder trieb ihn an, wenn er es nicht wollte.

«Pausieren?» Ernsts Augenbrauen hoben sich, er sah seinen Vater eher ablehnend als fragend an. «*Ich* kann nicht pausieren. Hegenau nimmt jetzt die Proben, ich muss noch einige davon sehen. Diese Ladung ist für unser zukünftiges Kakaogeschäft von besonderer Bedeutung, und ich habe Blessing extra hergebeten. Das lässt sich nicht aufschieben, Felix. Nicht heute.»

«Das wird doch Herr Blessing sicher gerne für dich übernehmen.»

«Nein, ebendas geht nicht. Verzeihen Sie, Blessing, aber ich muss es so sagen: Bei diesen Qualitäten von der Goldküste fehlt ihm noch jede Erfahrung, Felix. Wir sind ja gerade hier, um das zu ändern. Außerdem», fügte er leichthin hinzu, «du weißt doch, ich habe später noch Verpflichtungen.»

So stiegen Felix und Friedrich Grootmann allein die Treppe hinunter. Das Wetter war mild, Friedrich hatte keine Eile, und auch Felix schien vergessen zu haben, dass er wenig Zeit hatte.

«Lass uns noch draußen bleiben.» Friedrich zeigte auf einen Stapel Eichenbretter neben einer zum Wasser hinunterführenden Treppe. «Falls du keine Sorge um deinen hellen Anzug hast. Wirklich elegant, aber, mit Verlaub, du siehst aus wie ein Dandy.»

Felix lachte. «Ich *bin* ein Dandy, Vater, ich hoffe doch sehr, dass man mir das nachsagt. Ich habe einen Ruf zu verlieren. Nun frag schon, ich lese die Frage in deinem Gesicht.»

«Frage?»

«Welcher Art die Verpflichtungen sind, die Ernst heute noch hat.»

«Das geht mich nichts an. Es sei denn, es geht um unsere Geschäfte, dann allerdings geht es mich unbedingt etwas an.» Friedrich Grootmann blinzelte in die Sonne, nahm den Bowler ab und schnippte ein imaginäres Stäubchen vom Hutband. «Sei nicht so verdammt schlau, Felix», sagte er, um eine leichte Tonlage bemüht. «Ich bin nicht neugierig wie ein altes Weib, und ich mache mir auch keine Gedanken wegen Ernst, aber wegen Mary. Sie war immer eine – wie soll ich es sagen? –, eine besondere Seele. Zart besaitet nennt man das wohl. In der letzten Zeit kommt sie mir mehr als nervös vor. Ich möchte nicht, dass ihre Ehe der Grund ist. Und ich möchte keinen Skandal.» Er blickte sich um, und als er sah, dass niemand in der Nähe müßig herumstand und große Ohren machte, fuhr er fort: «Ihr seid erwachsen und habt euer eigenes Leben. Unbenommen. Gleichwohl erwarte ich von euch als der nächsten Generation Grootmann, dass ihr die gesellschaftlichen Spielregeln einhaltet. Nicht aus Bigotterie, so weit kennst du mich, sondern weil das zu einem guten Leben gehört. Und, bevor du es aussprichst, auch zum guten Fortgang unserer Geschäfte. Eins geht nur mit dem anderen.»

Felix nickte und sah scheinbar versonnen einer kleinen Dampfbarkasse mit drei Schuten im Schlepptau nach. «Mary ist eine feine Person, ein bisschen mehr Freiraum täte ihr ganz sicher gut», sagte er, als der Schleppzug vorbeigedampft war. «Im Gegensatz zu dir verstehe ich nichts von der Ehe. Durchaus bedauerlich, ja, darin gebe ich Mama recht. Es soll aber in jeder Zweisamkeit Zeiten geben, die ein bisschen müder sind als andere Zeiten. Vergangene oder zukünftige. Warum setzt du nicht einfach auf die zukünftigen? Und wegen heute Abend? Da schaut er nur bei mir herein, das macht er doch ab und zu. Du müsstest es wissen. Wir spielen ein Blatt oder ein paar Runden Billard mit einigen Freunden. Das ist alles. Kein Grund zur Sorge, kein Anlass für einen Skandal. Männerabende.»

«Du würdest mich nicht belügen.»

«Doch, Vater, natürlich. Jederzeit.» Felix' Lachen klang ein bisschen zu tief. «Hätte ich wie früher Kirschen im Garten unserer malenden Damen Cramer geklaut, würde ich auch wieder lügen. Wie früher. Ich bin Jurist, hast du das vergessen?»

«Wie könnte ich? Nun gut», sagte Friedrich Grootmann mit einem tiefen Seufzer, «du wolltest etwas besprechen. Geht es um Hetty?»

«Ja, um unsere Hetty. Wenn ich unsere sage, meine ich es auch so. Was ich neulich im Austernkeller schon befürchtete, ist jetzt halbwegs amtlich. Ich habe endlich auch Kontakt zu dem englischen Kollegen bekommen, der so etwas wie Winfields Rechts- und Vermögensberater war. Allerdings sicher nicht sein Freund. Hettys edler Gatte war völlig pleite. Cranfield, so heißt der Mann in Bristol, hat immerhin versichert, dass sich die Schulden im Rahmen halten, Thomas hatte wohl erst angefangen, welche zu machen. Verdammt, wie konnte Sophus nur so blind sein. Er hat sich wie meine kleine Cousine von diesem Gentry-Charme einwickeln lassen. Hetty war ein verliebtes junges Ding, weltfremd und keine zwanzig Jahre alt, aber Onkel Sophus hätte einen besseren Blick haben und vor allem gründlichere Erkundigungen einziehen müssen. Und die Siddons ebenfalls. Ist Mr. Siddons nicht Diplomat? Er hätte auch – ach, es ist ohnedies zu spät. Wir müssen bald entscheiden, wie wir Hetty unterstützen werden. Sie muss dieses Haus verkaufen, daran führt nun kein Weg vorbei. Und zwar rasch und am besten mit allem Inventar. Da sind auch diese Bilder, ein ganzes Zimmer voll. Vielleicht sind doch ein paar verborgene Schätze darunter. Ich will mich gerne darum kümmern.»

«Du meine Güte! Ich habe so etwas befürchtet, aber dass es so schlimm steht … Nun gut, es ist in jedem Fall an uns, ihr aus der Patsche zu helfen. Im Prinzip bin ich deiner Meinung. Aber wir sollten das Problem mit Rücksicht auf deine Mutter noch sehr zurückhaltend behandeln. Es wird uns nicht ruinieren, wenn wir Lydias einzige Nichte eine Zeitlang unterstützen.» Er beugte sich ein wenig vor und sah seinen Sohn prüfend an. «Tatsächlich überraschst du mich, Felix. Ich dachte, du magst Hetty, ja, ich weiß, du kennst sie nur wenig, aber lass ihr doch Zeit, erst einmal wieder zu Verstand zu kommen. Das arme Mädchen hat wirklich Schweres zu verkraften. Warum drängt ihr nur so auf den raschen Verkauf von Sophus' Haus und Garten? Erst Ernst und jetzt auch du. Ist das ein Ergebnis eurer Männerabende?»

«Aber nein. Aus keinem besonderen Grund oder Anlass.» Felix zuckte gleichmütig die Achseln. «Einzig weil es vernünftig ist. Dann hat sie eigene Mittel und kann frei entscheiden, was sie tun möchte. Ist das denn nicht vernünftig? Auch und gerade in Hettys Sinn?»

«Einerseits. Andererseits ist es mit der Vernunft so eine Sache. Es kommt immer auf den jeweiligen Standpunkt an. Und diese Eile wirkt – so rau. Lass uns das Thema für einige Tage beiseitelegen und dann weitersehen. Vor allem müssen wir zuerst mit Hetty darüber sprechen. Aber nun sag mal – wenn du uns nach langer Zeit wieder in den Speichern die Ehre gibst, hast du noch einen Grund, warum du so dringlich mit uns sprechen wolltest. Es scheint mir so. Geht es um das Unglück beim Kaiserhöft? Ist jemand unter den Toten, den wir kennen?»

«Darum geht es nicht, aber tatsächlich ist da noch etwas. Du erinnerst dich an diesen alten Säufer, der Winfields Uhr gefunden hatte? *Angeblich* gefunden hatte.»

«Natürlich erinnere ich mich, auch daran, dass er keinesfalls für Winfields Tod verantwortlich sein kann.»

«Er könnte trotzdem damit zu tun gehabt haben. Womöglich war die Uhr sein Lohn für – was weiß ich. Falls du es noch nicht gehört hast, wir können ihn nicht mehr danach fragen, auch nicht mit entschiedener, notfalls grober Nachhilfe.»

«Nein? Ist er etwa auch ...»

«Ja. Der Kerl ist tot. Rate, wie? Jemand hat ihm die Kehle durchgeschnitten. Auf offener Straße, in einer Twiete nicht weit vom Meßbergplatz. So ein Zufall! Ich denke, wir sollten noch mal mit diesem Polizisten sprechen, ich wüsste sehr gerne Genaueres. Zum Beispiel, ob man absehen kann, wer der Nächste sein wird. Wer und wann. Und was er dagegen zu unternehmen gedenkt.»

Kapitel 10

Donnerstag, abends

Die Stadt fraß sich rapide weiter ins Land, ihre Einwohnerzahl hatte sich in den letzten vierzig Jahren auf weit über eine halbe Million vervierfacht. Besonders an ihrem östlichen Rand siedelten sich zunehmend Kleingewerbe und Industrien an. Es gab schnurgerade, dichtbebaute Straßenzüge, Kanäle boten schnelle, billige Transportwege zu Hafen, Bahnhöfen und ins Hinterland. Zwischen noch dörflich anmutenden Quartieren entstand auch in Hammerbrook eine Arbeiterstadt. Wenigstens über den Kanälen gab es Licht und Luft, wenn Qualm und Gestank aus Fabriken und Schornsteinen nicht von Nebel oder Sommerhitze in die Straßenschluchten und Höfe gedrückt wurden. Hell war es auch in den Vorderzimmern der großen Etagenhäuser, die die breiteren Straßen säumten. Umso dunkler und muffiger lebte es sich in den Querstraßen, den engen Hinterhöfen und Terrassen.

Christine von Edding-Thorau bewohnte nahe dem Mittelkanal eine Zweizimmerwohnung in der vierten Etage. Das Haus war groß und von schlichter Bauweise, ein Fenster ihrer Wohnung ging zum Kanal und den gepflasterten Straßen hinaus. Die Mietshäuser auf der gegenüberliegenden Seite waren schöner und solider gebaut, sie boten einige Balkone, Erker und höhere Fenster, denen man auch von weitem ansah, dass ihre Rahmen keinen oder zumindest weniger Wind und

Regen durchließen. Einige Linden lockten die Vögel zum Morgen- und Abendgesang.

Wenn man von der schäbigeren Kanalseite aus auf eine schönere Häuserzeile schaue, so tröstete Christine sich gern, war das noch mehr Hässlichkeit unbedingt vorzuziehen. Allerdings wäre ihr ein gepflegter Park lieber gewesen, aber der war hier ohnedies nicht zu haben. Umso mehr genoss sie bei ihrem täglichen Aufenthalt in der Innenstadt die bis weit in den Herbst hinein blühenden Anlagen um die Alster und den Botanischen Garten. Dort saß sie gerne mit ihrem Zeichenblock und vergaß Hammerbrook und die Welt. Hin und wieder zeichnete sie auch im Zoologischen Garten, selten die Tiere hinter ihren Gittern, obwohl sie von ihrer fremdartigen Schönheit fasziniert war. Die gerieten ihr stets zu traurig.

Sie sah sich suchend in ihren beiden, durch eine Zwischentür verbundenen Zimmerchen um. Irgendwo versteckte sich der rosenholzfarbene Schal. Das Mobiliar im kleineren Zimmer bestand aus einem Bett, einem schmalen Schrank, einem Waschtisch und einer Kommode mit drei Schubladen, über der ein ovaler Spiegel hing. Den Schrankkoffer mittlerer Größe nicht zu vergessen, der alles enthalten hatte, was sie aus Livland mitgebracht hatte. Es war eng, die Tür des Schrankes ließ sich nur drei Handbreit öffnen. Er war ohnehin mager bestückt. Dafür lebte sie im vorderen Zimmer mit der Illusion von Geräumigkeit.

Sie hatte den Tisch vor das Fenster gerückt, dort saß sie, wenn sie aß, malte und zeichnete, las oder einfach hinausschaute und nachdachte. Träumte? Sicher auch das, obwohl sie es nie so benannt hätte. Es gab zwei Stühle, einen bequemen Sessel, einen Ofen, daneben Platz für die Kohlenschütte; ein hübscher Vitrinenschrank für Geschirr und Gläser barg auch ein paar Bücher und eine Schachtel mit Fotografien. Die Gardinen vor beiden Fenstern waren von besserer und schwererer Qualität als bei den Nachbarn, bei Wind, der wehte hier oft und kalt, schützten sie vor Zugluft.

Sie entdeckte den Schal unter dem Tisch, hob ihn auf und legte ihn sich um die Schultern. Sie liebte diesen Schal. Die aufgestickten silbrigen Glasperlen aus Gablonz gaben ihm eine Schwere, die dem feinen Gewebe alles Flüchtige nahm. Die kleine Taschenuhr, die immer in ihrem Gürtel steckte, zeigte, dass es Zeit war. Er war stets pünktlich, egal, wo sie sich trafen, obwohl er ein vielbeschäftigter Mann mit Verpflichtungen war, privaten wie beruflichen. Eigentlich mochte sie es nicht, wenn er herkam, um sie abzuholen, weil sie ihre Wohnung dann mit seinen Augen sah. Das war an schlechten Tagen ein blamables Gefühl, an guten ein trotziges. Heute war ein guter Tag.

Christine von Edding-Thorau, das Fräulein aus großem, leider nur noch wenig begütertem livländischen Haus, war längst an diese Umgebung gewöhnt. Der Anfang war schwer gewesen, inzwischen hatte die Zuversicht gesiegt. Sie schaffte es, sparsam genug zu leben, um die Tochter einer der Nachbarsfamilien bezahlen zu können, damit sie die Wohnung sauber hielt und die Kleider wusch und bügelte. Das war ein großer Luxus, den sie als solchen zu schätzen wusste und genoss, aber in diesem Jahr war ohnedies alles ein bisschen einfacher und bequemer geworden.

Sie klagte nie, es war das Leben, für das sie sich entschieden hatte. Und es war erst der Anfang. Noch höchstens ein Jahr, vielleicht schon im nächsten Mai, dann warteten die Ateliers in Paris. Ein großes Ziel verlangte seinen Preis. Sie war immer bereit, ihn zu zahlen. Es war ein Abenteuer und bisher immer gutgegangen.

Sie hörte Schritte auf der Treppe, warf rasch einen Blick in den Spiegel, steckte die Feder im Haar ein wenig kecker und nahm das Seidencape aus dem Schrank. Sie erkannte seine Schritte immer unter den vielen anderen, die durch das Treppenhaus und die Flure rannten, schlurften, stolperten, humpelten oder einfach gingen. Seine klangen anders. Nie von einer Last beschwert. Immer gleichmäßig, leicht und selbstbewusst.

Sie verbrachten die Abende oder die Nächte niemals hier, obwohl er sich das hin und wieder wünschte. Dann lachte sie und sagte, noch gelte sie in diesem Haus und in dieser Straße als halbwegs ehrbare Frau, solange eine Fremde, die allein lebe und ihre Tage in einer Damenmalschule verschwende, von schwer arbeitenden Menschen überhaupt als ehrbar angesehen wurde. Ihr liege daran, dass das so bliebe.

Er klopfte, sie öffnete, und er trat ein, den Hut leicht unter dem Arm. Alles war wie immer. Er beugte sich über ihre Hand, dann küsste er sie auf beide Wangen, im Blick das vertraute Kompliment für ihre Schönheit.

«Bist du bereit?», fragte er, und sie nickte mit einem Lächeln. Alles wie immer. Sie würden diesen Abend allein verbringen, gut speisen und guten Wein trinken, sie würde das luxuriöse Bad genießen, die große Wanne, das heiße, nach Rosenöl duftende Wasser, die weichen Handtücher. Und er würde warten, bis sie zu ihm kam, in dieses wunderbare große Bett. Sie würde glücklich sein. Nicht wie immer, aber wie meistens.

Heute wollte sie sehr glücklich sein, manchmal musste man es nur ganz stark wollen, dann reichte allein der Wille zum Glück. Davon war sie überzeugt. In den letzten Monaten musste sie sich häufiger für dieses «stark Wollen» anstrengen. Daran mochte sie jetzt nicht denken. Alles hatte seine Zeit, und manches änderte sich, zuerst schleichend, dann deutlicher und unausweichlich. So weit war es noch nicht. Noch lange nicht, hoffte sie.

«Ich muss mir jedes Mal aufs Neue Mühe geben, dich zu verstehen», sagte er, trat ans Fenster und blickte hinunter auf den Kanal. Dort hatten ein paar Schuten festgemacht, zwei Jungen angelten in der beginnenden Dämmerung im trüben Wasser, ein Grüppchen Männer in ausgebeulten Kleidern stand rauchend und schwatzend neben einer mit zwei Kartoffelsäcken beladenen Hundekarre. «Im Sommer ist die Aussicht natürlich ganz hübsch.»

«Spotte nur», unterbrach sie ihn heiter. «Mich erinnert sie an einige Bilder von französischen und russischen Malern, mir fehlen allerdings die Pappeln und die schmalen Zugbrücken. Für die Brücken will ich über die Elbe und ins Alte Land fahren, dort soll es welche geben. Bevor es Winter wird, werde ich die Fähre nehmen, an irgendeinem Sonntag, wenn du ohnedies keine Zeit hast.»

«Darüber ließe sich reden. Trotzdem – warum darf ich dir nicht ein *wenig* helfen. Du musst nicht hier wohnen, und du kannst bessere Bedienung haben, ohne dass es dich beleidigt. Du bist für dieses Leben nicht erzogen, und ich möchte wirklich nur ...»

Sie unterbrach ihn mit einem Kuss mitten auf den Mund. «Ich bin dafür nicht erzogen, aber ich habe es mir selbst eingebrockt. Es reicht, wenn ich deine Geschenke annehme, und das tue ich doch stets mit Freuden und ohne Bescheidenheit. So muss es dir reichen, Liebster, mir reicht es auch. Oder fändest du es aufregend, dich mit einer ausgehaltenen Frau zu schmücken? Gebt ihr Männer damit an, wenn ihr im Rauchzimmer ohne die Damen vermeintlich über Geschäfte und die große Welt redet?»

Er lachte. «Jetzt sage *ich*: Spotte nur. Wahrscheinlich habe ich es verdient. Versprich mir wenigstens: Wenn du eines Tages endlich klug wirst – wenn es Winter wird, zum Beispiel, und die Eiszapfen nicht an der Dachtraufe, sondern an der Innenseite dieser Fenster wachsen –, dann sei nicht zu stolz.»

Sie blickte ihn an, nahm sein Gesicht in beide Hände und berührte seine Lippen mit den ihren, ganz leicht nur, er mochte es als Versprechen nehmen. «Ach, Monsieur, was soll ich nur von so viel Hartnäckigkeit halten? Ihr Männer von der Uhlenhorst habt eine Neigung zum Trotz. Oder ist es nur Besserwisserei?»

Sonnabend

Hettys Skrupel, die Tagebücher ihres Vaters zu lesen, waren schnell vergangen, und sie hatte entschieden, er hätte nichts dagegen gehabt. Auf einige ihrer vielen Fragen hoffte sie, Antworten zu finden. Diese Fragen, die sie ihm immer hatte stellen wollen. Zum Beispiel, wenn sie an einem milden Abend unter der Markise auf der Terrasse säßen, bei einem Aperitif oder einem Glas kühlen Weines, während die untergehende Sonne die Elbe in flüssiges Rotgold verwandelte. Dann hätte sie all das gefragt, was eine erwachsen gewordene Tochter von ihrem Vater wissen möchte. Von seinem Leben, dem der Familie, von ihrer Kindheit. An einem mutigen Tag hätte sie nach ihrer Mutter gefragt, nach den guten Jahren und den quälenden ihrer Krankheit. Wie alles gewesen war. Es gab so viele Lücken in ihrer Erinnerung, die gefüllt werden mussten.

Bei Gelegenheit. Auf Gelegenheiten sollte man nicht warten, sondern sie rasch herbeiführen. Das wusste sie nun. Es war zu spät, also musste das Haus zu ihr sprechen, mit allem, was sich darin fand.

Trotz der Kargheit der Aufzeichnungen las sie von einem recht zufriedenen Leben. Häufig tauchten vertraute Namen alter Freunde auf, häufig auch unbekannte. Er war nicht so allein, so einsam gewesen, wie es den Anschein gehabt hatte. Dass er einige lange Reisen unternommen hatte, seit sie im Pensionat in England war, wusste sie. Auch aus Wien oder St. Petersburg hatte er ihr regelmäßig Briefe geschrieben, oder vor sechs Jahren aus Paris zur Zeit der Weltausstellung, wo man auf den höchsten Turm der Welt – aus Eisenfachwerk errichtet und nach seinem Bauherrn *La Tour Eiffel* benannt – mit einem Lift fahren konnte. Was sie selbst übrigens nie gewagt hätte.

Auch als im Winter vor vier Jahren mit dem luxuriösen Schnelldampfer *Auguste Victoria* eine reine Vergnügungsfahrt von Cuxhaven aus durch die Meerenge von Gibraltar und kreuz und quer durchs Mittelmeer unternommen wurde, war er dabei gewesen. Die Reise hatte zwei Monate gedauert, und das schwimmende Luxushotel als erstes seiner Art Furore gemacht. Hetty erinnerte sich gut an seine begeisterten Briefe und Postkarten von allen Häfen, auch von dem Landausflug zu den ägyptischen Pyramiden. Heimlich war sie ihm ein bisschen gram gewesen, dass er solche Reisen nicht schon früher und mit ihr gemeinsam unternommen hatte.

Das Tagebuch hatte er nie mitgenommen. Darin stand dann etwas wie: *Morgen Abreise nach Paris, Schlafwagen gerade noch ergattert, Gepäck vorausgeschickt, retour in fünf oder sechs Wochen.* Oder: *Sommerfrische, diesmal Norderney, nur drei Wochen.*

Auch Notizen über seine Lektüre, die ihm doch so wichtig gewesen war, fand sie nicht. Nur ab und zu ein Stichwort zu einem Artikel aus dem *Hamburger Fremden-Blatt*, einige Male auch aus dem *Hamburger Echo*, der der Sozialdemokratie nahestehenden Tageszeitung. Eine Saison lang hatte er regelmäßiger als sonst üblich das Altonaer Stadttheater in der Königstraße besucht. Wenn sie richtig zwischen den Zeilen las, lag das an einer auffallend *en passant* erwähnten Dame, die dort ebenso regelmäßig auftauchte, ob auf der Bühne oder in einer Loge, blieb ungewiss.

Er hatte stets notiert, wenn ein Brief von ihr gekommen war, seiner fernen Tochter. Einmal, er musste besonders weicher Stimmung gewesen sein, hatte er dem Buch anvertraut, wie sehr er bedauere, dass er seinem einzigen Kind nicht das hatte geben können, was ein kleines Mädchen brauchte, obwohl er es so sehr liebe. Und wie dankbar er Marline S. sei, dass sie stets versucht habe, seinem Kind den Verlust der Mutter auszugleichen.

Das war einer der Absätze, die Hetty spüren ließen, dass sie einander bei aller Ferne und Sprachlosigkeit doch nah gewesen waren. Sie hätte gerne immer weiter gelesen, glücklich, dass sie den Mann mochte, den sie hinter diesen Zeilen entdeckte. Nur die Tagebücher der letzten drei Jahre standen noch ungelesen im Regal, als Frau Lindner mit einer Nachricht vom Gasthaus *Jacobs* kam. Die Hausdame der Grootmanns hatte angerufen, der Kutscher sei unterwegs, Frau Winfield abzuholen. Man bitte zu entschuldigen, aber sie werde dringend erwartet. Frau Grootmann senior sei aus Nizza zurück und bestehe darauf, Frau Winfield gleich zu begrüßen.

Die alte Wilhelmine Grootmann war Onkel Friedrichs Mutter und Hetty kaum vertrauter als die Kaiserin in Berlin. Sie erinnerte sich vage an eine misslaunige strenge Dame in strengen Kleidern, die mit schmalen Lippen auf das kleine Mädchen Hetty hinuntersah. Eindeutig strafend. Als sie darüber nachdachte, während Brooks sie flott nach Hamburg und zur Außenalster kutschierte, fand sie das zum ersten Mal erklärlich.

Wilhelmine Grootmanns Ehemann hatte ihr Leben wahrlich nicht zum Vergnügen werden lassen. Das Porträt des alten Henry (nur seine Frau hatte ihn unerschütterlich Ernst-Heinrich genannt) hing in der großen Eingangshalle der Grootmann'schen Villa und zeigte einen wohlgerundeten Herrn im besten Mannesalter, dem man seine Lebenslust ansah. Der Porträtist hatte für ein sehr schönes Honorar sehr schön gemalt. Henry war vor fünfzehn Jahren gestorben, die Leitung seines Handelshauses hatte er seinem Sohn jedoch noch ein Jahrzehnt früher überlassen, inoffiziell zunächst, aber das kümmerte bald keinen mehr.

Diese Abwendung von Kommerz und Handel bedeutete für ihn Sommer in Baden-Baden oder Biarritz, Winter in Paris, auf Madeira oder in Monte Carlo. Dabei war er genug Kaufmann und Hanseat geblieben, um am Spieltisch oder beim Galopprennen in Iffezheim stets sein selbstgesetztes Limit zu wahren.

Friedrich als Sohn und Erbe war von Anfang an pflichtbewusst, ehrgeizig und tüchtig gewesen. Er hatte sich viel besser auf die Rolle des ehrbaren hanseatischen Kaufmanns in einer sich rasant ändernden Welt verstanden und die Flucht des alten Patriarchen ins lockere Leben für sich selbst als Glücksfall empfunden.

Einzig Wilhelmine Grootmann hatte ihrem Ehemann nie verziehen. Nach seinem Tod hatte sie kein halbes Jahr verstreichen lassen, bis sie die Trauerkleidung ablegte und ihre Schrankkoffer packen ließ. Nach kurzen Zwischenstationen in Wien (zu kalt, zu viel Adel) und in Venedig (auf die Dauer zu nass) hatte sie sich in Nizza niedergelassen, hochzufrieden wegen des Klimas, des wahrhaftig blauen Meeres, der prächtigen Architektur und weil man hier mehr wohlhabende Engländer als Franzosen oder gar Italiener traf.

Hetty kannte diese alten Geschichten nicht im Detail, aber genug davon, um der Begegnung nervös entgegenzusehen. Sie hatte keine Ahnung, was die alte Dame ausgerechnet von ihr wollte, kaum dass sie wieder in Hamburg angekommen war. Umgehend ihr Beileid bekunden? Ein anderer Grund fiel Hetty nicht ein.

Brooks lenkte die Kutsche zur breiten Treppe an der Rückseite des Hauses, die vom Sommersalon zum gekiesten Platz vor dem Garten hinunterführte, und reichte Hetty die Hand zum Ausstieg.

«Die alte gnädige Frau wohnt im Zwischenflügel», sagte er, als niemand auftauchte, um die Besucherin in Empfang zu nehmen. «Nur damit Sie gleich den richtigen Eingang nehmen.»

Hetty sah sich stirnrunzelnd um und entdeckte zwischen Haupthaus und neuem Seitenflügel ein Portal, das sie bisher übersehen hatte. Gemessen an der Größe des Hauses wirkte es bescheiden, aber es war immer noch ein Portal, keine einfache Tür.

Kies knirschte unter eiligen Schritten, Felix kam vom Seitenflügel herüber. Seine Arbeit in der Kanzlei schien ihn nicht über Gebühr in Anspruch zu nehmen, wenn er um diese Zeit Besuch bei Mary und ihren Kindern machte.

Er küsste sie auf die Wangen und reichte ihr seinen Arm. «Ich bin froh, dass ich die Kutsche gesehen habe», sagte er nah an ihrem Ohr, «ich werde dich begleiten. Als Schutzwall. Mama und Claire lassen grüßen, sie haben leider andere Verpflichtungen, sonst wären sie gemeinsam an deiner Seite.

Danke, Brooks», wandte er sich an den Kutscher. «Frau Winfield braucht Sie in ein oder zwei Stunden für die Rückfahrt, falls sie dann nicht lieber hierbleibt.»

«Ich bin ein bisschen verwirrt», gestand Hetty. «Es ist so lange her, ich erinnere mich kaum an sie. Weißt du, warum sie mich so schnell herbeordert hat? Brooks sagt, sie sei erst gestern Abend angekommen, nach der langen Reise muss sie doch sehr erschöpft sein.»

«Stimmt, das müsste sie. Im Alter ist so eine Reise eine enorme Anstrengung. Trotzdem ist sie putzmunter und bringt den ganzen Haushalt durcheinander. Aber sie war eine Reihe von Jahren stets nur für eine Stippvisite hier und wird auch dieses Mal nicht lange bleiben. Und da ist schon ihr müder Zerberus, Frau Huchelbeck.»

Das mittlere Portal hatte sich geöffnet, und eine in tiefstes Schwarz gekleidete Dame stand davor, Großmutter Wilhelmines Freundin und Gesellschafterin. Ihr graues Haar war von einem schwarzen Spitzentüchlein bedeckt, ihr Gesicht erinnerte an einen schrumpeligen Apfel, samt der roten Bäckchen, und zeigte tiefe Kümmernis.

Die war auch Wilhelmine Grootmann anzusehen, als sie der lieben Henrietta ihr Beileid bekundete, vielleicht nicht so sehr, aber es schien echt zu sein. Hetty wäre jederzeit bereit gewesen, zu schwören, diese Dame nie zuvor gesehen zu haben. Mit der freudlosen Person, die noch blass in ihrer Erinnerung lebte, hatte sie nichts mehr zu tun.

Diese Wilhelmine Grootmann war eine Frau von beinahe achtzig Jahren, ihr Rücken war nur sehr leicht gebeugt, wenn sie sich auf den polierten Ebenholzstock mit dem massiven Silberknauf stützte, ihr raffiniert frisiertes, immer noch dichtes Haar war schneeweiß, ihr Gesicht trotz der Falten und Fältchen höchst lebendig. Anders als ihre Gesellschaftsdame und die meisten betagten Witwen war sie nicht in die Welt verachtendes Schwarz gekleidet. Sie trug ein modisch geschnittenes, mit Jettperlen besticktes, tiefviolettes Kostüm, die Seidenbluse mit der Halsrüsche in blassem Rosé. Ihr Schmuck war für den hellen Nachmittag üppig, aber geschmackvoll und elegant.

«Henrietta, mein liebes Kind, ich bin untröstlich», erklärte sie zur Begrüßung und reichte der Nichte ihrer Schwiegertochter die Hand zum Kuss. «Du wirst entschuldigen, wenn ich in diesen traurigen Tagen keine schwarzen Kleider trage, ich besitze keine und werde mir auch nie welche machen lassen. Ich verabscheue Schwarz, nicht weil es alt macht, ich *bin* alt, sondern weil es müde macht, und das bin ich nicht. Außerdem zeugt es in den allermeisten Fällen nur von Heuchelei.»

Ein zartes Geräusch in ihrem Rücken klang nach einem erschreckten Schluckauf und ließ sie generös lächeln. «Natürlich nicht bei meiner lieben Huchelbeck, sie ist absolut unfähig zur Heuchelei, was bei Licht besehen von Nachteil ist. Sie trägt schon ewig Schwarz, das liebe dumme Ding.»

Felix räusperte sich, aber Frau Huchelbeck nickte unerschüttert. Sie war seit Jahrzehnten an Wilhelmine gewöhnt und verehrte sie bedingungslos. Außerdem hatte sie keine Wahl.

«Felix, diese Räusperei ist albern. Huchelbeckchen lebt äußerst zufrieden bei mir. Du bist mein geliebter Enkel, Felix – doch, das kann ich so aussprechen. Das ist einer der verdammt wenigen Vorzüge des Alters: Man kann sagen, was man will. Gleichwohl wäre ich dir verbunden, wenn du dich nun entferntest. Du kennst den Weg. Ich habe mit Henrietta zu reden, Frauenangelegenheiten, die gehen dich nichts an. Falls der Rest der Familie dich als Spion geschickt hat, sage ihnen, sie sollen mich selbst fragen. Ich bin kein Krokodil und beiße nicht.»

Später fragte sich Hetty, wie es Felix gelungen war, sich diesem Befehl zu verweigern, sie hätte gerne davon gelernt. Nur daran, dass er seine Großmutter auf charmanteste Weise Grand-mère nannte, was ihr sehr gefiel, konnte es kaum liegen. Endlich bestand er darauf, als Vertrauter seiner kleinen Cousine zu bleiben, setzte sich neben die erschreckte Huchelbeck aufs Kanapee, schlug ein Bein über das andere, legte das Kinn in die aufgestützte Hand und erklärte sanft lächelnd: «Schau, liebste Grand-mère, deine Madame Huchelbeck und ich sind gar nicht hier.»

Und die liebste Grand-mère sagte ergeben seufzend: «Nun, mein Kind», sie meinte schon Hetty, «gib immer acht auf solche jungen Herren, man darf ihnen nicht zu nahe kommen, sie sind einfach zu bezaubernd. Damit sind wir schon beim Thema. Setz dich an den Tisch, es gibt Kaffee, Tee ist mir zu langweilig.»

Dem Salon war nicht anzumerken, dass er viele lange Monate unbewohnt gewesen war. Auf der Anrichte lagen sogar Zeitungen der letzten Tage, auf den Fensterbänken blühten rote Begonien in weißen Porzellantöpfen mit vergoldeten Griffen, genauso makellos wie die Fächerpalme neben dem Klavier. Keine der üblichen dicken Vorhänge aus Samt oder Damast verdunkelten den Raum, die Gardinen waren leicht und hell, ebenso das biedermeierliche Mobiliar. Zwei der Bilder an den wie frisch tapeziert aussehenden Wänden – Hetty hatte dieser Tage überall zuerst einen Blick für die Bilder – zeigten romantische Ansichten der Elbe, eine in Abend-, eine in Morgenstimmung, und im Schatten des weißen Kachelofens hingen die Porträts eines streng und ältlich wirkenden Paares in ovalen Rahmen, allerdings nicht in klassisch schwarzem Lack, sondern vergoldet.

Wilhelmine schenkte nur für sich und ihren Gast Kaffee ein, schob Hetty das Sahnekännchen und die Gebäckschale zu und verschränkte die Hände mit dem von einem Kranz winziger Brillanten umrahmten Rubin auf dem linken Mittelfinger vor sich auf der Tischkante.

«Ich habe deinen Vater sehr gemocht, Henrietta», begann sie, «sein Tod macht mich traurig. Wirklich sehr traurig. Würdest du mich besser kennen, wüsstest du das umso mehr zu schätzen, denn ich vermeide es, traurig zu sein. Mein Lebensvorrat an Traurigkeit und Missmut war vor fünfzehn Jahren fast verbraucht, mit den Resten gehe ich sparsam um. Sophus war ein Mann von Geist und Witz. Ein bisschen weltfremd, aber von großer Treue. Deine Mutter war sehr glücklich mit ihm. Es war ein schrecklicher Schicksalsschlag, als sie euch so früh verlassen musste, und es war nicht seine Schuld. Deine schon gar nicht, falls du auf diese absurde Idee gekommen sein solltest. Ständig denken Frauen, sie seien an diesem oder jenem und überhaupt an allem schuld, das ist pure Selbstüberschätzung.»

Hetty hätte gerne etwas gesagt, ihr fiel nichts ein. Wilhelmine Grootmanns Worte schwirrten in ihrem Kopf und lähmten ihr Denken. Also murmelte sie nur «Danke», rührte in ihrem Kaffee und bemühte sich, ein neutrales Gesicht aufzusetzen und ihr heftiger klopfendes Herz zu ignorieren. Sie wäre gerne aufgestanden und gegangen.

Die Reise von Nizza an die Elbe sei lang, fuhr Wilhelmine fort, man habe viel Zeit nachzudenken. An dieser Stelle kam vom Kanapee ein Räuspern im Duett, das sie überhörte.

«Ja, nachzudenken. Und ich habe beschlossen, dir zu sagen, was ich gehört habe, aus so diskretem wie verlässlichem Mund, sonst hätte ich es gleich vergessen. Jeder weiß es, und du wirst es auch wissen, meine Ehe war kein Musterbeispiel. Mein Gatte war nur wenig an mir interessiert.»

«*Bitte!* Grand-mère, ich denke, du solltest Hetty nicht mit diesen Geschichten bekümmern», kam Felix' Stimme vom Kanapee. «Gerade jetzt hat sie eine eigene große Last zu tragen.»

«Spricht da jemand, der gar nicht hier ist? Der Jemand hat nicht ganz unrecht. Meines Gatten, Gott hab ihn selig, muss hier nur gedacht werden – hübsch ausgedrückt, nicht wahr? –, weil ich aus dem Leben mit ihm und besonders ohne ihn gelernt habe. Deshalb nehme ich mir die Freiheit, zu sagen, was ich weiß und denke. Meine liebe Henrietta, sei nun stark. Dein Ehemann, Thomas Winfield, ist nicht so zuverlässig, wie es scheint und wie Sophus annehmen musste, wenn er deiner Ehe zugestimmt hat.»

«Grand-mère, bitte ...»

«Sei still, Felix. Oder geh in den Garten spielen. Da stehen sicher noch die Krocketschläger und die Scheibe für euer geliebtes Bogenschießen.»

Felix holte tief Luft und erhob sich energisch, doch Hetty hob abwehrend die Hand.

«Danke, Felix, ich möchte es hören. Jetzt gleich. Bitte, Frau Grootmann, was spricht man über Thomas?» Hetty war blass, ihr Herz klopfte heftig. «Und wo – in Nizza?»

«In Nizza. Ich will nicht um den heißen Brei herumreden. Dein lieber Mann ist ein wenig leichtfertig, lass es uns so nennen. Zwei meiner guten englischen Freunde an der Côte d'Azur haben in London ungemein nachteilige Geschäfte gemacht. Ich kann es jetzt nicht *en détail* erläutern, aber es ging um Schürfrechte in der Kapprovinz, Gold und Diamanten. Oder ging es auch um Opale? Sehr hübsche Steine, obwohl sie ein bisschen nach Talmi aussehen. Natürlich ist es immer dumm, Geld in so unsichere Abenteuer am anderen Ende der Welt zu investieren, insbesondere in diesen wilden Gegenden kurz vor dem Südpol. Ich würde das niemals tun. Einerlei. Es war in diesem Fall eindeutig nicht nur ein risikoreiches, sondern ein windiges Geschäft, wie sich schließlich herausstellte. Meine Freunde haben viel Geld verloren. Es bringt sie nicht an den Bettelstab, beide sind fast so reich wie die Vanderbilts, obwohl die Geschäfte in England wirklich immer schlechter gehen. Ich hätte das für mich behalten, Henrietta, wäre deine Situation eine andere. Du wirst mich dafür nicht mögen, aber es muss gesagt werden. Als Warnung, womöglich resultieren daraus peinliche Unannehmlichkeiten. Dein Thomas mag ein liebender Gatte sein, nur in Geldsachen solltest du ihm nicht trauen. Wenn du nun Sophus beerbst, musst du verhindern, dass er dieses Erbe in die Finger bekommt. Es könnte sonst leicht sein, dass er nicht nur sich, sondern auch dich ruiniert. Siehst du, ich wusste, du würdest weinen – Huchelbeckchen, hörst du nicht zu? Bring endlich ein größeres Taschentuch –, weine ruhig, Henrietta, obwohl ich finde, du solltest dringend lernen, dass ein Mann ein wunderbarer Liebhaber sein kann, sogar ein solcher Gatte, und trotzdem in Geschäften ein Schuft.»

Für einen Moment war es sehr still. Selbst Wilhelmine erschrak ein kleines bisschen vor dem Nachklang des Wortes Schuft. Vielleicht war sie von der Reise doch erschöpfter, als sie sich zugestand.

Dann putzte Henrietta sich vernehmlich die Nase, tupfte über die Augen, was wenig nützte, und setzte sich ganz aufrecht.

«Ich danke Ihnen, Frau Grootmann», sagte sie würdevoll. «Ich nehme an, bisher hatte niemand Gelegenheit, Ihnen von wirklich allem zu berichten, was in den letzten Wochen geschehen ist. Es ist sehr freundlich, mich zu warnen, aber Thomas, mein Ehemann, kann mein Erbe nicht stehlen. Es gibt nämlich keines. Und er ist tot.»

* * *

Als Henrietta von Brooks nach Hause gefahren wurde, war sie auf diese besondere Weise erschöpft, die alles scheinbar vibrieren lässt, Körper, Seele, Geist, sogar die Luft. Sie hatte Felix' eindringlichen Bitten zu bleiben oder sich wenigstens von ihm begleiten zu lassen, widerstanden. Sie war froh gewesen, als er der Aufforderung seiner Großmutter, sich gefälligst zu verabschieden, mit seinen charmanten Volten ausgewichen und geblieben war. Nun hatte sie noch mehr Fragen an ihn. In seinem Gesicht hatte sie keine Überraschung über die Neuigkeiten gesehen, die Wilhelmine Grootmann mitgebracht hatte.

«Hast du davon gewusst?», hatte sie ihn gefragt, als er ihr in die Kutsche half.

Er antwortete erst, nachdem er ihr das Plaid über die Knie gelegt und an den Seiten festgesteckt hatte. «Du meinst diese Nachrichten aus Nizza? Nein, davon habe ich nicht gewusst, dann hätte ich dich da nicht reingelassen, die alte Wilhelmine ist wie ein überladenes Dampfschiff. Aber es hat mich nicht überrascht. Ich will dir nichts vormachen, Hetty. Als ich Anfang der Woche sagte, es sei wegen Thomas' Nachlass noch einiges zu prüfen, ging es genau darum. Herauszufinden, warum sein Besitz verloren ist. Und», sein Seufzer klang nach einem Stöhnen, «ob er überhaupt noch Nennenswertes besaß, bevor er auch deine Mitgift für euren Lebensunterhalt verbrauchte.»

«Und?»

«Und? Ja – und! Man sollte dir nichts mehr vormachen. *Und* ob er auf unredlichen Wegen versucht hat, sich zu retten. Es würde zu seinem Ende passen. Ich kann bei seinem Tod einfach nicht an einen Zufall glauben. Aber das müssen wir der Polizei überlassen. Du willst wirklich nicht bleiben? Das schönste der Gästezimmer ist immer für dich bereit, das weißt du, nicht wahr? Alle wären froh, dich hier zu haben.»

Sie konnte nicht bleiben, sosehr sie das Alleinsein im Laufrad der Gedanken fürchtete. Sie wollte keine mitleidigen Gesichter sehen, keine behutsam gesetzten Worte hören, kein ‹Die Zeit heilt alle Wunden›. Sie wollte nur zurück zum Haus über der Elbe, vom Gartenpavillon über den Fluss schauen und wissen, dass dort, ganz weit im Irgendwo, das Meer war und hinter dem Meer ein Ozean und ein unbekanntes Land, wie die Verheißung eines neuen Lebens.

Das gleichmäßige Klappern der Hufe, das Schaukeln der gutgefederten Kutsche und Brooks' vertrauter breiter Rücken dämpften den Aufruhr in ihrer Seele. Wilhelmine Grootmann hatte ihr berichtet, was sie vielleicht geahnt, aber sich nicht zu denken erlaubt hatte. Dennoch hatte es sie getroffen wie ein Faustschlag. Nun war es Realität. An dem Tag, an dem sie ihr gesagt hatten, es existiere weder ein Erbe von ihrem Vater noch von Thomas, hatte sie nicht nach den Umständen gefragt. Es hatte sie nicht wirklich erreicht, es war nur Geld, während sie versuchte, sich ihr Leben ohne ihren Vater und ohne Thomas vorzustellen. Geld und Besitz gingen leicht verloren, man hörte so oft davon, und hier war es zugleich beiden ihr so eng verbundenen Männern passiert. Passiert. Wenn sie weiterdachte, was die alte Wilhelmine aus Nizza mitgebracht hatte, war es womöglich nicht einfach nur passiert.

Bei Henriettas Rückkehr saß der alte Birkheim bei Alma Lindner in der Küche. Sein Besuch hatte sie in der Arbeit unterbrochen. Auf dem Tisch neben dem Herd lagen das große Küchenmesser und der Wetzstein neben einem schon in zwei Hälften geteilten Weißkohlkopf.

«Ich wollte gerade gehen.» Er erhob sich mit steifen Knien von der Bank am Fenster und gab ihr die Hand. «Meine Frau hat mich sicher schon verloren gegeben, aber es plaudert sich so nett mit Frau Lindner. Und ich habe etwas für dich mitgebracht.» Er schob Hetty einen langen Gebrauch verratenden Holzkasten über den Küchentisch zu. «Mein lieber Freund Mommsen hat mir vor ein paar Wochen die lütte Kiste anvertraut. Es ist ja lange her, seit ich sie geschnitzt habe, aber du erinnerst dich vielleicht noch.»

«Die Menagerie.» Hetty sank überrascht auf einen Küchenstuhl. «Natürlich erinnere ich mich. Ich habe schon danach gesucht. Als ich sie in meinem Zimmer nicht fand, habe ich sie auf dem Dachboden vermutet.»

«Nee.» Birkheim schüttelte den Kopf und klappte den Deckel hoch. «Die war immer in deinem Zimmer. Er hat gesagt, ich soll alle Tiere ausbessern und wieder glatt und sauber schmirgeln. Er wollte sie bei seinem nächsten Besuch mit zu dir nehmen, weil da vielleicht bald ein anderes kleines Mädchen was zum Spielen braucht. Guck mal», er nahm einen daumengroßen Elefanten aus der Kiste und strich über den winzigen Kopf, «der Rüssel war abgebrochen, jetzt ist er wieder wie neu. Und dem Ochsen hier hat der ganze Kopf gefehlt. Und da, bei dem Gänserich und dem Nashorn – na, eben noch ein paar Kleinigkeiten. War gar nicht viel zu ersetzen.»

Als alle Tiere der hölzernen Menagerie bewundert waren und die ganze kleine Herde auf dem Küchentisch stand, klopfte Frau Birkheim in Sorge um ihren Mann an die Küchentür. So gab es nach einigem Hin und Her ein gemeinsames kaltes Abendbrot am großen Küchentisch, Husumer Käse und Altländer Schinken, Eier mit Remoulade, Hasenpastete mit Preiselbeerenmus, Butter und Roggenbrot. Dazu frisches Bier von der nahen Brauerei und Wein.

Frau Lindner begnügte sich mit einem Glas Wasser. Sie hatte dem Wunsch der neuen Herrin des Hauses nach diesem seltsamen Abendessen nicht widersprochen, aber es widerstrebte ihr, mit der Herrschaft an einem Tisch zu sitzen, auch wenn es ihr noch schwerfiel, dieses junge Ding als Herrschaft zu sehen. Sie würde es auch nicht lange bleiben. Herrschaft und eine leere Börse, ohne Kredit bei der Bank – das vertrug sich nicht. Falls am Tisch jemandem auffiel, wie schweigsam Alma Lindner war, blieb es unerwähnt, im Übrigen war auch Frau Birkheim wortkarg, was bei ihr jedoch nichts Besonderes war. Ihr Ehemann glich das mit seinem beständig plätschernden Redefluss leicht aus.

Henrietta hatte gehofft, mehr über das Bilderzimmer zu erfahren. Wenn die Grootmanns nichts davon gewusst hatten, war sicher Helmer Birkheim der Mann, mit dem ihr Vater darüber gesprochen, sich vielleicht auch beraten hatte. Aber Birkheim winkte gleich ab, als Hetty danach fragte.

«Ach ja, diese Bilder», sagte er und lächelte verschmitzt in seinen weißen Bart. «Da kann ich dir nicht weiterhelfen. Es nützt nichts, wenn ich sie mir noch mal ansehe. Ich weiß, dass er sie gekauft hat, in den letzten anderthalb Jahren, oder? Frau Lindner? Was meinen Sie? Sie haben die Kleckereien doch an der Tür in Empfang genommen.»

«Die meisten, ja. Manche hat Herr Mommsen auch selbst mitgebracht und direkt in das Zimmer getragen. Er war dann immer äußerst gut gestimmt. Ich glaube ... Pardon, aber Vermutungen stehen mir nicht zu.»

«Unsinn, Frau Lindner.» Birkheim war schon von einem Glas Bier beschwingt, allerdings war es ein beachtliches Glas, beinahe so groß wie in Bayern üblich. «Sagen Sie seiner Tochter doch, was Sie wissen. Sie haben ihm das Haus geführt, Ihnen steht eine ganze Menge zu.»

Tiefe Röte überzog Frau Lindners Gesicht, ein brennender Blick traf den alten Mann. «Wenn Sie irgendwelche Unregelmäßigkeiten andeuten wollen, unangemessene Vertraulichkeiten ...»

Mit überraschender Unbeherrschtheit schob sie ihren Stuhl zurück, war mit nur einem großen Schritt an ihrem Arbeitstisch, und Hetty und die Birkheims, alle drei immer noch verblüfft, erlebten, wie sie mit unglaublicher Akkuratesse und Geschwindigkeit den Kohlkopf in dünne Streifen hackte.

«Um Gottes willen, Lindnerin», rief Herr Birkheim endlich, «ich meine doch nur, dass Sie ihm so gut zu Diensten waren. Im Haus, nur im Haus.»

«Mein Mann will sagen», ergänzte seine Frau spröde, «Sie haben immer vorbildlich Ihre Pflicht erfüllt, und darum wissen Sie auch, was ins Haus geliefert wird. Und von wem.»

«Genau», murmelte Birkheim, immer noch erschreckt über das Missverständnis und die ungewohnt heftige Reaktion der Hausdame, die er bis dahin nur als kühl und unberührbar erlebt hatte. «Genau so.»

Frau Lindner ließ das Messer los, als sei es etwas Fremdes, stützte beide Hände auf die Tischplatte und schloss für einen Moment die Augen. «Natürlich», sagte sie dann, ihre Stimme bebte nur leicht, «natürlich haben Sie nur das gemeint. Ich muss mich entschuldigen. In diesem Beruf wird einem manches unterstellt. Manches Üble. Das ist mir – nun, ich denke, ich bin in dieser Hinsicht ein wenig zu misstrauisch. Ja, zu empfindlich. Ich wäre dankbar, wenn Sie es vergessen könnten. Es wird nicht wieder vorkommen.»

Die Bilder, fuhr sie rasch fort, als sei nichts vorgefallen, seien fast alle mit Boten aus der Stadt gekommen, zwei, vielleicht drei, das wisse sie wirklich nicht, mit Boten vom Hannoverschen Bahnhof. Auf die Absender habe sie nie geachtet.

«Ein Rembrandt ist jedenfalls nicht dabei», wagte sich Helmer Birkheim wieder vor, «es sei denn, versteckt unter diesen quirligen Farben.» Der Gedanke amüsierte ihn. «Sonst hätte ich es gemerkt. Er hat mir die Bildchen immer mal gezeigt, viele sind doch hübsch, wenn man genau hinsieht, und man meint, manche Straße direkt wiederzuerkennen. Aber von Malerei versteh ich nichts, ich kann nur ein bisschen schnitzen und Skulpturen machen.»

Hetty nickte, sie wusste schon, wen sie einladen und fragen wollte. «Dabei fällt mir ein – habe ich schon erzählt, dass ich mich für einen Kurs in der Damenmalschule Röver angemeldet habe? Ein oder zwei dieser Maler arbeiten dort als Lehrer, so habe ich jedenfalls gehört. Bald kenne ich mich womöglich selbst aus.»

Sie blickte erwartungsvoll in die Runde, sah auf drei Gesichtern etwas, das man mit viel gutem Willen als höfliches, bei Birkheim mehr, bei Frau Lindner weniger zustimmendes Interesse interpretieren konnte, und nahm sicherheitshalber einen großen Schluck Wein. Dann beschloss sie für sich, sie werde sich sehr schnell daran gewöhnen, Dinge zu unternehmen, die niemand als sie selbst für richtig, angemessen, passend, gut oder weiß der Himmel wie fand.

Die Tafel am Küchentisch wurde aufgehoben, die Birkheims

gingen nach Hause. Während Alma Lindner wieder ihren Pflichten nachkam, bis die Küche geradezu unbenutzt aussah, setzte Hetty sich auf die Terrasse. Widerstrebend, aber mit Entschlossenheit. Nur, weil sie einmal mitten in der Nacht, als ihr Herz schwer und ihre Nerven dünn waren, ein Schatten im Garten erschreckt hatte, ließ sie sich nicht von der Terrasse vertreiben. Es war nur eine Chimäre gewesen. «Ein Hirngespinst», flüsterte sie, als könne das ihren rascheren Herzschlag beruhigen. «Nur ein albernes Hirngespinst.»

Es war eine sehr dunkle Nacht, sie suchte den Mond vergebens, und sie hätte jetzt gerne eine Nachtigall gehört, aber so spät im Sommer sangen die Nachtigallen nicht. Sie lauschte trotzdem in die Dunkelheit, irgendwo in der Nachbarschaft spielte hin und wieder leise eine Violine – aber auch die schwieg schon.

Sie hörte nur, was sie nicht hören wollte. Vom schmalen Weg, der hinter der Hecke zum Fluss hinunterführte, ein Rascheln. Oder Schritte? Um diese Zeit, in der Dunkelheit ohne Laterne? Hirngespinst. Da raschelte nur etwas, ein Kaninchen vielleicht. Eine der fetten Katzen aus dem Dorf auf nächtlicher Jagd.

Als Hetty in dieser Nacht in ihrem Bett lag, lauschte sie immer noch auf die Geräusche des Hauses und des Gartens. Nun hörte sie das Seufzen der alten Balken, das Knistern winziger schneller Füße einer Maus im Dach, auf den leicht auffrischenden Wind in den Baumkronen, von der Straße ein noch so spät vorbeirollender Wagen. Und leichte Schritte im Erdgeschoss, Alma Lindner war immer noch geschäftig oder fand keinen Schlaf.

Sie tastete in der Dunkelheit nach der Kiste mit der Menagerie, die sie auf den kleinen Teppich vor ihrem Bett gestellt hatte, und blickte durch das offene Fenster hinaus in die Sterne.

Kapitel 11

Sonntag

Am nächsten Vormittag bekam Hetty Besuch von Claire und Emma, nur auf eine Tasse Tee, wie sie versicherten. Emma hatte selbst kutschiert, Pferd und Wagen waren bei dem Mietstall in der Nähe der Brauerei untergestellt.

Frau Lindner hatte an diesem Tag frei, so bereiteten sie den Tee gemeinsam in der Küche, was Emma als großen Spaß, Claire als selbstverständliche Aufgabe betrachtete. Emma nahm eine Zigarette aus ihrem Silberetui, zündete sie an und öffnete rücksichtsvoll ein Fenster. So eine Küche im Erdgeschoss, befand sie, habe Charme, da wüchsen die Rosen auf den Teller.

«Ach, auf ihre Art sind doch alle Küchen gleich», stellte Claire heiter fest, als sie sofort die richtige Dose mit dem Gebäck fand. Wenn man bedachte, dass die Küche der Grootmanns im Souterrain der Alstervilla etwa fünfmal so groß war wie diese, war das wahrhaftig ein Grund zur Heiterkeit.

Anschließend war es nicht schwer, Hetty von einem Spaziergang entlang der Elbe zu überzeugen, der Tag war schön und mild, und in gutgestimmter Gesellschaft war das eine wunderbare Weise, den Sonntag zu genießen.

Wieder zurück im leeren Haus, fragte Hetty sich, wo Alma Lindner ihre freien Tage oder Stunden verbringen mochte. Sie hatte keine Ahnung. Frau Lindner animierte nicht zu privaten Gesprächen.

Während der letzten Tage hatte Hetty das Haus bis unters Dach erkundet. In ihrem Zimmer war noch alles so wie vor sieben Jahren, im Schrank hingen sogar Kleider aus ihren Backfischjahren, die sie nicht hatte mitnehmen wollen. Unter dem Dach hatte sie in großen Pappschachteln ihre alten Spielsachen entdeckt, die komplette Puppenstube samt winzigem Geschirr, Federball- und Krocketschläger, Schlittschuhe für kleine Füße, längst vergessene Puppen und Puppenkleider, sogar den ramponierten Zauberkasten, Bauklötze samt Türmchen und Torbögen und das kleine Pferdegespann mit dem Ackerwagen, ein weißes Korbwägelchen, sogar eine Blockflöte und zerfledderte Notenhefte. Sie hatte vergessen, wie reich ihre Kindheit gewesen war.

Da hatten auch zwei Schrankkoffer mit wunderbaren Kleidern gestanden, Schachteln mit Schuhen und Hüten, in hübschen Kartons und Seidenpapier, Wäsche und ein Negligé, Handschuhe und Seidenstrümpfe. Sie hatte geglaubt, einen Duft zu erinnern, aber von Mama war nicht einmal der Duft geblieben.

Am späten Nachmittag entdeckte sie im Sekretär ihres Vaters die Briefe, die sie ihm im Lauf der Jahre geschrieben hatte. Er hatte alle aufgehoben und sie in ordentlicher Reihenfolge aus jedem Jahr mit einer weißen Kordel gebündelt. Auch das war ihr ein Beweis, wie lieb sie ihm gewesen war. Irgendwann wollte sie ihre Zeilen als Boten aus der Vergangenheit lesen. Irgendwann, wenn sie sehr alt war.

Am Abend hatte sie weiter in seinen Tagebuchnotizen gelesen, nur ein Heft fehlte ihr jetzt noch. Die letzten Einträge, die sie las, stammten aus den Wochen etwa ein Jahr nach ihrer Hochzeit und waren tief beunruhigend. Ein wenig kryptisch in der Bedeutung, dennoch bargen sie mit dem, was sie nun wusste, deutliche Hinweise. Danach hatte Thomas ihrem Vater ein wirklich ‹schwindelerregendes› Geschäft angetragen. Nach langem Zögern sei er aber jetzt gut beraten worden, er beginne, dies Unternehmen mit anderen Augen zu sehen. «*Es ist ein Risiko, nahezu nach dem Prinzip alles oder nichts. Deshalb gut abzuwägen. Es prickelt!*»

Dann folgte wieder Alltägliches, nichts mehr über Geschäfte oder Geldanlagen, nichts mehr über Thomas. Oder über sie, seine Tochter.

Es war schon spät, aber alle Müdigkeit war verflogen. Hetty kletterte wieder auf die Leiter, zog die letzte Kladde aus dem Regal – sie war leer. Keine einzige Linie war beschrieben. Also war es eine, die er schon für die Zukunft gekauft hatte. Aber was war mit den letzten – sie rechnete schnell –, mit den letzten zehn oder zwölf Monaten? Er hatte sie in dieser Zeit einmal in Bristol besucht, stets allerbester Stimmung. Es war unwahrscheinlich, dass er so abrupt aufgehört hatte, seine Tagebuchnotizen zu schreiben.

Sie sah sich um und versuchte sich zu konzentrieren. Ihr Blick lief Buchrücken für Buchrücken an den Reihen des großen Regals entlang, für die beiden obersten stieg sie wieder auf die Leiter: nur gebundene Lektüre. Außer den schon entdeckten keine weiteren gebundenen Kladden. Nicht eine.

Der Schatten im Garten. Plötzlich war das Bild wieder da, auch das Gefühl der Starre und Kälte. Wenn das, was sie in ihrer ersten Nacht in diesem Haus so erschreckt hatte, doch keine Einbildung gewesen war? Doch kein Trugbild, keine Angstphantasie ihrer überreizten Nerven? Wenn tatsächlich jemand eingestiegen war? Und später, als sie nach dem Fieber zurückgekehrt war, der nur angelehnte Fensterflügel im Bilderzimmer? Wenn es mit Absicht ...

Nein! Sie würde jetzt nicht hysterisch werden. Sie war eine vernünftige erwachsene Frau. «Ganz ruhig», befahl sie sich und ihrem flatternden Herzschlag. «Ganz ruhig nachdenken. Und mit Vernunft.»

Wie hatten die Kladden gestanden, als sie sie entdeckte? War da eine Lücke gewesen? Das wäre ihr ganz sicher aufgefallen. Gut, da war also keine Lücke gewesen. Aber sie hatte nicht nachgesehen, von welchem Datum die letzte, die aktuellste Kladde in der Reihe war. Es war viel wahrscheinlicher, dass jene, die er Tag für Tag mit seinen Notizen füllte, nicht ganz oben im Regal stand, sondern griffbereit lag. Er konnte nicht damit gerechnet haben, dass jemand sie stehlen wollte. Oder darin lesen. Wer? Frau Lindner? Wer kam sonst ins Haus? Die Grootmanns? Nur Onkel Friedrich. Birkheim? Dr. Finke?

Das war alles lächerlich. Wenn es die Kladde als letzten Band gab, und daran zweifelte sie nicht, war sie irgendwo im Haus. Also: Wo konnte sie sein? Nicht im Sekretär, dessen Fächer hatte sie längst auf der Suche nach jeweden Erinnerungen an ihn durchgesehen, selbst das Geheimfach, das leer war und auch zu kurz, die große Kladde zu fassen. In seiner Schlafkammer? Die war erstaunlich karg für einen Mann, der Genuss und Komfort so liebte.

Hatte er das Tagebuch dort versteckt? Wovor, besser: vor wem? Und besonders: warum? Wo versteckte man so etwas? Unter dem Bett? In einer Hutschachtel? In den Dachsparren? Es gab tausend Möglichkeiten. Dabei konnte man nur mutlos werden, und genau das wurde sie nun. Was sie zugleich erleichterte, denn wer mutlos war, gab leichter auf. Bis vor wenigen Wochen war sie an ein ruhiges, ereignisloses Leben gewöhnt gewesen, nun war ihr ganz wirr im Kopf. Wie auf einem Karussell, bei jeder Drehung neue Bilder, neue Gesichter. Hilfreiche Hände, die sich ihr entgegenstreckten – nach welcher sollte sie greifen? Niemandem hatte sie mehr vertraut als Thomas, abgesehen von Marline natürlich, aber die war weit weg. Wenn sie nun erkennen musste, dass ihr Vertrauen in Thomas Illusion gewesen war, wem konnte sie dann trauen? Alle waren so freundlich, aber das war Thomas auch gewesen. Dennoch musste sie wissen, was geschehen war, Mutlosigkeit half keinen Schritt weiter. Wenn gerade dieser wahrscheinlich letzte Tagebuchband fehlte, wenn er verschwunden war, musste er besonders wichtig sein. Oder nicht? Vielleicht argwöhnte sie durch Thomas' schrecklichen Tod, durch all die damit verbundenen ungelösten Rätsel überall böse Gespenster.

Hetty sank in den Ledersessel und schloss die Augen, was sich sehr angenehm anfühlte. Denn nun war es genug. Sie öffnete die Augen und sagte laut zu sich selbst: «Sei nicht albern.»

Sie stand auf, schloss das Fenster, das noch einen Spalt offen gestanden hatte, und ging hinauf in ihr Zimmer. Morgen war ein aufregender Tag, höchste Zeit, schlafen zu gehen. Irgendwo musste das letzte Notizbuch stecken, wenn es nicht gestohlen worden war, fand sie es. Morgen. Oder übermorgen. Gestohlen – was für eine Idee.

Als sie am nächsten Morgen erwachte, war ihr erster Impuls, noch einmal in die Bibliothek zu laufen, womöglich hatte sie gestern mit den längst müden Augen nicht genau genug hingesehen. Das kam ja vor, dass man etwas direkt vor der Nase hatte und doch nicht fand. Aber die Zeit war knapp und der Weg von Nienstedten zum Hamburger Glockengießerwall kein Katzensprung. Papier ist geduldig, behauptete ein altes Sprichwort. Das meinte eigentlich darauf notierte Lügen und Täuschungen, sicher traf es auch auf eine im Verborgenen wartende Tagebuchkladde zu.

Montag

Fräulein Röver blickte ihrer neuen Elevin kritisch über die Schulter. Immerhin wusste sie geschickt mit dem Kohlestift umzugehen, der hier dem härteren Bleistift vorgezogen wurde. Der Unterricht in diesem englischen Pensionat konnte nicht ganz schlecht gewesen sein, obwohl man dort in der Provinz kaum den impressionistischen Stil geübt hatte.

Dem ersten Schritt, dem Zeichnen von Stillleben und Pflanzen für Ornamente, folgte das Üben verschiedener graphischer Techniken, auch Porzellanmalerei, endlich die Arbeit mit Aquarell-, Tempera- und Ölfarben, Landschaftsmalerei und die Darstellung von Menschen nach Gips- und lebenden Modellen. Vertiefung aller Techniken und Weiterentwicklung der eigenen Fertigkeiten folgte in speziellen Kursen.

Fräulein Rövers Unterricht, ihre ganze ‹Malschule›, stand für eine freiheitliche Auffassung der Kunst und ihrer Ausübung, was gleichwohl ein gründliches Üben der Techniken einschloss. Daran konnten nur Ignoranten zweifeln. Das Sehen, das genaue Hinschauen, das Übersetzen der realen Natur in Abbilder, Formen und Ausdruck, endlich in die Impression, die Wahrnehmung und Interpretation des Künstlers, fiel nicht einfach vom Himmel, alles musste geübt werden, gelernt. Auch wenn das von dummen Schreihälsen, leider auch aus maßgeblichen Bürger- und Honoratiorenkreisen, bestritten wurde. Zum Glück gab es auch kunstsinnigere Gemüter in der Stadt, nicht nur in den Ateliers, auch in Häusern so gebildeter wie betuchter Bürger.

«Wie ich sehe, haben Sie Ihren Farbkasten und die Mischpalette mitgebracht.» Fräulein Röver zog einen Hocker heran und setzte sich neben ihre Schülerin. «Lassen Sie mal sehen.»

«Es ist nur eine Auswahl an Aquarellfarben.» Hetty klappte den Deckel ihres Malkastens auf. «Ich hatte noch keine Gelegenheit, neue zu kaufen.»

Diesen Kasten hatte Claire ihr gebracht. Die gute Claire, die stets genau zuhörte und alles bedachte. Er sei wenig benutzt, hatte sie erklärt, leider habe sie selbst keine echte Freude daran, von Talent gar nicht zu reden.

«Aquarellfarben sind jetzt genau richtig», sagte Fräulein Röver. «Und die Pinsel? Zwei Rundpinsel, zwei verschiedene Flachpinsel. Aha, auch ein Chinapinsel. Haben Sie die schönen Schriftzeichen geübt? Und ein breiter zum Verwaschen der Farben.» Sie prüfte die Haare der Pinsel und legte einen unbrauchbaren zur Seite, mit den übrigen war sie zufrieden, besonders mit dem aus Rotmarderhaar.

An den Farbtuben fand sie nichts zu bemängeln. Diese neuen synthetischen Farben seien für ihre Kunstauffassung gerade richtig, erklärte sie, die hätten eine Leuchtkraft wie die Natur.

«Die vier Grundfarben reichen erst einmal, daraus können Sie für den Anfang alles Nötige mischen. Aber das wissen Sie sicher.»

«Das habe ich früher gelernt, ja. Ich werde es bedenken, wenn ich neue Tuben kaufe.» Hetty lächelte plötzlich. Sie fühlte sich in ihre Pensionatszeit zurückversetzt, als noch alles offen und voll ungeahnter Möglichkeiten gewesen war. Hatte sie auch davon geträumt, Künstlerin zu sein? Sie konnte sich nicht erinnern. Wahrscheinlich war sie für so verwegene Träume eine zu langweilige Person.

«Nun gut, es entspricht nicht ganz den Gepflogenheiten, aber ich sehe, Sie sind keine völlige Anfängerin und möchten sicher lieber gleich mit Farben arbeiten. Sie können es mit den

Rosen versuchen. Die Blüten sind nicht einfach zu malen, aber einfacher als die der Dahlien. Wir werden sehen, was schon gelingt und was nicht.»

Hetty legte nacheinander drei noch feuchte Papierbögen mit den ersten traurigen Versuchen zur Seite, und dann, plötzlich, hatte sie wieder das Gefühl für die richtige Menge Wasser und Farben, für die Mischung der Töne in den flachen Vertiefungen der Palette, für die Führung des Pinsels, die richtige Spannung im Handgelenk. Und nun sah sie auch die Rose in all ihren Feinheiten, entstand im Kopf das eigene Bild, dem das, was sich auf dem Papier abbildete, immerhin entfernt ähnelte.

Bis dahin waren ihr noch zu viele andere Dinge durch den Kopf geschwirrt. Zuerst die Teerunde der Malschülerinnen, mit der der Tag begonnen hatte. Die jüngste war neunzehn Jahre alt, die älteste einundvierzig, jede erschien ihr ungemein interessant.

Noch mehr beschäftigten sie jedoch die Tagebuchnotizen ihres Vaters. Er hatte stets gehofft, sie werde an die Elbe zurückkehren, und hatte, wie sie selbst vor wenigen Tagen, mit dem Gedanken gespielt, ob Hetty und Thomas nach Hamburg oder Altona übersiedeln könnten. Er hatte Thomas sehr gemocht.

Bald nachdem Papa von ihrer Hochzeit aus England zurückgekehrt war, hatte er notiert, Paul übertreffe die schönsten Erwartungen. Von den Jungen, deren Ausbildung er im Lauf der Jahre gefördert habe, scheine er der erfolgreichste zu werden. Sein schneller Aufstieg bei der Polizei freue ihn aber besonders, weil der Junge den schwierigsten Start gehabt habe.

In den Tagebüchern aus weiter zurückliegenden Jahren hatte sie schon kurze Notizen über Jungen gefunden, denen ihr Vater den Abschluss einer höheren Schule oder anderen Ausbildung ermöglicht hatte. Sein Bedauern über das Versagen eines der Jungen und sein Abdriften in kriminelle Kreise war besonders kurz vermerkt.

Paul. Sie wusste nicht, wie Kriminalkommissar Ekhoff mit Vornamen hieß, und den Familiennamen des Jungen vom Strand hatte sie nie gewusst. Nur, wie es unter Kindern ist, den Vornamen. Paul. Nun wusste sie, warum irgendetwas an Ekhoff ihr vertraut gewesen war.

«Das sieht schon ziemlich gelungen aus.» Christine von Edding-Thorau setzte sich neben Hetty und stützte das Kinn in beide Hände. «Macht es Ihnen Freude? Oder», sie senkte spöttisch lächelnd die Stimme, «oder wollen Sie doch nur spionieren?»

Nun war es an Hetty, spöttisch zu lächeln. «Sie haben gelauscht, als ich zum ersten Mal hier war.»

«Natürlich. Das sollte man immer, wenn eine interessante Person auftaucht und so geheimnisvoll wirkt.»

Hetty streifte ihren Pinsel ab und stellte ihn ins Wasserglas. «Interessant? Wegen meines Mannes?»

Christine antwortete nicht gleich. «Auch», gestand sie dann. «Das war eine dumme, taktlose Bemerkung. Um es auf die Spitze zu treiben: Da ich gelauscht habe, habe ich gehört, wer Ihr Vater war. Ich weiß, dass Sie ihn im vergangenen Monat zu Grabe tragen mussten, Sie haben mein ganzes Mitgefühl. Es tut mir wirklich sehr leid. Ich habe Ihren Vater kennengelernt, er war ein warmherziger Mann.» Wieder lächelte sie, diesmal überhaupt nicht spöttisch, sondern scheu. «Ich mochte ihn nicht nur, weil er im März eines meiner Bilder gekauft hat und erst kürzlich sogar ein zweites.»

«Tatsächlich? Das ist wunderbar.»

«Vor allem war es großzügig. Ich bin eine Anfängerin, und

vor einem halben Jahr war ich es noch mehr, entsprechend sind meine Arbeiten.»

«Wo hat er sie gekauft? In einer Galerie?»

«Um Gottes willen, nein! Das erste Bild hier in unserer eigenen Ausstellung, das zweite mehr oder weniger auf der Straße. Tatsächlich war es ein Zufall. Ich hatte einige Wochen in Flandern verbracht, bei einem Meisterkurs, für den ich natürlich noch nicht gut genug bin, aber ich hatte einen Fürsprecher. Einen Gönner, heißt das in Künstlerkreisen, oder?» Sie lächelte vergnügt. «Eines der beiden Bilder, die ich fertig mit zurückgebracht habe, war schon gerahmt. Eigentlich war es für – nun, bleiben wir besser bei Fürsprecher, Gönner klingt allzu sehr nach Käuflichkeit. Also, es war für diesen Förderer meiner bescheidenen Künste gedacht. Um genau zu sein – er hatte es sich ausbedungen. Aber dann lief ich gleich nach meiner Rückkehr Ihrem reizenden Herrn Papa über den Weg, er mochte das Bild, jedenfalls behauptete er das ganz entschieden. Was sollte ich tun? Ihm seine Bitte abschlagen? Das war unmöglich. Immerhin war er mein erster Sammler. Zwei Bilder machen schon einen Sammler. Er hat es, wenige Tage bevor er starb, gekauft. Es tut mir so leid.»

Hetty überhörte die letzten Worte. «Und Ihr Gönner, Pardon, Fürsprecher?»

Christines Blick bekam etwas Mutwilliges. «Sprechen wir nicht davon. Es ist zu albern. Das zweite Bild war nämlich besser gelungen, aber er wollte tatsächlich das andere haben und monierte, er habe extra Auftrag nach Flandern gegeben, es zu rahmen. Wie ich es mir nur habe abschwatzen lassen können – und überhaupt, von wem? Aber ich hatte das Bild nun mal verkauft. Weg ist weg. Er musste mit dem anderen vorliebnehmen.»

Einer aufmerksamen Beobachterin konnte nicht entgehen,

dass Christines Worte einen triumphierenden Unterton hatten. Die Stimmung zwischen ihr und ihrem fürsprechenden Freund konnte nicht die beste sein.

«Ich werde nach dem Bild Ausschau halten. Wenn es die Wogen glättet, können Sie es zurückhaben. Oder wenn Sie nun beide Bilder einer Galerie anvertrauen wollen ...»

«O nein. Das Angebot ist liebenswürdig, aber wäre ich so weit, dass eine Galerie meine Arbeiten annimmt, wäre ich längst weg. In Paris natürlich, wo sonst. Ich möchte auch unbedingt nach Barbizon. Das ist ein Dorf im Wald von Fontainebleau, gar nicht weit von Paris, dort gab es eine legendäre Künstlerkolonie. Leider besteht sie nicht mehr. Aber es gibt Leute, die wollen in Rom auf den Spuren Petri wandeln, ich will durch Barbizon spazieren. Schon der Name klingt nach einem Versprechen, finden Sie nicht? Barbizon im Wald von Fontainebleau. Wie aus einem sentimentalen Roman. Die Mitglieder der Kolonie haben die Landschaftsmalerei revolutioniert – das mag ein wenig hoch gegriffen sein, aber letztlich stimmt es doch. Deshalb muss ich Bilder verkaufen, damit ich überhaupt dorthin fahren und vor allem den Unterricht bezahlen kann. Für den Lebensunterhalt reicht mein eigenes Geld, falls ich nicht dem Absinth verfalle. Entschuldigen Sie, es ist unhöflich, nur von mir zu plappern. Und grob, über Geld zu sprechen.»

«Ach nein. Ich spreche dieser Tage auch recht häufig über Geld. Kennen Sie noch jemand, dessen Bilder er gekauft hat? Zum Beispiel hier aus dieser Schule?»

«Die Einzigen, von denen ich weiß, sind eins von Magda Neubach und eins von ihrer Schwester Hilka. Die beiden haben zurzeit das Vergnügen, eine Tante nach Florenz zu begleiten, wegen der Uffizien, wegen der ganzen wundervollen Renaissance. Und jetzt sind die Farben Ihrer Rose getrocknet. Gar nicht gut beim Aquarellieren – wenn Fräulein Röver uns ertappt, gibt es Ärger. Kunst ist ernsthafte Arbeit und bedingt stille Konzentration», ahmte sie die Stimme der Schulleiterin nach, «geplappert wird nur in den Pausen.»

Sie erhob sich, in ihrem vom Kinn bis zum Rocksaum reichenden unförmigen Malerkittel sah sie wie ein zu hoch gewachsenes Schulkind aus.

«Warten Sie, ich möchte Sie etwas fragen», sagte Hetty rasch. «Mein Vater hat in den letzten Jahren nicht nur Ihre, sondern eine ganze Anzahl von zeitgenössischen Bildern gekauft, wohl überwiegend von Malern hier aus der Region. Hatte ich das schon erwähnt? Mein Cousin glaubt, darunter auch einige von französischen Künstlern entdeckt zu haben. Ich verstehe nichts davon und wüsste gerne mehr darüber. Würden Sie sich die Mühe machen und mich in unserem Haus in Nienstedten besuchen, um die Bilder mit mir anzusehen? Die Pferdebahn fährt von Altona bis vor meine Tür.»

Als Henrietta die Treppe hinunterlief, die große Tasche mit Farbkasten und Aquarellpapier unter dem Arm, fühlte sie sich zwar nicht als angehende Künstlerin, das würde sie nie sein, aber wie eine ernsthafte Schülerin, eine Studentin. Der erste dilettantische Versuch, eine Rose zu aquarellieren, bedeutete nicht gleich einen Schritt in ein neues weites Land, es fühlte sich trotzdem so an. Vielleicht lag es weniger an der verwaschenen Rose als an ihrer eigenen Entscheidung. Nach sehr langer Zeit, vielleicht überhaupt zum ersten Mal, traf sie eigene Entscheidungen, und sei es, einen Malkurs zu belegen, anstatt hinter geschlossenen Fenstern und Türen ihre Trauer zu leben, wie es sich gehörte.

Auf der Treppe fiel ihr gerade noch ein, dass sie sich um einen Kittel kümmern musste. Der Hauswart sorge für die Wäsche, hatte Fräulein Röver erklärt, vielleicht habe er noch einen vorrätig.

Nach den lichten Atelierräumen mit den großen Fenstern war es unten im Entree dämmerig wie in einem Keller.

«Herr Boje?», rief sie. «Hallo? Herr Boje!» Ihre Augen gewöhnten sich rasch an das dämmerige Licht, und sie erkannte, dass die Tür zur Wohnung oder Werkstatt des Hauswarts im Souterrain einen Spalt offen stand. Sie zögerte nur einen Moment, dann trat sie ein und ging die wenigen Stufen hinunter.

Es roch nach einer Melange aus etwas Öligem, Ersatzkaffee und verstopfter Abflussrinne. Der Raum war schmal und nur vier Schritte lang, neben einer zum Innenhof geöffneten Tür stand eine kleine Drehbank, an der Wand darüber hingen, ordentlich aufgereiht, verschiedenste Werkzeuge, auf der anderen Seite war Feuerholz aufgestapelt. Ein alter, roh gezimmerter Schrank ohne Tür diente als Vorratslager für Dinge, die ein Hauswart für kleine und größere Reparaturen braucht. Hinter einem nur halb geschlossenen Vorhang befand sich noch ein Raum, sie sah ein zerwühltes Bett, einen kleinen Kanonenofen, davor ein paar gute Schnürstiefel. An der Wand hing ein Bild, sie kniff die Augen zusammen, es war eher eine Art Plakat.

«Was wolln Sie hier!»

Hetty fuhr erschreckt herum. Der Hauswart stand in der Tür, sie hatte ihn nicht gehört. «Der Ausgang ist oben. Wo Sie reinkommen, geht's auch wieder raus. Ist meistens so. Hier ist privat. Oder wolln Sie vielleicht zu den Unrattonnen?»

«Verzeihen Sie», stotterte Hetty, «es ist mir wirklich peinlich. Die Tür war offen, und ich dachte, hier ist nur Ihre Werkstatt. Ich wusste nicht, dass Sie hier wohnen.»

«Der Hauswart wohnt in der Hauswartwohnung. Ist das in England anders? Was wolln Sie denn?»

«Nur einen Malerkittel. Ich möchte einen bestellen, ich bin an zwei Tagen in der Woche hier. Fräulein Röver sagt, Sie besorgen die Wäsche, auch die Kittel. Wenn ich das nächste Mal komme, am nächsten Montag, ja, dann brauche ich einen. Heute hatte ich nur eine Schürze», plapperte sie, «meine eigene. Die reicht natürlich nicht, die Farben, wenn man kleckert – nun ja.»

Boje fuhr mit dem Handrücken unter seinem Bart entlang, es machte ein kratzendes Geräusch, und blickte sie starr an.

«Herr Boje? Hab ich etwas Falsches gesagt? Ich bin in einer Minute wieder verschwunden. Es geht wirklich nur um einen Kittel. Falls noch einer da ist.»

«Doch.» Er wandte sich ab, nahm ein Winkeleisen von der Werkbank und hängte es akkurat an seinen Platz an der Wand. «Doch, das geht. Sie müssen nicht mehr hier runterkommen, ich bring einen Kittel hoch. Der liegt dann auf dem Vertiko beim Teetisch.»

Eine Minute später stand Hetty wieder auf der Straße und atmete tief durch. Ein Rest des klebrigen Geruchs aus dem Souterrain hatte sie begleitet, sie schritt rasch aus, und er war schnell verflogen.

* * *

Paul Ekhoff ging die wenig benutzte Seitentreppe im Stadthaus hinunter, er brauchte frische Luft, ein oder zwei Tassen Kaffee und keine Fragen. Denn er hatte ein Problem. Genau genommen zwei, ein berufliches und ein privates, wobei auch das private seinen Beruf berührte. Er war daran gewöhnt, jeden Pfennig zweimal umzudrehen, es war nie anders gewesen. Er hielt es für richtig und hatte nie darüber nachgedacht, bis Martha davon zu reden begann. Nicht oft, auch nicht drängend, mehr in der Art wie ‹Die Blochs haben ein neues Kanapee gekauft, wir sollten uns das mal ansehen› oder ‹Schillers haben jetzt einen Garten gepachtet, nichts ist besser für die Kinder als frisches Gemüse›. Martha forderte nichts, sie stellte nur Wünsche in den Raum. Aber sie konnte auch rechnen, und wenn sie etwas wollte, nahm sie die Sache in die Hand. So wie jetzt. Martha wollte wieder arbeiten. Bis ein Garten Ertrag bringe, koste er. Natürlich war er nicht einverstanden, es ging nicht an, dass die Frau eines Kriminalkommissars arbeitete, um Geld zu verdienen. Als könne er nicht für die Familie sorgen oder habe heimliche Laster, die sein Gehalt fraßen und Frau und Kinder hungern ließen.

Natürlich wusste er, dass es Martha nicht nur darum ging. Sie wollte aus dem Haus, sie wollte eine Arbeit, die mehr war als Windeln waschen und Fußböden aufwischen. Dafür konnte man ein Mädchen bezahlen, wie es andere auch taten. Aber Martha, dachte er und lauschte dem Gedanken nach, weil er ihm misstraute, Martha ging seit einiger Zeit eigene Wege. Sie dachte, er bemerke es nicht, weil er von früh bis spät arbeite, manchmal auch in der Nacht, sogar am heiligen Sonntag. Aber er war sicher, sein Gefühl trog ihn nicht.

Sie hatte gearbeitet, seit sie dreizehn Jahre alt war, im alten Altonaer Fischereihafen, auch früher schon für einige Stunden nach der Schule. Noch in den ersten Jahren ihrer Ehe hatte sie dort trotz der Kinder ‹ein bisschen zuverdient›, wie sie es genannt hatte. Da war sie längst nicht mehr eine der Frauen gewesen, die im Akkord Fische aufschnitten, ausnahmen und verpackten, da saß sie im schwarzen Kleid mit weißem Kragen im Büro des Auktionators. Diesen Platz hatte sie sich hart erarbeitet und erkämpft.

Den Geruch, dem man am Fischmarkt auch im Kontor nicht entkam, hatte sie mit dem schläfrigen Altona hinter sich gelassen. Sie war sofort dafür gewesen, als Paul ihr behutsam vorschlug, aus dem Preußischen hinüber nach Hamburg zu ziehen, als Garantie für ein besseres Leben. Für allerbeste Aussichten.

Die hatte er nun, auch wenn er mit seinem Versagen bei der Suche nach Winfields Mörder gerade dabei war, sie zu verspielen. Ausgerechnet bei diesem Fall, bei dem Mord an Mommsens Schwiegersohn, steckte er fest. Ausgerechnet. Es quälte ihn doppelt.

Und jetzt lieferte Martha ihm ein weiteres Problem und forderte – diesmal forderte sie tatsächlich – sein Einverständnis zu einer Arbeit außer Haus. Natürlich nur stundenweise, hatte sie gesagt, vielleicht an zwei oder drei Nachmittagen, eine saubere und reputierliche Arbeit, in einem Büro vielleicht. Warum konnte sie nicht eine Arbeit annehmen, die sich unauffällig zu Hause verrichten ließ, das taten andere Ehefrauen auch.

Er hatte kaum bemerkt, dass er vom Treppenhaus in den Innenhof und durch die Hofeinfahrt auf die Straße hinausgetreten war. Irgendjemand grüßte ihn, er grüßte zurück und zog den Hut weiter ins Gesicht. Er wollte weder reden noch Fragen beantworten, sondern nachdenken. Er bog vom Neuen Wall in die Straße zur Stadthausbrücke ein – und prallte fast gegen eine schmale Gestalt im dunklen Kostüm, die auf dem Trottoir stand und sich suchend umsah. Vor ihm stand Henrietta Mommsen, Hetty aus jenem nie vergessenen Sommer. Frau Winfield.

«Haben Sie es geahnt? Ich war auf dem Weg zu Ihnen», erklärte sie, was ihn noch mehr verblüffte, als ihr hier auf der Straße zu begegnen. Er kannte sich mit den englischen Gepflogenheiten nicht aus, aber dass eine Dame, erst recht eine so junge, allein die Zentrale der Polizei besuchte, konnte auch jenseits des Kanals nicht üblich sein.

«Ich weiß Ihren Blick zu deuten», sagte sie. «Ohne Begleitung ins Stadthaus, das ist ein unmögliches Verhalten.» Sie lächelte, und ein Grübchen, das er zuvor nicht bemerkt hatte, gab ihr etwas Heiteres. «Ich denke aber, nirgends könnte ich sicherer sein. Außerdem bin ich in meinen schwarzen Kleidern so gut wie unsichtbar. So kommt es mir jedenfalls vor. Haben Sie eine halbe Stunde Zeit für mich? Ich möchte dort drüben Kaffee trinken.» Sie wandte sich um und zeigte zu der bei der Stadthausbrücke neu erbauten Kaffee- und Speise-Halle. Neben dem hohen Gebäude, das mit Türmchen und Dachreiter geschmückt war, führte eine breite Treppe hinunter zum Fleet, dem alten Pferdeborn und dem Anleger für die Boote mit Waren für die umliegenden Straßen. «Es soll einen Extraraum für Meister und andere Chefs geben und einen für Frauen. Der wäre mit Ihrer Begleitung natürlich unpassend.»

Ekhoff fand die ganze *Volks-, Kaffee- und Speisehalle*, allgemein kurz Kaffeeklappe genannt, nicht passend. Es gab im Hafen und der Stadt schon fünfzehn solche sich als Wohlfahrtseinrichtung zur gesunden Ernährung der arbeitenden Bevölkerung verstehende Häuser. Ein Mittagessen – immer Suppe, Gemüse und Fleisch – kostete vierzig Pfennige. Er konnte sich ein Fräulein Mommsen oder eine Frau Winfield nur schwer in der Schlange vor der Durchreiche zur dampfenden Großküche vorstellen, wo man gegen eine Papiermarke den aus riesigen Kesseln und von Bratherden gefüllten Teller in Empfang nahm.

Aber die Mittagszeit war vorüber und der Speisesaal geschlossen, auf der zum Wasser hinunterführenden Treppe saßen schon die Küchenfrauen und -mädchen in bekleckerten Kitteln und löffelten ihre eigene Mahlzeit oder rauchten. Der Kaffeesaal hingegen war den ganzen Tag geöffnet. Er rechnete flugs, eine große Tasse Kaffee kostete dort fünf Pfennige, falls sie Schokolade vorzog, das Doppelte. Dafür reichte noch, was er an Münzen in der Tasche hatte. Selbst wenn sie zwei Tassen trank.

Er war unsicher, ob er ihr den Arm reichen sollte. Oder durfte? Dann nahm sie ihn so selbstverständlich, wie sie sich von ihm über die Straße und in den Kaffeesaal führen ließ. Etwa die Hälfte der Stühle und Bänke an den langen Tischen war besetzt. Ekhoff schien es, als sähen sich alle Gäste nach ihnen um. Er schwankte zwischen Bedauern und Erleichterung, als er keinen Kollegen aus dem Stadthaus entdeckte.

Er holte zwei der großen Tassen mit Kaffee, die Kannen waren gerade frisch gefüllt worden, und setzte sich Hetty gegenüber. Sie hatten Plätze direkt am Fenster, nur am anderen Ende des langen Tisches saßen drei junge Männer in dunklen Anzügen, sie sahen nach Commis oder nach Handelslehrlingen aus, steckten die Köpfe zusammen und interessierten sich nicht für andere Gäste.

«Sie wollten zu mir?», begann Ekhoff. «Gibt es Neuigkeiten, die ich wissen sollte? Oder wollten Sie etwas fragen?»

Sie sah unentschlossen aus. «Nein», sagte sie dann, «keine Neuigkeiten. Ich glaube nicht. Außer vielleicht – es ist mir unangenehm, denn es ist sehr privat. Vielleicht wissen Sie es schon, Sie haben mit meinem Onkel und meinen Cousins gesprochen. Es geht um Geld.» Ihre Wangen röteten sich, sie hüstelte, bevor sie weitersprach. «Als wir heirateten, war mein Mann recht gut situiert. Doch, so würde ich es nennen. Ich kenne keine Zahlen, die Details hat man mir natürlich nicht gesagt, und ich habe nicht gefragt, es war Besitz von seiner Familie. Ich war sehr jung und verstand ohnedies nichts von solchen Dingen, dazu gab es auch keine Notwendigkeit. Trotzdem hätte ich Papa fragen können, wenn ich überhaupt auf die Idee gekommen wäre.» Sie lachte leise, es klang verächtlich. «Wie dumm. Ich verstehe immer noch nichts von diesen Dingen, inzwischen weiß ich aber, dass ich darum wissen *sollte*, und künftig *werde* ich das auch.» Sie hatte gedämpft und schnell gesprochen, nun nahm sie einen Schluck Kaffee, blickte in die Tasse und setzte sie zurück auf den Tisch. «Ich rede und rede, und Sie verstehen kein Wort, oder?»

«Ich ahne, worauf es hinausläuft. Ihr Mann hatte sich ruiniert. Oder war von anderen ruiniert worden?»

Sie nickte. «Wobei ich nicht weiß, ob Ersteres oder Zweiteres zutrifft. Noch nicht. Irgendwann werde ich es wissen, glauben Sie mir. Und mein Vater ...» Sie stockte und wusste im selben Moment, dass ihn nicht alles anging. «Jedenfalls», fuhr sie rasch fort, «mit diesem ‹Das schickt sich nicht für eine junge Dame, das versteht dein kleines Köpfchen gar nicht› ist es vorbei. Da ist nichts mehr an Besitz, nicht einmal eine kleine Rente. Womöglich war er hier, weil er versuchen wollte, etwas auszugleichen? Ach, ich weiß es nicht. Oder er hatte hier jemand, der ihm verpflichtet war. Einer, der ihm noch etwas schuldete. Aber dann wäre er kaum mit falschem Namen in einem billigen Logierhaus abgestiegen. Haben Sie etwas über Mr. Haggelow herausgefunden?»

Ekhoff war versucht, auf den Widerspruch hinzuweisen, dass sie einerseits gesagt hatte, Mr. Winfield sei ruiniert gewesen, sich andererseits über seine Wahl für ein billiges Quartier wunderte. Aber wenn reiche Leute sich als ruiniert bezeichneten, hieß das noch nicht, dass gleich Hunger und Kälte auf sie warteten. Wäre er selbst ruiniert, bliebe sein Gehalt aus, stünde er schnell auf der Straße. Mitsamt Frau und Kindern. Ein ‹billiges› Quartier wie im Hüxter wäre dann Luxus.

«Haggelow?», fragte er. «Ach so, der Mann aus Newcastle. Nein, gar nichts. Ich hoffe, Sie nehmen es nicht übel, ich vermute, es gibt ihn nicht, Mr. Winfield kann ihn einfach erfunden haben.»

«Wozu?»

Ekhoff suchte nach einer schonenden Antwort. «Weil er einen zweiten Namen brauchte. Manchmal ist das nützlich.»

«Wozu?»

«Ein zweiter Name, der nichts mit dem Taufeintrag zu tun hat, lässt vermuten, etwas solle verborgen werden. Einfach gesagt: So ein zweiter Name riecht immer stark nach Betrug. Oder nach Geheimpolizei. Hier muss ich Betrug vermuten. Die Kollegen in London hätten sich anders verhalten, wenn es um die zweite Variante gegangen wäre.»

Es wäre leichtfertig zu behaupten, diese Worte hätten Henrietta gleichgültig gelassen. Sie hatten sie nur nicht mehr völlig überrascht. Sie saß mit einem Polizisten in einer Volksspeisehalle und trank etwas, das hier Kaffee genannt wurde, sie unterhielt sich über verlorene Vermögen, einen ermordeten Ehemann, der wahrscheinlich auch ein Betrüger gewesen war – was sollte da noch überraschend sein? Sie war ganz ruhig. Leider wusste sie, dass das nicht immer ein gutes Zeichen war, eher so etwas wie die Ruhe vor dem Sturm. Also musste sie diese Ruhe nutzen und dem Sturm zuvorkommen, der am Horizont drohte.

«An den Gedanken werde ich mich gewöhnen müssen»,

sagte sie so beherrscht wie möglich. «Und der andere Tote? Es ist noch ein Mann getötet worden. Das stimmt doch? Alle denken, ich weiß nichts. Aber ich bin weder blind noch taub. Er ist auch mit einem Messer getötet worden. Wie mein Mann?»

«Mit einem Messer, ja, aber anders. Das Messer – wollen Sie das wirklich hören?»

«Alles. Oder denken Sie, es ist angenehmer, wenn ich es mir zusammenphantasiere? Das kann man nämlich nicht verhindern, wenn man nichts *weiß*. Jedenfalls ich nicht.»

«Dann hören Sie gut zu, ich werde leise sprechen. Das Messer wurde anders geführt. Aber der Tote, ein Säufer ohne Arbeit, den wir schon festgenommen und verhört hatten, Sie erinnern sich vielleicht, war früher Messerwerfer. Wir haben ihn im Stadthaus gründlich verhört, und er konnte beweisen, dass er keinesfalls beim Meßbergbrunnen gewesen sein konnte, als Mr. Winfield starb. Er war sturzbetrunken im Seemannskrankenhaus im Tollzimmer, das ist amtlich. Trotzdem hatte er die Uhr Ihres Mannes, dafür gibt es einen zuverlässigen Zeugen. Er hat gesagt, er hat sie auf der Straße gefunden, inzwischen glaube ich ihm. Er wollte sie verkaufen und hatte damit angegeben, dass er was weiß. Sehr dumm. Das ist immer gefährlich, selbst wenn es nicht stimmt.»

«Und Sie denken, weil er Thomas' Uhr hatte, wurde auch er getötet?»

«Nein. Weil er in einer Kneipe damit angegeben hat, er hätte was gesehen und würde bald Geld haben. Es ist immer dasselbe. Es gäbe weniger Tote, wenn die Leute verstünden, ihre Geheimnisse für sich zu behalten.»

«Das von einem Polizisten zu hören, wundert mich.» Hetty versuchte ein Lächeln. Es fiel blass aus.

«Würden diese Leute bei uns reden, vor meinem Schreibtisch, hätte ich gar nichts dagegen einzuwenden, das versteht sich. Noch einen Kaffee? Oder lieber eine Schokolade?»

«Noch einen Kaffee, bitte, das wäre schön. Inzwischen sortiere ich den Wirrwarr in meinem Kopf, da will etwas heraus, aber es versteckt sich noch.»

Als er mit dem Kaffee zurückkam, hatte sie sich zum Fenster gewandt und beobachtete zwei Jungen bei ihrem Versuch, eine sich heftig sträubende Ziege vom Anleger am Fuß der Treppe in ein schwankendes Ruderboot zu hieven. Sie hoffte, sowohl die Jungen als auch die Ziege konnten schwimmen, sie würden es wahrscheinlich brauchen.

«Sie wohnen in Herrn Mommsens Haus», sagte er, «ich meine, im Haus Ihres Vaters. Sie sollten wieder bei Ihren Verwandten wohnen. Dort wären Sie nicht so allein.»

«Wollen Sie mir Angst machen?»

«Dafür sehe ich keinen Grund», log er beherzt. «Ich finde aber, im Kreis der Familie wären Sie jetzt am besten Platz.»

Hetty schüttelte entschieden den Kopf. «Ich möchte dort sein, wo ich aufgewachsen bin, wo ich meinem Vater noch nah sein kann, auch meiner Mutter, obwohl ich wenig Erinnerung an sie habe. Nein, gerade deshalb.»

«Und die Grootmanns? Sind die damit einverstanden?»

«Warum nicht? Sie haben mich eingeladen, sogar gedrängt zu bleiben. Sie behandeln mich wie eine Tochter und Schwester. Aber ich bin erwachsen und habe nun ein eigenes Haus.»

«Haben die Grootmanns Sie in all den Jahren in England besucht? Die Herren haben doch sicher Geschäfte mit Firmen in London. Oder – Manchester?»

«Was sind das plötzlich für Fragen, Herr Kriminalkommissar? London, Manchester? Kann es sein, dass Sie eigentlich Newcastle meinen? Das ist doch absurd. Sie können unmöglich einen Zusammenhang zwischen dem Tod meines Mannes und meiner Familie vermuten. Welchen Grund sollte es geben? Das ist mehr als absurd. Aberwitzig. Ich rechne es Ihnen als Berufskrankheit an. Sonst könnte ich jetzt nicht mehr mit Ihnen sprechen.»

«Es tut mir leid, aber ich habe tatsächlich darüber nachgedacht. Und wenn Sie erlauben, ich bezeichne es nicht als Berufskrankheit. Es gehört zu meiner Pflicht, alles zu bedenken. Auch das Undenkbare. Ich hätte Sie aber nicht damit behelligen dürfen. Können wir es als dummes Gedankenspiel vergessen?»

Hetty blickte hinaus auf den Anleger. Die Ziege stand endlich im Boot, die Jungen waren damit beschäftigt, das nun vor Angst zitternde und meckernde Tier mit einem groben Strick an einem Eisenring im Boot festzubinden. Wenn es kenterte, war das Tier verloren.

«Ich glaube, das können wir. Ich bin sonst nicht so schnell erbost. Also zurück zu Ihrer letzten Frage: Ich bleibe erst einmal im Haus über der Elbe. Nirgendwo sonst. Zukünftig – das ist zukünftig. Ich finde es überhaupt nicht einsam, und es gibt für mich dort viel zu tun. Außerdem fahre ich an zwei Tagen in der Woche für einen Kurs in die Malschule nach Hamburg.»

«In die Damenmalschule? Die von der Visitenkarte?»

«Ja, aber es ist nur eine Art Reklamezettel. Niemand dort scheint meinen Mann zu kennen. Aber das haben Sie auch schon erfahren, nicht wahr?»

Ekhoff nickte und nahm den letzten Schluck Kaffee, offenbar schmeckte ihm das Gebräu. «Gefällt es Ihnen dort?»

«Sehr sogar. Die Damen sind nett, die meisten guter Dinge und einige sehr interessant. Alle sind bei der Sache, keine ist gleichgültig oder gelangweilt, und sie nehmen ernst, was sie tun.»

«Diese Malerei?»

«‹Diese Malerei›, ja. Es ist eine Arbeit», sagte sie spitz. «Es gibt sogar Leute, die für Bilder Geld bezahlen. Auch für diese Art Bilder.»

«Ich muss mich schon wieder entschuldigen. Ich bin ein Banause. Was ist eigentlich sonst noch in dem Gebäude?» Ekhoff wurde plötzlich ein Versäumnis klar. Zwar hatte Henningsen auch die anderen Mieter des Hauses im Adressbuch überprüft, aber das musste trotz des jährlichen Erscheinens nicht mehr ganz aktuell sein. «Es gibt dort Büros. Wissen Sie, welche, oder ob die anderen Mieter mit der Malschule auf irgendeine Weise verbunden sind?»

«Das weiß ich nicht, ich war erst zweimal dort. Da erfährt man kaum mehr, als einem direkt gesagt wird. Die Damenmalschule belegt die dritte und die vierte Etage, darüber, gleich unter dem Dach, wohnt nur ein altes Ehepaar. Ich glaube, er schreibt philosophische Traktate, das hat jedenfalls eine der malenden Damen beim Tee erwähnt. Und sie haben einen sprechenden Papagei. In der zweiten Etage hat ein Augenarzt seine Praxis, er macht zurzeit Ferien auf Sylt. Das hat der Hauswart erzählt. Sylt kommt jetzt immer mehr in Mode. Dann ist da noch eine Reiseagentur, die Tür sieht ziemlich unbenutzt aus. Das ist alles, jedenfalls von diesem Treppenhaus aus. Der Hauswart ist außer für dieses zumindest noch für das Nebenhaus zuständig. Ein brummiger alter Graubart. Er wohnt im Souterrain und hat da auch eine kleine Werkstatt.»

Sie schloss plötzlich fest die Augen und hielt vor Konzentration den Atem an. Ekhoff griff besorgt nach ihrer Hand. «Hetty? Was ist los? Pardon, Frau Winfield?»

Sie öffnete die Augen mit einem triumphierenden Lächeln und stieß heftig den Atem aus. «Ich wusste, da war etwas in meinem Hinterkopf. Ich habe es nur vergessen, weil gerade, als ich es entdeckt hatte – halbwegs nur, es ist schummerig dort –, stand er plötzlich hinter mir. Es war ein bisschen gruselig, ich habe mich erschreckt und es dann vergessen. Aber jetzt sehe ich es vor mir. An der Wand in seiner Kammer hängt ein Bild, es sieht wie ein Handzettel aus, eine Reklame. Oder aus einer Zeitung? Nein, dazu ist es zu groß. Ein Handzettel oder ein Plakat. Es wirbt für den Auftritt eines Artisten, eines Messerwerfers. Sensation, stand da. Und ich glaube, dieser Artist war Boje.»

«Boje?»

«Der Hauswart. Er heißt Boje.»

«Das ist in der Tat eine Neuigkeit. Henningsen muss das entgangen sein.»

«Ich konnte es sehen, weil der Vorhang vor der Kammer halb aufgezogen war. Aber vielleicht irre ich mich. Gehen Sie noch mal nachsehen?»

«Sicher.» Ekhoff lächelte. «Ganz sicher. Sie sollten sich darüber keine Gedanken machen. Wahrscheinlich hat es gar nicht viel zu sagen.»

«Nein, wahrscheinlich nicht. Jetzt fällt mir noch etwas ein. Boje weiß, dass ich in England lebe. Oder gelebt habe. Er machte so eine Bemerkung.»

«Ihr Name klingt und ist auch tatsächlich englisch.»

Hetty nickte zögernd, ihre Miene verriet jedoch keine Zustimmung. Sie konnte sich nicht erinnern, ihren Namen genannt zu haben.

«Wann besuchen Sie wieder Ihren Kurs? Morgen?»

«Übermorgen.»

«Bis dahin ist das geklärt.»

«Sie haben mich eben Hetty genannt.»

Es kam sehr selten vor, doch nun errötete Paul Ekhoff wie ein Jüngling. «Pardon, es ist unverzeihlich. Ich ...»

«Nein. Sie sind Paul. Ich habe lange gebraucht, aber jetzt bin ich ganz sicher. Sie sind Paul vom Strand. Wie geht es Martha? Und Karla? Hat sie inzwischen eigene Taftschleifen?»

«Nein, hat sie nicht und auch nie gehabt. Karla hatte die Schwindsucht und ist schon lange tot.» Martha Ekhoff stand, eine Aktenmappe unter dem Arm, hinter Hetty, ihre Stimme klang nach tiefstem Winter.

* * *

Auch die Brüder Grootmann hatten bei einem Kaffee zusammengesessen, allerdings war der Kaffee sehr viel besser und der Raum, in dem sie ihn tranken, erheblich gediegener. Die Anwaltskanzlei befand sich in einem erst vor wenigen Jahren erbauten Kontorhaus auf traditionsreichem Hamburger Grund, wenige Schritte von Bank, Börse und neuem Rathaus entfernt. Felix' Büro wirkte trotz des voluminösen Mahagonischreibtisches mit den dezent vergoldeten Füßen und Schubladengriffen wie ein elegantes Herrenzimmer. Die Sitzgruppe aus bequemen Lehnstühlen um einen Rauchtisch stand im Licht eines der großen Fenster. Wer sich hier zu einer Besprechung traf, hatte den Eindruck von Intimität, was im Geschäft der Juristerei häufig von Vorteil war.

Heute war es um eine Geldanlage für die Zwillinge gegangen. Solche Angelegenheiten wurden mit der Hausbank geregelt, doch für die juristischen Klauseln zog Ernst Grootmann immer seinen fachkundigen Bruder hinzu. Die Kinder waren durch den Familienbesitz versorgt, selbst wenn ihrem Vater etwas zustoßen sollte. Ernst wollte ihnen eine zusätzliche

Sicherheit geben, nicht sehr groß für Grootmann'sche Verhältnisse, aber ein kleines Kapital für einen Neuanfang im Notfall. Womöglich wolle Lorenz es eines Tags seinem Onkel Amandus nachtun und durchbrennen, so hatte Ernst mit seinem seltenen Schmunzeln gesagt. Das sei mit einem von der Familie unabhängig verfügbaren Kapital erheblich aussichtsreicher als mit nichts als einer Schiffspassage dritter Klasse.

Die angelegten Summen unterschieden sich deutlich. Lisettes Anteil betrug die Hälfte von dem ihres Bruders. Frauen brauchten nun mal weniger Kapital, hatte Ernst erklärt, sie führten keine Geschäfte und hätten immer die Familie, die für sie sorge, zunächst die elterliche, später eine eigne.

Felix hatte zu bedenken gegeben, das neueste Beispiel, nämlich das ihrer Cousine Henrietta, zeige das Gegenteil. Gerade junge Frauen brauchten ein solches Polster. Mehr als ihre Brüder, da sie kaum eigenes Geld verdienen konnten, es sei denn als Gouvernanten, Gesellschafterinnen wie die arme Huchelbeck, neuerdings als Telefonfräulein. An Schankmamsell, Ladenfräulein oder Zierstickerin wolle er jetzt nicht denken. Ob Ernst sich das für Lisette vorstelle?

Der hatte gelacht und versichert, das könne und wolle er ganz gewiss nicht, und dieser Notfall werde bei den Grootmanns nie eintreten. Zudem habe Lisette anders als Hetty zwei wohlhabende Familien im Rücken. Auch Marys Familie sei, was dieses Thema betreffe, ein guter Garant für ein Mädchen.

«Hast du morgen Abend etwas vor?», fragte Ernst, als er nach der Kaffeetasse auch sein Sherryglas geleert hatte. «Könnte es ein, dass du in die Oper gehst? Wagner, *Tristan und Isolde*, die Vorstellung dauert mit den Pausen mindestens sechs Stunden. Oder planst du für morgen schon einen ausgedehnten Abend mit Billard oder Poker, anschließend ein kleines Souper?

Jedenfalls bleibt deine Wohnung dann bis gegen Mitternacht verwaist.»

Felix stellte sein Sherryglas behutsam, als sei es zerbrechlich, zurück auf die Messingplatte des Tisches und nickte bedächtig. «Das lässt sich einrichten. Opernkarten liegen wie gewöhnlich an der Kasse, nehme ich an? Erlaubst du ein offenes Wort?» Ohne eine Antwort abzuwarten, sprach er gleich weiter: «Es geht diesmal länger als die von dir sonst postulierten ‹höchstens dreimal, und dann ist Schluss›. Ich zitiere dich nur. Hat es eine Perspektive?»

«Du meinst eine kleine Wohnung und ein regelmäßiges Nadelgeld? Ich hätte tatsächlich nichts dagegen, es steht trotzdem nicht zur Debatte, sie hat andere Pläne. Aber mach dir keine Sorgen um Mary. Sie lebt ihr Leben auf ihre Art und ist zufrieden. Die Kinder, das Haus, ihre Stellung, sie hat auch eine Menge Verpflichtungen außerhalb der Familie. Sie ist ein bisschen nervös, das stimmt, aber das geht vorbei. Mary ist eine kluge Frau.»

«Ich meine nicht Mary, ich spreche von der Dame, für die ich in die Oper gehe. *Tristan und Isolde*? Sehr passend übrigens.»

«Überhaupt nicht. Viel zu melodramatisch für das wahre Leben. Aber du überraschst mich. Bisher haben meine kleinen Ausflüge dich nie interessiert. Willst du mir nun Konkurrenz machen? Lass es besser nicht darauf ankommen. Nun sieh mich nicht so zornig an.»

Ernst erhob sich schwungvoll. Er nahm die Papiere vom Tisch auf, schob alle in seine Ledermappe und schloss sie sorgfältig.

«Die Zeiten, als wir es schwer miteinander hatten, sind doch lange vorbei, Felix. Und diese andere Sache – das Leben ist, wie es ist. Sieh dich unter den Ehemännern im großen Kreis unserer

Freunde und Bekannten um. Sieh genau hin. Die Welt dreht sich seit Adam und Eva im gleichen Trott. Nur in Ermangelung eines anderen Mannes hat Eva mit der Schlange getändelt. Was wir tun, ist erheblich bangloser. Also: morgen Abend?»

Auch Felix hatte sich erhoben. «Morgen Abend», sagte er. Sein Mund lächelte, seine Augen waren dunkel. Sein Bruder übersah es.

«Wenn man nicht einstauben will, muss man sich kleine Freiheiten nehmen», sagte er stattdessen. «Ab und zu eine größere. Das weiß jeder, und wer es kann, der tut es. Auch manche unserer Damen, was du sehr genau weißt.»

* * *

Martha Ekhoff trug einen dunkelblauen, gut gearbeiteten Rock, schmal in der Taille und über den Hüften, weiter ab den Knien; ihre weiße Bluse mit dem bestickten Stehkragen und der Reihe kugeliger Perlmutterknöpfchen (die ihr Ehemann nie zuvor bemerkt hatte) war an den Oberarmen zu modischen Puffärmeln gebauscht. Nichts erinnerte an die geflickten, notdürftig aus Resten zusammengenähten Kleidungsstücke jener frühen Jahre. Nur die Sommersprossen und die seit ihrer Kindheit geröteten kräftigen Hände, auch die dunklen Augen unter dem rotblonden Haar waren unverändert. Sie konnten immer noch so wütend und bedrohlich blicken wie damals am Strand.

Paul Ekhoff war erschreckt aufgesprungen. Er fühlte sich wie bei einer Sünde ertappt, obwohl er absolut keine begangen hatte. Die Frage war vielmehr, ob Martha gerade eine beging.

«Was tust du hier?», zischte er, bevor er sich überlegen konnte, dass er damit sowohl Martha als auch Hetty in Verlegenheit brachte. Er fing sich gleich, Beherrschung hatte er früh gelernt. «Martha», sagte er wieder ganz ruhig, «du erinnerst dich vielleicht an Frau Winfield, damals bei uns am Strand kannten wir sie allerdings nur als Hetty. Ein paar Wochen ...»

«... ein paar Wochen hat sie bei uns Zoobesuche gemacht. Ja», Martha ließ ihren Mund lächeln und reichte Hetty die Hand, «natürlich erinnere ich mich. Ich habe Sie gleich erkannt, Frau Winfield. Mein Beileid, wir verstehen Ihren Schmerz sehr gut. Mein Mann», sie legte eine Hand auf Pauls Arm, «und ich.»

So erfuhr Hetty, dass die beiden Kinder vom Strand seit sechs Jahren ein Ehepaar waren und selbst zwei Kinder hatten, ja, beide gesund. Und so erfuhr Paul Ekhoff, nachdem Hetty sich verabschiedet hatte – sie werde zu Hause erwartet und sei schon jetzt zu spät –, was seine Ehefrau in der Kaffeeklappe tat.

«Ich helfe aus», erklärte Martha kühl. «Nein, natürlich stehe ich nicht hinter der Durchreiche oder beim Wärmetisch für den Kaffee, keiner deiner Kollegen wird mich hier sehen. Ich arbeite auch nicht im Aufwaschraum, dann könnte ich gleich wieder Fische ausnehmen. Diese Zeiten sind vorbei. Ich helfe dem Hausverwalter nur ein bisschen bei der Organisation, er tut sich schwer mit dem ganzen Papierkram und hat eine furchtbare Schrift. Der Vorstand erwartet akkurate Abrechnungen, Personallisten – diese Dinge eben.»

Es seien nur ab und zu ein paar Stunden und nichts Offizielles, kein Hahn krähe danach. Sie hätte es ihm schon noch erzählt. Bei Gelegenheit.

Kapitel 12

DIENSTAG

Der Morgen war trübe, die Sonne verbarg sich hinter einer milchigen Wolkendecke, die nicht aussah, als wolle sie sich bewegen oder gar auflösen. Solche Tage im August verheißen nicht den erhofften goldenen Herbst, sondern bringen eine Kühle und Dumpfheit, die dem Sommer viel zu früh die Farben und dem Gemüt die Leichtigkeit nehmen. Die Tage wurden nun rapide kürzer und gemahnten schon an die Nähe der dunklen Jahreszeit.

Henrietta ließ sich von der Mattheit des Tages anstecken. Die Mutlosigkeit, die sie vorgestern Abend in der Bibliothek energisch abgewiesen hatte, kam wieder herangekrochen, zu schleichend, um sie rechtzeitig zu erkennen und fortzuscheuchen. Nun war sie da. Klebrig und drückend.

Dieser fehlende letzte Band der Tagebücher. Sie wollte ihn so sehr finden, wie sie ihn fürchtete. Sie hatte im Nachtschrank ihres Vaters die Schublade geöffnet, dann die Tür, ein Tagebuch war nicht darin, auch kein kleineres Notizbuch, nichts, in dem etwas zu notieren wäre. Sie hatte Lade und Tür schnell geschlossen. Was konnte privater sein als ein Schlafzimmer? Ein Nachtschrank? Dort zu stöbern widerstrebte ihr.

Sie ging die Treppe wieder hinab und durch den Salon hinaus in den Garten. Der Blick vom Pavillon über die Elbe war zu jeder Jahreszeit und bei jedem Wetter ein Geschenk. Je nach

Anlass und Stimmung gab er Mut oder Trost, Ruhe oder Abenteuerlust, Sehnsucht nach der Ferne oder die Geborgenheit des Zuhauseseins. Und irgendwo in dieser Hecke und dem dahinter verborgenen Zaun musste in jenem Sommer die Lücke gewesen sein. Fräulein Ackermann war mutig gewesen, als sie ihren Schützling immer wieder an die Elbe hatte entkommen lassen.

Der offene Pavillon mit dem runden Kuppeldach wurde nun von der kräftig gewachsenen Robinie beschattet. Auch die Hecken waren gewachsen, der Gärtner musste ständig mit der Schere für den freien Blick auf den Fluss sorgen. Im Pavillon standen ein Tisch und ein einfacher Holzstuhl an der Brüstung, dazu zwei Korbsessel. Das war alles.

«Ein schöner Platz», sagte Frau Lindner hinter ihr. «Herr Mommsen hat sehr gerne im Pavillon gesessen», fügte sie zögernd hinzu. «An windstillen Tagen hat er hier sogar seine Korrespondenz erledigt. Wenn Sie sich vielleicht setzen wollen – ich habe Kissen und das Plaid mitgebracht. Ich könnte Tee servieren.»

«Danke, Frau Lindner, es ist wirklich ein besonders schöner Platz. Und eine Tasse Tee wäre fein. Ich denke, es ist noch genug vom Frühstück in der Kanne auf der Anrichte.»

Hetty sah ihr nach, als sie mit eiligen, gleichwohl gemessenen Schritten über die Gartenwege – nie über den Rasen! – zurück zum Haus ging. Die ganze Person mit dieser Mischung von Schroffheit und bemühter Dienstbarkeit war ihr fremd, auch wenn sie schon an ihre Gegenwart gewöhnt war. Dennoch hatte sie keine Ahnung, was für eine Art Frau sich hinter der Fassade verbarg, was sie von ihr dachte. Bisher war es nicht wichtig gewesen.

Sie legte ein Kissen auf den Stuhl am Tisch und setzte sich. Es war ein einfacher Holzstuhl, gerade von der richtigen Höhe, um bequem zu schreiben. Sie strich behutsam mit beiden Händen über die glatte, schön gemaserte Tischplatte. Dass sich darunter eine Schublade verbarg, entdeckte sie nur, weil sie ihren heruntergerutschten Schal aufheben musste. Der Griff war schmal und ganz oben unter der Tischplatte angebracht. Die Lade ließ sich widerwillig aufziehen, die Luft nah am Fluss war feucht.

Und da lag sie, die vermisste Kladde. Mitsamt einem guten Bleistift und einem Federmesser.

«Der Tee, Frau Winfield.» Alma Lindner stand mit unbewegtem Gesicht vor dem Pavillon, ein Tablett mit einer großen Tasse Tee und einem Schälchen getrocknete Aprikosen und Weinbeeren in den Händen. «Soll ich ihn auf den Tisch stellen?»

«Danke. Ja. Der Tee.» Henrietta hatte die Schublade schnell wieder geschlossen, nun fand sie das albern. Warum sollte die Lindner nicht sehen, dass es eine gab und dass etwas darin lag. Ein dickes Schreibheft mit festem Einband.

«Ich habe die Tischglocke mitgebracht. Wenn Sie mehr Tee möchten oder andere Wünsche haben – bei geöffneten Fenstern hört man die Glocke für gewöhnlich bis ins Haus.» Die Stimme klang nun wieder servil. «Für das zweite Frühstück mit Ihrem Besuch steht jederzeit alles bereit.»

«Danke, Frau Lindner. Ich kenne Fräulein von Edding nicht gut genug, um zu wissen, ob sie pünktlich sein wird. Ich fürchte, eher nicht. Aber wenn ich mich richtig erinnere, haben wir kein Soufflé geplant. Wenn ich Sie vorher brauche, werde ich klingeln.»

Sie öffnete die Schublade, hob die Kladde heraus und strich behutsam über den Einband. Fast ein Dutzend davon hatte sie gelesen, viele Seiten gründlich, manche nur überflogen, zum Beispiel die mit seinen regelmäßigen Notizen über das Wetter, über Mahlzeiten, Schachabende, eine neue Rosensorte oder den Fortschritt beim Einbau der neuen Bäder. Diese Kladde war die letzte, in die er Notizen aus seinem Leben geschrieben hatte, Zeile um Zeile, sicher oft an diesem Tisch. Erst hier im Pavillon mit dem Blick auf den Fluss hatte sie das Gefühl, ihm über die Schulter zu schauen. So schlug sie endlich die erste Seite auf. *Im Jahre des Herrn 1895.*

Die letzte Kladde bestätigte, was sie befürchtet hatte. Die alltäglichen Anmerkungen hatte sie immer rascher überflogen und durchgeblättert, ihre Augen suchten Thomas' Namen und Auskünfte zu finanziellen Transaktionen ihres Vaters. Alles, was er dazu notiert hatte, blieb für sie in den Details vage, gewiss stellte es sich anders dar, wären ihr Hintergründe und Zusammenhänge vertraut. Diesen großen Wurf, von dem er im vorigen Heft geschrieben hatte, dieses Alles-oder-nichts, hatte er schließlich gewagt. Es war Thomas gewesen, der es ihm angetragen und verkauft hatte. Anders war es nicht zu verstehen.

Am 18. Februar hatte er notiert: *Noch einmal nachgedacht, Th.' Angebot zu Minen-Anteilen in der Kapprovinz in der Tat überaus verlockend. Seine Verbindungen in dieser Sache hochmögend und beeindruckend. Eigene Gewinne schon enorm!*

Am 14. März: *Th. überschätzt offenbar meine Möglichkeiten. Sein Angebot erfordert fast alles. Avisierte und gewünschte Expertise endlich bekommen, ist tadellos. Ebenso die Referenzen. Th. besteht auf Verschwiegenheit, da nur noch wenige Anteile des Goldesels verfügbar. Trotzdem mit Friedrich oder Felix besprechen?*

Am 28. März: *Nun muss schnell investiert werden, der Kuchen ist so gut wie verteilt, wer solche goldenen Anteile hat, verkauft ja nicht wieder.*

Am selben Tag: *Fast Mitternacht. Habe endlich den Entschluss gefasst. War mein Leben lang allzu vorsichtig, Zeit für ein Wagnis. Besitzanteile in der Kapprovinz, das klingt fabelhaft. Beflügelnd. Bau einer Bahnlinie von Kairo bis zum Kap ist geplant (auch sehr profitable Anlage!!). Wunderbare Aussicht: Reise im Luxuszug durch den ganzen Schwarzen Kontinent mit H. und Th. Kauf der Minen-Anteile schluckt alles, aber: kein echtes Risiko und schnell hoher Ertrag, sagt Th., und Hetty ist gut und sicher versorgt. Nur das Haus werde ich nie belasten, eine Sicherheit braucht meine Seele.*

Sophus Mommsen hatte seinem Schwiegersohn vertraut. Thomas hatte gute Beziehungen und konnte in dieser Sache ‹noch etwas arrangieren›, es musste aber schnell und diskret entschieden sein, damit ihm niemand den fetten Fisch wegschnappte. Nur mit schlechtem Gewissen und weil es üblich war, hatte Mommsen noch einmal sichere Berichte ‹von dort unten› verlangt. Er hatte sie bekommen. Oder etwas, das danach ausgesehen hatte.

Am 15. April hatte er noch notiert: *Alle Geldtransaktionen erledigt, mein Bankier sprachlos, hat mir keinen Unternehmungsgeist zugetraut. Hat mich Hasardeur genannt und mich damit amüsiert. Trotzdem einige schlaflose Nächte. Ohne Th. hätte ich das natürlich nie gewagt. Aber ich habe richtig entschieden. Bin solche Summen und radikalen Entscheidungen nur nicht gewohnt.*

Erst am 30. Mai begann er sich doch so zu sorgen, dass er es notierte: *Warte mit zunehmender Ungeduld auf die Kontrakte. Kommen nicht aus Afrika, das könnte die Dauer erklären, die Agentur sitzt jetzt in Amsterdam. Angeblich müssen noch Kabel vom Kap abgewartet werden, über den aktuellen Stand der Ausbeute. Habe trotz einiger Skrupel, Th. zu übergehen, selbst nach Amsterd. geschrieben. Noch keine Antwort. Geduld!*

Die Kontrakte kamen offenbar auch in den nächsten Wochen nicht, die Anteilscheine blieben aus, seine Kabel und Briefe an den Amsterdamer Agenten kamen schließlich zurück.

Thomas hatte ihn zunächst vertröstet, dann war er nicht mehr zu erreichen.

Am 12. Juni schrieb Mommsen von einer Zeitungsmeldung, nach der es ein Irrglaube sei, jedes der inzwischen zahllos in Staub und Geröll der Kapprovinz gegrabene Loch ergebe eine ertragreiche Gold- oder Edelsteinmine, mancher ahnungslose Bürger sei in der Hoffnung auf große Gewinne auf Betrüger oder Phantasten hereingefallen. Da hatte er begonnen, wirklich zu zweifeln. Einmal hatte er notiert, der Gedanke sei unerträglich, schließlich handele es sich um seinen geachteten Schwiegersohn, um den Mann, den sein Kind liebe, dem Hetty mit seiner Zustimmung ihr Leben anvertraut habe. Er fürchte gleichwohl, es sei an der Zeit, seine alte Verbindung zu Paul aufzunehmen und ihm die Sache zu übergeben. *Aber es ist natürlich völlig unmöglich, bei so etwas die Polizei einzuschalten. Eine solche Niedertracht in der eigenen Familie muss erst zuverlässig bewiesen sein, und selbst dann … Noch kann sich alles als Irrtum erweisen.* <u>So oder so, es darf niemals nach außen dringen!</u>

* * *

In der Verbrecherkartei im Stadthaus fand sich nichts über Sören Boje, den Hauswart im Gebäude Glockengießerwall 23. Weder in den Listen nach Familiennamen, bevorzugter Tatwaffe noch Berufsbezeichnung Hauswart oder nach den Stichworten Messerstecher oder -werfer. Sie hatten auch unter dem Stichwort Artist gesucht. Endlich auch unter Boje in dem äußerst umfangreichen Spitznamenverzeichnis, denn Boje könne ja auch eine Boje meinen und nur ein Deckname sein. Das war Henningsens Idee gewesen, Ekhoff hätte selbst darauf kommen müssen. Seine Gedanken schweiften heute zu oft ab.

In den speziellen Karteien für Diebe, Betrüger, Hochstapler oder Urkundenfälscher, Männer und Frauen unter Kontrolle der Sittenpolizei war Sören Boje auch nicht zu finden. Da Ekhoff es wie immer eilig hatte und nur auf das vertraute, was er selbst erledigte, hatte er Henningsen und Schütt bei der Suche im Erkennungsamt unterstützt. Die Karteien waren durchdacht und so aufwendig wie ordentlich angelegt, aber sie konnten keine Wunder vollbringen.

«Es tut mir leid», erklärte Henningsen etwa zum zehnten Mal, als sie vom Alsterdamm in den Glockengießerwall einbogen. «Ich könnte mich selbst ohrfeigen, dass ich mich nicht gründlicher umgesehen habe. Einfach zu blöde.»

«Nun lassen Sie es gut sein, Henningsen.» Ekhoff hatte bei der ersten Selbstbezichtigung seines Assistenten ernst und bedeutungsvoll genickt und die folgenden ignoriert. Die ständigen Wiederholungen wurden anstrengend. Außerdem störten sie ihn ebenso wie Henningsen beim Denken. «Sie hatten keinen Anlass, dem Mann ins Schlafzimmer zu sehen. Sie sollten nach Winfield und Haggelow fragen und darauf achten, was sich in den Gesichtern tut, wenn diese Namen genannt werden. Frau Winfield hatte Glück, dass der Vorhang offen stand. Das mag sich als Luftblase entpuppen, oder es bringt uns einen Schritt weiter. So ist Polizeiarbeit, eins muss erst zum anderen kommen. Auf dem Tablett und umsonst gibt es selten was.»

Henningsen war erleichtert von dieser Absolution, trotzdem fand er es höchst blamabel, dass ihn ausgerechnet eine junge naive Witwe mit künstlerischen Ambitionen ausgestochen hatte.

Die Tür zur Hauswartwohnung im Souterrain war geschlossen, als auf Ekhoffs Klopfen nichts geschah, drückte er die

Klinke hinunter. Die Tür erwies sich als gut gefettet und öffnete sich geräuschlos, was bei einem Hauswart nicht überraschte.

Boje stand an der Drehbank und feilte an einem Werkstück. Er wandte sich erst um, als die beiden Polizisten hinter ihm standen.

«Die Kriminalpolizei», sagte er. «Sie war'n doch schon hier. Jetzt zu zweit, da muss ich mich wohl fürchten. Was hab ich verbrochen?»

Ekhoff sah das Werkzeug in Bojes rechter Hand und wurde noch wachsamer. Die Feile war ein schweres Stück Eisen – der Mann war kein Feinmechaniker. «Wir fragen nur ein bisschen herum, Herr Boje. Zweimal fragen ist immer gut. Polizei-Assistent Henningsen kennen Sie schon, ich bin Kriminalkommissar Ekhoff.»

«Na, dann, Herr Kriminalkommissar und Herr Assistent.» Er setzte sich auf einen Hocker, die einzige Sitzgelegenheit in dem schmalen Raum. «Womit kann ich dienen? Die kleine Witwe war hier, falls die Lady mich verpfiffen hat, kann's nicht stimmen. Ich bin ein unschuldiges Lamm.»

«Die Witwe?»

«Winfield. Die malt jetzt hier bei der Röver in der dritten Etage. Komische Art, das Trauerjahr rumzukriegen. Scheint, sie ist gottfroh, dass ihr Mister tot ist.»

Ekhoff hätte gerne wenigstens für drei Minuten die Vorschrift zu höflichem Verhalten außer Kraft gesetzt oder vergessen. Bojes Grinsen zeigte deutlich, dass er genau das herausforderte.

«Frau Winfield war hier, so. Woher kennen Sie die Dame?»

«Kenn ich nicht. Das heißt erst seit gestern, da hab ich sie im Treppenhaus gesehen, und später wollte sie einen Malkittel bestellen. Kam einfach reinspaziert, so wie Sie. Feine Dame, aber auch keine Manieren, wenn Sie mich fragen. Den Namen hat man in der letzten Zeit öfter gehört. Aufgeschlitzt am Meßbergbrunnen. So was spricht sich rum, gerade wenn es so 'n feinen Pinkel trifft.»

«Was ist das?» Henningsen hatte den Vorhang zu Bojes Kammer zur Seite geschoben und zeigte auf das Plakat an der Wand. «Das sind Sie. Ihr Name steht auch drauf, so ein Pech. Sie hätten sich einen Künstlernamen zulegen sollen.»

Boje war aufgestanden und zog energisch den Vorhang wieder zu. «Das geht Sie gar nix an. Woher wissen Sie überhaupt, ob das nicht mein Künstlername ist? Vielleicht heiß ich tatsächlich Wilhelm von und zu Hohenzollern. Jetzt können Sie mich wegen Majestätsbeleidigung verhaften, da fürchte ich mich aber wirklich.»

«Schluss damit.» Ekhoff schob den Hauswart zur Seite. «Wir sehen uns das Plakat jetzt an, und Sie erklären uns einiges.»

«Was wolln Sie denn?» Boje klang nun doch mürrisch. «Der Kerl auf dem Plakat bin ich, na und? Ist übrigens gar keins, so berühmt war ich nie. Es hat nur für Handzettel gereicht. Und das ist lange her.» Plötzlich begann er zu lachen, es klang nach einem würgenden Prusten. «Ich werd verrückt. Jetzt weiß ich, was Sie hier wollen. Hätt ich mir gleich denken können. Das Messerwerfen, klar. Sie suchen immer noch den Kerl, der den Engländer umgebracht hat. Mannomann, Sie müssen verdammt unter Druck stehen, Kommissar. Dampfkessel kurz vorm Explodieren, was? Wenn Sie den Schlitzer bei 'nem alten Kerl wie mir suchen ...»

«Machen Sie nur tüchtig Wind.» Ekhoff spürte saure Wut aufsteigen. Wenn Boje sich in den Spelunken genauso verhielt, konnte er nur wenige Freunde haben. «Sie werden uns jetzt trotzdem sagen, wo Sie in der Nacht vom 15. auf den 16. Juli waren, es war die Nacht von Montag auf Dienstag.»

«Was für 'n Unsinn. Kein normaler Mensch weiß, wo er zu 'ner bestimmten Zeit vor vier Wochen war, falls er nicht gerade Geburtstag gefeiert hat oder es Freibier gab. Aber Sie haben Glück. Just von der Woche weiß ich genau, wo ich war, Tag und Nacht. Ich war hier, das vergesse ich bestimmt nicht, weil ich eine Freikarte für die Bootstour mit Eintopfessen nach Glückstadt hatte. Die musste ich verfallen lassen. Sie können Dr. Murnau fragen, der hat seine Praxis in der Lohmühlenstraße. In der Nacht habe ich hier gelegen und gezittert wie 'ne Pappel im Wind. Malaria. Die hab ich mal aus Ägypten mitgebracht, im Nildelta kriegt man die leichter als einen sauberen Schluck Wasser. Und ich dachte, ich wär dieses blöde Wechselfieber längst los.»

«Ägypten, aha. Wie sind Sie denn dahin gekommen? Als Kohlentrimmer auf einem Dampfschiff?»

«Artisten kommen weit rum.»

«Und wann waren Sie in diesem Delta?»

«Da müsst ich erst mal nachdenken. Etwa vor zwanzig Jahren? So in etwa. Vielleicht paar Jahre früher. Das ist ewig lange her.»

«Vor zwanzig Jahren oder früher. Schöne Geschichte. Und dann fällt das Wechselfieber Sie plötzlich und zufällig gerade in dieser Nacht wieder an.»

«Das war schon vorher wieder da, fragen Sie den Doktor. In der Woche habe ich hier gelegen, platt wie 'ne Flunder, die ganze Woche. Und wenn das alles war – ich muss weiterarbeiten, für nichts werde ich nicht bezahlt. Nee, warten Sie mal. Jetzt versteh ich erst richtig.» Er hatte die schwere Feile noch in der rechten Hand gehalten, nun legte er sie auf die Drehbank und schob beide Fäuste in die Rocktaschen. «Sie suchen einen, der den Engländer ... *so* hat sich das noch nicht rumgesprochen, jedenfalls nicht bis in meinen Keller. Ich dachte, den hat einer einfach abgestochen. Wenn man nachts rumläuft und wie 'n Lord ausstaffiert ist, soll das vorkommen. Da hat also einer mit 'nem Messerwurf gearbeitet, richtig? Und sauber getroffen. Alle Achtung, Respekt. Aber dann sind Sie bei mir sowieso falsch.» Er zog die Fäuste aus den Taschen, öffnete sie und streckte Ekhoff beide Hände entgegen. «Wenn Sie's nicht sehen, können Sie sie ruhig anfassen. Dann merkt es auch ein Blinder.»

Bojes Hände zitterten. Nur leicht, mit diesen Händen konnte man noch eine kurze Zeit die Feile halten oder auch ein Messer führen, aber es waren keine Hände mehr, die ein Messer punktgenau ins Ziel schleuderten. Und auch keine, die es versuchen und auf den glücklichen Zufall hoffen konnten.

«Schüttellähmung», erklärte er kühl. «Anfangsstadium. Da ist nichts zu machen. Ich hätte nie gedacht, das könnte mal zu was nütze sein.»

Ekhoff hatte sich vorgebeugt und musterte im schwachen Licht die breiten Hände. Das Zittern war zu erkennen und so fein, dass er es unmöglich simulieren konnte. Henningsen war weniger zurückhaltend. Er umfasste Bojes Rechte und nickte. «Es zittert bis auf den Knochen», sagte er.

Was herzlos klang, war nur Ausdruck seiner Enttäuschung. Er hatte unbedingt siegreich sein wollen und einen Mörder festnehmen. Zumindest einen höchst verdächtigen Mann.

«Trotzdem», sagte Ekhoff, «wie steht es mit vergangenem Donnerstag, genauer gesagt, ganz früh morgens, fast noch in der Nacht?»

Boje blickte ihn verständnislos an. «Ganz früh morgens?

Also, um halb sechs muss ich hier strammstehen, im Winter noch früher, dann muss der große Kessel für die Heizung befeuert werden. Aber jetzt reicht halb sechs. Also Donnerstag ganz früh morgens hab ich zuerst noch geschlafen, und dann war ich hier und hab im Haus nach dem Rechten gesehen, das ist meine Pflicht, Treppe fegen, lüften, nach dem Müll sehen und ob wieder die Ratten und die Katzen dran waren, sind beides üble Plagen. Solche Sachen eben. Irma war an dem Morgen nicht da.»

«Irma?»

«Die feudelt und putzt die Fenster.»

«Das heißt, es hat Sie niemand hier gesehen.»

«Kein Mensch. Aber auch nicht woanders. Weil ich hier bei meiner Arbeit war.»

«Wie lange sind Sie hier Hauswart?», fragte Ekhoff. «In diesem und im Nachbarhaus, oder?»

«Genau. Das nebenan ist größer, aber die Wohnung ist hier. Sechs Jahre mach ich das jetzt, denk ich mal. Ich tu mich da immer schwer, die Jahre gehen so schnell rum. Gerade noch war Weihnachten, und schon …»

«Ja, ja, immer schneller. Was haben Sie vorher gemacht, zwischen Ihrer Zeit als Artist und dieser Hauswartstelle? Wann haben Sie überhaupt mit der Messerwerferei aufgehört?»

«Das ging so nach und nach. Wenn einen Mann seine Kunst nicht mehr ernährt, muss er sich nach was anderem umgucken. Ich hatte auch das ewige Rumziehen satt. Ab und zu hab ich noch geworfen, auf St. Pauli oder auf Jahrmärkten. Aber in dem Geschäft geht nur ganz oder gar nicht. Da muss man ständig in Übung bleiben. Dann habe ich eben gearbeitet, was sich so ergab. Ich war schon immer gut in der Arbeit mit Metall, da gibt's ständig 'ne Werkstatt, die einen zur Aushilfe braucht. Oder auf dem Land, wenn die großen Bauern ihre Geräte und

Maschinen repariert haben müssen. Ich hab nie gehungert. Und falls Sie das denken – klauen musste ich auch nie. Gute Arbeit ernährt den Mann.»

Ekhoff gab Henningsen ein Zeichen zum Aufbruch. «Dann hoffe ich für Sie, dass das noch lange so bleibt.»

Boje grinste, es sah nicht heiter aus.

Henningsen wollte nicht so einfach aufgeben. «Haben Sie Ihre Wurfmesser noch?»

Boje schnaufte ungehalten. «Längst verkauft», knurrte er, «vor Jahren schon. Für 'nen gebrauchten Wintermantel und Stiefel.»

* * *

Alles kann sich als Irrtum herausstellen. Nichts darf jemals nach außen dringen.

Als Frau Lindner die Besucherin meldete, starrte Hetty auf diese Zeilen und versuchte zu verstehen, was sie gelesen hatte. Und was es bedeutete. Sie verstand es, es durfte trotzdem nicht wahr sein.

Sie schob das Tagebuch in die Schublade zurück, erhob sich, steif wie eine Marionette, und ging durch den Garten, um ihren Gast zu empfangen.

Christine von Edding-Thorau saß auf dem Besucherstuhl im Entree, in der Hand ein Glas Rhabarberlimonade zur Erfrischung nach der Fahrt mit dem Pferdeomnibus. Hut und Handschuhe lagen mit der Kostümjacke auf dem zweiten Besucherstuhl. Nun erleichterte es Hetty, sie zu sehen, einen Gast aus der starken, heilen Welt mit Neugier und Unbekümmertheit im Blick. Als könnte die Botschaft aus dem letzen Tagebuch auf diese Weise wieder verschwinden.

Sie zöge einen späteren Lunch vor, erklärte Christine munter, sie sei viel zu gespannt, die Bilder zu inspizieren.

Wie einige Tage zuvor Hetty und Felix blieb sie in der Tür stehen und staunte. Dann begann sie, langsam an den behängten Wänden entlangzugehen, vor dem Regal mit den ungerahmten Bildern blieb sie stehen und blickte sich um. «Wirklich beeindruckend. Es müssen etwa dreißig sein. Oder vierzig?»

«Ich habe noch nicht gezählt. Irgendwo wird es eine Liste geben. In seinen Tagebuchnotizen steht nichts darüber, er hat auch nie erwähnt, dass er Gemälde kauft.»

«Ihr Vater hatte eine verlässliche späte Liebe gefunden. Zudem eine praktische. Wenn man sie nicht mehr mag, verkauft man sie einfach oder lässt sie auf dem Dachboden verstauben. Wir brauchen mehr Licht.» Sie zog die grünen Vorhänge auf, die Sonne döste immer noch unter ihrer Wolkendecke, dennoch war der Tag jetzt heller.

Auch im Entree war es schummerig gewesen, Christine sah ihre Gastgeberin prüfend an. «Sie sehen blass und müde aus, Henrietta. Wollen wir diese Besichtigung verschieben?»

«Aber nein! Ich habe nur unruhig geschlafen. Es reicht, wenn wir ein Fenster öffnen. Wo sind Ihre Bilder?»

«Meine Bilder? Jedenfalls nicht an den Wänden. Sehr betrüblich. Das erste zeigt die Außenalster im Morgennebel, ich war sogar halbwegs zufrieden damit. Natürlich habe ich mir vorgestellt, es hängt in bestem Licht im großen Wohnzimmer.» Sie lächelte mit Ironie und sah für diesen Moment sehr jung aus. «Ganz so größenwahnsinnig bin ich nun doch nicht, ich kenne meine Grenzen. Aber warten Sie ab, in fünf Jahren!»

Der beste Kenner in Hamburg sei Direktor Lichtwark, er werde sich diese Sammlung sicher gern ansehen. Er sei unermüdlich missionarisch in Sachen Kunst unterwegs, besonders der heimatlichen. Seit einigen Jahren lade er auch bedeutende Maler nach Hamburg ein, sogar einige aus Frankreich, um Bilder der Stadt und des Hafens zu malen.

«Obwohl er für etliche dieser Künstler von der Crème der Hanseaten geschmäht wird, versteht er es wie kein Zweiter, Mäzene aufzutreiben. Zur Förderung junger Maler, für Stipendien oder Ankäufe für die Kunsthalle. Wahrscheinlich kannte er Ihren Vater. Ziemlich sicher sogar.»

In der nächsten halben Stunde hörte Henrietta ihr bisher unbekannte Namen wie Siebelist, Wohlers, Eitner, Herbst, Liebermann oder Illies, was wenig zu bedeuten hatte, denn sie kannte keine Maler, die noch lebten. Sie sah norddeutsche Landschaften, Bilder mit Titeln wie *Dorfstraße bei Jork* oder *Bauernmädchen vor der Scheune*, es gab Torfstecher und Landarbeiter, Brücken und Segelboote, ländliche Szenen, üppige grüne Landschaften, die an das idyllische Alstertal ihrer Kindheit erinnerten, Alster und Elbe. Die allermeisten zeigten dieses flirrende Licht, die intensiven hellen Farben. Es gab viel Grün, auch Orange und Violett, warme Brauntöne, leuchtendes Blau und Gelb.

«Gar nicht schlecht», befand Christine. «Hier sind überwiegend avantgardistische Maler aus der Umgebung vertreten. Ihr Vater hat an die Zukunft geglaubt. Sicher war er in den Ateliers, da können Sie herumfragen. Herr Eitner unterrichtet bei der Röver, das wissen Sie sicher, und Herr Illies beginnt nach den Sommerferien. Beide sind sehr charmant, sie werden Ihnen gerne Auskunft geben. Schauen Sie mal – diese Kühe! Thomas Herbst hat ein echtes Faible für Rindviecher. Darüber wird schon gespottet. Aber sind sie nicht großartig?»

Henrietta zog schon das nächste Bild aus dem Regal und

hielt es ins Licht. «Das gefällt mir. Es ist wieder ganz anders. Kennen Sie den Maler auch?» Sie drehte die auf ihren Rahmen gespannte Leinwand um. Alle Bilder trugen auf der Rückseite ein kleines Schild mit dem Namen des Künstlers, dem Titel und einem Datum.

Christine war noch mit etwas anderem beschäftigt. «Hier fehlt offenbar eins», murmelte sie, strich mit der Fingerspitze über eine gut daumenbreite Lücke zwischen zwei mit bemaltem Leinen bespannten Rahmen und zupfte stirnrunzelnd ein paar Fasern von einem überstehenden Nagelköpfchen ab. «Eine Lücke», sagte sie laut. «Sicher stand hier eines von meinen, und er hat es inzwischen vernichtet.»

Henrietta hob den Blick von dem kleinen Gemälde in ihren Händen. «Vernichtet? Das hätte er ganz gewiss nicht getan. Seien Sie nicht so streng mit Ihrer eigenen Kunst. Ich bin sicher, wir entdecken es gleich. Schauen Sie mal auf dieses. Kennen Sie den Maler?»

Christine schnippte die Leinenfasern von ihren Händen und beugte sich aufmerksam über Hettys Fund. «Das ist in der Tat beeindruckend», sagte sie mit Respekt in der Stimme. «Voller Licht und ganz einfach. Verflixt schwer, so zu malen. Es sieht nach Frankreich aus, ich liebe diese Brücken dort. Hier im Norden gibt es ganz ähnliche. Gerade habe ich mit einem Freund – egal, den Maler kenne ich nicht. Gogh? V. Gogh. Und wie heißt das Bild? *Brücke von* – das nächste Wort ist verwischt, jedenfalls folgt dann *bei Arles*. Arles ist eine Stadt ganz im Süden Frankreichs.»

«Ob mein Vater selbst dort war? Mein Cousin hat hier schon einige französische Bilder entdeckt. Aber er hat keinen Namen genannt.»

«Wenn Sie einige verkaufen wollen, bringen die sicher die

besseren Preise. Beim Stichwort Paris werden alle verrückt, erst recht, wenn sie sich für zeitgenössische Malerei interessieren. So wie ich. Völlig verrückt. Max Liebermann ist aber Berliner, von ihm stammt das kleine Bild mit dem Fischer am Strand dort beim Fenster. Ich hätte es nicht hier versteckt. Der Mann ist so wunderbar wie umstritten, seine Arbeit könnte eine respektable Summe bringen. Seit er einen steinalten Senator ohne Schönfärberei gemalt hat, lehnen ihn die meinungmachenden Hamburger allerdings empört ab. Dieser Gogh interessiert mich mehr. Ein Jammer, dass er nicht fertig gemalt ist, aber das hat seinen eigenen Reiz. Falls Sie es verkaufen wollen, ich wüsste vielleicht jemand. Aber ich denke», sie drehte Hetty behutsam ins Licht und schnalzte missbilligend, «ja, es ist nun genug.»

«Nur dieses eine noch.» Hetty trat zu dem gut im Licht platzierten Gemälde einer jungen Frau, die ein zartes, etwa drei Jahre altes Mädchen mit blonden Locken im Schoß hielt, Hintergrund und Kleidung leuchteten in ungewöhnlichen und flächig verarbeiteten Grün-, Schwarz- und Gelbtönen. «Vielleicht ist es Ihnen noch nicht aufgefallen.»

«O doch, das ist es. Die Frau hat mich gleich an Sie erinnert. Oder haben Sie mit drei Jahren wie dieses Kind ausgesehen? Dann hat er es sicher deshalb gekauft.»

Christine nahm das Bild von der Wand und drehte es um. «*Mary Cassatt, Mutter und Kind unter dem Robinienbaum, 1892*. Ein Glücksgriff, Miss Cassatt ist eine der ganz wenigen anerkannten Frauen in der Malerei. Eine reiche Amerikanerin aus Philadelphia. Oder war es Pittsburgh? Jedenfalls lebt sie schon lange in Frankreich, natürlich in Paris. Dieses gehört zu den Bildern, die man in jeder Galerie anbieten kann, die Künstler der Avantgarde vertritt. Sie haben sicher gefragt, weil es Sie an etwas erinnert, und nicht, weil Sie es gleich verkaufen wollen, oder? Aber falls Sie mal Geld brauchen – Henrietta?»

Christine sah ihre Gastgeberin an und beschloss umgehend, die Führung zu übernehmen. «Nun ist es wirklich genug. Sie waren sehr krank und sind kein Goliath. Wir gehen jetzt ein paar Minuten im Garten auf und ab, und Sie atmen hübsch tief ein und aus.»

Es war nicht anzunehmen, dass Alma Lindner hinter der Tür gelauscht hatte, viel wahrscheinlicher stand sie nur zwischen Bilderzimmer und Küchentür, um zu warten, dass ihre Dienste endlich gebraucht wurden.

«Ich denke, liebe Frau Lindner – ich habe mir Ihren Namen doch richtig gemerkt?», fragte Christine. «Frau Winfield hat erwähnt, Frau Lindner sei die gute Seele des Hauses, das können nur Sie sein. Ja, ich denke, Kaffee und Sherry wären jetzt wunderbar. Den Sherry bitte nicht zu süß, und falls es Ihnen gelänge, eine Zigarette für mich aufzutreiben, es dürfen auch zwei sein, am liebsten ägyptische – das wäre großartig.»

Hetty sah mit Verblüffung, was nun geschah. Christine schenkte Alma Lindner ein Lächeln, als habe die ihr nicht eine Zigarette, sondern die Welt versprochen, und die strenge Hausdame knickste und sagte: «Sehr gerne, Baronesse. Ägyptische sind da. Den Sherry trocken oder halbtrocken?»

«Halbtrocken ist ein guter Kompromiss. Am besten servieren Sie alles in diesem niedlichen Pavillon dort draußen.»

«Entschuldigen Sie meine Eigenmächtigkeit», sagte sie, als Frau Lindner in der Küche verschwunden war und die beiden jungen Frauen in den Garten hinaustraten. «Aber Sie sehen aus, als bräuchten Sie keine dilettierende Malerin, sondern eine Krankenschwester, und, zugegeben, ich neige dazu, Dinge zu übernehmen, die mich nichts angehen. Das ist eine Warnung.»

Sie lachte, holte ein Taschentuch hervor und bot es Hetty an. «Aus irgendeinem Grund vermute ich, dass Sie heute einen neuen Anlass zum Kummer haben. Ist es so schlimm?»

Hetty zögerte nur sehr kurz. «Schlimmer», sagte sie. «Ich habe in den vergangenen Tagen, besser gesagt Abenden und Nächten bis heute, Aufzeichnungen meines Vaters gelesen. Es sind nur knappe Tagebuchnotizen, ich verstehe auch noch nicht alles. Aber was ich verstehe, ist schwer zu glauben und noch schwerer zu ertragen. Wollen wir uns setzen?» Sie hatten den Pavillon erreicht und setzten sich. «Sie kennen Felix.»

«Spielt er in den Aufzeichnungen eine Rolle?»

«Nein, ich denke nicht. Woher kennen Sie ihn?»

«Gedankensprung oder Inquisition?»

«Neugier. Er ist mein Cousin.»

«Das weiß ich. Nun gut. Neugier will befriedigt sein. Felix kennt viele Leute.» Sie zuckte leichthin die Achseln. «Wir haben Lawn-Tennis im selben Club gespielt. Daher kennen wir uns. Vermuten Sie bitte keine Affäre. Er ist einfach – nett. *C'est tout.*»

Da brachte Frau Lindner Kaffee, Sherry und ein Silberetui mit den flachen ägyptischen Zigaretten. Als sie wieder gegangen war, holte Hetty tief Luft. Tante Lydia würde es degoutant finden, mit einer kaum bekannten Person über Familienangelegenheiten zu sprechen, aber sie musste jetzt reden. Die Frage nach Felix war letztlich nur ein kleiner Aufschub gewesen.

«Ja, Felix ist nett. Und sehr hilfreich. Aber es heißt, man vertraue einen Kummer leichter einer fremden Person an als Mitgliedern der eigenen Familie. Ich muss vermuten», fuhr sie rasch fort, ehe ihr Mut schwand, ihr Atem ging plötzlich flach, «ja, vermuten, dass mein Mann meinen Vater ruiniert hat.»

«Oh, verdammt», entfuhr es der baltischen Baronesse. «Pardon, aber das ist wirklich fatal. Pech oder Leichtsinn?»

«Weder noch.» Henrietta nahm ihr Sherryglas, drehte es einmal in der Hand und leerte es. «Es sieht nach Betrug aus. Mir scheint, ich rede über einen fremden Mann. Wenn ich das, was ich gelesen habe, richtig deute, hat er meinen Vater um nahezu seinen ganzen Besitz gebracht. Im günstigsten Fall war er selbst auch der Betrogene. Felix hatte schon so etwas angedeutet, aber da wusste ich noch zu wenig, um es zu verstehen. Thomas hat meinem Vater offenbar taube Minen im Süden Afrikas verkauft, angeblich über einen Agenten, den es vielleicht gar nicht gibt.» Sie zog das Taschentuch aus dem Ärmel und putzte sich mit undamenhafter Lautstärke die Nase, bevor sie fortfuhr: «Das kann nicht der Thomas getan haben, den ich kannte. Zugegeben, im zweiten Jahr unserer Ehe war er – wie soll ich sagen? Da waren er und unser gemeinsames Leben nicht ganz so, wie ich es mir vorgestellt hatte. Aber was wusste ich schon von der Ehe? Trotzdem war er mein liebender Gatte. Meistens jedenfalls. Und schauen Sie, die hatte er immer in der Brusttasche seiner Weste. Bis in diese letzte Nacht.»

Nun begannen die Tränen zu fließen, leise und still, über die Wangen zum Kinn. Sie holte die Kiesel, die Paul Ekhoff ihr gebracht hatte, aus der kleinen Gürteltasche und legte sie auf den Tisch. Christine zog scharf die Luft ein.

«Diese Kiesel habe ich auf unserer Hochzeitsreise am Strand gefunden und ihm geschenkt», erklärte Hetty und wischte mit dem Ärmel die Tränen ab, «beim Spaziergang auf Guernsey. Er hat mich dafür geküsst und gesagt, er wolle sie immer bei sich tragen, an seinem Herzen. Und das hat er getan, in der Brusttasche seiner Weste. Kommissar Ekhoff hat sie mir mit einigen anderen Sachen gebracht, die Thomas bei sich trug, als er – als man ihn fand. So ein Mann begeht doch keinen gemeinen Betrug am Vater seiner Ehefrau. Wie konnte er das tun?»

Wieder wurde die Nase geputzt, wieder laut und vernehmlich. «Vielleicht habe ich die Tagebuchzeilen falsch verstanden, und er war es gar nicht. Die Notizen sind sehr knapp gehalten, da versteht man leicht etwas falsch. Ich muss Felix fragen, Felix wird es wissen oder verstehen.»

«Halt, warten Sie. Sie müssen gut überlegen, was das Richtige ist. Felix zu fragen hat Zeit. Diese hier», Christine nahm mit spitzen Fingern einen der Kiesel auf und hielt ihn ins Licht, «diese hier hat er bis zuletzt in der Brusttasche seiner Weste getragen? An seinem Herzen? Ach, Henrietta.» Sie seufzte in tiefem Mitgefühl. «Sie sind eine romantische Seele, und ich muss Sie jetzt sehr enttäuschen. Solche Steine sind am Strand von Guernsey gewiss nicht zu finden. Es sei denn, ein Schmuggler hat sie fallen lassen. Das kommt mir aber unwahrscheinlich vor, die Dunkelmänner dort schmuggeln eher Scotch, Tee und solche Sachen. Was Ihr Gatte am Herzen getragen hat, ist nichts anderes als ein hübsches, nicht zu kleines Trio Rohdiamanten. Sehr interessant. Da fragt man sich doch gleich, woher er sie hatte und was er damit wollte. Besonders, nachdem er mit diesen Dingern in der Tasche auf einem nächtlichen Marktplatz ermordet worden ist.»

«Aber wieso – das verstehe ich nicht.» Hetty war bei der klaren, unsentimentalen Benennung des Dramas am Meßberg zurückgezuckt wie vor einem Schlag. Nun nahm sie in jede Hand einen der vermeintlichen Kiesel. «Woher hatte er die? Sind Sie sicher?»

«Ja, leider. Die Kiesel vom Strand wären auch glatter. Ich war nie auf dieser Insel, aber ob an englischen, französischen oder baltischen Küsten, das Meer schleift überall die Steine glatt, das wissen Sie. Diese sind nicht gerade zerklüftet, aber keinesfalls glatt. Ich würde eher sagen rau. Dazu recht gelblich.

Obwohl das nicht viel zu sagen hat, es gibt sie in verschiedenen Tönungen. Wie Kiesel ja auch.»

Hetty starrte zweifelnd auf die Steine, schob sie vorsichtig mit der Fingerspitze auf dem Tisch herum. «Wenn es wirklich Rohdiamanten sind, hätten die Polizisten das doch erkannt.»

«Nicht unbedingt. So etwas sehen die nicht alle Tage. Zöllner hätten erkannt, was sie da gefunden haben. Aber Polizisten? In Antwerpen erkennt sie auch ein Kriminalpolizist garantiert sofort. Dort werden die meisten Diamanten der Welt gehandelt, und dort arbeiten auch die besten Schleifer, es ist ein traditionell von Juden ausgeübtes Gewerbe von allerhöchster Kunstfertigkeit. Verzeihen Sie, ich gerate ins Schwärmen. Ich wollte nur sagen, dass zum Beispiel dort solche Steine eher – nun, solche Steine eher im Umlauf sind. Und erkannt werden.»

«Thomas kam aus Antwerpen. Er hatte dort zu tun.»

«Aha. Was hatte er dort zu tun? Familienangelegenheiten? Ich denke nur – vielleicht hat er etwas für die Grootmanns erledigt? Ich kenne das von meiner Familie, Verwandte und alte Freunde sind immer verlässlichere Partner als Fremde.»

Henrietta fand diese Fragen verwirrend. Darüber hatte sie nie nachgedacht. «Nein», sagte sie, noch überlegend. «Thomas hat es nie erwähnt, und das hätte er sicher. Ich weiß nicht, um was für Geschäfte es dort ging. Geschäfte eben. Er hatte es nicht gern, wenn ich ständig etwas fragte. In den letzten Monaten war die nächste Weltausstellung sein Thema. Aber er hat nie viel von diesen Dingen erzählt.» Plötzlich gab sie den Steinen einen wütenden Schubs, Christine fing sie gerade noch auf, bevor sie auf den Boden rollen konnten. «War das der Grund? Waren seine ‹Geschäfte› so krumm?», rief Hetty. «Ist er für drei solch dummer Kristallklumpen gestorben?»

«Viele Menschen sterben für weniger, nicht wahr? Aber wer

auch immer an seinem Tod die Schuld trägt, hat die Steine nicht mitgenommen. Das eine muss mit dem anderen also nichts zu tun haben. Und was diese hier tatsächlich wert sind, erkennt man erst, wenn sie geschliffen sind.»

«So sehen sie in der Tat nach nichts aus. Wieso verstehen Sie überhaupt so viel von diesen Dingen? Das ist ungewöhnlich.»

«Ich höre Misstrauen in Ihrer Stimme. Das wiederum ist vernünftig. Schließlich stelle ich all diese Fragen, obwohl Sie mich nicht kennen. Ich will Ihnen erklären, warum ich diese trotz ihres Schimmers harmlos aussehenden Klümpchen als edle Steine erkenne. Ich komme aus der Nähe von Riga. Dort gibt es auch einige Schleifereien, viele der in Russland zu kostbarem, traumhaft schönem Schmuck verarbeiteten Diamanten werden dort geschliffen, sogar für den berühmten Juwelier Fabergé. Bei meinen letzten beiden Fahrten nach Hause habe ich für einen Freund ein Beutelchen solcher Steine für eine der Schleifereien mitgenommen. Er ist ein Freund meines Vaters, ja, das könnte man sagen, und lebt in Lübeck. Und mein Vater», ergänzte sie beiläufig, «kennt den Schleifer. Schon lange. Ich habe mir den Inhalt des Beutels zeigen und erklären lassen. Ich bin immer neugierig, wobei ich das Wort wissbegierig vorziehe. Das ist alles.»

«Die hier sehen wirklich anders aus.» Hetty hatte die letzten Sätze nur mit halbem Ohr gehört. «Nur ein bisschen wie Kiesel.» Ihre Stimme klang immer noch zornig. «Wie konnte ich so blind sein?»

«Ach, ich würde es nicht blind nennen. Wir sehen, was wir sehen möchten. Das ist alles. Und sie sind Kieseln doch tatsächlich ähnlich. Davon gibt es auch so viele verschiedene.»

«Ich dachte, in Papas Notizen geht es eher um diese Goldclaims am Kap, von denen man neuerdings hört. Ich habe davon in Bristol in der Zeitung gelesen. Wenn es aber um Diamantenminen geht – ja, was dann? War die Mine doch nicht taub? Hatte Thomas als Beweis diese drei Steine in der Tasche? Aber warum hätte er sich dann tagelang unter falschem Namen in einer Absteige versteckt? Und warum wollte dann jemand, dass das nicht bekannt wurde?»

Christine hatte eine zweite Zigarette angezündet und sah dem fein aufsteigenden bläulichen Rauch nach. «Ich wünschte, ich hätte eine auch nur halbwegs plausible Antwort.»

«Je mehr ich nachdenke, umso wirrer wird alles.» Hetty starrte auf die Steine, dann schob sie einen nach dem anderen wieder in die kleine Gürteltasche «Ich muss sie zur Polizei zurückbringen. Sie gehören mir nicht, und ich will sie nicht. Und es wird ganz sicher Einfluss auf die Ermittlungen haben. Wenn Thomas keine Erinnerung an seine Hochzeitsreise, sondern dubiose Rohdiamanten in der Tasche hatte, müssen sich daraus doch neue Aspekte ergeben.»

«Das würde ich nicht tun, Henrietta. Wirklich nicht. Zumindest sollten Sie es sich gut überlegen. Was heißt denn, sie gehören Ihnen nicht? Wem sonst? Sie haben Ihrem Ehemann gehört, egal, woher er sie hatte. Sie haben ihm gehört, als er starb, dann gehören sie jetzt Ihnen, als Teil Ihres Erbes. Vielleicht waren sie ein Geschenk für Sie. Er hat sie in Antwerpen günstig erstanden und wollte sie später schleifen lassen, um seine Frau damit zu überraschen.»

«Vielleicht. Vor vier Wochen wäre ich dessen sogar ganz sicher gewesen, er hat immer kleine Geschenke mitgebracht. Jetzt ist alles anders. Wenn Kommissar Ekhoff davon weiß, hat er endlich eine konkrete Spur und mit etwas Glück die richtige.»

«Sie sind eine schrecklich ehrbare Person, Henrietta, das

müssen Sie unbedingt ablegen. Die richtige Spur wird dieser Polizist alleine finden, das ist seine Aufgabe und Profession. Wenn Sie ihm diese ‹Kiesel› als das zurückbringen, was sie sind, müssen Sie auch von der Transaktion zwischen Ihrem Mann und Ihrem Vater berichten. So etwas lässt sich nicht geheim halten, selbst wenn die Polizisten Diskretion versprechen. Aus irgendeiner Schreibstube oder einem Telegraphenamt wird es auf wundersame Weise seinen Weg in die Stadt finden und sich ausbreiten wie die Pest. Was für ein fabelhafter Skandal! Für Sie mag es einfacher sein, Henrietta, Ihrer Familie gegenüber wäre es leichtfertig. Zudem pure Verschwendung. Wenn Sie ‹die Kieselchen› der Polizei übergeben, könnten sie für immer verloren sein. Sehen Sie die Steine doch als Entschädigung. Wenn Ihr Ehemann Ihren Vater mit mindestens einer tauben Diamantenmine ruiniert hat, ersetzen diese Steinchen wohl kaum den Verlust, aber sie sind mehr als nichts.»

Christine stand auf, lehnte sich an die Brüstung des Pavillons und ließ den Blick durch den Garten wandern. «Sie haben hier ein hübsches kleines Paradies, Henrietta. Ich wünsche Ihnen, dass Sie immer so eines haben werden, denn glauben Sie mir, in der Welt da draußen weht ein sehr kalter Wind. Diamanten stehen im Ruf, eiskalt zu sein. Ich bin anderer Ansicht. Sie wärmen ungemein, wenn man sie richtig einzusetzen weiß.»

* * *

Auf dem Weg zurück zum Kommissariat waren Ekhoff und Henningsen wortkarg. Ekhoff, weil er mit sich unzufrieden war und nach etwas suchte, das er überhört oder fälschlich unbeachtet gelassen hatte, Henningsen, weil er den Grimm seines Chefs spürte.

«Sie glauben ihm nicht, oder?», traute er sich endlich zu fragen.

«Jedenfalls nicht alles. Er war nervös.»

«Mir kam er ziemlich selbstherrlich und frech vor.»

«Einerseits. Vielleicht ist er ein guter Schauspieler. Er hat geredet wie ein Wasserfall, ich bin sicher, das ist sonst nicht seine Art. Auch wenn es ihm ganz offensichtlich zunehmend Spaß gemacht hat, uns etwas zu erzählen, ohne dass wir es widerlegen können. *Noch nicht* können. Dr. Murnau muss schnell befragt werden. Lohmühlenstraße.» Er blieb stehen und sah sich um. «Das ist in der entgegengesetzten Richtung, direkt beim Alten Allgemeinen Krankenhaus in St. Georg. Es handelt sich doch um eine recht feudale Praxis. Irgendwo habe ich den Namen neulich schon gehört …»

«Ziemlich feudal, ja. Aber wie einige dieser Ärzte behandelt er auch ein paar Bedürftige. Seit es das riesige neue Krankenhaus in Eppendorf gibt, sind in dem in St. Georg besonders viele Arme und Sieche untergebracht.»

«Ich vergesse immer wieder, wie gut Sie sich in diesen Kreisen auskennen, Henningsen. Ich meine nicht die Armen und Siechen. Dr. Murnau hat sicher eine Menge Patienten auf der Uhlenhorst, das Villenquartier ist nur fünf Minuten entfernt.»

Ekhoff war wieder eingefallen, wo er den Namen des Arztes zuletzt gehört hatte. Er kannte viele Ärzte in der Stadt, dieser war ihm neu gewesen, als Ernst Grootmann die Befragung Henrietta Winfields von Dr. Murnaus Erlaubnis abhängig machen wollte. ‹Unser Hausarzt Dr. Murnau›, hatte er gesagt.

«Lassen Sie uns rasch zu Mittag essen und dabei ein Resümee ziehen, Henningsen. Anschließend nehmen Sie die Straßenbahn nach St. Georg und fragen den feinen Doktor nach seinem Malaria-Patienten aus dem Souterrain.»

Henningsen verstand das als Vertrauensbeweis und freute sich, außerdem genoss er jede Fahrt mit der Elektrischen. Er wunderte sich nur, als Kommissar Ekhoff vehement ablehnte, wieder in der Kaffeeklappe am Pferdeborn zu essen. Natürlich waren die ewigen Tellergerichte dort fade und zerkocht, aber immer nahrhaft und billig, genau das Richtige, besonders wenn man bedachte, was ein Polizist verdiente, auch ein Kriminalkommissar, der Frau und zwei Kinder zu ernähren hatte.

* * *

In dieser Nacht fand Henrietta wieder lange keinen Schlaf. Sie erinnerte sich nicht an alles, was Christine von Edding gesagt hatte, es war sehr viel und manches heftig gewesen, aber die Essenz klang in ihr nach: ‹Überlegen Sie gut, bevor Sie entscheiden, was Sie tun wollen. Und wen Sie um Rat fragen.›

Ihre Warnung vor dem kaum vermeidbaren Skandal, wenn ein Betrug bekannt würde, klang wie ein Duett mit den unterstrichenen Zeilen in den Tagebuchnotizen: *Alles kann sich als Irrtum herausstellen. Nichts darf jemals nach außen dringen.*

Aber womöglich – nein, das war ein so törichter wie gemeiner Gedanke. Warum sollte Christine versuchen, zwischen ihr und den Grootmanns Misstrauen zu säen? Sie, Henrietta, hatte sich ganz selbstverständlich auf die Auskünfte über ihr Erbe und den ihr noch verbleibenden Besitz verlassen. Was sonst? Sie verstand nichts von diesen Dingen, also vertraute sie auf die honorigen Männer ihrer Familie. Sie hatte sich immer behütet gefühlt – und war dabei nur ein liebes Schaf geblieben?

In keiner Nacht zuvor war ihr das Haus so voller fremder Geräusche erschienen, der Wind von der Elbe und in den Baumkronen so warnend. Nicht einmal in ihrer ersten Nacht, als sie voller Angst auf tanzende Schatten hereingefallen war. Sie musste Geduld haben, ein oder zwei Tage, vielleicht drei, das war viel Zeit, um nachzudenken und alles abzuwägen, und vielleicht würde noch etwas geschehen, das ihr die Entscheidung erleichterte oder abnahm.

Die Kiesel, wie sie die Steine weiter nannte, einfach an einem sicheren Ort aufzubewahren, um sie später, sehr viel später, schleifen zu lassen oder zu verkaufen, war ihr unmöglich, solange sie ihre Herkunft und Bestimmung nicht kannte. Sie fühlte sich in einer Geschichte gefangen, die ihr fremd war wie der Mond. Ein Tag, zwei Tage, drei Tage. Dann musste sich alles klären. Bevor sie endlich doch einschlief, ertappte sie sich bei dem Gedanken, wie schön es jetzt wäre, wieder in einen langen fiebrigen Schlaf zu fallen.

Kapitel 13

Mittwoch

Später hieß es in der Stadt, es sei beruhigend gewesen, wie gut die Polizei in diesen unruhigen Jahren für Ordnung und gerechte Strafe sorgte. Je mehr Zeit jedoch verging, umso mehr geriet in Vergessenheit, dass die Frage von Recht und Unrecht in diesem Fall tatsächlich nie ganz geklärt wurde.

Es war ein schöner Abend, ein wenig kühl schon, aber es roch immer noch stärker nach Sommer als nach Herbst, als Wilhelmine Grootmann fünf Dutzend Gäste zu einem Begrüßungsdinner empfing. Wie immer bei ihren Besuchen war sie bemüht, alte Freunde zu treffen, deren Zahl allerdings auf natürliche Weise von Jahr zu Jahr kleiner wurde. Um die gute Stimmung dieser Abende zu erhalten, sorgte Lydia Grootmann dafür, die Lücken durch andere Freunde des Hauses zu füllen, was zur Folge hatte, dass Wilhelmine auch an diesem Abend freudig und würdevoll Gäste begrüßte, die sie nie zuvor gesehen hatte. Obwohl es eine wirklich kurzfristige Einladung war, waren fast alle gekommen. Nur Jason Highbury hatte sich mit tiefem Bedauern entschuldigen lassen, er war auf dem Weg nach St. Petersburg. Was er da wollte, wusste kein Mensch. Vielleicht wollte er seine irischen gegen russische Wolfshunde eintauschen.

Hetty traf als eine der Letzten ein. Niemand folgte in den ersten Wochen eines Trauerjahres einer solchen Einladung, aber Wilhelmine hatte so strikt darum gebeten, es tatsächlich eingefordert, dass sie einen weißen Kragen auf das dunkle Kleid geknöpft und mit einer Droschke nach der Uhlenhorst gefahren war.

Nach der Stille des Hauses über der Elbe erschien ihr die Alstervilla wie ein summender Bienenstock. Die Tafel war hinter noch geschlossener Tür im Speisesaal gedeckt, die Gäste fanden sich zu Aperitif – Champagner mit oder ohne Brombeerlikör – und Geplauder im Grünen Salon, in der Bibliothek und im Musikzimmer ein. Alle Verbindungstüren waren weit geöffnet. Schon die leise Klaviermusik und weiches, dem Teint der Damen schmeichelndes Licht sorgten für eine gute Atmosphäre.

Hetty war ohne Begleitung erschienen, also nahm Claire sich gleich ihrer an. «Wie schön, dass du gekommen bist, meine Liebe, es ist gar nicht gut, Woche um Woche allein dort draußen zu sitzen, und dies ist wirklich ein kleines privates Dinner. Ganz inoffiziell, nur gute Freunde des Hauses. Ich werde dich vorstellen.» Sie schob ihren Arm unter den ihrer Cousine und führte sie in den Salon. «Bei Tisch», sagte sie nah an Hettys Ohr, «sollte eigentlich Herr Blessing neben dir sitzen, unser Prokurist, kennst du ihn überhaupt? Papa hält sehr große Stücke auf ihn. Aber nun wird Ernst dich zu Tisch führen. Er hat gerade Mary entschuldigt, die Arme ist wieder von einer schweren Migräne geplagt. Felix ist noch nicht da, er hat Grand-mère wissen lassen, er komme in Begleitung einer Dame, wir sind alle sehr gespannt.»

Während der nächsten halben Stunde sah Hetty freundliche und neugierige Gesichter, auch mitfühlende, jeder hier wusste um ihre Geschichte. Die Schwestern Cramer, Molly und Helene, wussten sogar von ihrem Besuch der Damenmalschule und luden sie vergnügt in ihr Haus ein, es sei nur wenige Minuten entfernt, aus der Stadt nehme sie am besten den Alsterdampfer. Die beiden erfolgreichsten Malerinnen der Stadt, wohlhabende Damen um die fünfzig, hatten immer gern die jungen Kollegen zu Gast, an den Wänden ihres Hauses hing eine ganze Galerie neuer Kunst.

Dr. Murnau war in Begleitung seiner ältesten Tochter gekommen, er freute sich, seine Patientin so gesund wiederzutreffen. Professor Brinkmann vom Museum für Kunst und Gewerbe, mit dem graumelierten zotteligen Bart und der Löwenmähne unübersehbar, stand mit dem Champagnerglas in der Hand neben seiner zweiten Gattin, die sich vergeblich bemühte, heiter auszusehen. Vielleicht ermüdete sie nur der kleine Vortrag über japanische Keramik, den der Professor gerade einer höflich lauschenden Damenrunde hielt. Eine der Damen war Mary.

«Da ist doch Mary», sagte Hetty leise. «Hast du nicht gesagt, Ernst habe sie entschuldigt?»

«Ach, du meine Güte. Gerade habe ich die Tischordnung umgestellt, jetzt muss ich von vorne ... entschuldige mich, meine Liebe, ich muss sofort Mama suchen und in den Speisesaal.» Da war sie schon davongeeilt.

Und dann kamen die letzten Gäste, ein wirklich schönes Paar. Es wäre übertrieben zu sagen, ein Raunen sei durch den Salon gegangen, wo sich inzwischen die meisten Gäste beim Champagner versammelt hatten. Aber einige Gespräche erstarben, für eine Sekunde nur, niemand gab sich die Blöße offener Neugier.

«Wie interessant», raunte allerdings eine weibliche Stimme hinter Henrietta. «Wie überaus interessant. Die baltische Baronesse.»

«Feine Baronesse», antwortete eine zweite bissig. «Richtiger ist: die ausgehaltene Frau.»

Auch ohne sich umzudrehen, erkannte Hetty an der zweiten Stimme Emma.

Professor Brinkmann erklärte immer noch die Aktualität der Kunst Japans, allerdings hörten die Damen nicht mehr ganz so höflich zu, besonders eine hatte sich umgewandt und stand wie erstarrt. Mary war noch blasser als gewöhnlich, ihre Augen folgten Felix, der die junge Dame an seiner Seite seiner entzückten Grand-mère vorstellte, seinem Vater und einigen seiner überaus honorigen Freunde. Niemand, außer Mary und den beiden Stimmen in Hettys Rücken, nahm auch nur den geringsten Anstoß an Christine von Eddings Gegenwart. Sie wurde im Gegenteil freundlich, zumeist auch freudig begrüßt. Wenn Felix Grootmann eine junge Dame in das Haus seiner Eltern brachte und deren Freunden vorstellte, dazu eine waschechte Baronesse, gab es keinen Anlass zu Misstrauen. Felix mochte sich gern als Dandy und Filou geben, aber er stand im Ruf, die Grenzen zu kennen und einzuhalten.

Nun erschien Lydia Grootmann in der Tür, Hetty fand sie heute besonders schön. In ihren oft müden Augen lag etwas sanft Strahlendes. Das Essen lasse leider noch ein wenig auf sich warten, wirklich nur ein wenig, ein kleines Missgeschick in der Küche, es sei schon behoben. Sie bitte noch um eine Viertelstunde Geduld und empfehle so lange den Blick aus den Terrassentüren über den See, auch der Sternenhimmel sei heute wieder prächtig. Es wurde gelacht, noch mehr Champagner getrunken, und die ohnehin gute Stimmung gedieh weiter.

Hettys Augen suchten Christine. Die lauschte lächelnd und mit geneigtem Kopf Molly Cramer, es sah so aus, als würden sie einander kennen. Vielleicht hatten die Schwestern Cramer eines von Christines Bildern für ihre Avantgarde-Galerie gekauft, von Freunden auch scherzhaft als Schreckenskammer bezeichnet, vielleicht war sie Gast in ihrem Haus gewesen – und jetzt fiel Hetty ein, dass sie bei Christines Besuch deren eigene Bilder nicht entdeckt hatten. Nicht einmal das gerahmte von der Schelde, das sie sicher leicht wiedererkannt hätte. Es musste sie gekränkt haben. Sie kannte Christine von Edding kaum, wenn man genau nachrechnete, nur einige Stunden, und sie war sehr anders als sie selbst, trotzdem fühlte sie sich ihr nun verbundener als den meisten Mitgliedern ihrer Familie.

Sie sah sich nach Mary um, Ernsts Frau war noch da – in einem angeregt plaudernden Kreis. Sie sah dennoch einsam aus, wie sie inmitten der Freunde der Grootmanns stand und eine schöne, Unabhängigkeit ausstrahlende Frau anstarrte, die sie nicht kennen konnte. Oder durfte. Niemand außer Hetty schien zu beachten oder auch nur zu bemerken, wie Mary sich mit einer höflich gemurmelten Entschuldigung umdrehte und den Raum verließ. Hetty sah ihr noch nach, als sie durch die Tür des Wintergartens verschwand. Sicher nur, um Kraft zu sammeln.

Auch wenn sie nicht wusste, warum Ernsts Frau sich in seiner Familie so verloren fühlte, verstand sie Mary in diesem Moment gut und fühlte auch ihre Traurigkeit.

Es war ein Fehler gewesen, herzukommen. Sie hatte sich nach Heiterkeit gesehnt, nach dem einfachen Geplauder an einem schönen Abend, nach Freunden und Geborgenheit. Aber sie schaffte es nicht, noch nicht. Grand-mère hatte bei der Begrüßung gesagt, sie wolle sie später sprechen (Claire hatte angedeutet, die alte Dame wolle ihre verwaiste und verwitwete junge Verwandte nach Nizza mitnehmen), am besten, wenn sich die Herren nach dem Dinner ihren Zigarren widmeten, eine äußerst unerfreuliche Sitte übrigens, sie selbst könne daran absolut keinen Gefallen finden, der Geschmack sei widerlich.

Sie konnte das Fest nicht einfach verlassen, sie musste zumindest bis nach dem Essen bleiben, aber sie konnte sich für ein paar Minuten der allgemeinen Fröhlichkeit entziehen. Die Temperatur im Salon war mit der Menge der Gäste gestiegen, Hetty fühlte sich ein wenig benommen. Zwei hastig gegen die Traurigkeit geleerte Gläser Champagner vor dem Essen – daran war sie nicht gewöhnt. Frische Luft, dachte sie vernünftig, ein kleiner Spaziergang durch den nächtlichen Garten und der von Lydia empfohlene Blick in die Sterne würden ihr guttun, nur einige Schritte, so weit das Licht vom Haus noch die Richtung wies. Falls sie sich verlief, fände sie allerdings niemand – in ihrem schwarzen Kleid war sie in der Dunkelheit tatsächlich unsichtbar.

Wie sie angenommen hatte, war niemand im Gartenzimmer, auch auf dem Hof mit der gekiesten Auffahrt war es still. Sie ging am Rosenrondell vorbei, setzte sich bei der Hainbuchenhecke auf einen der Gartenstühle und lauschte in die Nacht. Ein Alsterdampfer tutete, über eine der Villenstraßen rollte eine Kutsche, es raschelte im Unterholz, sicher ein Igel, die Remise war nah, trotzdem war von den Pferden nichts zu hören. Alles war friedvoll.

Bis sich leise, aber heftige Stimmen näherten.

«Hör auf, das ist kein Spaß. Du kannst mich jetzt nicht einfach in die Kutsche setzen und wegschicken. Was willst du deiner Familie und den Gästen sagen? Ich will jetzt eine Erklärung. Sonst schreie ich. Also! Ich habe zweimal für dich Rohdiamanten nach Riga gebracht. Versteckt in meinen Dessous. Es war ein kleines aufregendes Abenteuer. Hab ich es nur mit

Glück überlebt? Winfield hatte genau solche in der Tasche, als er getötet wurde.»

«Was!? Woher weißt du das?» Das war die Stimme eines Mannes, kaum hörbar, trotzdem klar. Und zornig.

«Von seiner Witwe. Sie hat sie für eine sentimentale Erinnerung gehalten. Ich war eine solche Närrin! Ich muss jetzt wissen, worum es wirklich geht. Du hast gesagt, Winfield sei ein dummer Idiot, und behauptet, dass du ihn kaum kanntest. Und dann hatte er genau solche Rohdiamanten in der Tasche, als er getötet wurde? Ich habe sie vorgestern gesehen. Lass mich los, du tust mir weh! Ich will wissen, was er mit dir zu tun hatte. Was du getan hast. Sonst gehe ich zu Ekhoff ins Stadthaus und erzähle, was ich schon weiß.»

Henrietta hatte erschreckt den Atem angehalten – das war Christine von Eddings Stimme. Und die andere?

«Dann sprich leiser, besser noch: Halt den Mund und höre zu! Und setz dich.» Die Stimmen kamen nun aus der Laube. «Winfield *war* ein dummer Idiot, oder hältst du es für schlau, wenn einer erst den Vater seiner Frau ausnimmt wie eine Weihnachtsgans, ohne es zu schaffen, sich selbst dabei zu sanieren? Also hat er einen Botendienst übernommen wie du, mein Engel, es war mehr oder weniger ein Zufall und nur für die erste Etappe, von Antwerpen hierher.»

«Und dann? Was ist dann passiert?»

«Das Übliche. Er hat Geld gerochen und ist gierig geworden. Solche Leute gehen über Leichen, dabei kommt es vor, dass sie selbst zu einer werden.»

«Du redest gemein.»

«Du solltest mich kennen. Bisher hat es dir gefallen.»

«Weiter. Ich will wissen, was passiert ist.»

«Bist du sicher? Wissen kann lästig sein. Nun gut. Er hat nur dieses eine Mal den Kurier gemacht. Das ist schade. Zöllner befassen sich nie gründlich mit blasierten Herren mit Siegelring am Finger. Diese Sendung war brisant, sie konnte nicht in Antwerpen geschliffen werden, weil sie gerade dort vermisst wurde. Ihr Besitzer und die belgische Polizei suchen immer noch danach. Winfield hatte an der Schelde Anweisungen bekommen, von meinem Mittelsmann, von mir ahnte er nichts. Alles war erprobt und sicher. Bis auf einen kleinen fatalen Fehler: Der Mann, der die Lieferung hier in Empfang nehmen sollte, war zu krank, um zu gehen. Ein lächerlicher Malaria-Rückfall. Für gewöhnlich bleibe ich bei diesen Aktivitäten so gut wie unsichtbar, aber diesmal musste ich einspringen, und da stand Winfield und machte große Augen.»

«Und deshalb ...?»

«Nein. Zuerst war ich auch erschreckt. Ich hatte keine Ahnung, dass ausgerechnet Winfield der Kurier war. Aber dann – es kann durchaus von Vorteil sein, mit der Familie zu arbeiten. Ich wollte ihn weiter einsetzen, aber er wollte schnell verschwinden und brauchte Kapital. Deshalb hat er überhaupt den Kurier gemacht. Dann war er noch dumm genug, mich zu erpressen. *Das* konnte ich nicht erlauben. Es war ein ungleiches Spiel: Er hatte nichts mehr, ich hingegen alles zu verlieren.»

«*Du* hast ihn töten lassen?» Christines Stimme war kaum mehr als ein Hauchen.

«Nein, mein Engel. Ich dachte daran, aber – erinnerst du dich an unser letztes Picknick im Alstertal?»

«Unter dem Apfelbaum», flüsterte sie, und er lachte leise. Es klang selbstgefällig.

«Richtig. Als mein Messer plötzlich flog und den Apfel am Ast genau in der Mitte spaltete. Ich hatte als Junge den besten Lehrer, das war mein heimliches Abenteuer. Das erste. Solcher

Umgang war natürlich nicht erlaubt. Es hat fast mein ganzes Taschengeld gekostet. Der Mann erledigt längst andere Dienste für mich. Wie ein treuer Vasall.»

«Boje?! *Er* hat Winfield für dich getötet?»

«Willst du nicht verstehen? Er hätte es natürlich getan, aber er ist nicht mehr so gut wie früher, und er war krank. Ich habe das Messer selbst geworfen, verehrte Baronesse, und etwas Glück gehabt. Es hat genau getroffen. Eine gute Methode, man macht sich dabei nicht schmutzig, keine verräterischen Flecken auf den Kleidern. Wenn das Messer gut trifft, ist es perfekt.»

Henrietta war übel und sie kämpfte gegen den in ihrer Kehle aufsteigenden Schrei. Den erstickte eine feste Hand auf ihrem Mund.

* * *

Sören Boje war nicht wirklich überrascht, als sich plötzlich fünf Polizisten in seinem engen Souterrain drängten und der erste, Kriminalkommissar Ekhoff, ihn aufforderte, sich anzuziehen und mitzukommen. Es war schon spät, er hockte auf seinem Bett und hatte in einer Zeitung gelesen, das heißt versucht, die kleine Schrift im schwachen Licht der Öllampe zu entziffern.

«Wir wollen uns noch ein Stündchen mit Ihnen unterhalten», erklärte der Kommissar. «Vielleicht auch länger. Weil wir es hier bei Ihnen ziemlich ungemütlich finden, nehmen wir Sie mit.»

«Warum? Fragen Sie endlich Dr. Murnau. Ich war krank, und wenn Sie mal einen Mann mit so 'nem Wechselfieber gesehen haben, wissen Sie, der geht nicht los und sticht andere Männer ab. Das kann er gar nicht.»

«Das mag sein. Dr. Murnau ist derselben Ansicht. Sie haben

Glück, er erinnert sich gut. Es ist noch nicht lange her, und so eine Malaria, hat er gesagt, sieht er hier nicht oft, trotz der vielen Matrosen und weitgereisten Kaufleute. Aber Sie werden doch den Mord an Weibert nicht vergessen haben? Da war der Malaria-Anfall vorbei. Man kennt sich doch unter Messerwerfern, oder nicht? Jetzt kommen Sie, die Nacht ist kurz. Sie sind vorläufig festgenommen, so heißt das bei uns.»

«Sollen wir jemanden benachrichtigen?», fragte Henningsen. «Nur falls es länger dauert.»

Schütt lachte meckernd, und Boje ignorierte die Frage, vielleicht hatte er sie auch nicht gehört. Als er die Knöpfe von Hemd und Hose schloss, zitterten seine Hände stärker als zuvor.

Henningsen und zwei Schupos blieben zurück, als Ekhoff und Wachtmeister Schütt Sören Boje in dem draußen wartenden Kastenwagen zum Stadthaus brachten. Die Durchsuchung der bescheidenen Werkstatt und Kammer ging rasch. Ein Mann wie Sören Boje hatte wenig Besitz. Am längsten dauerte es, die Kästen und Schachteln mit den Nägeln, Krampen, Schrauben und anderen kleinen Teilen zu durchsuchen, dafür fand sich hier ein wichtiges, tatsächlich das wichtigste Beweisstück: In einem Kästchen aus dunkelblauem Karton fand Henningsen unter Nägeln, wie sie speziell zur Befestigung geteerter Dachpappe verwendet werden, einen Siegelring, das Wappen war in oval geformten Lapislazuli geschnitten.

Der Vergleich mit dem Wappen der Winfields, wie es auf der Visitenkarte von Frau Winfield abgebildet war, bewies eindeutig, wem der Ring gehört hatte. Wenn Boje auch noch so verzweifelt abstritt, diesen Ring jemals auch nur gesehen zu haben, glaubte ihm niemand. Alle, später auch der Richter, waren davon überzeugt, dass er Thomas Winfield getötet und ihm den Ring vom Finger gezogen und später den ehemaligen Droschkenkutscher Weibert als Mitwisser ermordet hatte.

Es sollte Sören Boje den Kopf kosten.

* * *

«Du lügst. Du gibst nur an.» Christines Stimme klang wieder fest. «Warum solltest du so etwas tun? Du bist reich, du hast eine Familie, eine Stellung in der Welt, einen Namen. Du hast alles. Sogar mich.» Es klang wie ein unterdrückter Aufschrei.

«Alles, ja. Wie langweilig. Das reicht mir schon lange nicht mehr. Und ich lege auch niemandem Rechenschaft ab, über Pokerrunden oder Hahnenkämpfe, über dich und andere kostspielige Vergnügen. Das ist allein meine Sache, es hat mit meinem Leben als brav in der Spur bleibender Sohn, Kompagnon und Nachfolger nichts zu tun. Gar nichts.»

«Keine Angst», raunte es direkt in Hettys Ohr, und sie erkannte Felix' Stimme. «Wenn ich sage, lauf, läufst du nicht zum Haus, dann läufst du ihm in die Arme. Lauf hinter die Remise. Und sag keinem etwas. Keinem!»

«Und jetzt? Ich weiß nun, was du getan hast, Ernst.» Christines Stimme klang forsch und zitterte trotzdem. «Was willst du tun?»

«Mal sehn. Wer glaubt schon einem Malweib, falls es so verrückt ist, einen angesehenen hanseatischen Kaufmann zu verleumden? Du willst mich trotzdem verraten? Nein, das willst du nicht. Du willst nach Paris. Eine Akte bei der Polizei ist da ganz schlecht. Du bist eine Abenteurerin und – Komplizin. Vergiss das nie.»

«*Deshalb* hast du mir den Meisterkurs an der Schelde geschenkt. War bei der Rückreise etwas in meinem Gepäck?

Hätte es mich an deiner Stelle direkt ins Zuchthaus gebracht, wenn die Zöllner fündig geworden wären?» Endlich begriff sie. «Der Rahmen! Deshalb hatte mein kaum trockenes Bild plötzlich einen Rahmen. Breit und tief genug. Und deshalb wolltest du es unbedingt haben und warst so wütend, als es weg war.»

«Kluges Mädchen. Die geschliffenen Steine sind exzellent und mussten ganz besonders diskret und sicher reisen. Leider hast du ihn mitsamt der kostbaren Fracht an den nichtsahnenden Sophus verkauft, bevor ich aus Kopenhagen zurück war. Ich musste meine bedauernswerte Cousine erschrecken und einbrechen. Ich wollte auch Sophus' Tagebücher, man weiß nie, was ein alter Mann ohne Beschäftigung weiß und notiert, aber die hat er gut versteckt. Nein, du bleibst hier.»

«Lass mich los, Ernst, verdammt, lass mich doch los! Du hast es selbst gesagt: Wer glaubt schon einem Malweib? Ich verschwinde aus der Stadt. Gleich morgen früh. Sofort.»

«Trotzdem bleibst du ein Risiko, das ist so wahr wie bedauerlich. Was soll ich nur mit dir tun?»

«Ja, was?» Endlich wurde Christines Stimme zornig. «Hier im Garten deiner ehrbaren Familie. Vielleicht hockt Mary hinter der Hecke und hört alles. Die arme betrogene Ehefrau. Mary, so taub und so blind.»

«Hör auf!»

«Gleich», flüsterte Felix an Hettys Ohr, «zur Remise. Gleich. Ich muss erst hören …»

«Taub und blind und brav», höhnte Christine voller Zorn. «Willst du ihr eine Leiche in den Garten legen? Deine Geliebte als Leiche. Was für eine Morgengabe. Nein, viel besser: nicht deiner Frau. Deiner vergeblich geliebten, über die Maßen verehrten Frau Mama. Unerreichbar für dich wie das Paradies.»

Ein scharfes Klatschen schnitt die atemlos hervorgestoßenen Worte ab. Ein dumpfer Fall.

Da endlich wandelte sich Hettys Starre in Wut, und sie sprang auf, stürzte durch den Spalt in der Hecke in die Laube und prallte mit erhobenen Fäusten gegen Ernst. Christine lag, auch in der Düsternis an ihrem leuchtenden Kleid zu erkennen, vom Sturz auf die Schieferplatten benommen am Boden der Laube. Ernst griff Henriettas Arme, drehte und umfasste sie blitzschnell, etwas drückte sich hart, scharf und kalt an ihren Hals.

Felix stand im Eingang der Laube, hilflos verharrend. «Lass sie los», rief er, «es hat doch keinen Sinn!»

«Du bleibst, wo du bist, Felix», zischte Ernst, «wie immer. Es geht auch so – ein rascher kleiner Schnitt.»

«Nein. So bist du nicht. Nicht so. Wir können alles regeln, niemand wird erfahren …»

«Lass sie los, Ernst, und schick sie weg!» Lydia Grootmann trat aus dem Schatten der Hecke in die Laube, ihre schmale Gestalt und die weiße Haut glichen in der Dunkelheit einer der Statuen im Park. «Komm her, Henrietta, er wird dir nichts tun. Nicht, wenn ich zusehe.»

Epilog

Nur wenige Menschen wissen, was in jener Nacht im Grootmann'schen Garten noch geschah, und die sprachen nie darüber. Sicher ist, dass Ernst Grootmann verschwand und in Hamburg nicht mehr gesehen wurde. Dafür gab es immer wieder Nachrichten aus fernen Weltgegenden. Einmal hieß es, er lebe in St. Petersburg, dann berichtete ein ungarischer Reisender, er habe ihn in Odessa getroffen, er leide an Schwindsucht, es bestehe wenig Hoffnung. Von dem wiederum hieß es bald, Grootmann habe ihn für dieses Gerücht bezahlt, wer als tot gelte, lebe freier. An der Börse tauchte schließlich das Gerücht auf, er habe sich in Accra niedergelassen und eine eingeborene Frau geheiratet, andere sagten, er sei bei den ständigen Kämpfen der Engländer mit den afrikanischen Fürsten zwischen die Fronten geraten und in der Herbstregenzeit in den Savannen verschollen. Aus der Kapprovinz kam kein Gerücht.

Aus der Alstervilla und aus dem Kontor in der Speicherstadt hörte man nur, Ernst Grootmann sei als Juniorchef nach Westafrika unterwegs, um in den neuen Anbaugebieten für Kakao die Möglichkeit eigener Pflanzungen zu prüfen.

Das klang gut und halbwegs plausibel, jedoch hatte bis dahin niemand von diesem Vorhaben gehört, und kein vernünftiger Kaufmann begab sich ohne wochenlange Vorbereitung plötzlich in der Nacht auf eine solche Reise. So fand ein anderes, ein unfassbares Gerücht schnell Gehör, nach dem

Ernst Grootmann in kriminelle Unternehmungen verwickelt sei. Womöglich habe er sogar selbst einen Mann aus purer Habgier getötet, wurde geraunt. Der ganze Ehrenmann sei nur eine Maske gewesen. Natürlich gab es entschiedene Gegenstimmen zu solchen, die kollektive hanseatische Ehre verletzenden Gerüchten.

Auch Mary Grootmann hatte in jener Nacht die Stadt verlassen. Ohne allerdings zu ahnen, was sich in den letzten Wochen und an diesem letzten Abend tatsächlich ereignet hatte, hatte sie mit ihren Kindern den Nachtzug nach Essen und zu ihrer Familie genommen, um nie zurückzukehren. Sie hatte ihren Mann verlassen, weil sie die Rolle der sich blind und dumm stellenden Ehefrau nicht mehr ertrug, nachdem Christine von Edding bei einer Familienfeier freundlich aufgenommen worden war. Später hörte man, sie lebe mit den Zwillingen und ihrem zweiten Ehemann eine Tagesreise von Buenos Aires entfernt auf einer Hazienda und sei sehr glücklich.

Mit dem Verschwinden des ältesten Sohnes begann die Auflösung der Familie Grootmann. Lydia empfing keinen der sich in diesen Tagen zahlreich ankündigenden Besuche, es hieß, sie habe sich in ihr Damenzimmer zurückgezogen, sitze hinter geschlossenen Vorhängen und spreche nicht mehr. Als Wilhelmine Grootmann die Rückreise in ihr frei gewähltes mediterranes Exil antrat, wurde sie von Lydia und Friedrich Grootmann begleitet. In der Stadt wurde eifrig spekuliert, ob und wann mit einer Heimkehr zu rechnen sei. Lydia würde nie zurückkehren, Friedrich immer nur für kurze Zeit.

Auch Emma Grootmann ging auf Reisen, aber in eine andere Richtung der Windrose. Ihre Verlobung mit Valentin Levering wurde gelöst, sie war nun keine passende Partie mehr, und Emma fuhr unerkannt auf einem unbedeutenden Dampfer zu ihrem Bruder Amandus nach New York. Es hieß, sie habe ihre Kabine nur nach Mitternacht für einen kurzen Spaziergang an Deck verlassen. Später sollte sie mit Amandus und seiner Frau an das andere, das westliche Ende des amerikanischen Kontinents reisen, wo sie trotz ihres fortgeschrittenen Alters von einunddreißig Jahren zu einer der ersten Frauen auf der noch stummen Kinoleinwand wurde. Ob sie glücklich war, ist nicht bekannt, es wurde aber allgemein angenommen.

Ihr Bruder Felix war seiner Sozietät zuvorgekommen und hatte um sein Ausscheiden gebeten, was ihm umgehend gewährt wurde. Er fand selbst, eine Sozietät von Ehre konnte sich ein Mitglied der Familie Grootmann in ihren Reihen nicht erlauben. Zunächst begleitete er Emma über den Atlantik, reiste aber bald weiter nach Mittelamerika, wo ein Studienfreund an der Neuplanung des bankrotten Kanalprojekts von Panama beteiligt war. Später ließ Felix sich auf Sylt nieder, wo er schon viele Sommer verbracht hatte, und verdiente unter anderem mit dem Handel und der Verwaltung von Immobilien an der rasch wachsenden Gemeinde von wohlhabenden Sommergästen sein Brot und einiges mehr. Dort wurde der Skandal um seine Familie großzügig als die Grootmann-Turbulenzen bezeichnet. Es war die beste Reklame, die er bekommen konnte.

Und Claire? Claire tat, was sie immer getan hatte, sie folgte ihrer Pflicht und hielt durch. Friedrich Grootmann hatte die Leitung des Handelshauses seinem Prokuristen – nun geschäftsführenden Kompagnon – übertragen, die Ehe mit der ältesten Tochter war da nichts Ungewöhnliches. Die Trauung fand in sehr kleinem Kreis in St. Gertrud auf der Uhlenhorst statt. Natürlich war es eine Vernunftehe, Claire war vermögend, aber keine Schönheit, nicht mehr jung und mit einem schmachvollen Skandal verbunden. Sie trug es mit Würde. Zur allgemeinen Überraschung war bald zu beobachten, dass die Blessings zwar sehr zurückgezogen lebten, aber glücklich. Das konnte nicht allein an Blessings Erfolg als hanseatischer Kaufmann liegen. Ihre beiden Töchter und drei Söhne wuchsen trotz des Makels, von dem die Familie auch unter dem Namen Blessing nie ganz frei wurde, zu fröhlichen Menschen heran. Nur der Zweitgeborene, Hartwig Blessing, starb jung, er fiel im Juli 1916 an der Somme.

Christine von Edding-Thorau bereute lange, was sie ihren «Auftritt» bei den Grootmanns nannte, auch wenn es Felix' Idee gewesen war und er sie dazu hatte überreden müssen. Die entsetzliche und entscheidende Auseinandersetzung mit Ernst hatte nicht zum Plan gehört. Es hatte sich so ergeben, als er sie bei der ersten unauffälligen Möglichkeit zornig aus dem Haus und durch den Garten führte, um sie von Brooks nach Hause fahren zu lassen. Sie hatte nie gedacht, dass sie Ernst Grootmann liebe, aber Denken und Lieben sind häufig unvereinbar. Hinter der honorigen Fassade hatte sie von Anfang an eine dunkle Facette, einen anderen Mann gespürt, erst das hatte ihn begehrenswert gemacht. Dass dieser Mann ein kaltblütiger Mörder war, entsetzte sie wie alle, die davon erfuhren, und stürzte sie für lange Zeit in tiefe Selbstzweifel. Seltsamerweise wurde ihre Liaison nie bekannt.

Den Herbst und den Winter verbrachte die Baronesse bei ihrer Familie auf dem Landgut in Livland, doch schon im nächsten Frühjahr übersiedelte sie nach Paris. Sie war ein großes Talent und arbeitete unermüdlich, es gab Verkäufe, Aufträge, Teilnahme an Ausstellungen. Aber es sollte ihr gehen wie den meisten Künstlerinnen auch ihrer Zeit, sie blieb im Schatten ihrer männlichen Kollegen und wurde von der Kunstwelt vergessen.

Kriminalkommissar Paul Ekhoff nahm die Anerkennung für die Aufklärung der beiden Morde mit echter Bescheidenheit entgegen, was ihm weiteren Respekt einbrachte. Nur Martha wusste, dass er nie ganz sicher war, ob er tatsächlich einen Doppelmörder zur Strecke gebracht hatte, oder ob das durch die Stadt geisternde Gerücht der Wahrheit entsprach, Sören Boje habe auch für den entkommenen Täter des ersten, des Meßbergmordes gebüßt. Vielleicht machten diese Zweifel einen demütigeren, somit besseren Polizisten aus Ekhoff.

Der große Streik, von dem schon so lange gesprochen worden war, begann Ende November des folgenden Jahres und legte den Hafen für drei Monate lahm. Ein bitterer Hungerwinter ohne Sieg für die streikenden Arbeiter und Seeleute, für Paul Ekhoff eine Zeit schwerer Entscheidungen.

Boje wurde wegen der Morde an Thomas Winfield und Knut Weibert zum Tode verurteilt. Als Hauptbeweis für den ersten Mord galt der in seiner Werkstatt gefundene Siegelring Winfields, was den Mord zum Raubmord gemacht hatte. Boje leugnete beharrlich, den Ring jemals auch nur gesehen zu haben. Die Meldung der Reinemachefrau Irma Heimfeld, sie habe zwei Tage bevor Sören Boje verhaftet worden war, einen gut und teuer gekleideten Herrn aus der Hauswartwohnung kommen sehen, als Boje gerade wieder bei dem feinen Doktor in St. Georg war, wurde als Versuch der Entlastung eines Mörders ignoriert. Zum Beweis für den zweiten Mord bezeugte Vigilanz-Offiziant Dräger, er habe den Hauswart nach der Tat weglaufen sehen, er erkenne ihn wieder, ganz eindeutig. Diese Tat gestand Boje endlich ein, den ersten Mord nie.

Die Todesstrafe wurde von breiten Schichten der Bevölkerung als barbarisches Relikt aus einem finsteren Mittelalter abgelehnt, beide Vorgänger des Kaisers hatten nahezu alle

Todesurteile in Haftstrafen umgewandelt. Kaiser Wilhelm II. folgte diesem aus christlicher Ethik geborenen Usus nicht, bis auf wenige Ausnahmen lehnte er alle Gnadengesuche ab, die Zahl der Todesurteile und der Hinrichtungen stieg unter seiner Regentschaft schlagartig um ein Vielfaches. Das Fallbeil, so stand es später im Protokoll, habe den Hals Bojes erst im zweiten Fall ganz vom Rumpf getrennt.

Schließlich verließ auch Hetty Winfield, die sich bald wieder Henrietta Mommsen nennen sollte, die Stadt. Sie kehrte nicht nach England zurück, ihre Wohnung in Clifton war aufgelöst, ihre Möbel und der größte Teil des Hausrats versteigert. Für so etwas gab es dienstbare Geister, Blessing und Claire hatten alles organisiert. Drei Kisten mit sehr persönlichem Besitz waren aus England gekommen und auf dem Dachboden der Alstervilla deponiert, die zukünftig als die Blessing'sche bezeichnet werden sollte. Henrietta reiste nach dem Orient. Für ein Jahr zunächst, dann würde man sehen. Sie hatte Abschied genommen, auch von den Gräbern. Es war schwer gewesen, in den nächsten Jahren würde sie erfahren, dass ein Abschied tatsächlich sehr lange dauert. Mancher gelingt nie. Marline Siddons erwartete sie mit freudiger Ungeduld und plante, Hetty ihre neue Heimat zu zeigen, auch die Ausgrabungen im Westen.

Alma Lindner begleitete Sophus Mommsens Tochter, und wie es der Zufall wollte, trafen sie beim Umstieg in Berlin in den Orientexpress auf dem Perron einen Reisenden im hellen Anzug, einen etwas unpassenden Tropenhelm unter dem Arm, das sehr kurz geschnittene Haar mehr rot als blond. Der junge Ingenieur, der sein technisches Wissen in den englischen Industriegebieten abgerundet hatte, reiste mit demselben bequemen Expresszug nach dem Bosporus und von dort weiter nach Südosten, um an der so abenteuerlichen wie umstrittenen Bagdadbahn mitzubauen.

Die Sache mit den Bildern wurde nie geklärt, es gab darum kein Geheimnis, was Hetty in einem romantischen Moment durchaus bedauerte. Sophus Mommsen hatte sie gekauft, weil sie ihm gefielen. Ein alternder Privatier mit einer späten Liebe zur modernen Malerei – solche Unfälle passierten. Christines Bilder von der Alster und von der Schelde tauchten nicht wieder auf. Ersteres hing in Ernst Grootmanns Ankleidezimmer und wurde mit dem gesamten Inventar des von ihm, Mary und ihren Kindern bewohnten Seitenflügels versteigert.

Henrietta verkaufte mit Hilfe der Blessings auch ihr Haus samt Garten mit Elbblick und die meisten der Werke aus dem Bilderzimmer. Nur Mary Cassatts Gemälde von dem glücklichen Sommertag unter dem Robinienbaum blieb immer in ihrem Besitz.

Danksagung

Es heißt, das Bücherschreiben sei ein einsames Geschäft. Das stimmt! Aber vor dem Schreiben steht die Recherche, nach dem Schreiben folgt die Feinarbeit am Text – beides gelingt nur mit der Unterstützung kenntnisreicher, hilfsbereiter und nicht zuletzt geduldiger Menschen. Für dieses Buch gilt das doppelt.

Besonders bedanke ich mich bei Bärbel Dahms vom *Chocoversum* in Hamburg, sie weiß alles über Geschichte und Gegenwart von Kakao, Schokolade und der Hamburger Speicherstadt. Ralph und Uta Jane Gassner, Gesellschafter von *Quast & Cons., Quartiersleute* verdanke ich Einblicke in den Kakaohandel und die Arbeit der Hamburger Quartiersleute, damals und heute, auch einen Gang durch ihre riesigen Lagerhallen im Hafen und ein Jutesäckchen mit Kakaobohnen – ich werde die Stichprobe in Ehren halten.

Marita Heinz hat mir wieder die richtigen Fragen gestellt und auch sonst beim Denken geholfen, Silke Urbanski, Historikerin, Pädagogin und selbst Autorin, half insbesondere mit völlig ungeschminkter Reiseliteratur aus dem Hamburg der letzten Jahre des 19. Jahrhunderts, das Stadtteilarchiv Hamburg-Hamm mit Bildern aus seiner Vergangenheit.

Meiner Lektorin Grusche Juncker kann ich sowieso nicht genug danken – für die große Sorgfalt bei der Arbeit am Manuskript, ihre Zuverlässigkeit und ihre Unverdrossenheit als Fels in der Brandung.

Petra Oelker

Aufbruch in neue Buchwelten

LOVELYBOOKS

die spannendsten Thriller

die berührendsten Liebesromane

atemberaubende Fantasy

die schönsten historischen Schmöker

*Außerdem tägliche Buchverlosungen,
Leserunden mit Autoren und Buchtipps von Lesern für Leser
Entdecken Sie Bücher, die Sie glücklich machen*

www.lovelybooks.de

Petra Oelker

Rosina Hardenstein ermittelt.
Historische Kriminalromane
aus dem alten Hamburg.

Tod am Zollhaus
Erster Fall. rororo 22116

Der Sommer des Kometen
Zweiter Fall. rororo 22256

Lorettas letzter Vorhang
Dritter Fall. rororo 22444

Die zerbrochene Uhr
Vierter Fall. **rororo 22667**

Die ungehorsame Tochter
Fünfter Fall. rororo 22668

Die englische Episode
Sechster Fall. rororo 23289

Der Tote im Eiskeller
Siebter Fall. rororo 23869

Mit dem Teufel im Bunde
Achter Fall. rororo 24200

**Die Schwestern vom
Roten Haus**
Neunter Fall. rororo 24611

Die Nacht des Schierlings
Zehnter Fall. rororo 25439

rororo 25439

Das für dieses Buch verwendete FSC®-zertifizierte Papier
Lux Cream liefert Stora Enso, Finnland.